Willem Frederik Hermans
Nie mehr schlafen

Willem Frederik Hermans

Nie mehr schlafen

Roman

Aus dem Niederländischen
von Waltraud Hüsmert

Gustav Kiepenheuer Verlag

Originalausgabe: Nooit meer slapen

Die Übersetzung wurde gefördert vom
Nederlands Literair Produktie- en Vertalingenfonds,
Amsterdam

ISBN 3-378-00645-5

1. Auflage 2002

Einbandgestaltung gold, Fesel / Dieterich
Satz Dörlemann Satz, Lemförde
Druck und Binden Clausen & Bosse GmbH, Leck
Printed in Germany

www.gustav-kiepenheuer-verlag.de

I do not know what I may appear to the world, but to myself I seem to have been only like a boy playing on the sea-shore, and diverting myself in now and then finding a smoother pebble or a prettier shell than ordinary, whilst the great ocean of truth lay all undiscovered before me.

SIR ISAAC NEWTON

1

Der Portier ist ein Invalide.

Sein schmaler Schreibtisch aus Eichenholz ist bis auf ein Telefon leer; durch eine billige Sonnenbrille starrt er reglos vor sich hin. Die linke Ohrmuschel muß bei der Explosion, die ihn entstellt hat, abgerissen worden sein, vielleicht ist sie auch bei einem Flugzeugabsturz verbrannt. Was vom Ohr übriggeblieben ist, sieht aus wie ein schlecht abgeheilter Nabel und bietet dem Brillenbügel keinen Halt.

– Professor Nummedal, please. Ich bin mit ihm verabredet.

– Goodday, sir. Ich weiß nicht, ob Professor Nummedal im Haus ist.

Er spricht so langsam, daß sein Englisch eher wie Deutsch klingt. Dann schweigt er und rührt sich nicht.

– Ich habe gestern mit Professor Nummedals Sekretärin einen Termin vereinbart, für heute halb elf.

Unwillkürlich schaue ich auf meine Armbanduhr, die ich gestern bei der Ankunft in Oslo auf die norwegische Sommerzeit umgestellt habe. Halb elf.

Erst jetzt bemerke ich, daß über dem Kopf des Portiers eine elektrische Uhr hängt, auf der es auch halb elf ist.

Als wollte ich gar nicht erst den Verdacht aufkommen lassen, daß ich vielleicht bluffe, ziehe ich den Brief aus der Tasche, den mir Professor Sibbelee in Amsterdam gegeben hat, und sage: Das Datum steht übrigens schon seit längerem fest.

Es ist ein Brief Nummedals an Sibbelee, in dem dieser Tag, Freitag, der 15. Juni, als mögliches Datum für ein Treffen genannt wird. *Ich wünsche Ihrem Studenten eine gute Reise nach Oslo.* Unterschrift: *Ørnulf Nummedal.*

Ich halte dem Portier den auseinandergefalteten Brief hin, von mir aus gesehen falsch herum. Doch er bewegt nicht den Kopf, nur die Hände.

An der Linken hat er gar keine Finger, an der Rechten nur noch einen nagellosen Stumpf und den Daumen. Der Daumen ist völlig unversehrt, der Nagel sauber und gepflegt. Fast sieht es so aus, als sei es nicht sein eigener Daumen. Nicht einmal ein Finger, an dem er einen Ehering tragen könnte, ist übriggeblieben.

Seine Armbanduhr ist mit einem Metalldeckel verschlossen, den er mit dem Daumennagel aufspringen läßt. Unter dem Deckel ist kein Glas.

Mit dem nagellosen Stumpf betastet der Portier die Zeiger und sagt: Es könnte sein, daß Professor Nummedal in seinem Zimmer ist. Zweiter Stock, zweite Tür rechts.

Mit offenem Mund stecke ich den Brief wieder ein.

– Thank you.

Ich weiß nicht, wofür ich mich eigentlich bedankt habe. Verdammt noch mal, er hat mich behandelt, als wäre ich irgendwer und ohne Termin einfach hereingeschneit.

Aber ich unterdrücke meine Wut. Ich bin bereit, ebensoviel Mitleid mit ihm zu haben, wie es sein Chef offenbar hat, der ihn ja auf seinem Posten beläßt, obwohl er nicht mal in der Lage ist, eine so einfache Aufgabe wie den Empfang eines Besuchers angemessen zu bewältigen. Obwohl er jedem, der hier im Haus einen Termin hat, den Eindruck vermittelt, daß ihn das einen feuchten Kehricht interessiert.

Unterdessen habe ich die Treppenstufen gezählt: beide Treppen haben achtundzwanzig Stufen, dazwischen liegen acht Schritte. Von der letzten Stufe bis zur zweiten Tür rechts sind es fünfzehn Schritte.

Ich klopfe an. Drinnen ruft jemand ein Wort, das ich nicht verstehe. Ich öffne die Tür, probe dabei mit geschlossenem Mund, in mich hineinmurmelnd, was ich gleich sagen werde. Are you Professor Nummedal ... Have I the pleasure ... I am ...

... Where are you, Professor Nummedal?

Das Zimmer ist ein Saal aus Eichenholz. Meine Augen suchen den Professor und finden ihn ganz am Ende hinter einem Schreibtisch. Ich gehe zwischen zwei Tischen durch, die mit halb zusammengerollten Landkarten bedeckt sind. Neben der kleinen grauen Gestalt, die am Schreibtisch sitzt, steht aufrecht die weiße Fläche eines Zeichentisches.

– Are you Professor Nummedal?

– Yes?

Er unternimmt einen nicht ganz ernst gemeinten Versuch aufzustehen.

Schräg von oben fällt Sonnenlicht auf seine Brillengläser, die so dick sind, daß sie undurchsichtig wirken. Er faßt sich an die Brille und klappt ein Paar Gläser hoch, die mit einem Scharnier an denen darunter befestigt sind. Vier kleine, runde Spiegel sind auf mich gerichtet.

Ich gehe bis zu seinem Schreibtisch und sage auf englisch, daß ich gestern seine Sekretärin angerufen hätte und von ihr zum jetzigen Zeitpunkt herbestellt worden sei.

– Meine Sekretärin?

Sein Englisch ist nur mit großer Mühe vom Norwegischen, das ich nicht verstehe, zu unterscheiden, und seine Stimme ist so alt, wie nur eine Stimme sein kann, die alles schon einmal gesagt hat.

– Ich kann mich nicht daran erinnern, daß meine Sekretärin von Ihnen gesprochen hat, aber vielleicht hatte sie ja die Absicht. Where does you come from?

– Aus den Niederlanden. Ich bin der Student von Professor Sibbelee. Ich gehe mit Ihren Studenten Arne Jordal und Qvigstad in die Finnmark.

Meine Hand fährt in die Innentasche und zieht den Brief, den Nummedal an Sibbelee geschrieben hat, wieder heraus.

Ich nehme wahr, daß ich den Brief auseinanderfalte wie bei dem Portier.

– Well, well. You is a Nedherlander, you is ...

Ich lächle, um seine Worte zu bestätigen und ihm außerdem zu zeigen, wie beeindruckt ich davon bin, daß er das Wort Niederländer fast richtig ausspricht.

– Die Niederländer! fährt er auf englisch fort, das sind kluge Leute. Sehr kluge Leute. Können Sie mir folgen? Oder ist es Ihnen lieber, wenn wir Deutsch reden?

– Das ... das ist mir gleich, sage ich auf englisch.

– Die Niederländer, antwortet er auf deutsch, sind besonders intelligent, die können alle Sprachen. Professor Sibbelee schreibt mir Briefe in einer Mischung aus Norwegisch, Dänisch und Schwedisch. Wir nennen das Skandinavisch. Nehmen Sie Platz.

Auf englisch sage ich: Danke schön.

Aber er spricht weiterhin deutsch.

– Ich kenne Professor Sibbelee schon seit vielen Jahren. Wann sind wir uns eigentlich zum erstenmal begegnet? Es muß noch vor dem Krieg gewesen sein, auf dem Kongreß in Tokio. Ja. In dem Jahr, in dem ich meine, ich darf wohl sagen, inzwischen allgemeingültigen Erkenntnisse über die Mylonitzone in Värmland und deren Fortsetzung in Norwegen vorgetragen habe. Vielleicht kennen Sie die kleine Arbeit?

Er schweigt einen Augenblick, aber nicht lange genug, um mich zu dem Eingeständnis zu nötigen, daß ich den erwähnten Aufsatz nicht kenne. Aufgeräumt redet er weiter.

– Sibbelee hat sich damals auf einen Disput mit mir eingelassen. Dabei ging es hoch her. In keinem einzigen Punkt konnte er sich meinen Auffassungen anschließen. Stellen Sie sich das mal vor! Unerhört! Sibbelee ist dreißig Jahre jünger als ich, damals war er also noch sehr, sehr jung. Jugendlicher Überschwang!

Nummedal bricht in Gelächter aus. Sogar wenn er lacht, verlaufen die Falten in seiner viel zu geräumigen Gesichtshaut vorwiegend senkrecht.

Ich lache auch, aber es gefällt mir nicht, daß er gerade diese Erinnerung an den Mann, der mich ihm empfohlen hat, hervorkramt.

Kann er meine Gedanken lesen?

– Das sind jetzt natürlich alles alte Geschichten! Sibbelee ist im Laufe der Jahre doch noch auf andere Gedanken gekommen. Er hat sogar eine Zeitlang hier an meinem Institut gearbeitet. Und wenn Sie mich totschlagen, ich komme einfach nicht mehr drauf, worüber er geforscht hat. Man kann sich nicht alles merken. Jedenfalls war er eine ganze Weile hier. Bei seiner Arbeit ist nicht viel herausgekommen, soweit ich weiß.

Sibbelee ab durch eine Falltür. Ich spüre, wie der Bankrott meines Lehrmeisters auf mich abfärbt. Vielleicht sollte ich besser gehen. Aber die Luftaufnahmen?

– Ich bin vierundachtzig, sagt Nummedal. Ich habe eine Menge Forschungsarbeiten gesehen, die umsonst waren. Lagerräume voller Sammlungen, um die sich niemand mehr kümmert, bis sie eines Tages aus Platzmangel weggeworfen werden. Theorien habe ich kommen und verschwinden sehen wie Wildgänse und Schwalben. Haben Sie schon einmal gebratene Lerchen gegessen? Übrigens, hier in Oslo gibt es ein Restaurant, wo man Gravlaks bekommen kann. Haben Sie schon mal davon gehört? Es ist Lachs, nicht geräuchert, aber so in der Art, nur raffinierter, zarter. Roher Lachs, der eine Zeitlang in der Erde vergraben wird.

Seine Stimme ist leiser geworden, fast unhörbar. Wie drapierter Stoff hängt sein Hals im Hemdkragen, der ihm zu weit ist, und immer, wenn er nachdenklich den Mund spitzt, sieht es so aus, als setzten sich die Hautfalten, durch kein Kinn unterbrochen, über das ganze Gesicht fort.

Schweigen.

Auf seinem Schreibtisch liegen Papiere und zwei große Steine. Einige Porzellanschälchen sind mit kleineren Steinen gefüllt und enthalten außerdem Zigarrenasche. Auf den Papieren liegt eine Lupe von der Größe einer Bratpfanne.

– Professor Sibbelee hat mir noch aufgetragen, daß ich Ihnen ganz herzliche Grüße ausrichten soll.

– Danke schön, danke.

Wieder Schweigen.

Ich suche wie in einem tiefen, schwarzen Sack nach den Worten, die das Gespräch auf das Anliegen lenken könnten, das mich hergeführt hat. Mir fällt keine taktvolle Vorgehensweise ein. Dann komme ich eben gleich zur Sache.

– Ist es Ihnen, ist es Ihnen gelungen, die Luftaufnahmen für mich zu besorgen?

– Luftaufnahmen? Wieso? Luftaufnahmen? Selbstverständlich haben wir hier Luftaufnahmen. Aber ich weiß nicht, ob jemand im Moment damit arbeitet. Es gibt so viele Luftaufnahmen.

Er versteht überhaupt nicht, was ich meine! Hat er etwa vergessen, was er Sibbelee versprach? Daß er mir Luftbilder von dem Gebiet geben würde, das ich erforschen will? Ich ahne bereits, daß es wenig nützen wird, wenn ich meine Frage präzisiere, aber mir fällt nichts Besseres ein.

Ich kann hier doch nicht weggehen, ohne alles versucht zu haben.

– Ja, Herr Professor, die Luftaufnahmen …

– Wollten Sie unsere ganze Sammlung sehen?

– Es geht … es geht …

Meine linke Hand hält die zwischen den Knien zur Faust geballte rechte fest, und ich presse die Ellbogen an den Körper.

– Es geht um eine Serie Luftaufnahmen, die ich bekommen sollte, um in der Finnmark damit zu arbeiten.

Ich weiß nicht, ob ich das in korrektem Deutsch formuliert habe, aber ich kann mir nicht vorstellen, daß Nummedal irgend etwas nicht verstanden hat; ohne zu stocken, habe ich jedes Wort deutlich ausgesprochen.

Er holt tief Luft und sagt: Qvigstad und Jordal sind zwei der besten Studenten, die ich je hatte, und Ihnen ist sicher klar, daß ich dabei einen Zeitraum von vielen Jahren meine. Die beiden kennen sich in der Finnmark gut aus.

– Selbstverständlich. Qvigstad habe ich nur flüchtig kennengelernt, aber Arne scheint mir ein Mann zu sein, von dem ich viel lernen kann, deshalb empfinde ich es auch als Auszeichnung, daß ich ihn begleiten darf.

– Eine Auszeichnung, oh ja! Das ist es zweifellos! Die Geologie ist eine Wissenschaft, die stark an geographische Gegebenheiten gebunden ist. Wenn man zu Ergebnissen gelangen will, die aufregend und verblüffend sind, muß man die Geologie in Gebieten betreiben, in denen noch etwas zu finden ist. Aber gerade das macht es ja so schwierig. Ich kenne eine Menge Geologen, die in Gegenden losgezogen sind, wo noch nie jemand gesucht hat – weil jeder wußte, daß dort ohnehin nichts zu finden war … Und sie haben auch nichts gefunden.

– Darf ich Ihnen ein Geheimnis verraten? fährt er fort. Der wahre Geologe kann seine Abstammung vom Goldgräber auch heute noch nicht ganz verleugnen. Vielleicht lachen Sie mich aus, weil ich das sage, aber ich bin alt. Deshalb habe ich ein gewisses Recht auf Romantik.

– Nein, nein, ich kann Sie gut verstehen!

– So, so, Sie können mich verstehen. Aber als Niederländer dürfte Ihnen dieses Verständnis sicherlich nicht ganz leichtfallen. Ein so kleines Land, schon seit Jahrhunderten dicht bevölkert und mit einem wissenschaftlichen Standard, der zu den höchsten der Welt gezählt wird. Ich kann mir vorstellen, daß sich die Geologen bei Ihnen gegenseitig auf die Zehen treten und dann manches Mal in Versuchung kommen, einen abgetretenen Zeh für den Eckzahn eines Höhlenbärs anzusehen!

– Sicherlich ist unser Land klein, aber der Boden ist ausgesprochen vielgestaltig.

– Das bildet man sich bei Ihnen ein, weil auf jedem Quadratmeter ein Geologe mit einem Mikroskop steht. Vor allem ist es kein Ausgleich dafür, daß es keine Berge gibt. Und keine Hochebenen, Gletscher und Wasserfälle! Sümpfe, Schlamm und Lehm, sonst nichts! Irgendwann wird man bei Ihnen noch auf die Idee kommen, sämtliche Sandkörner, die so herumliegen, zu zählen. Für mich ist das keine Geologie mehr. Für mich ist das Korinthenkackerei, reine Buchführung. Verfall der Wissenschaft nenne ich das, Verfall der Wissenschaft!

Mein Lachen ist spontan und höflich.

– Ach, Herr Professor, man hat auch Steinkohle, Salz, Öl und Erdgas gefunden.

– Aber die großen Fragen, mein Lieber, die großen Fragen! Woher kommt unser Planet? Wie sieht seine Zukunft aus? Sehen wir einer neuen Eiszeit entgegen, oder werden irgendwann Datteln am Südpol wachsen? Dies sind die Fragen, die eine Wissenschaft groß machen und an denen sich die wahre Funktion der Wissenschaft erweist!

Er stützt sich mit beiden Händen auf den knarrenden Schreibtisch und steht auf.

– Die wahre Funktion der Wissenschaft! Verstehen Sie??

Steinkohle, die in einem Öfchen brennt, Erdgas, auf dem man sich das Frühstücksei kochen kann, Salz, das man daraufstreut, das nenne ich Krämerwaren!

Was ist Wissenschaft? Wissenschaft ist das titanische Streben des menschlichen Intellekts, sich durch Erkenntnis aus seiner kosmischen Isolation zu befreien!

2

Nummedal kommt hinter dem Schreibtisch vor. Seine Fingerspitzen verlieren keine Sekunde den Kontakt mit der Tischkante.

– Ich habe mir gedacht, daß ich Ihnen heute nachmittag etwas von der Umgebung Oslos zeige. Wo sind diese Karten …

Er geht einen Schritt auf einen der langen Tische zu, auf denen Karten liegen.

– Sehr gern, sage ich.

Ich habe es ohne Nachdruck gesagt, gedankenlos.

Wenn ich nun einfach behauptet hätte, ich müßte meine Reise in den Norden heute nachmittag fortsetzen?

Er klappt die zusätzlichen Brillengläser herunter und hält sich eine Karte dicht vor die Augen.

Und wenn ich nun freiheraus sagen würde, daß ich nur wegen der Luftbilder gekommen bin, die man mir versprochen hat?

Sein Mund öffnet sich.

Und wenn ich nun sagen würde, daß ich schon einen Platz in der Maschine nach Trondheim reserviert habe? Daß ich in einer Viertelstunde aufbrechen muß?

Aber wenn ich ihn nun brüskiere und er mich ohne Luftaufnahmen in die Finnmark ziehen läßt?

Ich gehe einen Schritt auf ihn zu. Stelle mich neben ihn an den langen Tisch. Die Karte in seinen Händen war lange Zeit zusammengerollt, die Ränder rollen sich ein. Nummedal bückt sich, um die Karte auf dem Tisch auszubreiten, und ich helfe ihm, das widerspenstige Papier festzuhalten. Es ist ein Lichtdruck. Vielleicht eine unveröffentlichte Karte, mit der er mir eine besondere Freude machen möchte?

Nein, es ist eine ganz gewöhnliche geologische Karte des Distrikts Oslo, und er sagt: Ich muß noch ein besseres Exemplar haben, in Farbe.

Er geht am Tisch entlang, stößt einen ganzen Stapel Papiere um, die zu Boden fallen. Ich gehe in die Hocke, um sie aufzuheben.

– Ach! Lassen Sie nur!

Ich schaue zu ihm auf. Er hat nun eine andere Karte in der Hand, die auf Leinen aufgezogen ist. Die Hände voller Papiere, richte ich mich auf. Nummedal nimmt keine Notiz davon.

– Hier ist ja die richtige. Nun kommen Sie schon.

Ich lege die Papiere auf den Tisch und folge ihm.

Welche Karte meint er? Während ich ihm die Tür aufhalte, sehe ich, daß es die gleiche geologische Karte von Oslo ist, nur in Farbe. Will er einfach nicht begreifen, warum ich hier bin?

– Sie ist auf Stoff aufgezogen, sagt er, aber nicht fachgerecht. Sie läßt sich nicht zusammenfalten.

Er gibt mir die Karte.

Der Gang. Wir gehen zur Treppe. Ich an seiner linken Seite, die zusammengerollte Karte unterm Arm.

– Vor dem Krieg war ich in Amsterdam, erzählt Nummedal. Ich habe mir das geologische Institut angeschaut. Ein prachtvolles Gebäude. Reichhaltige Sammlungen aus Indonesien.

Seine rechte Hand fährt an der Wand entlang.

– Für die geologische Wissenschaft muß der Verlust der Kolonien ein harter Schlag gewesen sein.

– Das scheint nur auf den ersten Blick so. Zum Glück gibt es in anderen Ländern noch genug Möglichkeiten.

– In anderen Ländern? Mein Lieber, machen Sie sich da keine Illusionen! Andere Länder haben ihre eigenen Geologen. Für die niederländischen Geologen kann es auf die Dauer zum Problem werden, wenn sie ihre Zukunft ständig im Ausland suchen müssen.

Die dreizehnte Stufe der zweiten Treppe.

– Schon möglich, sage ich. Ach, wissen Sie, in unserer Zeit mit all den internationalen Organisationen und wo jetzt die Grenzen eigentlich immer mehr verblassen …

– Das mag alles auf dem Papier schön aussehen! Aber wo bleibt die natürliche Vertrautheit mit den großen Fragen und deren tiefe Durchdringung, wenn jemand in einem flachen Ländchen aus Schlamm und Lehm, ohne einen einzigen Berg, ausgebildet wird?

Zum Glück erwartet er auf diese Frage keine Antwort.

– Sie werden doch zugeben, erläutert er unaufgefordert, daß die Tektonik jene Disziplin der Geowissenschaften ist, die wie keine andere Raum für geniale Gedankenkonstruktionen bietet. Gibt es etwas Erhabeneres, als auf der Basis von ein paar spärlichen Wahrnehmungen und Messungen auf die innere Struktur der Alpen zu schließen oder den Aufbau des skandinavischen Schilds zu durchschauen?

Wir sind noch auf der Treppe, aber er bleibt stehen.

– So ein Land wie Holland, das ist ein Land, wo man nirgends soliden Fels unter den Füßen hat! Wenn man in Holland ankommt, was sieht man als erstes? Den Kontrollturm des Flughafens, und auf dem stehen die Worte: Aerodrome level thirteen feet below sea level. Willkommen, Fremder!

Lachend nimmt er die letzten Stufen, bleibt unten wieder stehen.

– Die Überschwemmung von 1953 war doch wohl eine Lektion, würde ich sagen. Andere Völker hätten sich davongemacht, in die Höhe, wo das Meer nicht hinkommt! Aber nicht die Holländer! Wohin sollten sie auch gehen?

Mijnheer! Ich sage Ihnen, wenn sich ein ganzes Volk jahrhundertelang darauf spezialisiert, auf einem Stück Land zu leben, das eigentlich den Fischen gehört, einem Gebiet, das letztlich nicht für Menschen geschaffen ist, dann muß so ein Volk auf die Dauer einer besonderen Philosophie anhängen, die nichts Menschliches mehr hat! Eine Philosophie, die ausschließlich auf Selbsterhaltung basiert. Eine Weltanschauung, die nur auf eines zielt: sich über Wasser zu halten! Wie kann eine solche Philosophie Allgemeingültigkeit haben? Wo bleiben da die großen Fragen?

Satzfetzen kommen mir in den Sinn: Wer ist jemals mit allgemeingültigen Philosophien weitergekommen, was sind überhaupt die großen Fragen, ist das Problem der Selbsterhaltung etwa keine große Frage in einer Welt mit so vielen großen Gefahren – aber mich verläßt zusehends der Mut, das alles auf deutsch zu sagen.

Auf der Uhr in der Eingangshalle ist es fünf nach zwölf, und der Portier sitzt nicht mehr da.

Nummedal geht zu dem schmalen Schreibtisch, legt die Hand darauf, findet so den Weg zu einem Wandschrank, schließt ihn auf.

Er nimmt Spazierstock und Hut heraus. Der Stock ist weiß angestrichen und hat unweit des Griffs einen roten Ring.

Blinder Chef des blinden Portiers.

3

Auf der Straße komme ich mir wie ein liebevoller Enkel vor, der mit dem halbblinden Großvater einen Spaziergang macht, weil das Wetter so schön ist.

Aber er ist es, der mich zum Restaurant lotst.

Es ist ein großes, vornehmes Restaurant. Gewesen. Jetzt stehen dort rosa Plastikstühle an Tischen ohne Tischdecken. Die Wände sind mit pastellfarbenen Platten, Teakholzpaneelen und löchrigem Resopal verkleidet.

Kellner gibt es nicht, nur Mädchen, die die schmutzigen Teller abräumen.

Hintergrundmusik: *Skating in Central Park* von The Modern Jazz Quartet.

Um Tische und Stühle herum geleite ich Nummedal fürsorglich zu einer langen Theke.

Zwei Tabletts aus Teakholz stelle ich nebeneinander auf die Rutschbahn aus Metallstangen, die sich an der Theke entlangzieht. Nummedal steht neben mir, der weiße Stock hängt an seinem Arm. Hin und wieder pendelt mir der weiße Stock fast ins Gesicht. Mit dem Arm, an dem der weiße Stock hängt, versucht Nummedal das Personal hinter der Theke auf sich aufmerksam zu machen. Eine ganze Schar frisch gewaschener blonder Mädchen mit Häubchen aus grünem Leinen.

Nummedal und ich sind Teil einer Schlange hungriger Menschen, die alle ein Teakholztablett weiterschieben, sobald sie wieder irgendwo einen Teller von der Theke genommen haben. Nummedal ist jedoch so beschäftigt, daß er manchmal vergißt, nachzurücken. Hinter ihm bildet sich ein Stau. Nummedal stößt dann und wann Laute aus. *Frøken!*

Frøken!

Kein einziges Frøken reagiert. Die Frøkens haben alle Hände voll zu tun, neue Gerichte auf die Theke zu stellen. Frøken Horsd'œuvre reagiert nicht, Frøken Brot nicht, Suppenfrøken nicht und Fleischfrøken nicht.

Was will Nummedal überhaupt?

Hier braucht man doch nach nichts zu fragen! Man kann sich nehmen, was man haben möchte. Wenn er nicht genug sehen kann, um eine Wahl zu treffen, kann er mir ja sagen, was er wünscht!

Mein armer kindischer Großvater, der viel Lärm um nichts macht. Sein Name klingt ähnlich wie das niederländische Wort *niemendal.* Ob er wohl das gleiche, nämlich *Null, Niemand* bedeutet?

Sein Tablett schiebe ich mit meinem Stück für Stück weiter. Wir sind schon bei der Abteilung Dessert angelangt und haben uns noch nichts ausgesucht. Das heißt, zurückgehen und aufs neue Schlange stehen, das Tablett wieder an der ganzen Theke entlangschieben. Ich habe mich nicht getraut, etwas für mich zu nehmen, nicht einmal ein Glas, ein Messer, eine Gabel und eine Papierserviette.

Schließlich bleibt Nummedal so störrisch stehen, daß in der Schlange eine Lücke entsteht. Soll ich, um etwas zu tun, ein Schälchen Ananas mit Schlagsahne nehmen? Die Leute, die vor Nummedal an der Reihe waren, haben bereits an der Kasse bezahlt. Ich vergewissere mich ängstlich, daß die Hungrigen, die wir aufhalten, auch nicht unruhig werden. Keine Wehklage erhebt sich, kein Seufzer ist zu hören. Harte Wikinger! Noble Rasse von Riesen, die keine Eile haben! Nummedal stößt immer noch Laute aus.

Jetzt verstehe ich ein zweites Wort: Gravlaks!

Das Mädchen, das für Ananas mit Schlagsahne zuständig ist, hat das Wort ebenfalls verstanden. Sie beugt sich zu Nummedal vor, schüttelt den Kopf, richtet sich auf, ruft es den Mädchen zu, an denen wir schon vorbeigekommen sind.

Das Wort ist auch auf der Kundenseite der Theke aufgeschnappt worden. Alle Gäste suchen jetzt nach Gravlaks. Sie sind noch dabei, Schälchen in die Hand zu nehmen, prüfend zu betrachten, an ihnen zu schnuppern, als das Wort Gravlaks von Häubchen zu Häubchen weitergegeben wieder beim Schlagsahnefrøken angelangt ist, nun begleitet von einer Verneinung.

Nummedal stößt Rufe aus, dankbar klingende, weil man seine Frage verstanden hat, entschuldigende, weil er eine unmögliche Bestellung aufgegeben hat.

– No Gravlaks in this place!

– I understand. It's not important.

– Entschuldigen Sie, daß ich englisch gesprochen habe. Kein Gravlachs hier!

– Ich verstehe. Ich verstehe.

Schnell greife ich zu einem Teller Pudding und stelle ihn aufs Tablett. Kurz vor der Kasse sehe ich Becher mit heißem Kaffee. Nummedal hat sein Tablett stehengelassen, er hat sich nur Kaffee genommen und bezahlt alles, ohne auf das Wechselgeld zu achten.

Ein Mann tritt aus der Schlange auf mich zu. Sein Kopf ist eckig, die Brillengläser sind kreisrund. Er zeigt auf die zusammengerollte geologische Karte, die ich mir unter den Arm geklemmt habe, lächelt und verbeugt sich kurz.

– I understand, you are a stranger here … Dies ist ein sehr schlechtes Restaurant, wissen Sie, wo es keinen Gravlaks gibt. Nie findet ein Fremder in Oslo das, was er sucht! Ich schäme mich für meine Heimatstadt. Von London sind Sie bestimmt Besseres gewohnt. Aber ich sehe, daß Sie eine Karte haben. Ist es ein Stadtplan? Darf ich mal schauen?

Während ich mit der linken Hand das Tablett balanciere,

nehme ich mit der rechten die Karte und gebe sie dem Mann. Gleich muß er sich wieder ans Ende der Schlange stellen, nur, weil er mir helfen wollte.

Er hat die Karte auseinandergerollt.

– Es gibt hier nur ein Restaurant, wo man Gravlaks bekommt. Ich zeige es Ihnen.

– Ist das auf dieser Karte nicht zu schwierig?

Es liegt mir auf der Zunge, ihm noch zu sagen, daß es sich um eine geologische Karte handelt. Was wird er denken, wenn er all das Rot, Grün und Gelb sieht, während die Stadt selbst nicht größer als eine durchgeschnittene Kartoffel dargestellt ist?

Er will mit dem Zeigefinger suchen. Die Karte rollt sich zusammen, ich will ihm helfen, das Tablett gerät ins Schwanken.

Es kippt nach seiner Seite. In einem Schwall ergießt sich der Kaffee über ihn, der Pudding heftet sich in boshaften Klumpen an seinen Anzug, Geschirr fällt zu Boden und zerbricht, das Tablett selbst kann ich gerade noch festhalten. Der Mann hat die Arme hochgestreckt, er hält die Karte in die Höhe. Ich sehe mich um, wo Nummedal geblieben ist. Der sitzt einsam an einem Tisch und rührt in seinem Kaffee.

– Alles in Ordnung! Nichts passiert! ruft der Mann, der mir helfen wollte. Er schwenkt die Karte, sie ist trocken und unbeschädigt.

Ich nehme ihm die Karte ab. Wir werden von zwei Frøkens getrennt, die ihm mit Schwamm und Handtuch zu Leibe rücken.

Nun eilen andere hilfsbereite Norweger herbei.

Einer hat mir einen Pudding besorgt, ein anderer Kaffee, ein dritter bringt einen Salat, in dem rosafarbener Fisch enthalten ist.

– Laks, Laks! ruft er rhythmisch, Laks, Laks! But no Gravlaks! Too bad!!

Ich frage, was ich ihnen schuldig bin, schaue von einem

zum andern, bekomme keine Antwort. Ich versuche es erneut, stottere jedoch so, daß sie noch mehr Mitleid mit mir bekommen. *Kann keine einzige Sprache,* denken sie. *Ist den ganzen Weg von Gottweißwoher gekommen, um Gravlaks zu essen.*

Insgeheim flehend, daß sie mir nicht folgen, drehe ich ihnen den Rücken zu und gehe mit dem vollen Tablett zu dem Tisch, an dem Nummedal sitzt.

Wo der Pudding heruntergefallen ist, kniet ein Frøken und wischt auf.

Nummedal sagt: Haben Sie die Karte?

Ich breite das Ding auf dem Tisch aus, hole tief Luft in Erwartung der Tortur, die mir nun wieder bevorsteht.

Nummedal schiebt sich die Brille jetzt ganz auf die Stirn und zieht eine Lupe hervor, die an einer schwarzen Schnur hängt. Er hält sie so dicht über die Karte, als suchte er nach einem Floh. Der Nacken ist bis zum äußersten gestreckt. Gleich wird sich der Kopf vom Hals lösen und über den Tisch rollen. Murmelnd schiebt der Professor die Lupe mit der einen Hand beiseite und will mir mit der anderen etwas zeigen. Die böswillige Karte rollt sich wieder zusammen. Hilfsbereit stelle ich den Aschenbecher, eine Kaffeetasse und meine zwei Teller auf die Ecken, höre ihm aber nicht zu.

Hätte ich mein Leben lang nur Privatunterricht erhalten, ich wäre ein Analphabet geblieben. Wenn mir jemand etwas unter vier Augen erklären wollte, habe ich es nie kapiert.

Jemals das Herz eines Tiers gesehen, das bei lebendigem Leibe aufgeschnitten wurde? Das bösartige Pumpen des gefesselten Monstrums?

So wird für mich die Zeit durch den leeren Raum hinweggepumpt, wenn ich jemandem zuhören muß, der mir etwas erklären will. Fast atemlos seufze ich: Ja, ja. Ruhig sitzen zu bleiben fällt mir unsäglich schwer und macht mich so müde, als hätte ich eine dreitägige Wanderung hinter mir.

Nummedal drängt mir Informationen auf, um die ich ihn nicht gebeten habe. Ich brauche seine Luftaufnahmen und nicht seine Eitelkeit. Schweißtropfen perlen mir über das Brustbein, das zu jucken beginnt, meine Augen bewegen sich unruhig in den Höhlen, als wollten sie herausrollen. Ich sehe und höre alles, ohne etwas aufzunehmen.

Hinter der Theke stehen Maiköniginnen mit brennenden Kerzen im Haar.

Offenherzig dekolletiert wischt Frøken da, wo ich gekleckert habe, den Boden auf. Honighügel, Bienenkörbe.

Ich entblöße die Zähne und mache den Mund langsam auf und zu.

Nummedal hat auf der Karte eine Stelle gefunden, die seiner Ansicht nach für mich außerordentlich wichtig ist.

Er legt die Lupe darauf, nimmt die Brille ab, zieht ein weißes Taschentuch aus der Hosentasche und putzt damit alle vier Gläser. Unterdessen beginnt er: Der Distrikt Oslo erstreckt sich faktisch vom Langesundfjord im Süden, den Sie auf dieser Karte nicht sehen können, bis zum Mjøsasee im Norden ...

Tektonik ...

Die Ablagerungen des Unterperm ... Drammen ... die Kaledoniden ... das Substrat des Archaikums ... zwei Synklinalen ... Deckblattstruktur ... Schiefer ...

Ich gebe Laute von mir, beuge mich vor, meine Augen sind zu dicht an der Karte, als daß ich noch eine Linie oder einen Buchstaben erkennen könnte, ich sage: Ja, ja!

Ich rufe: Selbstverständlich!

Doch ich platze fast vor Verzweiflung, weil ich bestimmt nicht genug von Nummedals Ausführungen mitbekomme, um ihm später, draußen, wenn er mir alles in der Realität zeigt, recht geben zu können.

Damit er von mir einen besseren Eindruck bekommt als von meinem Lehrmeister Sibbelee ... damit er mir die Luftaufnahmen gibt, das einzige, was ich von ihm unbedingt haben muß.

– Wollen Sie mir das wirklich alles zeigen? Ist das nicht zu anstrengend für Sie?

– In Oslo gewesen zu sein, ohne sich im Distrikt ein wenig umgeschaut zu haben!!

– Ich bin Ihnen sehr dankbar, daß Sie …

– Ja, ja, ist schon gut. Das sagen die jungen Leute alle! Kommen Sie? Ich habe meinen Kaffee ausgetrunken.

Ich nicht. Aus geheuchelter Ehrfurcht habe ich es nicht gewagt, mein Essen anzurühren. Ich stopfe mir Lachs in den Mund und reiche Nummedal den Blindenstock. Er geht vor, läßt die Karte wie selbstverständlich liegen, damit ich sie trage.

Am Ausgang kommt der Mann, der mir helfen wollte, auf mich zu.

– Gravlaks! ruft er. Es gibt nur ein Restaurant, wo Sie ihn bekommen können, und das ist im Juni geschlossen. No gravlaks in the whole city! Ich bitte Sie vielmals um Entschuldigung. Von London sind Sie anderes gewöhnt. Oder kommen Sie aus New York? Das hier ist typisch norwegisch. Nichts klappt in diesem Land. In Paris wäre Ihnen das nicht passiert. I'm sorry! I'm sorry! No alcohol in restaurants. No striptease either! Good luck to you, sir!

4

Die Asphaltstraße führt bergan und bergab. Nur wenige Autos fahren, und neben den Osloer Gehsteigen sind grasbewachsene Hügel.

In der Ferne ein Palast mit weißen Säulen, in dem der König wohnt.

Eine Treppe hinunter. Unterirdischer Bahnhof. Elektrozug.

Es muß einer der ältesten Elektrozüge der Welt sein, die Wagen sind aus senkrecht verfugten Eichenbrettern gebaut, die sorgfältig mit Messingschrauben verbunden und mit klarem Lack überzogen sind.

Nummedal und ich sitzen einander gegenüber, am Fenster. Die unterirdische Strecke war nur kurz, der Zug fährt wieder im Freien. Die Bahnlinie ist in die Felsen gehauen. Mit einem hohen, singenden Ton in den Biegungen windet sich der Zug empor.

Die Stadt liegt bereits unter uns.

Nummedal schweigt nun, und ich zermartere mir das Hirn, um ein Gesprächsthema zu finden.

Alles, was mir durch den Kopf geht, ist tabu: ... Wie ist es möglich, daß Sie mit Ihren vierundachtzig Jahren noch in einem Universitätslabor thronen ... Sie sind bestimmt so einer, der nie genug kriegen kann ... schon mindestens zehn Jahre Pensionsberechtigung, oder zwanzig Jahre ... auch in Norwegen wird das Rentenalter bei fünfundsechzig liegen, vielleicht auch bei sechzig, die Sozialisten sind schon so lange an der Macht ... er aber ist im Amt geblieben, treu auf seinem Posten, eine unersetzbare Arbeitskraft ... man hat Sonderregelungen getroffen, um das zu ermöglichen ... der unvergleichliche Nummedal! Wie lange ist er wohl schon fast blind? ... Ehrendoktorate in Irland, Kentucky, Neuseeland, Liberia, Liechtenstein, Tilburg. Anerkennenswertes, unermüdliches Alter, beneidenswert ... oder zu Hause eine Frau, die so unausstehlich ist, daß Himmel und Erde in Bewegung gesetzt werden, um nur nicht in ihrer Gesellschaft das Otium cum dignitate genießen zu müssen ... oder eine verkniffene Haushälterin ...

Ich mustere seine Kleidung ... alt, aber sauber und ordentlich. Alte Leute verschleißen schneller als ihre Kleidung. Woran liegt das nur? Er trägt hohe Schuhe, wie man sie in keinem Laden mehr kaufen kann. Solide besohlt. Ein Mann, der auf solche Dinge achtet.

Seine Brille hat er, denke ich, selbst entworfen. Und natürlich in der Feinmechanikerwerkstatt der Universität anfertigen lassen. Plötzlich tut er mir so leid ... am liebsten würde ich, mit Tränen in den Augen, zu ihm sagen: Jetzt hör mir mal gut zu, Nummedal, Ørnulf. Ich weiß genau, was du denkst, aber du irrst dich. Es gibt kein Jenseits mit einem Ewigen Männlein darin, das noch älter ist als du und alle Ehrendoktorate und die gleichen Prinzipien hat, nur noch erhabener. Wenn du den großen Schritt machst in die totale Nacht, die jeden Augenblick hereinbrechen kann, wenn die abgenutzten Blutgefäße deines Gehirns von einem Schlaganfall getroffen werden, mit Blitzstrahlen aus Blut ... Dann wird kein Männlein kommen und sagen: Guten Tag, Ørnulf. Ich habe die ganze Zeit mit großer Freude beobachtet, wie du immer noch zur Universität gegangen bist, während du zu Hause auf deinem Stuhl hättest sitzen bleiben können, und wie du, als du wußtest, daß jemand aus dem Ausland zu Besuch kommen würde, ihn mit einer Mischung aus Stolz, Ironie und Jovialität empfangen hast. Und dann auf in die Berge, um zu zeigen, was du noch leisten kannst, so daß er später zu Hause erzählen würde: Der alte Nummedal, der ist noch verdammt rüstig! Von dem könnte sich so mancher junge Spund eine Scheibe abschneiden!

Er schlägt die Beine übereinander. Seine Hände mit den braunen Altersflecken ruhen auf dem Blindenstock und schaukeln mit den Bewegungen des Zuges hin und her.

– Wenn mich mein Zeitgefühl nicht täuscht, sagt der Adenauer der Geologie, müßten wir gleich an einem Bereich vorbeikommen, wo das Silur schön aufgeschlossen ist. Achten Sie mal darauf. Wenn Sie gut aufpassen, fällt es Ihnen sofort ins Auge. Schauen Sie, dort!

Er deutet auf die Holzwand zwischen den Fenstern, aber ich sehe tatsächlich das Silur.

Meine Gedanken schweifen wieder ab. Was will ich? Ich will, daß er mir die Luftbilder gibt ... Wie kann ich einen so alten Mann beeindrucken, der von niemandem mehr etwas zu befürchten hat und nicht davor zurückscheut, jemand anders in Verlegenheit zu bringen, falls er das überhaupt noch merkt?

Den größten Fehler hat vermutlich Sibbelee gemacht. Sibbelee hätte meinen Fall anders darstellen müssen. Er hätte sagen müssen ... aber was? Bitten müssen, die Luftaufnahmen in die Niederlande zu schicken! Aber Sibbelee wußte nicht genau, welche Fotos von dem Gebiet, über das ich meine Doktorarbeit schreiben soll, überhaupt existieren. Und im übrigen kann man es wohl nur als höflich bezeichnen, daß ich deshalb höchstpersönlich hergekommen bin.

Plötzlich weiß ich, was ich falsch gemacht habe!

Ich hätte Nummedal zu Füßen fallen müssen, gleich als ich sein Arbeitszimmer betrat. Demütig, jedoch redegewandt! Helfen Sie mir, hätte ich ausrufen sollen, sättigen Sie mich mit Wissen! Ich werde zehn wissenschaftliche Artikel verfassen und dafür sorgen, daß in jedem davon hundertmal Ihr Name vorkommt! Ich werde Ihren Namen nennen, jetzt und immerdar, in allem, was ich jemals veröffentliche, auch wenn es nichts mit Ihnen und Ihren unersetzlichen Forschungen zu tun hat. Ich habe Beziehungen zu Institutionen, die Orden … Ehrendoktorate … Nekrologe …

Nekrologe??

Doch es ist ohnehin zu spät … Ich habe den richtigen Moment für einen Angriff nicht genutzt, ich bin umzingelt. Unwiderruflich in die Verteidigung gedrängt, blockiert wie eine verbogene Achse in einer beschädigten Nabe.

Ich kann mich nicht einschleimen. Den Dreh habe ich nicht heraus.

5

Nummedal ist ausgesprochen gut zu Fuß.

Hier draußen, im grellen Sonnenlicht, kann er vermutlich auch besser sehen.

Wir klettern immer höher hinauf, und Nummedal läßt keine Gelegenheit aus, sich eine Haarnadelkurve zu sparen, indem er einen steilen Nebenpfad mit etwa dreißig Grad Steigung nimmt. Er geht mit gleichmäßigen Schritten, ohne schneller zu atmen, und hält mir gut artikulierte geologische Vorträge.

In passenden Momenten stoße ich zustimmende, einsilbige Laute aus. An der Melodie seiner Stimme kann ich hören, wann ich *Selbstverständlich!*, *Ja, ja*, *Auf keinen Fall* oder sogar hin und wieder *Ha, ha!* sagen muß.

Ich trage noch immer die zusammengerollte Karte. Abwechselnd ermüden meine Arme, und das ziemlich rasch; damit das Papier nicht knittert, kann ich den Arm, unter dem ich die Karte trage, nicht fest andrücken. Manchmal halte ich die Rolle auch zwischen Daumen und Zeigefinger am Rand fest, kann dann aber den Arm nicht herabhängen lassen, weil die Karte über den Boden schleifen würde. Ich bleibe einen Schritt hinter Nummedal zurück und schaue durch die Rolle wie durch ein Fernrohr. Muß mich bezwingen, sie nicht als Sprachrohr zu verwenden. O Gott! Verdammter Mist! würde ich rufen.

Der Berghang wird durch ein kleines Plateau unterbrochen. Hier steht eine hohe Sprungschanze, ein Turm, aus dem eine hölzerne Rutschbahn hängt wie eine Zunge aus Baumstämmen. Wir gehen hinein, steigen die zahllosen Treppen hinauf, kommen endlich zu einer Plattform, wo sich Eltern mit Kindern über die Brüstung lehnen und die Aussicht genießen.

Die Schanze steht nahezu an der Spitze des Fjords. Von hier aus kann man ihn fast ganz überblicken. Am Berghang zur Linken liegen die Häuser der Stadt, rechts sind dunkle Wälder.

– Geben Sie mir jetzt die Karte!

Ich entrolle das Papier. Nummedal klappt die äußeren Brillengläser hoch. Er deutet auf etwas. Er klappt die Gläser wieder herunter. Er spricht. Er klopft mit dem Ende eines Bleistifts auf die Karte. Er deutet wieder in die Gegend. Er hält eine Vorlesung. Vielleicht kommt er schon seit sechzig Jahren mit seinen Studenten hierher.

In Frankreich gibt es die Redensart: Nicht wissen, auf welchem Fuß man tanzen soll.

Ich weiß nicht, auf welchem Fuß ich stehen soll.

Ich verliere jede Kontrolle über meine Gedanken, wie Vögel, deren Käfig durch Nachlässigkeit offensteht, flattern sie in die Landschaft hinaus.

Das dunkelblaue Wasser des Fjords und das zaghafte Blau des Himmels, der – so weit nördlich – anscheinend kaum noch den Anspruch zu erheben wagt, blau zu sein. Die klobigen Berge, die Spielzeughäuser der Stadt. Weltberühmtes Panorama. Es sehen und sterben – indem man sich hinabgleiten läßt auf der Rutschbahn aus Baumstämmen, die über einem runden See abrupt endet. Im Winter sind die Baumstämme natürlich voller Schnee, und der See ist zugefroren. Wie oft lasse ich mich wohl hinuntersausen, ohne Ski, ohne Schnee, während Nummedal weiterdoziert? Hätte er mir doch zuerst die Luftaufnahmen gegeben. Mit welchem Vergnügen würde ich ihm nun zuhören, mit welchem Genuß würde ich diese herrliche Landschaft betrachten.

Erst in dem Augenblick, als er seine Vorlesung beendet, sehe ich, daß die Karte die ganze Zeit verkehrt herum vor ihm gelegen hat.

6

Wir fahren mit demselben Zug zurück. Obwohl wir den ganzen Nachmittag zusammen verbracht haben, kann von Verbrüderung in irgendeinem Sinne nicht die Rede sein. Meist erzählen Professoren nach solchen Ausflügen oder Exkursionen Witze, lästern über ihre Kollegen oder geben Anekdoten von ihren Hunden, Katzen, Kindern zum besten.

Nicht so Nummedal. Durch die Lupe schaut er auf seine Armbanduhr, um seinen Mund zeigt sich ein Zug von Unzufriedenheit. Sein Gesprächsstoff ist erschöpft, und er wird mich noch nicht los.

Es will einfach nicht Abend werden.

Wir gehen die Treppe der Endstation hinauf und stehen wieder mitten in Oslo.

Nummedal klappt die äußeren Gläser herunter.

Er will sich wohl verabschieden, denn er bleibt stehen.

Ich bedanke mich dafür, daß er sich so viel Mühe gemacht hat.

Aber das Vergnügen sei ganz seinerseits gewesen – als ob ich das nicht wüßte.

– Herr Professor!

Ich muß die Worte aus der Kehle hochdrücken, als hätte ich mich an einem Stück Koks verschluckt: Herr Professor, bitte entschuldigen Sie, daß ich so dränge, aber können wir nicht etwas wegen der Luftaufnahmen vereinbaren?

– Luftaufnahmen?

– Die Luftaufnahmen von der Finnmark. Mir ist klar, daß Sie sie nicht auf der Stelle hervorzaubern können, aber wenn ich nun morgen, im Laufe des Vormittags, noch einmal kurz vorbeikäme, vielleicht könnte Ihre Sekretärin dann …

– Ich habe keine Luftaufnahmen für Sie. Luftaufnahmen! Selbstverständlich gibt es Luftaufnahmen in meinem Institut. Aber Luftaufnahmen für Sie, für Ihre Arbeit im Gelände, wo denken Sie hin? Wir machen die Luftbilder ja nicht selber.

– Aber Professor Sibbelee …

– Was weiß Professor Sibbelee schon davon! Wie kann Ihnen Professor Sibbelee meine Luftaufnahmen versprechen? Wenn Sie Luftbilder haben wollen, müssen Sie sie dort holen, wo sie sind. Und zwar beim Geologischen Dienst in Trondheim. Sie kommen ja dort vorbei, wenn Sie in den Norden fahren. Statten Sie dem Geologischen Dienst einen Besuch ab! Østmarkneset, Trondheim. Direktør Hvalbiff! Er wird Sie mit offenen Armen empfangen. Er hat gerade ein prachtvolles, neues Haus bekommen, das sein ganzer Stolz ist. Es wird ihm ein Vergnügen sein, Sie herumzuführen und Ihnen alles zu zeigen! Bei Hvalbiff sind Sie an der richtigen Adresse. Ich rufe ihn gleich an, dann ist er auf Ihren Besuch vorbereitet.

Nummedal streckt die Hand aus.

– Auf Wiedersehen, und alles Gute. Richten Sie Arne und Qvigstad Grüße aus! Und besuchen Sie mich unbedingt noch einmal auf dem Rückweg, wenn Sie Ihre Arbeit in der Finnmark abgeschlossen haben. Werden Sie es auch nicht vergessen?

Er klappt die äußeren Gläser wieder hoch.

– Ich nehme Ihnen mal die Karte ab. Salut!

Er tritt an den Rand des Bürgersteigs. Mit zwei Brillengläsern auf der Stirn und zwei vor den Augen sieht er aus, als wäre er mit vier Scheinwerfern ausgerüstet.

Er bohrt den weißen Blindenstock in den Strom der vorüberfahrenden Autos. Der Verkehr kommt zum Stillstand. Er überquert die Straße. Es scheint, als klappte die Straße hinter ihm zu.

Was nun?

Es wäre sehr unklug, Sibbelee keine Ansichtskarte zu schicken.

Aus einem metallenen Drehständer wähle ich sorgfältig ein Farbfoto der Sprungschanze. Auf dem Weg zu meinem Hotel überlege ich, was ich schreiben soll, während ich die Ansichtskarte an einer Ecke festhalte und hin und wieder gedankenverloren damit wedle. Aber mir fällt kein passender Text ein, mir geht nur das durch den Kopf, was ich tatsächlich denke: ... Ihre Empfehlung hat mir nicht viel genützt. Professor Nummedal ist ein alter Mann, fast blind, und versteht vielleicht gar nicht mehr richtig, was man von ihm möchte. Den ganzen Nachmittag ließ er mich zappeln, nachdem er mit seiner negativen Meinung über die Niederlande nicht hinterm Berg gehalten hatte.

Vor Ihnen, hochgeschätzter Lehrmeister, hat er wenig Respekt. Als Sie noch jung waren, haben Sie ihm offenbar einmal widersprochen, und wie mir scheint, möchte er sich noch immer dafür rächen. Nachdem er Ihre wissenschaftlichen Leistungen in wenigen, mit Sorgfalt gewählten Worten abgetan hatte, nötigte er mir einen Ausflug auf und prahlte dabei nur noch mit seinen eigenen Forschungen. Das alles hatte nichts mit dem Anlaß meines Besuches zu tun, aber ich habe geduldig zugehört. Bis zum Schluß benahm er sich so, als sei ich bloß gekommen, um ihn zu bewundern. Obwohl er die ganze Zeit gewußt haben muß, daß ich eigentlich nur die Luftaufnahmen abholen wollte. Ich ...

Wo ist mein Hotel? Müßte ich nicht längst in der Gegend sein? Die Umgebung ist mir völlig unbekannt. Nirgends etwas zu sehen, das mein Hotel sein könnte. Hier gibt es nicht einmal Läden. Es ist ein mausetoter Stadtteil, wo niemand ein Hotel errichten würde. Aus meiner Innentasche hole ich einen kleinen Stadtplan, den ich gestern abend im Hotelzimmer gefunden habe.

In die falsche Richtung gelaufen! Ich verlaufe mich immer, überall. Wie oft ist mir das schon in fremden Städten passiert!

Erst eine Stunde später bin ich wieder im Hotel, und es ist immer noch nicht Abend. Ich bestelle einen Whisky aufs Zimmer. Sorry, sir, das dürfen wir nicht. Mißmutig trinke ich ein großes Glas Wasser, setze mich an den kleinen Schreibtisch, und während sich mein Mund öffnet und schließt wie das Maul eines Fisches auf dem Trockenen, kritzele ich auf die Rückseite des Farbfotos von der Sprungschanze: Sehr geehrter Herr Professor Sibbelee, ein kurzer Gruß aus dem – noch nicht hohen – Norden. Heute morgen habe ich mich mit Professor Nummedal getroffen, der Ihnen herzliche Grüße ausrichten läßt.

Für Ihre so wertvolle Empfehlung bin ich Ihnen sehr dankbar. Nummedal hat mich überaus herzlich empfangen und sich sogar die Mühe gemacht, mit mir einen lehrreichen Ausflug in die Umgebung von Oslo zu unternehmen!

Was die Luftaufnahmen betrifft, hat er mich an den Geologischen Dienst in Trondheim verwiesen. Alfred I.

Links unten in der Ecke ist nur noch ein Fleckchen für meine Unterschrift frei, und ich bin dem Schicksal dankbar, daß für meinen vollen Namen kein Platz mehr ist.

7

Nördliche Länder haben zahlreiche lobenswerte Eigenschaften; eine davon ist die Effizienz ihrer Sanitäranlagen.

Die Dusche ist eine harte Wasserbürste. Ich bleibe lange darunter stehen, als könnte ich so diesen ganzen nutzlosen Tag von mir abspülen. Als könnte ich ganz von vorn anfangen. Aber als ich die Hähne schließlich zudrehe, denke ich: War der Tag wirklich so nutzlos? Vielleicht hat Nummedal es gut gemeint. Vielleicht hat er tatsächlich sein Möglichstes getan, die Luftaufnahmen für mich zu besorgen, und der Ausflug, den er mit mir unternommen hat, sollte eine Art Entschädigung sein. Vielleicht ist sein Rat, nach Trondheim zu fahren, die beste Lösung. Sein brüskierendes Auftreten könnte daran liegen, daß er sich geschämt hat, weil er sein Versprechen gegenüber Sibbelee nicht einlösen konnte.

Tropfnaß wieder im Schlafzimmer, drehe ich am Knopf meines Transistorradios. Ich kann hier tatsächlich Radio Hilversum empfangen. Mal hören. Ein Redner ist am Mikrofon.

Ein Physikprofessor, der einen Vortrag hält. Wissenswertes aus der Welt der Wissenschaft und Technik heißt die Sendung – für jeden Laien verständlich dargestellt.

Zum Flötespielen, teilt der Professor mit, ist ein Luftstrom mit einer Geschwindigkeit von hundertfünfundzwanzig Stundenkilometern nötig.

Was sagt er da? Hundertfünfundzwanzig Stundenkilometer? Das ist Orkangeschwindigkeit. So etwas weiß ich auswendig, als junger, vielversprechender Naturforscher.

Um Töne hervorzubringen, muß man die Luft mit einer Geschwindigkeit von hundertfünfundzwanzig Stundenkilometern aus dem Mund in die Flöte pressen.

Das war mir nie bewußt – und auf wie vielen Flöten habe ich vom siebten bis zum vierzehnten Lebensjahr gespielt?

Zuerst bekam ich eine einfache Flöte aus Zelluloid. Darauf konnte ich die Nationalhymne spielen. Dann probierte ich aus, ob sie brennen würde, wenn ich ein Vergrößerungsglas daran hielt. Sie brannte, ich ließ sie fallen, das Feuer erlosch aus Brennstoffmangel, aber meine Mutter bekam einen furchtbaren Schreck. Sie schenkte mir eine Blockflöte aus Ebenholz. Kurze Zeit später kam ich dahinter, daß in richtigen Orchestern Querflöte geblasen wird. Meine Mutter sagte, Querflöten seien sehr teuer, zu teuer. Mein Vater war damals schon lange tot, doch mein Großvater, der noch lebte, schenkte mir eine, auf der er in seiner Jugend selbst gespielt hatte. Eine große Querflöte mit sechs Tonlöchern und acht Klappen, die man in vier Teile zerlegen konnte. Da, wo die einzelnen Teile ineinandergeschoben wurden, waren sie mit Elfenbein besetzt.

Du mußt es erst mal allein ausprobieren, dann werde ich sehen, ob du Flötenunterricht nehmen darfst.

Ich wollte Flötist werden, Berufsflötist in einem großen Orchester. Meine Mutter wollte nicht nein sagen, war über meine Berufswahl aber nicht erfreut.

Es dauerte ein halbes Jahr, bis ich der großen Querflöte ein paar Töne entlocken konnte. Ich kaufte auf dem Markt ein altes Buch mit Flötenetüden. Als ich vierzehn war, konnte ich ganz passabel spielen, doch kurz darauf machte ich eine verheerende Entdeckung. Die Flöten in richtigen Orchestern sahen ganz anders aus als die, die ich hatte: Es waren sogenannte Böhmflöten, erfunden von einem gewissen Theobald Böhm, und nicht Flöten wie meine mit sechs Tonlöchern und acht Klappen. Sie erforderten eine völlig andere Spielweise. Meine Flöte taugte nicht einmal für das Schulorchester. Ich bat meine Mutter, die mir selten etwas abschlug, um eine richtige Flöte, System Böhm. Aber meine Mutter sagte: Weißt du eigentlich, daß du dann wieder ganz von vorn anfangen mußt? Und über eins mußt du dir im klaren sein: Ein Flötenspieler wird nie weltberühmt. Ein Geiger, ein Pianist, das ja. Ein Flötist dagegen darf meist nur in einem großen Orchester mitspielen. Und weißt du auch, daß du als Flötist selbst im günstigsten Fall nie etwas anderes tun wirst als nachspielen, was sich ein anderer ausgedacht hat?

Dieses Argument gab den Ausschlag. Ich fing an, Steine zu sammeln, denn Biologe wie mein Vater wollte ich nicht werden. Statt Flötist würde ich später ein Gelehrter sein.

Aber in all den Jahren, in denen ich Flöte gespielt habe, bin ich nie auf die Idee gekommen, daß die Luft mit einer bestimmten Geschwindigkeit durch eine Flöte strömt, geschweige denn, daß ich mich gefragt hätte, wie man diese Geschwindigkeit messen kann.

Wasser in den Ohren, ein Handtuch über den Händen, schäme ich mich. Forschen heißt Messen.

Ich habe es mir sogar zur Gewohnheit gemacht, meine Schritte zu zählen, wie Buys-Ballot, der das Buys-Ballotsche Gesetz entdeckt hat. (Steht man auf der Nordhalbkugel mit dem Rücken zum Wind, hat man das Tiefdruckgebiet zur Linken.)

Wind ... Aber jemand anders ist auf die Idee gekommen, die Windgeschwindigkeit in einer Flöte zu messen. Ich nicht.

Gerade als ich einen anderen Sender suchen will, erzählt der Professor, daß schon Christiaan Huygens die Geschwindigkeit des Luftstroms in Flöten gemessen habe – vor dreihundert Jahren.

Ich schalte das Radio aus und gehe ins Bett. Ich kann nicht schlafen. Hier im Norden wird es zu dieser Jahreszeit nicht richtig dunkel. Vor den Fenstern sind schwarze Vorhänge, aber man merkt trotzdem, daß es draußen nicht Nacht ist.

Um halb fünf liege ich immer noch wach. Um acht geht der Bus vom SAS-Büro zum Flughafen. Wenn ich jetzt einschlafe, verschlafe ich vielleicht. Aber ich schlafe nicht ein.

Um fünf stehe ich dann doch lieber auf, ziehe die Vorhänge auf und dusche noch einmal. Als ich mich abtrockne, fühle ich mich schläfriger als vorher, aber um mich wieder hinzulegen, ist es zu spät. Ich sitze nackt auf dem Bett, denke nach, beschließe, schon mal den Koffer zu packen und auch den Inhalt des Rucksacks noch einmal zu inspizieren.

Bergschuhe, ein Hammer, Schlafsack, Feldflasche, Becher, neues Notizbuch, Fotoapparat, Filme, der Geologen-Kompaß, den mir Eva zu Anfang des Studiums geschenkt hat. Ein ziemlich großes Instrument, mit genauer Gradeinteilung, rechteckiger Grundplatte, Peilaufsatz, Klinometer, Libelle und Spiegel.

Ich klappe ihn auf und betrachte mein Gesicht in dem kleinen Spiegel. Als mir Eva den Kompaß schenkte, meinte sie, gerade deshalb hielte sie ihn für ein so verrücktes Geschenk.

Sie sagte: Ich wußte gar nicht, daß die Geologie eine Wissenschaft ist, bei der man ständig in den Spiegel schauen muß.

Damals war sie zwölf, meine kleine Schwester.

Nicht nur, daß sie die erste war, die diese Mutmaßung äußerte: Was mich betrifft, hatte sie bestimmt recht.

Ich habe den Kompaß im Laufe der Jahre vielleicht zehnmal so oft aus dem Lederetui genommen, um mich in dem Spiegel zu betrachten, als um Messungen auszuführen.

Der Spiegel ist so klein, daß meine Ohren nicht zu sehen sind, wenn ich Nase und Augen darin erblicken kann. Wenn ich mein Kinn betrachte, kann ich hingegen die Augen nicht sehen. Nicht mal, wenn ich ihn auf Armeslänge von mir weg halte, spiegelt sich mein ganzes Gesicht darin.

Trotzdem ist mir der Spiegel unentbehrlich.

Wenn man mich fragt, gibt es in der Menschheitsgeschichte drei wichtige Stadien.

Im ersten Stadium kannte der Mensch sein eigenes Spiegelbild nicht, ebensowenig wie ein Tier es kennt. Wenn man einer Katze einen Spiegel vorhält, glaubt sie, er sei ein Fenster, hinter dem sich eine andere Katze befindet. Sie faucht den Spiegel an, läuft um ihn herum. Nach einer Weile läßt ihr Interesse nach; es gibt sogar Katzen, die überhaupt nicht auf ihr Spiegelbild reagieren.

So waren auch die ersten Menschen. Hundert Prozent subjektiv. Ein *Ich*, das sich Fragen stellen konnte über ein *Selbst*, existierte nicht.

Zweites Stadium: Narziß entdeckt das Spiegelbild. Nicht Prometheus, der das Feuer entdeckte, ist der größte Gelehrte des Altertums, sondern Narziß. Zum erstenmal sieht *ich* sich *selbst*. Psychologie war in diesem Stadium eine entbehrliche Wissenschaft, denn der Mensch war für sich selbst das, was er war – sein Spiegelbild. Er konnte es lieben oder auch nicht, aber er wurde nicht von sich selbst verraten. Ich und Selbst entsprachen einander, eins war das Spiegelbild des andern, mehr nicht. Wenn wir lügen, lügt auch das Spiegelbild. Erst im dritten Stadium haben wir den Gnadenstoß der Wahrheit erhalten.

Das dritte Stadium beginnt mit der Erfindung der Fotografie. Wie oft mögen wir ein Paßfoto, das wir machen lassen, genauso wie unser Spiegelbild? Höchst selten! Wenn in früheren Zeiten jemand sein Porträt malen ließ und es ihm nicht gefiel, konnte er dem Maler die Schuld daran geben. Die Kamera aber, das wissen wir, kann nicht lügen. Und so kommt man im Laufe der Jahre anhand zahlreicher Fotos dahinter, daß man meist nicht man selbst ist, mit sich selbst nicht übereinstimmt, sondern den größten Teil des

Lebens in einer Reihe von fremdartigen Inkarnationen existiert, für die man am liebsten jede Verantwortung ablehnen möchte.

Die Angst eines Menschen, andere könnten ihn so sehen wie auf diesen Fotos, die er lieber nicht aus der Hand gibt, und würden ihn vielleicht nie so sehen wie das von ihm gemochte Spiegelbild, hat ihn zersplittert. Das Individuum spaltet sich auf in einen General und einen Trupp meuternder Soldaten. Ein Ich, das etwas darstellen möchte – und eine Vielzahl von Schimären, die dem Ich immer wieder abtrünnig werden. Das ist das dritte Stadium: Selbstzweifel, in früheren Zeiten eher selten, lodern nun bis zur Verzweiflung auf.

Die Psychologie gelangt zur Blüte.

Ich trage zumindest in meinem Kompaß einen dieser Soldaten mit mir herum, der mir auf Gedeih und Verderb treu ist. Er wird die Doktorarbeit für mich schreiben und seine Sache so gut machen, daß ich mit cum laude promoviere, und später wird er Professor werden. Wenn die Zeitungen ein Foto von ihm haben wollen, werde ich ihn so lange fotografieren lassen, bis eines der Porträts mit ihm identisch ist. Heute morgen aber sind seine Augen rot gerändert, weil er nicht geschlafen hat – wo ich ohnehin so schlecht schlafe. Das Kinn ist stopplig, denn ich muß mich noch rasieren.

Ich rasiere mich und ziehe mich an. Rucksack und Koffer packe ich mit großer Sorgfalt. Die Sachen, die ich in Alta zurücklassen werde, lege ich jetzt schon in den Koffer: weiße Hemden, den Elektrorasierer usw. In den Rucksack kommen mein Notizbuch, dicke Socken, Kugelschreiber, Bleistifte, Hammer, Plastiktüten, die man immer brauchen kann, Bergschuhe, Schlafsack, Transistorradio. Das Maßband aus Metall? Ich kann es nirgends finden. Vielleicht habe ich es zu Hause vergessen. Ich notiere in meinem Kalender, daß ich in Trondheim ein Maßband aus Metall kaufen muß. *Maßband aus Metall*, schreibe ich unter *Østmarkneset*, die Adresse des Geologischen Dienstes.

Bevor ich frühstücken gehe, kontrolliere ich noch einmal das Badezimmer, den Schrank, den kleinen Schreibtisch und das Nachtkästchen. Nein, ich habe nichts liegenlassen. Sogar in den Schubladen und Schränken, die ich überhaupt nicht benutzt habe, schaue ich nach, ob ich nichts vergessen habe. Bei mir darf nie etwas schiefgehen. Sachen irgendwo zurücklassen, in Situationen geraten, auf die ich nicht vorbereitet bin, wie versteinert dastehen – größere Schrecknisse kann ich mir nicht denken. Ich werde nicht versehentlich in eine Felsenkluft stürzen und dabei umkommen wie mein Vater. Falls es mir doch passieren sollte, muß ich darauf vorbereitet sein. Wenn ich ausrutsche, würde ich nicht überrascht sein. Ich würde es schaffen, mich festzuhalten, oder zusehen, daß mein Sturz abgefangen wird.

Doch was erblicke ich, als ich Koffer und Rucksack bereits auf den Gang gestellt habe und die Tür hinter mir zuziehen will?

Auf dem Garderobenständer liegt eine Ansichtskarte. Es ist die Ansichtskarte, die ich gestern abend an Sibbelee geschrieben habe. Gerade noch rechtzeitig entdeckt!

8

Als der Flug nach Trondheim zum erstenmal aufgerufen wird, gehe ich gelassen zur Maschine und grüße freundlich die Stewardeß.

Regenmantel und Fotoapparat lege ich in das Netz über meinem Kopf, setze mich und gähne. Vorläufig brauche ich nichts anderes mehr zu tun als zu schlafen, und ich mache die Augen zu. Die Lider sind nicht schwer genug, sie öffnen sich wieder.

Der Platz neben mir ist leer. Das Fenster bietet Aussicht auf eine Tragfläche, mehr ist nicht zu sehen.

Die Stewardeß kommt mit einem Stapel Zeitungen vorbei. Auf gut Glück wähle ich eine aus, blättere darin.

Ohne es eigentlich zu wollen, beginne ich zu lesen.

DIE NIEDERLÄNDISCHE EXPEDITION WIRD VON SHERPA-BERÜHMTHEITEN UNTERSTÜTZT

Es ist ein Brief über die Himalaja-Expedition, an der Brandel teilnimmt.

»Unser erstes Lager befindet sich neben dem Flugplatz von Pokhara, mit Aussicht auf Himalaja-Riesen wie den Annapurna (8078m), den Machhapuchhare (6997m) und den Lamjung Himal (6985m), die mit ihren vereisten Gipfeln sozusagen die ganze Landschaft beherrschen …

Wir warten jetzt nur noch auf Wongdhi, den Sherpa-Sirdar, der vor acht Tagen mit hundert Trägern aus Katmandu aufgebrochen ist.

Im allgemeinen wird der Name ›Sherpa‹ mit ›Hochgebirgs-Träger‹ oder ›Bergführer‹ gleichgesetzt, zweifelsohne, weil die Sherpas durch die Himalaja-Expeditionen so bekannt wurden. Tatsächlich hat man es hier jedoch mit einem Volksstamm zu tun.

Erfahrung

Wongdhi ist erst 29 Jahre alt, hat sich jedoch auf zahlreichen Himalaja-Expeditionen einen Namen gemacht. Noch unlängst bestieg er mit unserem französischen Freund Lionel Terray den fast 8000m hohen Jannu im Osten Nepals, wobei hervorzuheben ist, daß Wongdhi, im Gegensatz zu Terray, keine Sauerstoffmaske benutzte. Außerdem nahm er an der Frauen-Himalajaexpedition zum Cho Oyu teil, einem Unternehmen, das außerordentlich tragisch endete, da die Leiterin, Claude Kogan, zusammen mit Claudine van der Straeten und drei Sherpas von einer riesigen Lawine begraben wurde. Wongdhi war einer dieser Sherpas und unter den fünf Verunglückten der einzige, der mit dem Leben davonkam. In seinem gebrochenen Englisch hat er uns beschrieben, wie es ihm gelang, sich mit Hilfe eines Taschenmessers aus dem Schnee zu arbeiten. Mehrere erfrorene Fingerspitzen mußten später in Frankreich amputiert werden.

Omelett

Wir haben noch eine andere Sherpa-Berühmtheit in unserer Mitte ... Danu, den Koch. Zur Zeit reißen sich die Expeditionsteams um die Dienste dieses kleinen Burschen mit den exzellenten Kochkünsten und dem erstaunenswert heiteren Charakter. Für Danu ist der Moment der Ankunft am Abend immer das Wichtigste des ganzen Tages.

Wenn wir uns überglücklich hinsetzen, um uns endlich ein wenig auszuruhen, rennt er hin und her, um alles zu organisieren. Tee gibt es meist innerhalb von fünf Minuten, oft auch ein köstliches Omelett ... fast besser, als wir es von zu Hause gewohnt sind!

Manchmal hatte ich den Eindruck, daß Danu in irgendein Haus lief und dort den Wasserkessel vom Feuer nahm ... nur um seine Sahibs nicht warten zu lassen!

Kurzum, Danu ist ein Prachtkerl!

Treue

Ein kleines Ereignis auf dieser Expedition illustriert sehr gut die Mentalität der Sherpas. Als Brandel und ich in der Nähe eines Bergdorfes in unserem kleinen Zelt schliefen, kam irgendein Lausebengel auf die Idee, das Zelt vom darüberliegenden Hang aus mit Steinen zu bewerfen. Sofort rannten die Sherpas herbei und verjagten den Lümmel.

Eine Viertelstunde später, ich war eingedöst, weckte mich ein Rascheln vor dem Zelt auf ... und da lag Danu im Schlafsack quer vor der Zeltöffnung, neben sich den Pickel, fest entschlossen, seine Sahibs notfalls mit Waffengewalt zu beschützen! Auch als es in der Nacht regnete, machte ihm das nichts aus: Danu blieb, bis es hell wurde! Wie man sieht, sind die Sherpas nicht ohne Grund wegen ihrer Treue und Anhänglichkeit beliebt!!

Gewicht

Die Träger oder Kulis rekrutieren sich hauptsächlich aus dem Umland von Katmandu, wo es eine große Anzahl Menschen gibt, die von Beruf Lastträger sind. Ihr Tagelohn ist übrigens viel niedriger als in Pokhara, wo sich alle möglichen Leute neben ihren anderen Beschäftigungen zuweilen als Träger verdingen. Auf der Expedition gilt eine Last von dreißig bis zweiunddreißig Kilo als normal, die Träger jedoch sind imstande, weitaus schwerere Lasten zu schleppen, und das im Extremfall von morgens früh bis abends spät.

Es ist keineswegs ungewöhnlich, daß ein Träger eine Last von sechzig Kilo oder mehr Dutzende von Kilometern die Berge hinauf trägt, wenn auch sehr langsam. Am beeindruckendsten war jedoch ein Erlebnis auf dem Flugplatz von Pokhara. Zu unserer Ausrüstung, die aus Katmandu als Luftfracht angekommen war, gehörte eine Kiste, die hundertfünfundzwanzig Kilo wog. Keiner der Erwachsenen wollte sich daranwagen, doch ein ungefähr siebzehnjähriger Junge nahm sie auf den Rücken und trug sie etwa zweihundert Meter bergauf. Danach wog einer unserer Ärzte den Jungen: Sein Gewicht betrug siebenunddreißig Kilo!

Aufbruch

Was den Aufstieg betrifft, brauchen wir nicht daran zu zweifeln, daß die Asse der Begleitmannschaft wie Wongdhi, Dorjee, Danu und Mingma Tsiring ihren Mann stehen werden, wenn es gilt, auf großer Höhe das Basislager für die Besteigung unseres Berges – des Nilgiri – zu errichten, und höchstwahrscheinlich wird mindestens einer von ihnen bis zum Gipfel mitkommen.«

Treue Sherpas, die ihren Mann stehen ... Ich habe genug gelesen und lege die Zeitung auf den Nachbarsitz ...

Wenn ich in einem Flugzeug sitze, habe ich immer das Gefühl, irgendwohin gebracht zu werden, ohne irgendwohin zu reisen. Auf der Tragfläche vor dem Fenster ist nichts zu entdecken, ebensowenig auf der Rückenlehne des Sitzes vor mir. Keine andere Kultur als die westliche ist jemals auf die Idee gekommen, sich eine Beförderungsart auszudenken, bei der die zu Befördernden nichts tun, als stundenlang auf die Rückenlehne eines Sitzes zu blicken, an der ein Netz befestigt ist, das stabile Papiertüten enthält, falls jemand spucken muß.

Nein, dann blicke ich lieber auf den Rücken eines treuen Sherpas! Treue Sherpas, die bereit sind, für ihre Sahibs das Vierfache des Eigengewichts einen Berg hinaufzuschleppen! Wer wird demnächst für mich etwas tragen?

Arne wird versuchen, in Skoganvarre ein Pferd zu leihen oder zu mieten, das die ersten fünfundzwanzig Kilometer mit uns kommen kann, um das Gepäck zu tragen. Weiter geht es nicht, nach fünfundzwanzig Kilometern muß das Pferd zurück. Da, wo wir hingehen, gibt es für Pferde nichts zu fressen. Also muß das Pferd nach einem Tag umkehren.

Mit dem Proviant für mehrere Wochen und all dem anderen, was wir benötigen, auf dem Rücken, müssen wir dann ohne Pferd weitergehen. Ohne Sherpas, die sich notfalls auch im Regen vor das Zelt legen, um ihre Sahibs zu beschützen. Ohne Danu, den Koch, um den sich alle Expeditionsteams reißen. Danu mit den exzellenten Kochkünsten und dem heiteren Charakter; wenn's sein muß, zieht er los und bricht für einen Kessel kochendes Wasser irgendwo ein! Und das nur, damit er seinen Sahibs nach einem anstrengenden Tag eine Tasse Tee einschenken kann.

Omelett

Im Grunde habe ich keine Ahnung, wieviel ich selbst auf dem Rücken schleppen könnte, wenn's drauf ankommt. Zwanzig Kilo scheinen mir schon ziemlich viel zu sein. Fünfundzwanzig Kilo? Vielleicht. Wie dumm, daß ich nicht daran gedacht habe, es zu Hause auszuprobieren. Den Rucksack so schwer zu machen, daß ich ihn gerade noch tragen kann, ihn zu wiegen und von diesem Gewicht einen Teil abzuziehen, weil ich nicht nur eine Weile, sondern stundenlang damit herumlaufen muß, über holpriges, steiniges Gelände ohne Weg und ohne Pfad, bergauf, bergab.

Doch was hätte ich andererseits davon, wenn ich jetzt schon genau wüßte, wieviel ich höchstens glaube schleppen zu können? Vermutlich wird es so sein, daß wir alles, was wir brauchen, unter uns dreien aufteilen. Ich will auf keinen Fall weniger als mein Drittel der Ausrüstung tragen.

Eigentlich habe ich noch nie an einer Expedition wie dieser teilgenommen. Wo immer wir unsere Zelte aufgeschlagen hatten, konnten wir abends in ein Dorf gehen und uns etwas zu essen besorgen. *Einmal muß es das erste Mal sein, Mama.*

Natürlich, Alfred. Du tust so, als sei ich daran schuld, daß du nie viel Sport getrieben hast.

Ich habe nie viel Sport getrieben. Das stimmt. Hätte ich nicht dieses Fach gewählt, das mich vor die Tür jagt, wäre ich ein richtiger Stubengelehrter geworden. Jetzt muß ich einfach los. Was außer den Büchern anderer kann man in seiner Studierstube schon erforschen?

Ich will keine Steine finden, die jemand anders schon in eine Schachtel gelegt hat. Mehr noch: Ich will keine Steine finden, die es schon früher auf der Erde gegeben hat. Am liebsten würde ich einen Meteoriten finden, einen Brokken, der aus dem Kosmos stammt, und er müßte aus einem Material bestehen, das auf der Erde bis dahin unbekannt war. Den Stein der Weisen, oder wenigstens ein Mineral, das nach mir benannt werden würde: *Issendorfit.*

Von wann ist die Zeitung? Von vorgestern. Aber der Artikel wurde vielleicht schon vor drei Wochen in Nepal abgeschickt.

Brandel war nie ein enger Freund von mir. Er ist ein ganz

anderer Typ. Ein Draufgänger. Vor allem scharf darauf, etwas zu riskieren. Studierte hauptsächlich, um dem Sport einen wissenschaftlichen Anstrich zu geben. Gewann Medaillen im Eisschnellauf über Langstrecken, war schon mit siebzehn ein gestandener Alpinist. Fuhr mit zweihundert Sachen Motorrad: *Die Straßenbäume werden zum Zaun.* Las ein Buch nur, wenn es sich nicht vermeiden ließ.

Vielleicht bezwingt er gerade in diesem Augenblick den Gipfel des Nilgiri. Ein Blick auf die Uhr: fünf vor neun. In Nepal ist es jetzt ungefähr fünfzehn Uhr, denke ich.

Es wäre also möglich.

Brandel reiste seit dem siebten Lebensjahr jeden Sommer in die Schweiz. Kletterte wie eine Gemse, bergauf, bergab. Jodeln konnte er auch. Er trank keinen Alkohol und rauchte nicht. Die Schweiz! Dort war ich praktisch noch nie, bin nur einmal nachts mit dem Zug durchgefahren.

Gewicht

Dreißig bis zweiunddreißig Kilo sind normal. Das werde ich dann wohl auch fertigbringen. Wieviel Kilo wiegen eigentlich die Nahrungsmittel, die ich an einem Tag verzehre? Wiegt ein Butterbrot fünfzig Gramm oder weniger? Keine Ahnung. Sechzig Kilo werde ich wohl kaum schleppen können. Ich wiege gut siebzig Kilo. Wieviel wog dieser junge Sherpa? Siebenunddreißig Kilo. Er trug hundertfünfundzwanzig Kilo zweihundert Meter bergan. Gut das Dreifache seines Körpergewichts. Demnach müßte ich zweihundertzwanzig Kilo tragen können. Doch diese Rechnung ist idiotisch. Ein Dreitonner, der zehntausendmal so schwer ist wie ein Spielzeugauto, ist ja trotzdem längst nicht zehntausendmal so stark. Wenn ein Mensch, relativ gesehen, so stark wäre wie ein Floh, müßte er einen Eisenbahnwaggon fortbewegen können, aber das kann niemand.

Vor meinem inneren Auge ziehen Sherpas im Gänsemarsch vorüber. Sechzig Kilo, befestigt an dem breiten Stirnband, den Rücken so weit gebeugt, daß sie mit den Händen fast den Boden berühren können. Die krummen Beine unglaublich dünn, wie die Beine von Eseln.

Ich kann das Gewicht natürlich verringern, wenn ich auf das Transistorradio verzichte. Macht dreihundert Gramm weniger.

Brandel ist ein freundlicher Mensch, der gerne lacht, sich nie streitet und dem jeder pessimistische Gedanke fernliegt. Solche Leute sind mir fremd, obwohl ich sie für glücklich halte. Wie Hunde. Das Hundeleben. Ein Hundeleben: Elend, wie es im Buche steht. Dennoch sind die meisten Hunde Optimisten.

Warum sollte Brandel nicht auch ein Optimist sein? Wongdhi, der Sherpa-Sirdar, ist mit hundert Trägern unterwegs, um ihm die Zahnbürste und den Schlafanzug zum Gipfel des Nilgiri zu bringen.

Ich dagegen habe bereits einen Tag mit dem Versuch vergeudet, einem alten, halbblinden Großtuer die benötigten Luftaufnahmen zu entlocken.

9

Ich glaube, Trondheim ist ein Ort, der mir gefallen könnte.

Rostbraun gestrichene Lagerhäuser aus Holz, die am Wasser stehen.

Alle Häuser hier sind aus Holz. Seltsam, daß Trambahnen durch die Straßen fahren. Eigentlich müßte es ein Gesetz geben, das Straßenbahnen in einer Stadt aus Holz verbietet. Trondheim ist keine wirkliche Stadt. Eher eine Imitation, die nicht von Zimmerleuten errichtet, sondern von Möbeltischlern für eine Weltausstellung geschreinert wurde.

Aber ich habe es eilig. In drei Stunden geht das Flugzeug nach Tromsø. Bis dahin muß ich im Besitz der Luftaufnahmen sein.

Im Taxi versuche ich, soviel wie möglich von Trondheim zu sehen. Ich sehe eine große Kathedrale mit Dächern aus grün oxydiertem Kupfer. Ich sehe einen weiß und rot gestrichenen Fernsehturm.

Die Sonne scheint, der Himmel ist blau, meine Müdigkeit wie weggeblasen. Als ich zum Fahrer gesagt hatte: Østmarkneset, verstand er sofort, wohin ich wollte, obwohl ich kein Wort Norwegisch kann und den Namen auf gut Glück ausgesprochen habe.

Wir passieren eine lange Brücke, danach lockert sich die Bebauung zusehends auf.

Wo wir jetzt fahren, sind die Straßen nicht einmal mehr gepflastert. Eine hügelige Gegend. Hohe Tannen. Hier und da eine Reihe neuer Holzhäuser, nicht von Möbeltischlern, sondern von Maschinen gefertigt.

Das Taxi hält. Der Fahrer dreht sich zu mir um, streckt den Arm aus, öffnet die Tür an meiner rechten Seite und zeigt auf ein noch im Bau befindliches Gebäude, zehn oder zwölf Stockwerke hoch.

– Norges Geologiske Undersøkelse, sagt er.

Ich verstehe, daß er mich nicht bis vor die Tür fahren kann. Das Haus ist von Gruben, mit roter Mennige gestrichenen Heizkörpern, umgestürzten Bäumen und abgesägten Holzstücken umgeben. Ich bezahle und steige aus.

Obwohl noch eine Menge Ziegelsteine aufgestapelt sind, sehe ich nirgends einen Maurer. Als ich mich dem Gebäude nähere, erblicke ich jedoch zwei Männer, die damit beschäftigt sind, ein Stück Spiegelglas in den Abmessungen eines kleinen Fußballplatzes senkrecht hinzustellen.

Ich zeige auf sie, ich rufe: Geologiske Undersøkelse!

Zwischen ihnen steht mein Spiegelbild.

Der eine Mann reagiert nicht, er hat alle Hände voll zu tun. Der andere macht mit der linken Hand eine kreisförmige Bewegung und widmet sich dann wieder seiner Arbeit.

Ich richte mich danach und gehe um das Haus herum, stehe vor einem Gebüsch, traue mich nicht, kehrtzumachen, zwänge mich durch die Sträucher, gelange zu einem kleinen Platz, wo, unbeaufsichtigt, ein Jeep und ein Raupenfahrzeug stehen.

Absurd, auf diese Weise zu Direktør Hvalbiff zu gelangen!

Ich bleibe stehen und klopfe meine Kleidung ab. Beobachtet mich jemand? Nein.

Dieser Teil des Hauses ist schon fertig. Er hat Fenster und sogar eine kleine Tür.

Ich gehe einfach hinein, komme in einen schmalen Gang. Jetzt heißt es, das Sekretariat finden.

Nicht nötig. Ein Herr mit Fliege und grauer Haarmähne tritt aus einem Laborraum, in dem Maschinen glucksende

Geräusche machen, und lächelt mir zu. Ich spreche ihn mit verschwörerischem Blick an – wer könnte er anders sein als Hvalbiff selbst?

– Ich möchte gern Herrn Direktør Hvalbiff sprechen.

Als ob ich keine Ahnung hätte.

Ich habe tatsächlich keine Ahnung.

– Direktør Hvalbiff? Der ist heute nicht im Haus. Ich bin Direktør Oftedahl, vom Statens Råstoff-Laboratorium.

– Ist denn hier nicht der Geologische Dienst?

– Noch nicht komplett. Aber vielleicht kann ich Ihnen helfen. Kommen Sie mit.

Ich folge ihm den Gang entlang in sein Zimmer. Er setzt sich an seinen Schreibtisch und bittet mich, Platz zu nehmen.

– Sie haben sicher gesehen, daß unser Haus noch lange nicht fertig ist. Was führt Sie zu Direktør Hvalbiff?

– Professor Nummedal hat für mich einen Termin vereinbart. Ich komme aus den Niederlanden, habe gerade mein Studium abgeschlossen und möchte jetzt eine Dissertation über die Geländeformen der Finnmark schreiben. Ich sollte von Professor Nummedal Luftaufnahmen bekommen, aber er hatte sie nicht und sagte mir, ich könne sie bei Herrn Direktør Hvalbiff abholen, hier in Trondheim. Professor Nummedal wollte anrufen, um Direktør Hvalbiff über mein Kommen zu informieren.

– Anrufen? Aus Oslo?

Als wolle er betonen, daß es ums Telefonieren geht, greift er zum Hörer eines der beiden Telefone, die auf seinem Schreibtisch prangen, fragt etwas, sagt etwas, ich verstehe nur die letzten Worte *Takk takk*. Er legt auf.

– Soweit wir wissen, hat hier niemand angerufen. Direktør Hvalbiff war gestern kurz hier und ist gleich wieder nach Oslo gefahren. Wir stecken mitten im Umzug, wissen Sie, aber der größte Teil des Geologischen Dienstes befindet sich noch in Oslo. Unsere Institutionen sind künftig beide in diesem Neubau untergebracht.

Er erzählt mir etwas über den Neubau. Direktør Oftedahls Englisch ist für meine Ohren makellos, und mein Englisch findet er offenbar gut genug, um nicht vorzuschlagen, zu einer anderen Sprache überzugehen. Er redet und redet. Es läßt ihn völlig unbeeindruckt, daß ich hier für nichts und wieder nichts sitze, daß Nummedal vergessen hat, anzurufen, oder daß Hvalbiff auf einen Anruf nicht reagiert hat.

Oftedahl hat ein fleischiges, rotes Gesicht und buschige weiße Brauen, die wie Vordächer über die Augen hängen. Am faszinierendsten finde ich jedoch die tiefen Narben an seinem Hals. Seine Fliege ist viel zu klein, um sie zu bedekken. Seine Kehle, das heißt alles, was sich unterhalb des Unterkiefers befindet, scheint mit einem großen Löffel herausgeschöpft worden zu sein. Ich habe nicht die geringste Ahnung, was für eine Operation das gewesen sein könnte – aber was weiß ich schon von Operationen? Daß vom Kehlkopf und der Zunge überhaupt noch etwas übriggeblieben ist, kann ich mir kaum vorstellen. Und doch muß es so sein, denn er hat eine sonore Baßstimme, auch mit seiner Zunge ist offenbar alles in Ordnung, denn er spricht jeden Buchstaben deutlich aus.

– Wäre es nicht möglich, frage ich, nachdem er mir alles über den Umzug erzählt hat, daß die Luftaufnahmen doch schon hierhergebracht worden sind? Ich kann mir nicht vorstellen, daß Professor Nummedal mich sonst nach Trondheim geschickt hätte.

Und ich erfinde noch etwas dazu: Professor Nummedal war sich ganz sicher, daß die Luftbilder hier sind.

Oftedahl legt die Unterarme auf den Schreibtisch, schaut mich ein paar Sekunden an und sagt: Schon möglich, schon möglich. Wir können ja mal nachschauen.

Er steht auf.

Ich stehe auch auf und drehe mich zur Tür um, während Oftedahl hinter dem Schreibtisch hervorkommt.

Neben der Tür hängt ein gerahmtes Foto, ein Porträt mit einer Signatur:

Roald Amundsen

– Amundsen, sage ich, während Oftedahl die Tür öffnet, ist die Signatur echt?

– Selbstverständlich ist sie echt. Wissen Sie, welcher Tatsache Amundsen seinen Erfolg verdankt? Er hatte sich Kleidung aus Tierfellen nähen lassen, die Haarseite nach innen. Darunter trug er keine Unterwäsche. Weite, warme Kleidung, verstehen Sie, warm und doch gut durchlüftet. Andere dagegen, wie Shackleton und Scott, trugen dicke Hemden und wollene Unterhosen. Die Sachen waren natürlich bald schweißdurchtränkt; hier und da gefroren sie. Es war unmöglich, die Sachen zu trocknen. Amundsen jedoch konnte das nicht passieren. Deshalb hat er als erster den Südpol erreicht.

Wir treten auf den Gang, biegen um eine Ecke und gelangen in einen anderen Gang, der niedrig, breiter als hoch ist.

– Man darf gar nicht daran denken, philosophiert Oftedahl, wie Forscher vom Schlag eines Amundsen ihre Notdurft verrichtet haben, bei fünfzig Grad minus, ha, ha. It must have been a very quick story!

In den Decken der Gänge sind indirekte Lichtquellen, die Wände bestehen aus geflammtem Palisanderholz, und der Boden ist mit Parkett belegt.

– Sie haben also Geologie studiert, sagt Oftedahl und springt vom Südpol und von Amundsen wieder zu mir. Ein schönes Fach. Ich bin von Haus aus Geophysiker. In meiner Dienststelle wird alles inventarisiert, was Geologen an Brauchbarem finden. Manchmal komme ich mir wie eine Art Lagerverwalter vor, und ich bedaure es, daß ich nicht Geologe geworden bin. Ich hocke zuviel im Büro und erledige Verwaltungskram. Losziehen und im Gelände arbeiten ist schöner, romantischer. Die Geologen sind die letzten Entdeckungsreisenden, die es noch gibt.

Er lacht.

– Vorsicht! Treten Sie besser nicht auf die Bretter, sondern nur auf die Balken. Der Stand der Bauarbeiten liegt Monate hinter dem Zeitplan, wie immer bei Neubauten. Das hier hätte längst fertig sein müssen.

Das Parkett hat aufgehört. Nun hören auch die Seitenwände auf. Von einem Flur oder Korridor kann nicht mehr die Rede sein. Wir gehen durch einen Raum, den man nur als Rohbaugeschoß bezeichnen kann, eigentlich sind es zwei Betonplatten mit Betonsäulen dazwischen. Am Ende davon befindet sich eine Treppe aus nacktem Beton, die wir hinaufgehen.

– Warum hat es Sie gerade nach Norwegen verschlagen? fragt Oftedahl eine Etage höher, in einem genauso aussehenden Rohbaugeschoß.

– Ich habe in Amsterdam einen Studenten aus Norwegen kennengelernt, Arne Jordal, der mir von der Finnmark erzählt hat. Wir haben dann beschlossen, in diesem Sommer zusammen dorthin zu gehen. Er war schon einmal dort, er kann mich also ein bißchen einweisen, wir leisten einander Gesellschaft, erforschen aber unterschiedliche Themen.

– Ach, stimmt ja. Jemand vom Geologischen Dienst, ein Petrologe namens Qvigstad, ist diesen Sommer auch in der Finnmark.

– Ja, ich weiß. Arne Jordal hat mir geschrieben, daß Qvigstad auch mitkommt. Beide sind Studenten von Professor Nummedal.

Oftedahl nickt, und ich lächle, weil er wenigstens teilweise über unser gemeinsames Unternehmen informiert ist. Ihm dürfte also klar sein, daß ich kein Schaumschläger bin.

Wieder kommen wir in einen Gebäudeteil, der schon fast fertig ist: unter der Decke versteckt angebrachte Leuchtstoffröhren, Palisanderholz, Parkettboden. Oftedahl öffnet eine Tür.

Ein leeres Zimmer, das noch nach Holz und frischer Farbe riecht. Mitten im Raum steht auf dem Boden ein Telefon. Oftedahl geht darauf zu, hockt sich daneben, nimmt den Hörer und wählt eine Nummer. Ich trete an die verspiegelte Außenwand, auf die jemand mit weißer Farbe zwei große Nullen geschmiert hat. Darunter steht:

Jane Mansfeld

Mitten durch den Fjord fährt ein weißes Dampfschiff. Weißes Dampfschiff, blaues Wasser, blauer Himmel, an den Hängen die dunklen Tannen wie in die Erde gesteckte nasse Rabenfedern. Um den Schlot des Dampfschiffs ein gelber Streifen.

Hinter mir höre ich Oftedahl norwegisch sprechen, warten, wieder sprechen, warten.

– Mange takk.

Er legt auf. Ich drehe mich zu ihm um.

Wir verlassen den Raum wieder. Ich hoffe, daß es in seinem norwegischen Telefongespräch um die Luftbilder ging, erwarte jeden Augenblick, daß er etwas dazu sagt, aber er sagt nichts, und ich gehe mit ihm durch die Flure, ohne so recht zu wissen, warum.

– Ihr neues Institut steht in einer wunderschönen Umgebung. Die Aussicht ist großartig.

– Diese Art Aussicht ist ziemlich normal in Norwegen. Kennen Sie Professor Nummedal gut?

– Ich habe gestern zum erstenmal mit ihm gesprochen, ich hatte ein Empfehlungsschreiben meines Professors in Amsterdam.

– Ach so. Nummedal ist ein Nationalist, ein Chauvinist, wissen Sie. Sie sprechen nicht Norwegisch, Sie haben es also nicht gehört, aber er spricht Nynorsk. Er stammt aus der Gegend von Bergen.

Oftedahl lacht, ein wenig so, wie wir Niederländer lachen, wenn wir über die Verfechter des Friesischen reden.

Wieder eine Betontreppe.

– Nynorsk, sagt Oftedahl, es gibt zwei Sorten Norwegisch, und das in einem Land mit nicht mal vier Millionen Einwohnern. Als wären zwei Sprachen noch nicht genug, wollen die Befürworter des Samnorsk, daß wir noch eine dritte Sprache dazubekommen.

Ich weiß nicht, in welcher Etage wir uns nun befinden. Auf meinen Schuhen setzt sich weißer Staub fest. Hier sind noch nicht einmal Fenster eingesetzt, und die Außenluft läßt mich frösteln. Ständig müssen wir über umherliegende Bretter und Balken steigen und um Wasserlachen herumgehen.

– Direktør Hvalbiff kann Nummedal auf den Tod nicht ausstehen. Eigentlich kann ich Ihnen nur gratulieren, daß Hvalbiff nicht da ist. Sonst würden Sie die benötigten Aufnahmen garantiert nicht bekommen, selbst wenn sie hier wären.

Wir befinden uns nun wieder in einem fast fertiggestellten Teil des Gebäudes. Die Türen der Arbeitszimmer stehen offen. In manchen sitzt schon eine Sekretärin am Schreibtisch. Eine grauhaarige Dame kommt uns entgegen und geht auf Oftedahl zu, als hätte er sie gerufen.

Sie reden miteinander. Bestimmt hat er vorhin mit ihr telefoniert. Dann stellt er mich der Dame vor.

– We are very sorry, sagt sie sehr langsam, aber wir sind gerade erst dabei, das Archiv einzurichten. Ich finde mich noch nicht so gut zurecht, außerdem ist längst nicht alles da.

Ich spüre, wie sich meine Wangen vor Freude röten. Aha! Das klingt schon ganz anders! Alles ist noch nicht hier, aber die Aufnahmen, die ich benötige, sind natürlich da. Ich kann mir nicht vorstellen, daß Nummedal mich für nichts und wieder nichts nach Trondheim geschickt hätte. Bestimmt hat er angerufen. Gut, Hvalbiff war gerade nicht da, zum Glück, wenn er Nummedal wie die Pest haßt, aber wen gibt es nicht noch alles in diesem riesigen Gebäude? Wie kann Oftedahl, Direktor einer anderen Dienststelle, wissen, ob nicht gestern jemand ein Telefongespräch aus Oslo angenommen hat?

Zu dritt gehen wir weiter den Gang entlang. Hier und da stehen schon Stühle, Stahlschränke. Sogar hohe Stapel Kartons versperren uns den Weg, und wir zwängen uns daran vorbei. Die Dame geht voran in einen Raum, in dem zwei Schreibtische und eine Menge Schachteln stehen.

Sie nimmt eine der Schachteln von einem Stapel, nimmt den Deckel ab.

Die Aufnahmen stehen senkrecht darin.

– Nehmen Sie nur eine heraus.

Ich versuche es. Aber die Schachtel ist so vollgepfropft, daß ich kaum hineinfassen kann. Als ich endlich ein Foto zu packen bekomme, reißt es an der Ecke ein. Ich stammle, murmle etwas, weiß mir keinen Rat, betrachte das Bild mit dem Gefühl, eine Indiskretion zu begehen.

Tatsächlich, eine Luftaufnahme. Ich erkenne den Ozean. Unten rechts ist noch ein Stückchen Küste zu sehen, wie ein Streifen mit geflammtem Rand. Rechts oben ist eine kleine Uhr. Die Zeiger stehen auf sieben nach drei. Links oben zeigt ein ebenso kleiner Höhenmesser an, aus welcher Höhe die Aufnahme gemacht wurde. Ohne Lupe unlesbar. Auf dem Rand steht außerdem eine Nummer. Ich drehe das Foto um. Auf der Rückseite ist ein Stempel des Verteidigungsministeriums. Ich finde keinen Hinweis auf den Ort der Aufnahme.

– Haben Sie keine Liste mit den Nummern?

Unterdessen betrachte ich ein Etikett auf der Schachtel. Wie ich mir schon dachte: Nur die Nummern der Fotos sind darauf vermerkt, ohne weitere Angaben.

Oftedahl sagt: Eine Liste der Nummern? Es muß eine ganze Kartei geben.

– Schon möglich, sagt die Dame. Mit der Abteilung habe ich nichts zu tun. Eine Kartei habe ich beim Auspacken der Kisten nicht gesehen. Und Miss *(Name unverständlich)*, die dafür zuständig ist, ist in Oslo.

– Dann ist das Problem ja gelöst, sagt Oftedahl. Rufen Sie Frøken *(Name unverständlich)* in Oslo an, bitten Sie sie, rasch im Katalog nachzuschauen, welche Nummern die Fotos der Finnmark haben, und suchen Sie die Bilder heraus.

Während er sich in Richtung Gang entfernt, sagt er noch etwas auf norwegisch, winkt mir dann, mitzukommen.

Er nimmt mich in einen anderen Raum auf derselben Etage mit. Auf einem Eichentisch steht eine altmodische Vitrine aus Eichenholz. Sie enthält ein großes wissenschaftliches Instrument, an dem viel Messing verarbeitet ist.

– Wissen Sie, was das ist? fragt Oftedahl, als habe er völlig vergessen, warum ich hier bin. Er schickt sich an, eine Vorlesung zu halten. Taktvoll übergeht er meine Unwissenheit.

– Der große Heiskanen! Auch wenn Geophysik nicht Ihr Spezialgebiet ist, haben Sie diesen großen Namen bestimmt schon mal gehört.

Erst jetzt fällt mir das Zahnrad des Rotary Clubs an Oftedahls Revers auf; außerdem trägt er am Ringfinger der rechten Hand nicht nur einen Ehering, sondern auch einen Siegelring, dessen Stein die gleiche Farbe hat wie seine Fliege.

– Mit diesem Gravimeter, sagt er, hat der große Heiskanen seine Grundlagenforschung zur isostatisch bedingten Erhebung des Skandinavischen Schilds durchgeführt. Der große Heiskanen! Der Name sagt Ihnen doch etwas? Tja, heutzutage dreht sich alles um die Geophysik! Gravimetrie, Seismologie, Messung des erdmagnetischen Feldes! Mit einem Wort: Die Zukunft gehört der Geophysik! Im

Grunde ist die Geologie mit Hochgeschwindigkeit dabei, eine veraltete Wissenschaft zu werden. So wie es tote Sprachen gibt, gibt es Wissenschaften, die einst tote Wissenschaften sein werden. Tja, wissen Sie, als erst mal die Grundprinzipien erforscht waren, gab es eigentlich nichts Neues mehr zu entdecken. Die Geologie wurde zu einer angewandten Wissenschaft, einem Konglomerat von Tricks, mit deren Hilfe man dahinterkommen, oder besser, *Spekulationen anstellen* wollte, wie der nicht sichtbare Untergrund beschaffen ist. Mit den neuen geophysischen Methoden haben wir sozusagen eine Art Röntgenstrahlen entwickelt und können durch die Erdschichten hindurchschauen. Warum dann noch länger mit Zelt und Hammer, Karte und Notizbuch losziehen? Es war ein schönes Leben, doch inzwischen ist es weniger schön für jemanden, der weiß, daß er seine Zeit vergeudet, dem klar ist, daß es weitaus bessere Methoden gibt. Der klassische Geologe ist eigentlich eine Art Buchhalter des Geländes. Im Vergleich zum modernen Geophysiker ist er genauso modern wie ein Buchhalter mit Feder und Tintenfaß im Vergleich zur elektronischen Datenverarbeitung! Ohne die Geophysik wären die Öl- und Erdgasvorräte längst erschöpft. Oder, um ein einfaches Beispiel zu nennen, was für einen Umbruch haben die Luftaufnahmen für unser Wissen von der Erde bewirkt! Auf einem Luftbild sieht man alles hundertmal besser, man sieht hundertmal mehr als jemand, der unten steht, mitten im Gebüsch und bis zu den Knien im Sumpf.

– Ach, Frøken *(unverständlich)*, da sind Sie ja wieder.

Er sagt noch etwas auf norwegisch.

Sie ist durch die Tür, die Oftedahl hinter sich offengelassen hatte, hereingekommen. Ich habe sie erst bemerkt, als sie fast neben uns stand, und mich ein wenig erschrocken.

Sie hält die Hände fromm vor der Brust gefaltet. In diesen Händen hat sie nichts, weder den Katalog, wegen dem sie vermutlich telefoniert hat, noch Luftaufnahmen.

Nachdem sie ihr Gespräch mit Oftedahl beendet hat, kommt sie einen Schritt auf mich zu, reicht mir die Hand und sagt: Good bye, sir!

Oftedahl selbst bringt mich zum Haupteingang, den ich vorher nicht finden konnte und der für mich nun der Hauptausgang wird.

Treppen mit Marmorstufen, auf denen mir Oftedahl erklärt, warum er mir leider nicht weiterhelfen könne. Die Sekretärin habe mit Oslo telefoniert. Die in Oslo hätten ihr gesagt, der Katalog sei eingepackt worden und vielleicht schon nach Trondheim unterwegs. Jedenfalls sei er nicht in Oslo.

– Gibt es vielleicht, sage ich und weiß, daß ich es nur sage, damit mich der Mut nicht völlig verläßt, gibt es vielleicht hier in der Gegend noch eine andere Stelle, wo ich Luftaufnahmen bekommen kann?

– Eine andere Stelle? Luftaufnahmen unterliegen der militärischen Geheimhaltung, das dürfte Ihnen ja wohl bekannt sein! Das ist überall auf der Welt so. Nur ganz ausnahmsweise und unter strengen Bedingungen werden sie für genau definierte wissenschaftliche Zwecke zur Verfügung gestellt. Und dann ausgerechnet Luftbilder von der Finnmark, direkt an der russischen Grenze! Vermutlich völlig übertrieben, die Russen brauchen wohl kaum unsere Luftaufnahmen zu stehlen, die machen sie bestimmt selbst. Aber so ist es nun mal. Kürzlich hatte ich eine Begegnung mit einem Professor der Volkswirtschaft, der dachte, Luftbilder könnte man einfach so kaufen, im Zeitungskiosk wie Ansichtskarten, ha, ha. Manchen Leuten sind die simpelsten Dinge nicht klar.

Er lacht, seufzt und beendet das Gespräch: Schade, daß Sie sich die ganze Mühe umsonst gemacht haben. Ich wage es kaum, Ihnen vorzuschlagen, in vierzehn Tagen noch einmal wiederzukommen. Dann dürfte der Katalog mit Sicherheit hier sein, und wir haben ihn bestimmt ausgepackt.

Aber selbstverständlich ist mir klar, daß Sie dann in Zeitdruck geraten. Well, well. Goodbye to you, sir, it's been a pleasure. Good luck. Have a good time in Finnmark!

Alle Wände der Eingangshalle sind verspiegelt. Während ich tastend erkunde, welche Teile beweglich sind und Türen genannt werden müssen, hinterlassen meine schweißigen Finger zahlreiche Abdrücke. Als es mir endlich gelungen ist, eine Glasplatte aufzustoßen, schaue ich mich noch einmal um.

Oftedahl ist schon dabei, sich zurückzuziehen. Er biegt nach rechts ab, im beleuchteten Treppenhaus sehe ich sein Profil. Den Unterkiefer ohne Kehle.

Irgendwann wird sein ganzer Schädel ein Totenkopf sein, doch jetzt ist nicht einmal seiner Stimme etwas anzumerken, aus dem man folgern könnte, daß bereits ein beträchtliches Stück von ihm verschwunden ist.

10

Ich bin neugierig, was der Mann neben mir liest.

Den Blick, so weit es geht, zur Seite gerichtet, den Oberkörper in verkrampfter Haltung zu ihm geneigt (bemerkt er mein Interesse? … nein …), versuche ich dahinterzukommen, was in dem schmalen Büchlein steht.

Er liest nie lange, legt das Buch immer wieder umgekehrt auf die Knie, hält es dabei fest. Auf seine rechte Hand ist ein Anker tätowiert, sein Hemd ist weiß, sauber, jedoch zerknittert. Die billige Krawatte ist schlecht gebunden, der Anzug altmodisch, aber wenig getragen. Adrett. Allerdings nicht fachgerecht aufgebügelt. Natürlich ein Seemann. Trägt an Bord immer einen Pullover oder einen Overall, der gute Anzug tut es viele Jahre.

Wenn er nicht liest, schaut er vor sich hin und kaut auf etwas Dickem herum.

Auch auf der linken Hand hat er eine Tätowierung, was sie darstellt, kann ich nicht genau sehen. Er läßt diese Hand vom Buch gleiten. Es ist ein einfaches Lehrbuch Niederländisch-Englisch.

– Wollen Sie auch nach Tromsø? frage ich.

– Bist du Niederländer?

– Was haben Sie denn gedacht?

– Sicher geschäftlich unterwegs?

– Nein, nein. Ich muß noch weiter in den Norden, Verwandte besuchen.

Ich weiß selbst nicht, warum ich das gesagt habe; eigentlich lüge ich ebenso ungern, wie ich ihm erklären möchte, was ich im Norden vorhabe.

– Fahren Sie zur See? frage ich schnell.

– Ich muß in Tromsø für einen Koch einspringen, der von Bord gegangen ist. Ich hasse das Fliegen. Aber die Reederei schickt einen einfach los.

Er dreht das Buch um, so daß der Text wieder zu sehen ist.

– Dieses Englisch ist eine schwierige Sprache. Verstehst du das hier vielleicht?

Er zeigt auf einen Satz. Der Satz lautet: *Does Alfred go to the races? No, he doesn't.*

– Warum steht'n das so da, fragt er, und was macht der Kerl denn nun?

– Das wird eben so ausgedrückt, versuche ich ihm zu erklären. Wenn Engländer eine Frage stellen, sagen sie nicht: *Geht Alfred zum Rennen?*, sondern *Tut Alfred zum Rennen gehen?*

– Aber das ist doch Quatsch!

– Ich kann auch nichts dafür. Verstehen Sie, wenn Engländer eine Frage stellen, fragen sie eigentlich zuerst nur, ob jemand etwas tut, und dann kommt das, was er tut, im Infinitiv.

Infinitiv ... Ich beiße mir auf die Unterlippe. Kann ich denn nie etwas erklären, ohne wie ein Pedant zu wirken?

– Ich hör's schon, sagt er, du hast den Durchblick. Du bist ein Experte.

– *Do you smoke*, versuche ich weiter zu erklären (schließlich hat er darum gebeten), *do you smoke, tust du rauchen*, aber sie meinen: *Rauchst du*.

– Jetzt liegst du aber falsch, sagt er. Sie sagen: *Have a smoke*.

Dabei holt er eine Schachtel North State heraus und hält sie mir vor die Nase.

Ich nehme eine Zigarette und stecke sie mir an.

– *North State*, sagt er, hier in Norwegen heißen sie *South State*.

– Tatsächlich?

– You do smoke, I not smoke. I kaue Tabak.

Ich lächle.

– Tabak kauen, sagt er, was heißt'n das auf englisch? Den Durchblick habe ich, nur keine Luftaufnahmen.

– Tabak kauen heißt *to chew tobacco*, sage ich.

– Tu tschu tobakko, wiederholt er, tu mir einen Gefallen und schreib's mir auf.

Zuerst orthographisch korrekt, dann phonetisch, schreibe ich es ihm auf.

– Ich seh schon, du hast 'ne Menge gelernt, sagt der Seemann. Wenn ich nur halb soviel gelernt hätte wie du, würde mich jetzt keiner irgendwohin schicken. Dann hätte ich längst dafür gesorgt, daß ich tun und lassen kann, was ich will. Manchmal lieg ich deshalb nächtelang wach, weißt du. Ich überleg mir, wie das wohl wäre. Wie ich mich fühlen würde, wenn ich alles Mögliche hätte lernen können.

Er schaut wieder in das Buch, blättert darin.

Er stellt mir immer neue Fragen. Lernbegierig.

Alles, was ich weiß und er nicht, ist für mich längst so normal, daß ich mich seit Jahren nicht mehr darüber freue, es zu wissen. Die Luftaufnahmen aber habe ich nicht, und es gibt niemanden mehr, den ich darum bitten könnte.

Der Seemann überhäuft mich mit Komplimenten, weil ich soviel weiß. Das Gefühl der Niedergeschlagenheit läßt etwas nach. Zum erstenmal im Leben bin ich stolz darauf, Englisch zu können.

Er läßt sich nicht davon abbringen, mir die ganze Schachtel Zigaretten zu schenken.

Als die Stewardeß über den Lautsprecher die Landung ankündigt, fällt mir ein, daß ich in Trondheim vergessen habe, ein Maßband zu kaufen.

11

So wie zum Norden hin die Vegetation abnimmt und die Bäume in den Wäldern weiter auseinander stehen, dünnere Stämme und weniger dichtes Laub haben, werden die Häuser in den Städten niedriger, die Bebauung verliert an Kompaktheit. Ist das die Regel? Vielleicht, vielleicht auch nicht. Was geht es mich eigentlich an?

Ich kann erst morgen weiterreisen und habe nichts anderes zu tun, als solche Wahrheiten zu entdecken.

Am Licht kann man kaum sehen, daß es Abend ist in Tromsø. Zu dieser Jahreszeit wird es hier überhaupt nicht mehr dunkel. Das Reich, in dem die Sonne nie untergeht. Moment mal! Diesen Satz werde ich gleich benutzen, wenn ich meiner Mutter eine Ansichtskarte schreibe.

Ich gehe durch eine Straße mit hellblau gestrichenen Holzhäusern. Hellichter Tag, weder Ferien noch Feiertag, und trotzdem wird nirgends gearbeitet, denn es ist halb elf.

Alle Leute flanieren, ans Schlafengehen denkt keiner. Jungs, die genauso aussehen wie die in niederländischen Kleinstädten, befummeln dieselbe Art Mädchen, die sich beim Gehen die Haare kämmen. Nur essen sie Eis aus großen Waffelhörnchen, die größer sind als bei uns. Autos gibt es kaum. Was für eine verträumte Stadtgeräuschkulisse, in der Schritte dominieren!

Es gibt einen Andenkenladen, der Rentierfelle, Lappentrachten, Rentiergeweihe, Tischdecken, Schlitten, die wie kleine Boote aussehen, Ansichtskarten mit Lappenfamilien in Technicolor und Eisbärfelle verkauft. Vor der Tür steht ein ausgestopfter Eisbär.

Wie jeder, der an ihm vorbeigeht, streichle auch ich den Bären.

Ein Vater setzt seinen kleinen Sohn darauf und macht ein Foto.

Die Eisenwarenhandlung ist geschlossen. Nur nicht vergessen, wo sie sich befindet. Morgen früh wieder hingehen, um ein Maßband zu kaufen. Man kann es sich leicht merken. Der Laden liegt an einem Platz, der zum Wasser hin abschüssig ist.

In der Mitte des Platzes steht ein Denkmal aus blaugrün patinierter Bronze, ein Mann in Polarausrüstung auf einem quadratischen Sockel.

Von hier aus sehe ich nur den Rücken. Wer ist es? Ich gehe hin und lese den Namen, der auf dem Sockel steht:

ROALD AMUNDSEN

Der Bezwinger des Südpols späht über den Fjord und in die schwarzen Berge jenseits davon, die sogar jetzt noch weiße Schneestreifen haben.

Breitbeinig steht er da, als müsse er sich gegen einen Sturm stemmen. Trotzdem ist er barhäuptig. Die Kapuze liegt ihm in weiten Falten um den Hals. Die Jacke ist lang wie ein Nachthemd, und die dicken runden Hosenbeine hängen über die Stiefel.

Er hat eine hohe Stirn, die Haare auf dem eckigen Schädel sind kurzgeschnitten. Der Schnurrbart ist dicht und vornehm, und man kann sich nicht vorstellen, daß wahrscheinlich dicke Eiszapfen daran hingen und der Entdecker damals womöglich eine weniger gelassene Miene zur Schau trug. Doch warum eigentlich nicht.

Erinnerungen aus Büchern über Entdeckungsreisen, die ich als Kind gelesen habe, gehen mir durch den Kopf. Amundsen überlebte, weil er seine Hunde gegessen hatte. Die Hunde wiederum, weil sie sich gegenseitig auffraßen. Shackleton hatte keine Hunde, sondern Ponys, die er aß, doch das führte zu einem unlösbaren Nahrungsproblem: Je mehr Ponys er mitnahm, desto größer wurde es.

Und dann war da noch Scott.

Scott. Mühsam näherte er sich dem Südpol, in seiner vereisten Schafwollunterwäsche, mit erfrorenen Zehen, doch das Herz pochte ihm bis zum Hals, weil er Boden betreten würde, auf den kein Sterblicher je den Fuß gesetzt hatte ... Boden? Schnee. Aber Schnee betreten, auf den kein Sterblicher je den Fuß gesetzt hat, das kann im Winter jeder in seinem Vorgarten.

Was dann?

Den Blick emporrichten zu einem Zenit, den noch kein Menschenauge erschaut hat. Und was sieht das Auge? Keine Sterne, denn im Januar ist es am Südpol immer Tag.

Und was sah Scott? Die norwegische Fahne, an einem Skistock, der im Schnee steckte. Das war alles, was Scott am Südpol sah. Mit einem Zettel: *Grüße von Amundsen and good luck to you, sir.*

Dann machte sich Scott auf den Rückweg. Seine Weggefährten starben einer nach dem anderen. Er selbst erfror langsam in seinem Zelt, in seiner Wollunterwäsche, die seit Monaten nicht mehr getrocknet war. Anders als Amundsen besaß er keine mit der Haarseite nach innen gewendeten Pelzhemden. Bis zum letzten Atemzug schrieb er Tagebuch. Das wurde später gefunden und in einer Sondernummer der Zeitschrift *Die Erde und ihre Völker* veröffentlicht, die ich mit vierzehn gelesen habe.

»Gott sei unseren armen Frauen und Kindern gnädig.«

Das schrieb Scott, als er schon fast tot war. Ich frage mich, ob er damit gerechnet hatte, daß seine Aufzeichnungen einmal in *Die Erde und ihre Völker* veröffentlicht würden. Denkbar wär's. Vielleicht aber auch nicht, vielleicht schrieb er immer so. Die meisten Leute schreiben nie genau, was sie denken. Nicht: Meine halb vereiste Wollunterhose stinkt wie die Pest. Oder: Bei 50 Grad minus steht unser Urin aufrecht im Schnee wie ein Schilfrohr aus gelbem Glas.

So schreiben sie nicht. Sie halten die Fahne hoch, auch wenn sie sie nicht als erster auf dem Südpol aufgepflanzt haben.

Armer Scott. Wenn es damals Luftaufnahmen gegeben hätte ... 1911 gab es noch keine. Heute schon. Nur nicht für jeden.

Ich gehe am Wasser entlang und an Fischerbooten, die in Primärfarben angestrichen sind und auf deren Decks orangefarbene Stahlkugeln liegen. Möwen kreischen über den Kais, auf denen überall Fischabfälle liegen. Es ist Viertel vor elf, und die Sonne hat mir schwarze Schattenskier an die Füße gebunden.

Über den Fjord führt eine Brücke, die zwei Kilometer lang und so hoch ist, daß ein großes Schiff bequem darunter durchfahren kann. Ich gehe die Brücke hinauf. Die Steigung ist mäßig, jedoch anhaltend und deshalb strapaziös.

Ein Hochseeschiff nähert sich. Auf das Brückengeländer gelehnt, lasse ich mich über das Schiff hinweggleiten, die Sonne im Gesicht. An der Reling steht ein Mann mit einem Hut. Er sieht Arne täuschend ähnlich, zur Sicherheit winke ich ihm. Er winkt zurück, aber das muß nichts heißen, denn Leute auf Schiffen winken immer zurück. Sobald man auf andere Art befördert wird als andere Menschen, winkt man. Außerdem ist es ein amerikanisches Schiff, und davon abgesehen kann Arne jetzt gar nicht auf einem Schiff sein.

Auf der anderen Seite will ich mich von einer Drahtseilbahn den Berg hochziehen lassen: Fem kroner, takk, tur og retur. Ich schwebe über die Baumgrenze, danach wird der Hang kahl. Die Gondel ist mit ruhigen, betrunkenen Norwegern beladen. Ich würde ihnen gern versichern, wie sympathisch sie mir sind.

Die Gondel gleitet unter ein Schutzdach und hält mit

einem Ruck an. Endstation. Oben. Alle steigen aus, entfernen sich jedoch nicht weit auf der holprigen Fläche aus unerbittlichem Fels.

Touristen stehen in kleinen Gruppen beisammen und starren in die Sonne. Auf den Felskuppen wächst höchstens ein wenig Moos. Die dunklen Wolken in der Ferne sehen mit ihrem weißen oberen Rand wie ein neues Gebirge aus, unermeßlich höher als der Berg, auf dem ich mich jetzt befinde.

Eine amerikanische Dame mit leuchtend roten Haaren und unverwüstlicher Frisur schlendert nervös auf und ab.

Als sie mich sieht, spricht sie mich an, als würden wir uns irgendwoher kennen.

– Ich muß bis zwölf Uhr hier herumstehen und in die Gegend starren! Vor zwölf können wir nicht hinunter, er sehnt sich nämlich seit Jahren danach, in Norwegen die Mitternachtssonne zu sehen. Er hat in letzter Zeit nichts anderes mehr unternommen, sogar wenn es geregnet hat. Bis jetzt ist jedesmal in letzter Sekunde eine Wolke vor die Sonne getreten. Ich versteh nicht, was der Mann daran findet. Auf Spitzbergen waren wir auch schon, hunting-cruise you know, zehn Tage, hin und zurück. Arktische Safari heißt so was, zweitausendfünfhundert Dollar, alles inklusive.

Es war scheußlich, das kann ich Ihnen sagen!

Wissen Sie, wie das abläuft?

Man braucht nicht mal an Land zu gehen. Man bleibt einfach auf dem Schiff. Das Schiff fährt bis zum Rand des Eises. Die Besatzung schießt eine Robbe, macht auf dem Eis ein Feuer und wirft die Robbe hinein. Die Eisbären werden vom Gestank des brennenden Robbenspecks angelockt.

Die Bären sind ganz zahm, sie richten sich an der Schiffswand auf. Und dann fangen alle an zu schießen. Das nennen sie jagen! Jack wollte einen Bären mit Pfeil und Bogen erledigen! Ich sage: Jack, du hast sie nicht alle. Du bist ja wie Fred Flintstone, sage ich. In dem Zeichentrickfilm, den kennen Sie bestimmt?

Ich sage zu Fred, ich meine Jack: Du hättest in der Steinzeit leben müssen! Mit Pfeil und Bogen!

Aber er sagt: So ist es viel sportlicher.

Viel sportlicher … der Stümper!

Er hat sogar drei Pfeile abgeschossen, aber der Bär war natürlich nicht tot. Er war wie ein Mensch, ein richtiger, lieber, großer darling teddybear. Er setzte sich aufs Hinterteil und versuchte sich mit dem Maul die Pfeile herauszureißen. So etwas Gräßliches habe ich noch nie gesehen! Können Sie sich das vorstellen? Das rote Blut auf dem weißen Pelz. Schließlich hat der Kapitän ihn mit einem Gewehrschuß erledigt.

Der närrische alte Jack wollte es selbst tun, aber der Kapitän sagte höflich: Just leave it to me, sir. And right he was.

Sie werden wohl verstehen, daß ich das Fell nicht demnächst zu Hause als Bettvorleger haben möchte!

Apropos Bett. Ich bin einundvierzig, und dich, mein Lieber, schätze ich auf dreiundzwanzig, und du bist kein Italiener, after all, denn sonst würde ich dir vorschlagen, daß wir zwei ihn hier bei seiner Mitternachtssonne allein lassen, ins Tal fahren und dort ins erstbeste Hotelzimmer springen.

Sie lacht. Nein, auch früher wird sie nicht besonders hübsch gewesen sein, obwohl ihr Körper schlank und attraktiv ist. Wenn sie das mit dem Italiener nicht gesagt hätte, dann …

– Ist es schon zwölf? fragt sie. Ich habe keine Uhr dabei.

Ich schiebe den linken Ärmel hoch und zeige ihr, daß es fünf vor zwölf ist.

– Gott sei Dank, sagt sie, ach, vielleicht tut es ihm ja gut, wenn er viel in die Mitternachtssonne schaut. Ich muß zugeben, daß ihm die Sonne um Mitternacht nicht oft geschienen hat, wenn du verstehst, was ich meine. Aber daran war er selber schuld, er war immer viel zu durstig. Boy, oh boy!

Sie dreht sich zur Seite und geht einen Schritt auf eine Touristengruppe zu.

– Jack! Jack! It's midnight now!

Ich bin unschlüssig, ob ich ihr sagen soll, daß es keineswegs zwölf Uhr Sonnenzeit ist, wenn meine Armbanduhr zwölf Uhr anzeigt. Doch bevor ich es ausspreche, bedenke ich, daß ich die geographische Länge Tromsøs nicht auswendig weiß und ihr deshalb nicht sagen kann, zu welcher Zeit die Sonne tatsächlich den tiefsten Punkt erreicht. Nur sagen, was nicht ist, ohne zu wissen, was Sache ist, nein, nein.

Und so murmele ich: Gleich fährt eine Gondel ins Tal, die nächste geht erst in einer halben Stunde. So lange kann ich nicht warten. Sonne ist Sonne, auch vor Mitternacht.

Und ich trenne mich von ihr drei Minuten vor zwölf.

Mit der Seilbahn bergab und wieder auf die Brücke.

Während ich über die Brücke gehe, schaue ich die ganze Zeit auf das amerikanische Schiff, das ich gesehen hatte, als es unter der Brücke durchgefahren war. Es legt gerade an. *City of Chicago, Chicago* steht auf dem Achtersteven.

Zwanzig Minuten lang, die Zeit, die ich brauche, um das andere Ende zu erreichen, lassen meine Augen das Schiff nicht los. Ich beobachte, wie die Passagiere ihre Koffer über die Decks schleppen.

Eine Vermutung wird in meinem Denken zu einer so großen Wahrscheinlichkeit, daß ich nicht umhinkann, ihr eine Handlung folgen zu lassen. Mit zitternden Knien gehe ich weiter über die nun leicht abfallende Brücke. Als ich auf Höhe des Schiffes bin, kann ich es im ganzen überblikken. Eine Gangway zum Kai ist ausgelegt. Leute gehen von Bord.

Der Mann, dem ich vorhin zugewinkt habe, könnte durchaus Arne gewesen sein! Habe ich nicht schon genug

Erfahrungen mit mißglückten Verabredungen gesammelt? So, wie ich wegen verschiedener Mißverständnisse die Luftbilder nicht bekommen habe, ist es auch möglich, daß ich Arne verfehle.

Wir haben uns in Alta verabredet, aber wer weiß, was geschehen ist: Vielleicht hat er mir eine Nachricht geschickt, die ich nicht erhalten habe, vielleicht hat er Zeit und Treffpunkt geändert. Vielleicht glaubt er auch aus irgendwelchen Gründen, daß wir uns hier in Tromsø treffen wollten. Ich will so schnell wie möglich zum Schiff.

Die Brücke nötigt zu einem ärgerlichen Umweg. Sie ist nämlich so hoch, daß sie, wenn sie das Land bereits erreicht hat, noch ein ganzes Stück darüber hinweg verläuft, ehe sie zur ebenen Erde abfällt, und es ist auch nicht möglich, sie vorher zu verlassen. Ich verliere Zeit, Zeit, in der die Passagiere von Bord gehen.

Inzwischen ist Arne womöglich schon an Land. Wo wird er mich suchen? Es gibt nicht viele Hotels in Tromsø, aber trotzdem ... Auf jeden Fall kann ich mich auf dem Schiff erkundigen, ob er unter den Passagieren war.

Nachdem ich die Brücke endlich verlassen habe und am Kai entlanggehe, begegne ich nur noch ein paar vereinzelten Reisenden.

Arne ist nicht unter ihnen. Eigentlich glaube ich, daß die Leute, die ich sehe, überhaupt keine Passagiere des Schiffes mehr sind, sondern zufällige Passanten.

Ich gehe die Gangway hinauf und halte Ausschau nach jemandem von der Besatzung, der mir sagen kann, wo ich den Chefsteward finde. Keiner hält mich auf. Durch die erste geöffnete Tür gehe ich hinein, gelange in einen schmalen Gang, gehe auf der anderen Seite wieder hinaus und bin auf dem Vordeck.

Den Fuß auf einer Winsch, die Hände in den Taschen, unterhält sich der Mann, den ich für Arne gehalten habe, mit einem Matrosen. Der Matrose trägt einen quergestreiften Pullover, der über den Bewegungen der Hand, mit der sich der Matrose kratzt, Wellen schlägt.

Der Mann hat nicht die geringste Ähnlichkeit mit Arne. Er würde Arne auch dann nicht ähneln, wenn er das Gesicht nicht verzöge, weil ihm die Sonne in die Augen scheint. Die Mitternachtssonne, wer weiß.

Ich verlasse das Schiff, ohne irgend jemanden angesprochen zu haben.

Zum Schlafengehen ist es immer noch zu früh, und so setze ich meinen Spaziergang fort. Nach einiger Zeit komme ich wieder über den Platz, auf dem Amundsen steht.

Er war zwar im Vorteil durch die Kleidung aus gewendeten Tierfellen, mußte es aber allein schaffen, ohne treue Sherpas, die ihrem Sahib Tee gekocht hätten; für die es normal ist, dreißig Kilo Gepäck zu tragen, aber sechzig Kilo auch keine Ausnahme sind. Und was wog noch mal die Kiste, die ein kleiner Junge zweihundert Meter bergauf beförderte? Hundert Kilo? Hundertfünfzig?

Was die Zeitungen nicht alles drucken!

Auf dem Sockel von Amundsens Denkmal sitzen nun drei Jungs mit ihren Mädchen, halten einander engumschlungen. Im Gras ringsum blühen Krokusse, die bei uns Monate früher kommen. In der Luft schreien Möwen mit verfrorenen Stimmen.

Kurz darauf bemerke ich zu meinem Erstaunen, daß auf dem Platz noch ein zweites Denkmal steht. Ich muß es vorher übersehen haben. Es ist nicht so groß, daß es ins Auge fällt. Nur ein unbehauener Stein aus rotem Granit, an dem eine Bronzetafel mit einem Text angebracht ist.

Buchstabe für Buchstabe entziffere ich die Inschrift. Ich finde sie so bemerkenswert, daß ich sie in mein Notizbuch schreibe:

Eidis Hansen labukt Balsfjord 1777–1870 bar denne steinen frå fjaera her og omlag hit. Steinen veg 371 kg.

Obwohl ich kein Wort Norwegisch kann, verstehe ich genau, was da steht. Ich habe sogar das Gefühl, daß ich es mir hätte merken können, ohne es zu notieren. Eidis Hansen. Trug 371 Kilo. Und er (oder vielleicht sie?!) ist 93 Jahre alt geworden.

12

Mein Gepäck wiegt insgesamt knapp dreißig Kilo.

Das erweist sich aufs neue, als Koffer und Rucksack auf dem Flughafen gewogen werden. Der Flughafen besteht aus einem ziemlich kleinen Holzhaus, aus dem ein schmaler, jedoch sehr langer Steg ins Wasser ragt. Das ist alles.

Noch sechs andere Passagiere schlendern auf und ab, nehmen aus Neugierde eine Broschüre vom Schalter, legen sie wieder zurück. Zwei Männer in hüfthohen Gummistiefeln, die zahlreiche Angeln bei sich tragen. Eine Mutter mit drei Mädchen, alle drei in Skihosen, die Mutter übrigens auch. Wir gehen ins Haus und wieder nach draußen.

Der Himmel ist hell, ohne daß die Sonne scheint.

Aber als das grüne Wasserflugzeug landet, zeigt sich die Sonne, als hätte das Flugzeug die Wolken nachhaltig durchbrochen. Während ich über den Steg gehe, habe ich plötzlich das Gefühl, daß meine Reise ein großer Erfolg werden wird.

Die kleine Maschine hat zehn Sitzplätze, fünf an jeder Seite, jeder mit eigenem Fenster.

Das Netz an der Rückenlehne vor mir enthält nicht nur die Papiertüten, sondern auch eine auf Karton aufgezogene Karte der Route, auf der die Küste und die Berge genau eingezeichnet sind. Postsäcke werden noch hineingeworfen, und die Luke schließt sich.

Das hier ist Fliegen, wie es sich unsere Urgroßeltern erträumten. Die Tragflächen befinden sich oberhalb der Kabine, so daß die Aussicht nicht beeinträchtigt wird.

Wir fliegen in ungefähr 300 Meter Höhe. Ich sehe Küste und Berge wie auf einem Modell und kann das, was auf der Karte ist, mühelos in der Wirklichkeit erkennen: die Küstenlinie, Fjorde, kleine Inseln, Gletscher, Flüsse, kahle Höhen. Nur schade, daß nicht dieses Gebiet, über das ich jetzt fliege, Thema meiner Doktorarbeit sein wird.

Meine Doktorarbeit! Statt noch länger die Namen auf der Pappkarte zu entziffern und die Landschaft unter mir zu betrachten, schweifen meine Gedanken ab. Der Gedanke: Aber ich habe doch keine Luftaufnahmen! überkommt mich wie plötzliches Zahnweh. Meine Phantasie geht mit mir durch. Ich überlege mir, daß ich die Luftbilder, die mir niemand verschaffen konnte, gar nicht brauchen würde, wenn es mir gelänge, einen Hubschrauber zu ... Ja, was? Oder einen Sportflieger kennenzulernen, der ... Oder nein, doch ein Hubschrauber ... Einen von der Armee? Oder vom Topographischen Dienst?

Ich könnte alles sehen, aus jeder beliebigen Höhe! Ich könnte alles, was mir wichtig ist, selbst fotografieren! Wo es mir sinnvoll scheint, eine Gesteinsprobe zu nehmen, landen wir kurz. Lebe ich etwa nicht in der zweiten Hälfte des 20. Jahrhunderts? Wofür gibt es sonst Hubschrauber? Wäre ich Medizinstudent, würde ich ja auch nicht auf die Benutzung eines Röntgengeräts oder eines Kardiographen verzichten. Schließlich bin ich kein Kind, das in einem Bastelkurs mit einer kleinen Säge das Sägen lernen muß, obwohl es Motorsägen gibt. Müssen Köche etwa ihre Meisterprüfung mit Hilfe eines Holzfeuerchens oder eines Teelichts ablegen?

Sollen doch Nummedal, Oftedahl, Hvalbiff und der ganze Geologische Dienst ihre Luftaufnahmen behalten.

Nur habe ich keinen Hubschrauber.

Ich erinnere mich noch genau an den Moment, als Sibbelee auf den Gedanken kam, daß ich Luftbilder brauchen würde.

Wenn Sibbelee sich anschickt, etwas zu behaupten, dessen er sich nicht ganz sicher ist, wenn er großtun will, zeigt er bestimmte Symptome. Er wirft den Kopf in den Nacken und schiebt den schwach entwickelten Unterkiefer vor. Ein schwach entwickelter Unterkiefer kann jedoch nicht vorgeschoben werden. Das einzige Resultat ist dann, daß sich die Haut zwischen Kiefer und Adamsapfel spannt.

– Luftaufnahmen, sagte er und zeigte das beschriebene Großtuersymptom, Luftaufnahmen sind selbstverständlich ein *must* in der modernen Forschung. Da kommt man nicht drumrum.

Als hätte ich je vorgehabt, drumrum zu kommen.

– Aber wie komme ich daran, Herr Professor?

– Ich schreibe Nummedal einen kleinen Brief. Nummedal ist ein alter Freund von mir, also kein Problem.

Ich muß ihn erleichtert, froh und bewundernd angeschaut haben. Sibbelee zeigte jetzt nämlich das selbstgefällige Lächeln, das er nie unterdrücken kann, wenn keiner Einspruch erhebt gegen eine Behauptung, von deren Richtigkeit er selbst nicht ganz überzeugt ist. Ein Lächeln, das man zuerst so deutet: Ich bin großartig, nicht wahr, eine Berühmtheit wie ich schafft immer Rat. Später jedoch wird einem klar, daß er gedacht hat: Gott sei Dank, man hat es mir abgekauft.

Trotzdem – diesen norwegischen Professor, einen guten alten Freund Sibbelees, um Luftbilder zu bitten, schien mir die selbstverständlichste Sache der Welt.

Und ist es das nicht auch? Daß ich die Aufnahmen nicht bekommen habe, könnte doch an einer Häufung unglücklicher Zufälle liegen?

Nummedal muß vergessen haben, daß ich bei ihm angemeldet war. Er ist schließlich ein alter Mann.

Hvalbiff wußte, daß die Aufnahmen durch den Umzug unerreichbar waren, aber was hätte er tun sollen? Ich war wahrscheinlich schon nach Trondheim unterwegs, und Hvalbiff wußte meine Adresse nicht, konnte mich also nicht benachrichtigen, daß auch er die Bilder nicht hatte.

Und Oftedahl, der hatte überhaupt nichts damit zu tun, er ist Direktor einer anderen Dienststelle. Trotzdem hat er sich alle Mühe gegeben. Ich habe nicht das Recht, ihm einen Vorwurf zu machen, er war sehr freundlich … jedenfalls hatte ich den Eindruck …

13

Das Flugzeug neigt sich so weit, daß das Fenster, an dem ich sitze, fast in der Waagerechten durch den Raum gleitet. Und ich ebenso, das Gesicht dicht an der Scheibe. Unter mir Alta: Kleine Häuser an einem großen, tief ins Land ragenden Fjord. In den Tälern Bäume, die Berggipfel kahl. Als wäre die Baumgrenze eine riesige Hand, die jede Vegetation vom Berg abstreift und nach unten drückt.

Die Maschine kommt wieder ins Gleichgewicht, das Wasser ist jetzt ganz nah. Die Schwimmkufen des Flugzeugs scheinen nach dem Wasser zu greifen wie die Klauen eines Raubvogels.

Eine Wasserlandung. Zum erstenmal wird mir bewußt, wie seltsam das klingt. Der Motor stoppt. Schlagartig verstummt der Lärm, die Vibrationen hören auf. Es ist wie nach einem Traum: man hat geträumt zu fliegen, erwacht und schaukelt mitten auf einer fast unendlichen Wasserfläche.

Der Pilot kommt aus dem Cockpit und öffnet die Luke.

Durch die Stille ertönt das leise Knattern eines Motorboots. Hier in Alta gibt es nicht einmal einen Steg wie in Tromsø. Der Mann im Boot wirft dem Piloten, der auf einer der Schwimmkufen steht, ein Seil zu.

Ich steige auf die Schwimmkufe und von dort aus ins Boot. Man reicht mir Rucksack und Koffer.

Das Ufer ist so weit entfernt, daß ich nicht erkennen kann, ob dort Leute stehen. Arne?

Hinter mir beginnt der Flugzeugmotor wieder zu laufen, laut knallend startet er.

Als ich mich umdrehe, sehe ich, wie das Flugzeug schneller wird; die Schwimmkufen werfen hohe Wellen auf, die unser kleines Boot erreichen und es emporstoßen. Diese künstliche Dünung trägt uns zum Ufer.

Arne? Ja, Arne. Er schwenkt seinen Hut. Tatsächlich ähnelt er dem Mann in Tromsø, den ich mit ihm verwechselt hatte, nur schwenkt er den Hut viel langsamer.

So langsam wie Leute in einem Land, in dem man weit voneinander entfernt wohnt. Ich trage keinen Hut, ich kann nur mit der Hand zurückwinken.

Das Flugzeug zieht eine Schleife und fliegt mit brandungsartigem Gedonner über uns hinweg. Ich schaue ihm nach, bis es außer Sichtweite ist, und blicke dann wieder zum Land.

Parallel zum Ufer, nur viel höher, führt ein Weg an der Meeresbucht entlang.

Der Mann schwenkt noch immer seinen Hut. Es ist nicht Arne. Nun hört er damit auf. Neben ihm stehen eine Frau und drei Kinder. Die Frau trägt eine lange Hose und hohe Stiefel, die Kinder ebenfalls.

Sie warten nicht, bis ich an Land bin. Auch sie haben mich für jemand anderen gehalten oder vielleicht auch nur gehofft, ich wäre jemand anders. Oder sie sind nur aus Neugierde so lange stehengeblieben.

Mich befällt ein furchtbarer Zweifel. Habe ich mich gestern in Tromsø vielleicht doch nicht getäuscht? War der Mann, der mir vom Schiff unter der Brücke aus zuwinkte, etwa doch Arne? Möglicherweise war er längst von Bord gegangen, als ich auf das Schiff kam, und der Mann, den ich dort sah, war ein ganz anderer als der (Arne!), der mir zuerst zugewinkt hatte.

Das Boot nähert sich zusehends dem Ufer, der Motor wird abgestellt, der Kiel schrammt über Steine. Ich gehe an Land.

Ein schmerzhafter Stich läßt mein linkes Augenlid zittern. Ich wische darüber, und an meiner Fingerspitze kleben die nassen Fetzen einer zerdrückten Mücke. Um meinen Kopf surrt ein Mückenschwarm. Mücken setzen sich auf Stirn, Nase und Hände. Weil ich nach Koffer und Rucksack greifen muß, kann ich die Mücken nicht verjagen.

Das Boot bleibt liegen, leer.

Hier stehe ich. Wo soll ich jetzt hingehen? Vom Ufer führt eine Holztreppe zur höher gelegenen Straße, die zur Böschung hin mit einem Steingeländer gesichert ist.

Als ich den Rucksack geschultert habe und mit dem Koffer in der Hand bereits die Holztreppe hochsteige, fällt mir hinter dem Steingeländer ein rennender Mann auf. Ich sehe nur seinen Oberkörper. Er trägt keinen Hut. Er springt über das Geländer und rennt mir über den Abhang entgegen. Seine Beine sind auffallend dünn und bewegen sich schnell, dabei vorsichtig und genau. Ich bin stehengeblieben. Er sieht mich unverwandt an, er lächelt, aber er winkt nicht.

Arne trägt hohe Stiefel und einen Anorak. Die Schnüre der zurückgeschlagenen Kapuze baumeln auf seiner Brust.

– Hallo!

– Guten Tag, Arne!

Arne hat mir sofort den Koffer abgenommen. Er geht vor mir die Treppe hinauf.

– Das Flugzeug hat meist eine Stunde Verspätung, sagt er, als wir die Straße erreicht haben und nebeneinander gehen. Ich mußte noch ein paar Sachen besorgen, ich hatte nicht damit gerechnet, daß es heute so früh da ist.

Er hat eine bedächtige Art, Englisch zu sprechen, sorgfältig, aber nicht besonders nuanciert.

– Wir bringen erst noch den Koffer weg. Du kannst dich auch noch umziehen. Der Bus fährt um drei. Zeit genug. O.k.?

Arne ist etwa einen Kopf größer als ich. Seine Haare sind hellblond und eher lang. Der Hinterkopf scheint schon durch, die Schläfen sind grau. Alles an ihm ist alt, obwohl er nur ein Jahr älter ist als ich: sechsundzwanzig. Er trägt auffallend alte Kleidung, die Hose ist geflickt, und auch auf die Ärmel des Anoraks sind in Ellbogenhöhe Flicken genäht. Ich habe ihn auf die Armbanduhr schauen sehen, als er sagte, der Bus fahre um drei. Es ist keine richtige Armbanduhr, sondern eine alte Taschenuhr, an der ein Lederarmband befestigt ist; solche Modelle konnte man vor Jahren kaufen, als Armbanduhren gerade in Mode kamen.

– Es ist eine lange Reise von Amsterdam hierher, nicht wahr?

Die Banalitäten, die ich erwidere (wie es ihm geht, seit wann er schon in Alta ist), lassen nicht erkennen, wie erleichtert ich bin, daß es mit unserer Verabredung tatsächlich geklappt hat.

Schlagartig wird mir bewußt, daß ich ständig in der Angst lebe, in einer Gesellschaft existieren zu müssen, in der jeder jeden zum Narren hält. Aber auch ohne mich absichtlich zu versetzen, hätte Arne eine halbe Stunde vor meiner Ankunft verunglücken können. Von einem Auto überfahren werden. Oder ein Herzinfarkt – merkwürdig, sagen seine Angehörigen, er wäre nie auf den Gedanken gekommen, daß mit seinem Herzen etwas nicht stimmen könnte. Ein so junger Mann! Arne hätte auch stürzen können. An einem scheinbar ungefährlichen Abhang das Gleichgewicht verlieren und hinabrollen. Ein Felsbrocken hätte ihm den Schädel spalten können.

Mir bricht der Schweiß aus. Pausenlos wische ich Mükken von Gesicht und Händen. Auch Arne ist von einem Mückenschwarm umgeben.

– Ich hätte, sage ich, zwei Tage früher hiersein können, wenn ich von Oslo direkt weitergereist wäre. Aber ich habe Nummedal besucht, und Nummedal hat mich zum Geologischen Dienst in Trondheim geschickt.

– Mit wem hast du dort gesprochen? *(Unverständlich)?*

– Hvalbiff war nicht da.

– *(Unverständlich)* ist der Erzfeind von Nummedal.

– Das haben sie mir in Trondheim auch gesagt.

– Mit seinem Chauvinismus geht Nummedal irgendwann jedem auf die Nerven.

– Chauvinismus? Bei mir fing er auch an mit …

– Das macht er bei allen Ausländern, und seinen Landsleuten liest er die Leviten, weil sie ihr Land angeblich nicht genug lieben.

– Ich habe Norweger getroffen, die sich bei mir entschuldigt und gesagt haben, in London sei alles viel besser als in Oslo. Aber so reden Niederländer auch mit Ausländern. Auf einer Bahnfahrt habe ich mal einen erlebt, der einem Spanier das niederländische Wappen in seinem Paß zeigte. You see this? sagte er. Dutch lion. Now just dog.

In Spanien! Einem Land, gegen das wir achtzig Jahre Krieg geführt haben.

– Weißt du, sagt Arne, wir leben hier in einem Land, das bis vor sechzig Jahren nur selten völlig unabhängig war. Zuerst unter der Herrschaft der Dänen, dann der Schweden. Unsere Sprache spielt in der Welt kaum eine Rolle. Jeder Student muß Englisch, Französisch und Deutsch können. Ohne diese Sprachen könnte man an der Universität kein einziges Fach studieren. Unsere eigene Sprache wird dadurch eine Art untergeordnete Sprache, eine Schülersprache. Die höchste Weisheit ist in fremden Sprachen niedergelegt. Die Lehrenden sprechen auf englisch zu uns, in englischen Lehrbüchern. Eine Sprache, die wir zwar gut lesen, aber meist doch nicht fehlerfrei sprechen oder schreiben können. Das merke ich sogar schon in diesem Augenblick, wo ich versuche, dir das zu erklären. Wenn ich norwegisch mit dir reden könnte, wäre meine Wortwahl differenzierter, präziser.

– Ich verstehe dich sehr gut.

– Aber wer eine Sprache spricht, die nicht seine Muttersprache ist, der wird niedergedrückt, unwiderruflich. Warum haben kolonisierte Völker wie Schwarze, Indianer usw.

den Ruf, so kindlich zu sein? Weil sie gezwungen waren, mit den Kolonialherren in deren Sprache zu sprechen, die sie nicht richtig beherrschten.

– Werden denn keine Bücher ins Norwegische übersetzt?

– Selbstverständlich, sehr viele. Aber es sind eben Übersetzungen, wir wissen ja, daß es nicht unsere eigenen Werke sind. Das wirkt auf manchen deprimierend.

– Warum deprimierend? Deprimierend ist es doch nur, wenn man in Nationen denkt. Nationen, die alle die erste Geige spielen wollen. Aber die Welt ist ein großes Ganzes. Begreif das doch!

– Begreifen, erwidert Arne, begreifen hier (er schlägt sich an die Stirn), begreifen hier. Ja. Begreifen da (er stößt mich sacht an die Brust), begreifen da: nein. Und weißt du, woran das liegt?

Ich sage, ich hätte keine Ahnung.

– Es liegt daran, daß sich in jedem, wie gescheit er auch sein mag, ein Wahnsinniger verbirgt. Ein wilder Wahnsinniger, und dieser Wahnsinnige wächst aus dem, woraus alle Wahnsinnigen wachsen: aus dem Kind, das wir gewesen sind, als wir ein, zwei, drei Jahre alt waren. Dieses Kind, verstehst du, hat nur eine Sprache gelernt. Seine Muttersprache.

Arne sagt das alles ruhig, nicht zu schnell, nicht zu langsam, wohlüberlegt, deutlich. Und das, während wir einen steilen, sandigen Hang erklimmen. Er schnauft nicht, keucht nicht, geht nicht schneller oder langsamer als auf ebener Erde.

Wenn ein Land so klein ist, sagt er, wenn die Politik und die Mode und die Filme und die Autos und die Maschinen – wenn fast alles aus dem Ausland kommt, und wenn dann noch fast alle maßgeblichen Bücher, also die Bücher, die recht haben, die Bücher, die die Wahrheit enthalten, die

Bücher, die besser sind als die meisten einheimischen Bücher, die Vaterbücher sozusagen, wenn diese Bücher in anderen Sprachen geschrieben sind, bekommt das Ausland dir gegenüber eine Position wie das Mutterland gegenüber der Kolonie, wie die Stadt gegenüber dem flachen Land. Der Kolonisierte und der Provinzler, was sind sie anderes als diejenigen, die nicht *zeitgemäß* sind, deren Wissen unzulänglich ist, die immer unrecht haben, die nicht auf der Höhe sind, rückständig und so weiter.

Wir sind nun oben angekommen und gelangen auf eine andere Straße, nicht gepflastert, aber doch eine Hauptstraße. Auf dem bewaldeten Gelände links und rechts stehen kleine Holzbungalows. Die Grundstücke sind weder zur Straße hin noch untereinander durch Zäune abgegrenzt.

Ein kleines Mädchen fährt mit seinem Dreirad neben uns her; es benutzt nicht die Pedale, sondern stößt sich mit den Füßen ab. Ein Junge schießt mit einer Schleuder ein kleines Segelflugzeug in die Luft, während das Mädchen etwas ruft. Das Segelflugzeug bleibt in einer Tanne hängen.

– Was hat das Mädchen gerufen? frage ich.

– Es hat gerufen: Paß auf! Aber Kinder glauben anderen Kindern nicht. Ein Kind wird eher seinem Vater glauben als einem anderen Kind. So wie wir immer dazu neigen, einem Ausländer eher zu glauben als einem Landsmann, selbst wenn unser Landsmann es besser weiß. Wenn ein Norweger mit etwas Neuem ankommt, sagen die Leute: Das kann nicht gut sein, das haben wir ja noch in keinem amerikanischen Buch gelesen. Aber wenn ein Amerikaner etwas Unsinniges behauptet und ein Norweger widerspricht, sagen sie: Er ist nicht auf der Höhe! Er ist nur ein Provinzler! Er müßte mal für ein Jahr nach Amerika gehen!

In einem kleinen Land sind es immer die Nachäffer, die am höchsten angesehen sind, und zwar auf allen Gebieten. Heute, wo Ibsen und Strindberg tot sind, heute weiß jeder, daß sie die größten Schriftsteller waren, die Skandinavien jemals hervorgebracht hat. Aber als sie noch lebten! Praktisch jeder Holzfäller konnte den Nobelpreis bekommen ... Ibsen und Strindberg bekamen ihn nicht!

Arne bleibt stehen.

– Dieses Haus ist es, sagt er, tritt nicht auf das Gras. Gras ist in diesen Breiten selten, die Leute gehen sehr achtsam damit um.

Eine Tür aus Fliegendraht fällt mit dem Gesang einer Spiralfeder hinter uns zu.

– Die eigentlichen Bewohner sind zur Zeit in Oslo. Ich darf das Haus solange benutzen.

Arne stellt meinen Koffer mitten ins Wohnzimmer. Ich nehme den Rucksack ab und versuche, auf meinen Wangen die Mücken totzuschlagen, die mit uns hereingekommen sind. Arne nimmt eine Sprühdose vom Kaminsims, und unter dem Druck seines Zeigefingers verbreitet sich ein nach Kampfer riechender Nebel.

Es ist unübersehbar, daß Arne hier nur vorübergehend campiert. Klingt diese Formulierung zu phrasenhaft? Arne hat dafür gesorgt, daß kein anderer Ausdruck zutrifft. Die Möbel hat er zur Seite gerückt. Auf dem Boden liegen ein Zelt, Zeltgestänge, ein halb gepackter Rucksack, eine Pfadfinderschaufel, Knäckebrotpäckchen, Konservendosen, ein Theodolit und ein bleischweres Stativ aus Holz, die drei Füße zusammengeklappt.

Ich bücke mich, um etwas aufzuheben.

– Was ist das?

– Ein Fischnetz. Damit wir unterwegs Fische fangen können. Sonst haben wir nichts zu essen.

– Und das Pferd? Hat es geklappt, ein Pferd zu mieten, das das Gepäck zum ersten Lager transportiert?

– Noch nicht. Aber wer weiß. Ich versuch's in Skoganvarre noch mal.

Das grobmaschige, hellblaue Nylonnetz ist einen Meter breit und fünfzehn Meter lang. An der einen Längsseite sind Korken befestigt, an der anderen ist es mit Bleigewichten beschwert.

– Wie benutzt man das? Muß man es durchs Wasser ziehen?

– Nein. Einfach auswerfen. Die Fische bleiben mit den Kiemen darin hängen.

Ich öffne meinen Koffer, nehme eine Kordhose, Wollsocken, ein dunkelblaues Baumwollhemd, die Bergschuhe, einen Pullover und eine Windjacke mit Reißverschluß heraus.

Die Krawatte nehme ich ab, Halbschuhe, graue Flanellhose, Nylonsocken und Oberhemd ziehe ich aus. Die anderen Sachen ziehe ich an. Ich ziehe einen Gürtel durch die Schlaufen der Kordhose und schiebe das Lederetui mit dem Kompaß so auf den Gürtel, daß es rechts vor dem Bauch hängt. Die Taschen fülle ich mit einer Schachtel Zigaretten, Streichhölzern, Taschentuch, Taschenmesser und dem Maßband, das ich in Tromsø nicht vergessen habe zu kaufen. Bevor ich es einstecke, ziehe ich es zur Hälfte heraus: ein schönes Rollmaßband, zwei Meter lang, biegsamer Stahl, die Seite mit den Strichen und Zahlen weiß lackiert. Ha! Jedenfalls ist nicht alles mißglückt! Die Verabredung mit Arne hat auf die Minute geklappt, und ein Maßband besitze ich auch!

Eine Viertelstunde später stecken wir die Arme durch die Tragriemen unserer Rucksäcke und verlassen das Haus.

Eine ausgefranste Schnur läuft von Arnes Hals zu seiner rechten Brusttasche. Ich frage mich, was daran befestigt sein mag. Wirklich alles, was er besitzt, ist alt und zerschlissen. Die Tasche seines Fotoapparats ist so rauh, daß es aussieht, als wäre das Leder mit der Innenseite nach außen gekehrt, und der Riemen, an dem die Tasche hängt, hat überall Risse und kann jeden Moment ganz abgehen. Die

Schnalle war schon einmal ab. Jemand hat sie stümperhaft mit einem Stück Draht befestigt. Nicht nur der Anorak, sogar der Rucksack ist geflickt, mit Segeltuch in einem etwas abweichenden Farbton.

14

Ehe er ihn sich auflud, habe ich verstohlen Arnes Rucksack angehoben: Er ist viel schwerer als meiner.

Draußen sage ich, nicht scheinheilig, sondern weil ich das Gefühl habe, meine Pflicht nicht zu erfüllen: Hör mal, du schleppst mehr als ich. Das ist nicht in Ordnung.

– Keine Sorge, du kriegst auch noch was ab, wenn wir den ganzen Proviant gekauft haben.

Dankbar nehme ich den guten Rat an, mir keine Sorgen zu machen; da ich jetzt weiß, daß wir fast den ganzen Proviant noch kaufen müssen, kann ich den Rat gebrauchen.

Zwischen den Bungalows und den Tannen gehen wir zur Hauptstraße zurück. Auf dem Boden wächst so gut wie nichts. Und auch keine einzige Tanne ist so hoch, wie es eine Tanne sein muß. Ich trage das schwere Stativ des Theodolits abwechselnd auf der rechten und linken Schulter. Stechmücken machen es sich unablässig auf meinem Gesicht und den Handrücken bequem. Nicht mal Zigarettenrauch stört sie.

Arne deutet auf das Etui an meinem Gürtel.

– Was hast du da?

– Einen Kompaß. Willst du ihn mal sehen?

Ich öffne das Etui und reiche ihm den Kompaß.

– Mensch, ist der schön. Hast du den extra für diese Tour gekauft?

– Nein, ich habe ihn schon mein ganzes Studium über benutzt.

– Er sieht aus wie neu, sagt er mit einem Blick, in dem ich Mißtrauen zu erkennen glaube.

– Meine Schwester hat ihn mir geschenkt, vor sieben

Jahren. Sie hat immer große Angst, ich könnte mich verirren.

Mit einem Gefühl, als würde ich lügen, und völlig grundloser Scham stecke ich den Kompaß wieder ein.

– Du hast eine Schwester?

– Ja, sie ist sechs Jahre jünger als ich. Ein sonderbares Mädchen, hübsch, aber nicht sehr intelligent. Sie ist nämlich gläubig, um nicht zu sagen abergläubisch. Bist du religiös erzogen?

– Zum Glück nicht.

– Wir auch nicht. Ich bin nicht mal getauft, Eva übrigens auch nicht. Aber sie will sich vielleicht noch taufen lassen.

– Es gibt, sagt Arne, ein Buch: *Das Gesicht Gottes nach Auschwitz.* Das Gesicht muß offenbar der Mühe wert gewesen sein.

Wir müssen beide loslachen, ein unbehagliches Lachen beim Gedanken an das, was Gott gesehen hatte, als Er dieses Gesicht machte.

Ist das die Hauptstraße von Alta? Jedenfalls ist hier der Busbahnhof, direkt gegenüber vom Postamt.

Wir legen das Gepäck auf den Boden, wie alle Leute, die auf den Bus warten. Arne geht hinüber zur Post, ich bleibe stehen.

Unter den Wartenden sind einige Lappen; ich mustere sie eingehend, vergleiche ihre Kleidung mit den Ansichtskarten, die ich gesehen habe. Nicht zwei von ihnen sind gleich angezogen. Die Kleidung der europäischen Hochzivilisation ist in unterschiedlichem Maße an ihnen emporgekrochen.

Ein einziger alter Mann trägt noch selbstgemachte weiche Stiefel aus Rentierfell. Einige der Frauen tragen schon gewöhnliche Schuhe, und ihre fleischfarbenen Nylonstrümpfe stehen in schauderhaftem Kontrast zum Rest des Aufzugs: der hellblauen Bluse, die um die Taille mit einem

Gürtel zusammengeschnürt ist, der roten Mütze mit Ohrenklappen.

Sie sitzen ruhig auf der Bordsteinkante beisammen, unterhalten sich leise; auf ihren runzligen, kränklichen Gesichtern erscheint oft ein Lächeln. Die Hände sind schwarz von Schmutz, der in die Haut eingezogen ist und sie fast glänzen läßt. An einem Schulterriemen tragen sie eine Art Jagdtasche, an die verschiedene Gegenstände aus Metall geheftet sind: Medaillen, Figürchen, Münzen, ich kann es nicht genau erkennen. Die Männer tragen außerdem riesengroße Messer am Gürtel, in Lederscheiden mit gebogenen Spitzen.

Die einzigen Bewohner des Landes, in das ich fahre. Was würde ich sie fragen, wenn ich ihre Sprache verstehen könnte? Ob sie glücklich sind? Doch so eine Frage stellt man auch Leuten, von denen man nicht durch Sprachprobleme getrennt ist, nur selten. Würde ich sie fragen, ob sie der Ansicht sind, daß ihr Leben besser ist als unseres, oder ob sie nicht lieber wie die anderen Norweger wären? Aber wahrscheinlich würden sie sagen, daß sie darüber noch nie nachgedacht hätten.

Arne kommt aus der Post. Während er die Straße überquert, winkt er mir mit einem Brief. Ein Brief? Von wem?

Der Brief ist von meiner Mutter. Kann sie denn keinen Augenblick ohne mich auskommen? Jetzt schon ein Brief – sie muß ihn sofort nach meiner Abreise geschrieben haben, sonst könnte er nicht hier sein. Ich habe im Moment keine Lust, ihre Prosa zu lesen, stecke den Brief in die Brusttasche meiner Windjacke und folge Arne.

Arne geht in einen Fahrradladen direkt neben dem Busbahnhof. Der Händler und Arne begrüßen einander mit feierlichem Ernst. Dann sagt der Fahrradmann lächelnd zu mir: How do you do, sir?

Arne hat sich überlegt, daß wir uns beide einen Leinenhut (American Army Surplus) anschaffen müssen, an dem ein Moskitonetz befestigt ist. Ich setze meinen sofort auf und knöpfe das Netz unterm Kinn zu. Wichtig ist auch, daß wir Finn-Oljen kaufen, ein extra starkes Anti-Mückenmittel zum Schutz der unbedeckten Hautpartien. FORSIKTIG! Greift die Schleimhäute an, steht auf dem Etikett.

Bis der Bus kommt, reiben wir uns damit ein.

Die Rucksäcke werden aufs Dach geladen, wir steigen ein. Als der Fahrer schon die Tür schließen will, kommt eine Lappin angelaufen, auf dem Arm ein zweijähriges Kind mit einem Gipsbein. Der Busfahrer fährt ihr ein Stückchen entgegen und hält direkt neben ihr.

– Sag mal, Arne, wie sieht es eigentlich mit der Rassendiskriminierung im Hinblick auf die Lappen aus?

– Früher waren sie tatsächlich etwas benachteiligt, aber heute nicht mehr. Wir tun alles mögliche für sie. Nur ist es schwierig für sie, ihre Kinder in die Schule zu schicken.

– Können die Lappen Norwegisch?

– Die meisten schon. Untereinander sprechen sie es nicht.

– Kann ein Lappe jede Position in der Gesellschaft erreichen, die er anstrebt?

– Ich hab noch nie gehört, daß ein Lappe so etwas wollte. Ein Lappe brauchte nur seine Tracht abzulegen, dann wäre er ein Norweger wie jeder andere.

– Und warum tun sie es dann nicht?

– Weil sie glauben, daß sie anders sind. Ich finde, Anderssein ist hauptsächlich eine Frage der Muttersprache. Schon allein dadurch denken sie nicht so wie wir. Ein Lappe hat wahrscheinlich Angst, daß er höchstens eine Norweger-Imitation wird. Er würde sich von seiner ganzen Sippe entfremden. Und warum auch? Lappe-sein ist nichts, für das man sich schämen muß.

– Aber besonders komfortabel ist es nicht.

– Die Selbstachtung der meisten Menschen basiert auf irgendeinem Mangel an Komfort.

Der Bus fährt über eine lange, schmale Brücke. Autos sind nicht unterwegs, und Bäume werden immer seltener. Die Straße besteht aus festgewalzter Erde; jeder Straßenbelag würde im Winter vom Frost zerstört werden.

Dann und wann begegnen uns Bulldozer, die noch dabei sind, Abschnitte mit Frostschäden zu ebnen. Der Bus fährt nirgends schnell und ist fast ständig von Staubwolken eingehüllt.

Arne und ich haben Karten auf den Knien und notieren uns Gegebenheiten des Geländes, die uns interessant vorkommen. Hügel, Seen, Stromschnellen, Schluchten. Der Himmel zieht sich immer mehr zu. Auf breiten, seichten Flüssen funkelt die Sonne, als sei sie stolz, daß es noch nicht regnet.

Mitten in einer unbewohnten Ebene, wo dunkelgrünes, hellgrünes und rotes Heidekraut wächst, bittet die Frau mit dem Kind den Busfahrer anzuhalten. Als sie aussteigt, setzt ein Sturzregen mit solcher Kraft ein, daß das an den Scheiben herabrinnende Wasser die Landschaft verzerrt. Ich sehe, wie die Frau mit dem Kind querfeldein läuft. Einen Weg oder auch nur einen Trampelpfad gibt es in dieser Einöde nicht.

– Was macht ein Lappe, wenn er krank wird?

– Dann kann er nach Alta, nach Kautokeino oder nach Karasjok gehen, je nachdem, was am nächsten liegt. Aber die meisten Lappen ziehen nicht mehr mit ihren Zelten umher, sie arbeiten in Fischfabriken und so. Lappen, die noch Rentiere halten, sind meist sehr reich. Haben Herden mit Tausenden Tieren. Einen Haufen Kinder und viele Rentiere, das ist das, was sie eigentlich wollen. Manchmal glaube ich, der Starrsinn, mit dem Menschen an Traditionen festhalten, reicht aus, jede Hoffnung aufzugeben, daß die Menschheit durch rationale Maßnahmen glücklicher wird.

Wir sind ungefähr zwei Stunden gefahren, als der Bus in Skaidi hält. Skaidi. Eine Bretterbude, wo Limonade, Schokolade und heiße Würstchen verkauft werden. Der Bus bleibt hier eine Weile stehen, damit die Fahrgäste sich die Füße vertreten können. Wir sind auf dem höchsten Punkt der Gegend.

Die Hände in den Hosentaschen, gehe ich auf und ab. Alle Fahrgäste gehen auf und ab, jeder in eine andere Richtung. Der Himmel hat sich jetzt zugezogen, und es ist so kalt wie bei uns an einem Wintertag, wenn es gerade noch nicht friert. Ich lasse den Blick über die runden Hügel schweifen, auf denen hier und da große, runde Steine liegen. In den Senken sehe ich Tümpel und kleine Seen. Am größten See steht ein Zelt aus schräg aneinandergelehnten Stangen, die mit Rentierfellen bespannt sind.

Ein alter Lappe in vollem Staat kommt zum Vorschein, in jeder Hand zwei Rentiergeweihe. Aus seinem Mund hängt eine gebogene Pfeife, und an den Wangen kann man trotz der schlechten Rasur deutlich sehen, daß er keinen Zahn mehr im Mund hat. Er geht ohne Eile, kommt nicht nah heran, spricht niemanden an.

Die Lappen, die mit uns im Bus gesessen haben, nehmen keine Notiz von dem alten Mann. Nur ein junger Bursche mit weißer Studentenmütze kauft ein Rentiergeweih.

Der Bus fährt weiter, hält unterwegs nur noch einmal an, in Russenes.

Um halb elf steigen Arne und ich an unserem Ziel, Skoganvarre, aus.

15

Breites, stilles Wasser. Ein Fluß, der sich zu einem See erweitert. Ein paar Tannen, keine hohen. Dunkle Hänge.

Der Fahrer klettert auf das Dach des Busses, reicht uns die Rucksäcke, die wir erst mal an den Straßenrand stellen. Dann gibt er uns das Holzstativ.

Stille, nachdem der Bus weggefahren ist. Es regnet nicht mehr, die Wolken haben sich verzogen, die Sonne steht tief, scheint aber mit voller Kraft. Es wird Abend, sagt man bei uns, wenn die Sonne nach einem warmen Sommertag so scheint. Hier aber ist es schon fast Nacht, und nächtlicher kann es nicht mehr werden. Ich habe das Stativ des Theodolits an meine Schulter gelehnt.

Etwas abseits der Straße steht ein Holzhaus, als Villa gebaut, mit einem Wintergarten. Auf dem Anwesen sehe ich ein grünes Zelt.

Arne sagt: Qvigstad schläft vielleicht schon, oder er ist nicht da.

Alle Reißverschlüsse des Zelts sind zugezogen. Arne geht hin und ruft Qvigstads Namen, danach noch andere Wörter. Arne hockt sich hin, Arne richtet sich wieder auf.

– Wahrscheinlich ist er angeln.

Um etwas zu tun, nehme ich in jede Hand einen Rucksack und ziehe sie in den Garten.

– Paß auf, das Gras. Es ist hier noch seltener als in Alta.

– Und was machen wir jetzt?

Wir reiben uns Gesicht und Hände mit Mückenöl ein, stecken uns dann beide eine Zigarette an.

– Morgen müssen wir ja schon weiter. Da lohnt es sich nicht, das Zelt aufzuschlagen, sagt Arne.

– Und was hast du vor?

– Ich werde fragen, ob wir nicht in der Veranda übernachten können.

Er meint den Wintergarten, der tatsächlich nichts anderes ist als eine verglaste Veranda.

Während er fragt, gehe ich vorsichtig zwischen den grasbewachsenen Stellen zurück, überquere die Straße und setze mich ans Seeufer.

In diesem Wasser wächst nichts, und es ist so klar, daß man die Steine auf dem Grund sehen kann. Die größten ragen aus dem Wasser heraus. Die allergrößten könnte man vielleicht schon als kleine Inseln bezeichnen.

Ich versuche mir vorzustellen, wie es sein muß, das ganze Leben in Skoganvarre zu verbringen. Es hat immer Menschen gegeben, die nie etwas anderes getan haben als essen, trinken, schlafen, jagen, fischen. Und im Winter? Der erste Schnee fällt hier, glaube ich, schon Ende September. Im Winter sind die Leute gezwungen, alles mögliche Unheil zu verhindern und zu bekämpfen. Sie müssen für ausreichende Nahrungs- und Brennstoffvorräte sorgen. Immer auf der Hut sein. Sofort wissen, was zu tun ist, wenn jemand krank wird. Oder wenn ein Kind geboren wird.

Ffflapp. Ein Fisch ist hochgesprungen und wieder ins Wasser geklatscht.

Im Winter Schnee, im Sommer dichte Mückenschwärme. Von dem Punkt aus, wo der Fisch hochgesprungen ist, wachsen ständig Kreise im Wasser. Den Brief meiner Mutter lesen? Das eilt nicht.

Am gegenüberliegenden Seeufer gehen zwei Männer mit Angeln entlang, zwischen ihnen, Hand in Hand, drei, nein vier kleine Mädchen. Die Kinderstimmen erreichen mich mit einem leichten Nachhall. Zwischendurch höre ich einen Kuckuck rufen. Hin und wieder auch ein Geräusch wie das Auf- und Zuklappen einer Heckenschere. Aber nirgends ist eine Hecke, nirgends eine Schere. Arne steht neben mir, und er hat etwas mitgebracht, das wie ein kleiner Aluminiumtopf ohne Deckel aussieht.

– In Ordnung, sagt er, wir können in den Wintergarten.

Er hält das Aluminiumtöpfchen an einem kleinen Stock, der darin klemmt. Um die Außenseite ist eine lange Nylonschnur gewickelt, an der ein glänzender Löffel mit einem Angelhaken befestigt ist.

– Wolltest du schon schlafen gehen? fragt er.

Ich stehe auf und schüttle lachend den Kopf.

– Niemand hier im Norden, sagt Arne, hat im Sommer Lust, schlafen zu gehen. Die Kinder kriegt man nicht ins Bett. Wenn ein Norweger zehn Jahre hier oben gelebt hat, ist er am Ende. Im Winter zu viel Schlaf, im Sommer zu wenig.

Das Schneidegeräusch der Heckenschere ist jetzt ganz nah.

– Weißt du, was das für ein Geräusch ist?

– Ich glaube, es ist ein Fjelljo, aber ich kenne mich da nicht so aus.

Ich horche wieder auf das Geräusch, das nun aus größerer Entfernung kommt. Das erstaunlichste an Vögeln ist, daß sie Geräusche erzeugen können, die zu Materialien gehören, über die sie gar nicht verfügen.

Arne postiert sich am Seeufer, einen Fuß vor dem andern. Ich hole die Flasche mit dem Mückenmittel heraus und schütte mir ein paar Tropfen auf die Handrücken. Aber die Mücken stechen mich auch auf dem Kopf und hinter den Ohren, durch die Haare hindurch. Den Hut habe ich leider beim Haus liegenlassen. Er hat mich sowieso gequält, denn ich trage sonst nie einen.

Arne hält das Töpfchen in der linken Hand und wickelt mit der rechten ein paar Meter Schnur ab. Dann schwingt er den Haken surrend im Kreis und läßt plötzlich los. Der Haken fliegt in hohem Bogen durch die Luft und zieht die Schnur mit, die sich mühelos von dem Töpfchen abrollt. Die dünne Schnur, von einem für mich nicht spürbaren

Wind zur Seite gedrückt, durchschneidet langsam das Wasser, hängt in der Mitte immer neuer, größerer Kreise. Sofort wickelt Arne die Schnur wieder auf. Der kleine Löffel hüpft glitzernd zwischen Steine, verschwindet. Die Schnur spannt sich wie eine Saite.

– Der Haken sitzt fest.

Um ihn wieder loszubekommen, läuft Arne am Ufer hin und her, rollt die Schnur ab und wickelt sie wieder auf, versetzt sie in eine schlängelnde Bewegung.

16

Jetzt ist er bereits eine dreiviertel Stunde damit beschäftigt. Ich gehe ein paar Schritte auf und ab, bleibe dann wieder bei ihm stehen.

Mich irgendwohin zu setzen, wage ich nicht, denn das könnte so aussehen, als überließe ich ihn seinem Schicksal. Wenn er einen Fisch gefangen hätte, würde er ihn ja auch mit mir teilen. Nur weiß ich nicht, wie ich ihm helfen kann. Hin und wieder murmele ich Anweisungen und gebe ihm Ratschläge, an die ich selbst nicht glaube.

Ich war den ganzen Tag nicht auf der Toilette. Hinterm Haus ist ein kleines Waldstück, das mir sehr gelegen kommt, ein Hügel, auf dem ein paar Bäume stehen. Aber ich fühle mich verpflichtet zu warten, bis der Haken wieder frei ist.

Schließlich macht Arne einen Sprung und landet mitten auf einem großen Stein, der aus dem Wasser ragt. Von dort aus kann er die Schnur besser nach oben ziehen. Es klappt! Sofort schleudert er den Haken wieder weg und fängt einen Fisch, der viel zu klein ist.

Die Angler und ihre Kinder kommen vorbei, mit dem quietschenden Geräusch feuchter Füße in Gummistiefeln. Die Wolken werden dichter, haben aber noch rosa Ränder. Unsere Schatten verschwinden. Mich überkommt der unsinnige Wunsch, daß es völlig dunkel werden soll. Wenn man nicht im Dunkeln schläft, scheint jede Stunde Schlaf nur halb zu zählen.

Als Arne endlich zum Haus geht, steige ich auf den Hügel. Zwischen den Bäumen mache ich die Hose auf, streife sie samt Unterhose herunter und hocke mich hin. Mücken stürzen sich auf meine Waden, Schenkel, den Hintern und die Hoden. Ich sehe Arne in die Veranda treten, während meine Hände pausenlos über die unbekleideten Körperteile streichen. It has to be a very quick story. Meine Augen quellen vor. Urinstinkte erwachen in dem Menschen, der in fernen Landstrichen wie ein Hund oder eine Katze eine Geruchsmarkierung hinterläßt. Während ich mir den Hintern mit Moos abwische, kann ich mir das Lachen nicht verbeißen.

Im Wintergarten.

Arne hat eine Packung Knäckebrot aufgemacht, eine Pakkung Margarine und eine Dose Hackfleisch. Ich rolle unsere Schlafsäcke auf dem Boden aus.

Die Tür ist aus Fliegendraht, in den der Rost große Löcher gefressen hat. Schon kommen die ersten Fliegen und lassen sich auf der Margarine nieder.

Kauend sitzen wir auf den Schlafsäcken, um uns herum sind Karten ausgebreitet.

– Ist ja wirklich nett von den Leuten, sage ich (die Bewohner haben sich bisher nicht blicken lassen), daß wir in ihrer Veranda schlafen dürfen. Ob sie uns nicht auch zu einem Pferd verhelfen können?

– Ich glaube kaum. Aber vielleicht hat Qvigstad eine Idee.

– Und wenn nicht?

– Dann müssen wir alles selber tragen.

– Ich habe nirgends ein Pferd entdeckt.

– Hier ist meilenweit kein Pferd zu sehen.

Lachend schüttelt er den Kopf.

– Könnten wir nicht unterwegs Nahrungsmittel von einem Hubschrauber abwerfen lassen?

(Ich sage es so, daß es wie ein Witz klingen soll, aber warum ist das eigentlich nur ein Witz?)

– Ja, sagt Arne, die Rockefeller Foundation bezahlt es bestimmt. Bloß nicht für uns. Hast du eigentlich Luftbilder?

– Nein. Du?

– Ich brauche keine. Aber für das, was du vorhast … Wenn das mein Projekt wäre, hätte ich mich vorher um Luftaufnahmen gekümmert.

– Ich habe Nummedal darum gebeten. Bevor ich aus Amsterdam abgereist bin, hat Sibbelee mir gesagt, Nummedal würde sie mir geben. Aber als ich Nummedal darum bat, hat er mich nach Trondheim geschickt, zu Direktør Hvalbiff. Hvalbiff war nicht da, das hab ich dir schon erzählt. Sie hatten dort zwar Luftaufnahmen, aber der Katalog steckte in einer Kiste, die wahrscheinlich noch in Oslo stand. Ich hab mich erst nicht getraut, es dir zu sagen, aber ich komme mir ziemlich blöd vor, weil ich keine Aufnahmen habe.

– Du kannst ja hinterher, wenn du wieder nach Hause fährst, in Trondheim aussteigen und sie dir noch holen. Dann kannst du sie zu Hause in aller Ruhe studieren. Die umgekehrte Reihenfolge, sagt er lächelnd.

Durch die Kleidung hindurch kratze ich mich an den Schenkeln, am Hintern. Die Mückenstiche geben einem das Gefühl, als wären die Hoden mit borstigem Pferdehaar bewachsen. Arne kratzt den letzten Rest Hackfleisch aus der Dose und schiebt ihn sich auf der Messerspitze in den Mund.

Bilde ich es mir nur ein, oder ist die Sache mit den Luftaufnahmen für ihn noch nicht erledigt? Wieso habe ich das Gefühl, daß er darüber nachdenkt? Vielleicht glaube ich nur, seine Gedanken lesen zu können, weil meine eigenen weiterhin um die Luftbilder kreisen. Jetzt müßte ich sie haben, in diesem Augenblick, um das, was auf den Aufnahmen von oben zu sehen ist, mit dem vergleichen zu können, was man sieht, wenn man auf der Erde steht. Arne will mich mit seinen Worten bloß trösten. Er leckt das Messer so dezent ab, wie es nur jemand kann, der im allgemeinen nicht gewöhnt ist, vom Messer zu essen. Er legt das Messer nieder und wischt sich den Mund mit einem Papiertaschentuch ab, oder vielmehr drückt er es, gesenkten Blickes, vorsichtig dagegen.

Plötzlich heben sich seine Augenlider, und er schaut mich an.

– Sag mal, Alfred, was ist eigentlich dein wichtigster Forschungsgegenstand? Mehr speziell, meine ich.

Mit dem Zeigefinger zeichne ich auf einer der Karten einen Kreis.

– Diese Löcher hier gelten allgemein als Toteislöcher, nicht wahr?

Arne beugt sich vor, um genauer hinzusehen.

– Das heißt, in letzter Zeit wird auch manchmal behauptet, ein paar davon könnten Pingos sein.

– Na ja, diese Auffassung ist seit neuestem in Mode. Aber weißt du, was Sibbelee glaubt? Daß es Meteoritenkrater sind.

– Meteoritenkrater?

Arnes Gesicht wird vor Schreck noch länger, als es ohnehin ist. Er bekommt den Mund nicht mehr zu. Sein Blick aber drückt Ablehnung aus.

– Ja, Meteoritenkrater, ein neuer Erklärungsansatz, den ich für hochinteressant halte. Gerade in einer Landschaft wie dieser …

Offenbar erschreckt ihn das wenige, das ich gesagt habe, schon so sehr, daß er sich nicht beherrschen kann und mir ins Wort fällt: Aber das Gebiet hier besteht aus nichts als Steinen und Sand, Material, das vom Eis der Eiszeit hertransportiert wurde. Als das Klima milder wurde und das Eis größtenteils geschmolzen war, war das hier ein Brei aus Steinen, Sand und Lehm, in dem mitunter ein Eisbrocken zurückblieb. Später schmolzen auch diese Brocken, und an den Stellen finden wir heute ein Loch, meist mit Wasser gefüllt. Solche Löcher gibt es überall, wo Landeis war, in Norddeutschland, in Nordamerika. Was hat das mit Meteoriten zu tun?

– Trotzdem braucht man nicht alles auf das Eis zurückzuführen.

Ich seufze, fahre aber fort: Zum Beispiel fällt auf, daß die Löcher immer nahezu kreisrund sind.

– Nahezu kreisrund wird alles, was schmilzt. Eisbrocken wie Meteoriten werden mehr oder weniger rund.

– Meinst du?

– Warum sollte ein großer Meteorit runder sein als ein Eisbrocken?

Tja, das wüßte ich auch nicht. Ich warte einen Moment und sage: Trotzdem ist es eine großartige Hypothese. Ich werde alles daransetzen, zu beweisen, daß einige dieser Löcher Meteoritenkrater sind. Wenn ich daran denke, kriege ich vor Aufregung Herzklopfen.

– Dann denk lieber nicht zu oft daran.

– Ich kanns's nicht ändern, ich bin nun mal ehrgeizig, auch wenn ich weiß, woran das liegt. Mein Vater war ein vielversprechender Botaniker, aber er hatte einen Unfall, kurz vor meinem siebten Geburtstag. Er ist in eine Kluft gestürzt, in der Schweiz. Ein paar Tage, nachdem wir die Todesnachricht erhalten hatten, kam ein Brief, daß mein Vater zum Professor ernannt worden war. Die Trauerredner waren sich unsicher, ob sie nun von Herrn Professor Issendorf oder Herrn Issendorf sprechen sollten. Meine Mutter hat mich in der Vorstellung erzogen, daß ich die Karriere vollenden muß, deren Höhepunkt ihm versagt blieb.

Es wäre eine großartige Entdeckung, wenn ich beweisen könnte, daß einige dieser Löcher Meteoritenkrater sind. Und auch für den Laien interessant, gerade jetzt, wo so viel über die Mondkrater geschrieben wird.

– Ja.

Arne lacht mit geschlossenem Mund, und während seine Augen eher mitleidig als spöttisch weiterlachen, öffnet er den Mund in der Art von jemandem, der den Mund öffnet, um ein Geheimnis auszuplaudern (so etwas erkennt man gleich).

– Dieser Professor Sibbelee, dein Doktorvater, trägt sich schon lange mit dem Gedanken. Hast du das gewußt?

– Selbstverständlich. Aber woher weißt du es?

– Ich will dich wirklich nicht entmutigen. Aber über diese Meteoritentheorie hat er schon vor ziemlich langer Zeit mit Nummedal gesprochen. Nummedal hatte die Angewohnheit, es in seinen Seminaren zu erzählen, wenn er den Studenten eine humoristische Einlage bieten wollte.

– Na ja, weil Nummedal selbst ein Buch darüber geschrieben hat, in dem er diese Löcher als Toteislöcher interpretiert. Fünfzig Jahre lang hat ihm niemand widersprochen. Welches Interesse sollte Nummedal auf seine alten Tage haben, eine andere Erklärung zu akzeptieren? Warum sollte er sein Lebenswerk in Frage stellen?

– Wenn dir das alles klar ist, warum hast du dann versucht, die Luftaufnahmen von ihm zu bekommen?

– Warum denn nicht? Nummedal wird doch nicht so engstirnig sein und mir Steine in den Weg legen, weil ...

– Perhaps ... Trotzdem glaube ich, daß er in dir sofort einen Abgesandten der Meteoritenhypothese erkannt hat.

– Aber ich gehe doch ins Gelände, um die Hypothese zu überprüfen. Falls Nummedal recht hat, werde ich ja wohl nicht das Gegenteil vertreten?

– An deiner Stelle wäre ich da vorsichtig. Du promovierst bei Sibbelee, nicht bei Nummedal. Sibbelee wird alles andere als begeistert sein, wenn du nicht den geringsten Beweis für seine Theorie findest.

Arne zieht Hemd und Hose aus und kriecht in seinen Schlafsack.

– Bei den meisten dieser Löcher war noch nie ein Mensch, murmelt er schläfrig, also wer weiß.

Auch ich krieche in meinen Schlafsack und benutze wie er den Rucksack als Kopfkissen. Wenn man dafür sorgt, daß einem die Schnallen nicht in die Wange stechen können, ist ein Rucksack für diesen Zweck ganz brauchbar.

Ich mache die Augen zu, aber es ist anstrengend, sie geschlossen zu halten. Rot schimmert das Licht der Mitternachtssonne durch die Lider. Noch ein Blick auf die Armbanduhr. Es ist eins. Der Fjelljo schneidet Hecken, der Kuckuck teilt mit, daß er jemanden gefoppt hat.

17

Ich gähne. Ich bin müde, kann aber nicht einschlafen. Der Daunenschlafsack ist viel zu warm, obwohl ich die Reißverschlüsse nicht zugezogen habe.

Arne schläft, er schnarcht sogar.

Ich kann nicht schlafen. Ohne Matratze auf den Holzdielen zu liegen, ist jedoch nicht so schmerzhaft, wie es zuerst schien. Man sollte sich möglichst nicht bewegen, jede Veränderung der Position tut weh, aber nur die Veränderung.

Meine Beine sind schweißnaß. Ich krieche aus dem Schlafsack und setze mich auf. Sofort landen Dutzende von Mücken auf meinen nackten Waden. Während ich mir die angezogenen Beine reibe, schaue ich mich um.

In dem Wintergarten sind zwei ramponierte Korbsessel aufeinandergestapelt, daneben steht eine Nähmaschine mit verschnörkeltem Eisengestell. Dies ist der Augenblick, darüber nachzudenken, wie eigentlich die hölzernen Hauben hergestellt werden, die Nähmaschinen vor Staub schützen: ein Stück Eichenholz, zylindrisch gebogen, in Gegenrichtung zur Maserung. Daß es nicht bricht oder reißt! Unverwüstlich. Qualitätsarbeit.

Die Tür zum Rest des Hauses besteht zur Hälfte aus Glas, hinter dem eine Gardine hängt. Die Bewohner habe ich nicht zu Gesicht bekommen. Seltsam, wo ich doch bei ihnen logiere. Nun ja, logieren ist wohl zuviel gesagt.

Da ich aufrecht sitze, befindet sich meine Nase in Höhe der Fensterbank. Rastlos krabbeln Tausende von Mücken über die schmutzige Scheibe. Beinchen wie Spinngewebe, ein Körper aus Schleim. Nun bedächtig an einer juckenden

Quaddel kratzen, zum Schluß der Behandlung mit scharfem Daumennagel ein Kreuz hineindrücken. Den Juckreiz durch Schmerz verdrängen.

Noch eine Zigarette kann nicht schaden. Ich ziehe die Windjacke zu mir, suche in den Taschen und finde auch den Brief meiner Mutter. Wenn ich ihn nun lese, kann ich in meinem Antwortbrief schreiben: Deinen Brief habe ich beim Licht der Mitternachtssonne gelesen.

Beim Schein dieses Himmelskörpers lese ich:

»Weil wir Dir in den nächsten Wochen nicht schreiben können und es mir nicht gerade wohl bei dem Gedanken ist, daß wir die ganze Zeit auch nichts von Dir hören werden, schreibe ich Dir jetzt gleich.

Ich bin so stolz, daß Du das Stipendium bekommen hast, Alfred, und ich bin mir sicher, daß Du eine brillante Dissertation vorlegen wirst. Wenn das Dein Vater noch erleben könnte!

Zu seiner Zeit war es längst nicht so einfach, Gelder für Forschungen im Ausland zu erhalten. Wenn ich an Dich denke, kommt mir oft in den Sinn, welche Karriere Dein Vater hätte machen können, wenn er nicht in so jungen Jahren von uns gegangen wäre. Ich empfinde es als eine Art Revanche gegenüber dem Schicksal: daß Du fortsetzen wirst, was er nicht vollenden konnte. Ach Gott, ich weiß noch, wie Du damals, als es passierte, gerade in der Phase warst, alle möglichen Leute zu fragen, ob sie Dir nicht einen ›Meteor‹ besorgen könnten. Uns war rätselhaft, woher Du das Wort hattest, aber Du wußtest genau, worum es ging! Papa sah darin eines der ersten Zeichen Deiner Veranlagung zur Wissenschaft. Es gibt mir sehr viel Trost, daß er nicht zu Unrecht voller Vertrauen in Deine Gaben gestorben ist, lieber Alfred. Ich bin so dankbar, daß Du Dir immer das Äußerste abverlangt hast, denn nur so kommt man im Leben weiter. Wenn man sich umschaut, fallen einem auf die Dauer immer mehr Leute auf, die ihre selbstgesteckten Ziele nicht erreicht haben.

(Achte nicht auf diese Flecken – Pfeil – hier habe ich ein paar Tränen vergossen.)

Habe ich Dir jemals erzählt, daß Dein Vater sogar noch eine Anzeige aufgegeben hat, weil er einen Meteoritenstein für Dich kaufen wollte? Er hat sich wochenlang den Kopf zerbrochen, wie er an so einen Stein kommen könnte. Er wollte ihn Dir so gern zum siebten Geburtstag schenken, aber Du weißt, daß er ihn nicht mehr erlebt hat.

Es ist erstaunlich, aber jetzt, wo Du es so weit gebracht hast, muß ich doch eingestehen, daß es im Leben manchmal so kommt, wie man es sich immer erhofft hat. Nur schade, daß dann, wenn sich etwas zum Guten wendet, zuvor etwas Schlimmes passiert sein muß.

So, jetzt höre ich aber mit meinem Gejammer auf.«

....

Eva hat daruntergeschrieben:

»Was Mama ›mit dem Gejammer aufhören‹ nennt. Weißt Du, Alfred, sie sollte mehr Dinge delegieren, dann wäre sie nicht so nervös.

.... Deine Dich liebende Schwester«

Delegieren!

Ein wahres Wunder, daß sie nicht dazugeschrieben hat, an wen! Im übrigen jammert meine Mutter nicht. Man könnte sie eher als zurückhaltend bezeichnen. Eine Witwe, die viel über die Vergangenheit redet, kann vor ihrem erwachsenen Sohn wenig verbergen. Aber die Geschichte, daß mein Vater noch eine Anzeige aufgegeben hat, um mir zum siebten Geburtstag einen Meteoriten schenken zu können, höre ich tatsächlich zum erstenmal. Daß ich mir einen Meteoriten gewünscht habe, eigentlich auch, denn ich erinnere mich nicht daran, mich früher schon einmal daran erinnert zu haben. Einen Meteoriten! Bereits mit sechs Jahren. Und heute noch immer! Wenn mein Vater am Leben geblieben wäre, hätte ich wahrscheinlich nie um Flötenunterricht gebettelt. Übrigens vergeblich. Meine Mutter muß es mir aus Angst abgeschlagen haben. Aus Angst, daß ich Flötist werden könnte, statt die wissenschaftliche Karriere meines Vaters fortzusetzen.

Drei Uhr. Ich falte den Brief zusammen, puste ein paar Mücken weg, erschlage andere. Bis zum Kinn verkrieche ich mich im Schlafsack, schweißtriefend, aber entschlossen rühre ich kein Glied. Mein Körper ist so heiß, als wäre ich krank und hätte hohes Fieber. Vielleicht wirkt die Hitze ja betäubend. Die Zeit bleibt stehen, bis mir der Kopf weh tut.

Ich habe so furchtbare Kopfschmerzen, daß ich mich hinsetzen muß, aber nun zeigt meine Armbanduhr Viertel vor zwölf. Arne ist weg. Die Sonne brennt in den Wintergarten, die Hitze staut sich. Es stinkt nach Schweiß und trocknendem Schimmel. Verzagt, als hätte man mir eine schreckliche Tracht Prügel verpaßt, ziehe ich Socken und Schuhe zu mir. Arnes leerer Schlafsack gibt seiner Abwesenheit Gestalt.

Mein linkes Augenlid, durch einen Mückenstich geschwollen, will sich nur halb öffnen. Ich binde mir die Schnürsenkel, stehe auf und gehe hinaus.

Qvigstads grünes Zelt steht jetzt offen. Kleidungsstücke und mit der Innenseite nach außen gekehrte Schlafsäcke liegen herum, doch es ist niemand zu sehen.

Nicht ein Schlafsack, sondern zwei.

Ich bleibe stehen, stecke mir eine Zigarette an, kratze mir mit der rechten Hand den linken und mit der linken Hand den rechten Arm. Kleine schwarze Stechfliegen setzen sich geräuschlos und schmerzlos auf meine Haut, hinterlassen jedoch einen großen Blutstropfen, auch wenn ich sie nicht totschlage. Es ist mein eigenes Blut.

– Alfred!

Hinterm Haus kommt Arne mit zwei anderen Männern hervor. Einer von ihnen ist Qvigstad, den ich kaum wiedererkenne. Qvigstad winkt mir, in der anderen Hand hält er eine Angel. Der dritte Mann trägt ebenfalls eine Angel.

Zwei Meter vor mir bleibt Qvigstad stehen und macht eine leichte Verbeugung: Doctor Livingstone, I presume?

Lachend geben wir einander die Hand. Qvigstad hat sich einen Bart stehenlassen, und mit den störrischen roten Haaren, der hohen Stirn und den blauen Augen, die immer so aussehen, als wären sie so weit wie möglich aufgerissen, um jederzeit alles erbarmungslos betrachten zu können, ähnelt er jemandem. Wem? Vincent van Gogh.

Der andere ist fahlblond und kaut auf einem Grashalm; ich muß ihn bitten, seinen Namen zu wiederholen *(Mikkelsen)*, und als er das getan hat, murmelt er: I talk very bad English. Sorry.

Er steht ziemlich breitbeinig da und läßt die Füße mehrmals nach außen kippen. Dann spuckt er den Halm aus und kriecht in das grüne Zelt.

Qvigstad war ein Jahr in Amerika mit einem Stipendium, er spricht ausgezeichnet Englisch, viel schneller als Arne, doch das mag auch an seinem Charakter liegen.

– Hattest du eine gute Reise? fragt er. Bist du mit dem Flugzeug gekommen? Kein Benzinmangel unterwegs?

Ich schüttle den Kopf. Er hat nicht gasoline gesagt, sondern benzine.

– In Norwegen ist alles möglich. Man kann nie wissen. Die Leute wissen die einfachsten Dinge nicht. Weißt du zum Beispiel, woher das Wort Benzin kommt?

– Benzin? ...

– Es wird von Benz hergeleitet. Mercedes-Benz, du weißt schon. Komm mit ins Zelt, frühstücken.

Das mit Livingstone ist ein uralter Witz, aber den mit dem Benzin kenne ich noch nicht.

Das Zelt von Qvigstad und Mikkelsen kann mit einem Gazedreieck verschlossen werden. Nachdem Qvigstad die Reißverschlüsse hinter mir zugezogen hat, tötet Mikkelsen mit einer Sprühdose alle Insekten.

Arne und Qvigstad unterhalten sich auf norwegisch. Mikkelsen zündet einen Primus-Kocher an, der in der Mitte des Zeltes steht, und stellt einen Topf mit Wasser darauf. Ich habe nichts zu tun, als auf die Mücken und Fliegen zu horchen, die draußen mit einem Geräusch wie von Regentropfen gegen die Zeltplane stoßen. Endlich kocht das Wasser. Mikkelsen rührt Milchpulver, Haferflocken, Zukker und Rosinen hinein. Ich lausche dem Fauchen des Kochers, dem Ticken der Mücken an das Zelt. Es ist ein schönes Zelt, ziemlich neu, mit Stangen aus Aluminium. Anscheinend ist ihre ganze Ausrüstung von hervorragender Qualität.

Arne und Qvigstad falten eine Karte auseinander, während Mikkelsen den Porridge rührt. Ich würde mich auch gern nützlich machen, aber wie? Qvigstad nimmt ein Kurvimeter aus einem flachen Etui, mißt auf der Karte etwas nach, diskutiert darüber mit Arne. Um seinen Argumenten Nachdruck zu verleihen, trommelt er mit dem Stiel des Kurvimeters auf die Karte.

Soll ich mich rasieren und waschen gehen? Von den dreien scheint das keiner für nötig zu halten, und im Grunde habe ich auch nicht das Bedürfnis.

Drei Norweger ziehen hintereinander die Straße entlang, und ich folge ihnen. Trotz der brütenden Hitze und des wolkenlosen Himmels ist die Luft diesig.

Ich habe eine ungefähre Vorstellung, wie der heutige Tag aussehen wird: letzte Vorbereitungen für die Expedition, Proviant besorgen. Pferd mieten? Davon war nicht mehr die Rede.

Ein kleiner Laden.

Eine grauhaarige Frau reicht acht große Graubrote über

die Theke, ein Dutzend Eier im Karton, Honig in Tuben, Margarine, Konserven, einen orangefarbenen Käse, lustige Schachteln mit Sunmaid-Rosinen und drei Päckchen Kaffeebohnen. Gemahlenen Kaffee hat sie nicht. Was jetzt?

Die Frau weiß Rat, geht nach hinten und kommt mit einer Kaffeemühle zurück. So ein Modell ist mir noch nie begegnet: Es sieht aus wie eine Spieldose aus rotem Blech.

Fast reiße ich ihr den Gegenstand aus den Händen.

– Ich mach das schon!

– Prima. Mahl du den Kaffee!

Ich setze mich draußen auf einen großen Stein und mahle den Kaffee.

Die Mühle ist ein Mistding. Anscheinend werden die Bohnen darin nicht gemahlen, sondern zerquetscht. Um nur eine kleine Menge Bohnen zu zertrümmern, muß ich wie verrückt kurbeln. Mit einer Hand verjage ich die Mükken, mit der anderen mahle ich. Das Gemahlene schütte ich noch einmal in die Mühle, doch es wird nicht feiner, sondern fällt unmittelbar wieder in die kleine Schublade, als liefe es durch einen Trichter.

Arne, Qvigstad und Mikkelsen haben sich zu mir gesetzt. Wir mahlen nun abwechselnd, jeder in Spitzengeschwindigkeit, bis der Arm ermüdet. Es dauert etwa anderthalb Stunden, bis wir die drei Päckchen Kaffee gemahlen haben.

Mit den Einkäufen in einem Karton aus Wellpappe (wieviel Kilo?) gehen wir zum Zelt zurück. Mikkelsen kocht in einem Aluminiumkessel Wasser, gibt einen Löffel Kaffee hinein. Wir essen Brot mit Sardinen und trinken Kaffee, der scheußlich fade schmeckt. Sherpa Danu hätte so etwas seinen Sahibs nicht vorgesetzt.

– Sherpa Danu, sage ich laut und erzähle, was ich in der Zeitung gelesen habe.

Qvigstad sagt: Der Zeitungsleser erfährt über solche Expeditionen nur etwas, wenn's zum Mount Everest geht. Die Leute haben keine Ahnung, wie viele Forscher zur gleichen Zeit unterwegs sind, ohne daß es in der Zeitung steht, anonym, in weniger spektakulären Gegenden und manchmal unter viel gefährlicheren Umständen.

– Ohne Sherpas, sagt Arne, alles selber schleppen.

Nachmittags gehen wir am See entlang, bis wir die Flußmündung erreichen, und folgen dem Fluß, bis er schmal genug ist, daß wir ihn mit Sprüngen von Stein zu Stein überqueren können.

Arne, Qvigstad und Mikkelsen tragen Gummistiefel, ich bin der einzige mit normalen Bergschuhen aus Leder. Einmal danebengesprungen, und ich muß mit nassen Füßen weiter.

Ohne Anlauf zu nehmen, erreiche ich den ersten Stein. Geschafft! Mit äußerster Konzentration springe ich auf den nächsten, dann den übernächsten, und auf jedem Stein hole ich tief Luft; beim Aufkommen muß ich manchmal einen Schrei ausstoßen, um nicht das Gleichgewicht zu verlieren.

Arne, Qvigstad und Mikkelsen springen nicht mal. Wenn man ihnen zuschaut, scheint es überhaupt keinen Fluß zu geben, so gelassen gehen sie von Stein zu Stein. Endlich stehe ich am anderen Ufer, trockenen Fußes. Eine für meine Person unerhörte Leistung, doch das Herz pocht mir bis zum Hals. Rennend hole ich die anderen wieder ein. Der Weg hört auf, verengt sich zu einem Trampelpfad, der zum Seeufer führt und vor einer Plaggenhütte direkt am Wasser endet. Neben der Hütte liegen zwei Holzschlitten, die fast nicht von kleinen Booten zu unterscheiden sind, und an einem Pfahl ist ein langes, einbaumähnliches Boot mit einem Hilfsmotor vertäut.

Qvigstad, Arne und Mikkelsen bleiben stehen. Ich also auch. Qvigstad ruft etwas. Aus der Hütte tritt ein kleiner, wettergegerbter Mann mit krummen Beinen. Er trägt ein rotgrün kariertes Hemd, eine Kordhose und Gummistiefel. Seine Nase ist platt, die Augen stehen schräg, und das schwarze Haar steht ab wie eine Kleiderbürste. Wie alle

Lappen lacht er verlegen und schüttelt zur Begrüßung den Kopf. An seinem Gürtel hängt das große Messer in der Lederscheide mit gebogener Spitze. Qvigstad sagt etwas zu ihm. Der Mann geht wieder in die Hütte und kommt mit einem leeren Rucksack zurück. Qvigstad redet weiter auf ihn ein. Arne, Qvigstad und Mikkelsen setzen sich auf den Boden. Ich auch. Der Mann hockt uns gegenüber. Er zieht das große Messer aus der Scheide, schneidet einen Zweig von einem Strauch und spitzt ihn an. Mücken krabbeln zutraulich über seine schlecht rasierten Wangen, die Augenlider, die Lippen. Dann und wann sagt er ein Wort, und wenn er zuhört, steht ihm der Mund offen. Der Zweig in seiner linken Hand wird immer kürzer.

So sitzen wir mindestens eine halbe Stunde. Als wir uns endlich verabschieden, nimmt Qvigstad den leeren Rucksack mit.

18

Abends um sieben ist das grüne Zelt abgebaut und eingepackt, all unsere anderen Besitztümer liegen mehr oder weniger geordnet um uns herum.

Arne hat den Rucksack des drahtigen Mannes in der Hand.

– Der ist aber klein, sagt er, ob das Absicht war?

– Auch einen kleinen Rucksack kann man so packen, daß er ziemlich schwer ist, meint Qvigstad.

– Er behauptet, er sei schrecklich starker Mann, sagt Mikkelsen.

Wir verteilen alles auf die fünf Rucksäcke. In den Rucksack des starken Mannes kommen: die beiden Zelte, der Kocher, der Theodolit, der Petroleumbehälter und alle Konserven. Die acht Brote binden wir mit einer Schnur obendrauf. Wir? Eigentlich kümmern sich Arne und Qvigstad um alles, ich mache fast nichts. Kaum fällt mir etwas ein, was ich tun könnte, haben sie es bereits getan, oder sie schnappen es mir vor der Nase weg.

Wenigstens kann ich noch helfen, die Rucksäcke nebeneinander am Seeufer aufzustellen, denn es sind ja fünf. Ich nehme den Rucksack, der für den Träger bestimmt ist, und kann ihn auch mit beiden Händen kaum heben.

– Arne, kann der Mann das überhaupt tragen?

– Der ist so stark wie ein Sherpa!

– Warte, sagt Qvigstad, wir geben ihm auch noch die Eier. Wenn er sie zerbricht, hoffe ich für ihn, daß er wirklich so stark ist, wie er glaubt!

– Wie lange bleibt er bei uns?

– Die ersten fünfundzwanzig Kilometer, dann geht er

zurück. Sonst würde der Proviant nicht mehr für alle reichen.

Ich schließe daraus, daß nach den ersten fünfundzwanzig Kilometern der Inhalt der fünf Rucksäcke auf vier verteilt wird, die wir allein weiterschleppen müssen.

Hätte ich doch nur mehr Sport getrieben! Wäre ich wenigstens öfter nach Norwegen gereist, damit ich unbekümmert einen tosenden Fluß überqueren könnte, von Stein zu Stein, mit dreißig Kilo Gepäck. Selbst in den Pyrenäen, mit Diederik Geelhoed im vergangenen Sommer, sind wir jeden Abend ins Dorf zurückgekehrt. Wir brauchten fast nichts zu tragen. Nur Brote und abends auf dem Rückweg Gesteinsproben. Ich denke an das Salzfleisch und die Bohnen mit Öl, ein Gericht, das wir in Setcases so oft gegessen haben.

Die Sonne, die rot im Wasser glitzert, schiebt Licht und Hitze wie mit einem Bulldozer zu uns her. Ich habe immer noch Kopfschmerzen, und mir brennen die Augen.

Der Reihe nach steht einer von uns vieren auf, stellt seinen Fotoapparat in Position, entriegelt den Selbstauslöser und setzt sich wieder zu den drei anderen. Klick! Nur Arne macht ein Foto, auf dem er nicht ist, denn er hat keinen Selbstauslöser.

– Wo bleibt der starke Mann?

– Ich habe in Tromsø ein Denkmal für einen starken Mann gesehen. Der hatte einen 371 Kilo schweren Stein getragen.

– Ein Denkmal? fragt Qvigstad.

– Ja, dieser Stein. Der liegt da, mit einer Bronzetafel.

– Den haben sie bestimmt da liegenlassen, weil der Mann dann doch nicht stark genug war, ihn wieder wegzuschleppen.

Mikkelsen und ich müssen lachen. Arne steht auf, blickt durch seine Fäuste und sagt: Da kommt er.

Die V-förmigen Wellen des Motorkanus verbreiten sich über den ganzen See.

Nur Qvigstad kann mitfahren, und wir reichen ihm die fünf Rucksäcke und das Stativ des Theodolits. Mehr als zwei Männer passen nicht in das schmale Boot. Arne, Mikkelsen und ich werden um den See herum und dann noch ein Stück am Fluß entlang gehen, bis zu einer Stelle, wo Qvigstad und der starke Mann auf uns warten. Von dort aus geht es für alle zu Fuß weiter, quer über die Wasserscheide, über einen Gebirgszug, die Vaddasgaissa-Berge, und dann zu einem See. Dem Lævnasjavrre-See.

Ich überquere den Fluß wieder nach Mikkelsen und Arne, springe von Stein zu Stein. Könnte ich nur die düsteren Phantasien bezwingen, in denen ich mir in allen Einzelheiten ausmale, was passieren wird, wenn ich danebenspringe.

Und wenn das Gummi meiner Schuhsohlen auf einmal sein Haftvermögen verlöre! Trotzdem kann ich das Zählen nicht sein lassen: Der Fluß ist sechs Schritte breit, unterteilt durch fünf Steine, die ständig vom Wasser überspült werden.

Wieder geschafft.

Jetzt bergauf. Der Hang ist mit dicken Buckeln übersät, die aus Torf und vertrockneten Pflanzen bestehen und im Innern einen Eiskern haben. Bei jedem Schritt knicke ich um.

Die letzten Bäume haben wir hinter uns gelassen. Hier wächst nichts außer Krähenbeeren, kniehohen Polarweiden und Zwergbirken, die nicht höher als Heidekraut sind, im übrigen jedoch wie richtige Birken aussehen, die Stämme nicht dicker als ein Zweig, die Blätter nicht größer als ein Zehennagel, so als wären es Imitationen in einem Landschaftsmodell.

Es ist nun halb acht, und die Hitze hat ein wenig nachgelassen; es ist windstill.

Dann und wann mache ich ein Farbfoto, nur zum Spaß. Um es später meiner Mutter und Eva zu zeigen. Wie hieß noch mal die Freundin von Eva, mit der sie am Tag vor meiner Abreise ankam? Sie brachte mich so durcheinander, daß ich ihren Namen nicht verstand. Sie war nur zehn Minuten bei uns. Ziemlich jung, vielleicht achtzehn. Na ja. Wenigstens kann ich ihr die Fotos zeigen und ihr von der Reise erzählen. Vielleicht ein Mädchen zum Heiraten, in zwei Jahren, wenn ich mit der Doktorarbeit fertig bin. Am Tag der Promotion könnte ich mich mit ihr verloben. So etwas würde Diederik Geelhoed banal finden. Aber was kümmert es mich, ob schon hundert oder tausend andere vor mir das gleiche gemacht haben, wenn es sich um etwas handelt, dem ohnehin keine neuen Aspekte abzugewinnen sind?

Manche Leute öden mich in diesen Dingen schrecklich an. Nicht zuletzt Diederik Geelhoed. Einer von den Typen, die Sandalen tragen statt Schuhe und hoffen, dadurch authentischer als andere zu wirken. Ich finde es traurig, wenn jemand seine Energie nicht auf Dinge richten kann, bei denen es tatsächlich auf Authentizität ankommt. Ich hätte keinen Umgang mit Diederik, wenn ich mich nicht so gut mit ihm unterhalten könnte. Keinem anderen Menschen erzähle ich so schnell etwas von mir. Eigentlich seltsam. Obwohl – vielleicht ahnt man schon, daß man über bestimmte Themen nur mit den Menschen reden kann, von denen man annimmt, daß sie ebenfalls darüber nachgedacht haben. Allerdings gibt es Dinge, die ich Diederik um keinen Preis erzählen würde. Es gibt eine bestimmte Grenze, außerhalb derer man seinen besten Freunden nicht widersprechen kann, ohne damit zu verraten, daß man grundverschieden ist. Man muß ihnen den Zugang dazu verweigern; alles, was jenseits dieser Grenze liegt, sollte man besser totschweigen.

Und darum sagt man: Selbstverständlich, Diederik, ist die Ehe ein Fangnetz für Vögel, die schon am Morgen singen. Die Universität ist eine Gesellschaft von Komödianten, und die Talare der Professoren sind schwarz aus Angst, daß der intellektuelle Betrug der Hochgelehrten ans Licht kommen könnte. Feinde der Arbeiterklasse, einer wie der andere!

Nie würde ich Diederik anvertrauen, daß es einige wenige Ziele gibt, die ich mit solchem Ernst anstrebe, daß mir das Leben sinnlos vorkäme, könnte ich sie nicht erreichen: Meteoritenkrater finden, Doktorarbeit schreiben, cum laude promovieren, Evas Freundin heiraten, Professor werden.

Wo Qvigstad und der starke Mann auf uns warten, ist das Flußufer steil und glitschig. Das Boot haben sie an einem Stein vertäut. Die fünf Rucksäcke stehen in einer Reihe, das Holzstativ liegt davor.

Am Niednagel meines Daumens kauend, schaue ich zu, wie der starke Mann in die Knie geht, den Arm durch einen Tragegurt des Rucksacks steckt, sich aufrichtet, dabei den Rucksack auf die Hüfte wuchtet und den anderen Arm durch den anderen Gurt steckt. Er lächelt. Er steckt die Daumen durch die Gurte und schickt sich an, loszugehen. Dann überlegt er es sich anders, bückt sich und nimmt auch noch das Stativ.

Ich lasse Arne, Mikkelsen und Qvigstad in aller Ruhe einen Rucksack aussuchen. Der letzte ist für mich. Wilde Satzfetzen (Ihr braucht mir nicht den kleinsten zu geben! Jetzt übertreibt mal nicht mit eurer Gastfreundschaft!) fahren mir durch den Kopf, doch kein einziges englisches Wort scheint in meinem Gedächtnis haftengeblieben zu sein, und so schweige ich.

Wie ich es ihnen abgeschaut habe, belade auch ich meinen Rücken. Verdammt, noch schwerer, als ich gedacht hatte. Tief gebückt folge ich ihnen, sinke zuerst bis zu den Knöcheln im Schlamm ein, setze dann vorsichtig Fuß vor Fuß auf den matschigen Hang. Fotoapparat und Kartentasche, um den Hals gehängt, schlagen mir bei jedem Schritt an den Bauch. Wenn ich in die Ferne schauen will, kann ich den Kopf nur kurz heben wie ein Maulwurf oder ein ähnliches Tier, das dazu geschaffen ist, immer nach unten zu blicken. Ich spüre, wie meine Schläfen anschwellen, ein hämmernder Kopfschmerz macht sich in meinem Schädel breit. Das Moskitonetz an meinem Hut habe ich heruntergelassen und sehe die Landschaft durch einen grünen Nebelschleier.

Schon zwanzig Schritte gemacht. Ich bleibe nicht zurück. Sie gehen genauso langsam wie ich. Auch sie finden ihre Rucksäcke schwer. Keiner sagt etwas.

Zwei Vögel flattern vor mir her, als wollten sie mich durcheinanderbringen.

Warum war ich so dumm und habe nicht richtig zugehört, als das Mädchen sich vorstellte. Auf ihrem Gesicht lag eine Mischung aus Leichtigkeit und Traurigkeit, es erinnerte mich an manche Sonatinen. Ich vergleiche Mädchen nicht oft mit Musikstücken, aber wenn, dann sind es Mädchen, die ich so hübsch finde, daß es, selbst wenn ich sie täglich sähe, Monate dauern würde, bis ich sie zu berühren wagte. Als müßte ich sie erst einstudieren.

Vielleicht heißt sie Filippine, Renate oder Francine. Schön wäre es, wenn sie Dido hieße. Meine Mutter heißt Aglaia. Wie kann ein so ungewöhnlicher Name nur so häßlich sein. Nein, das Mädchen muß Dido heißen.

Ich schaue auf die Uhr. Wenn ich will, kann ich ständig auf die Uhr schauen. Die Rucksackgurte ziehen meine Ärmel in die Achseln hoch, die Unterarme sind halb entblößt. Voller Mücken. Das Mückenöl ist längst abgeschwitzt.

Es ist fünf vor neun. Um Viertel vor neun haben wir Qvigstad und den starken Mann wiedergefunden. Also schon zehn Minuten unterwegs. Jeder Schritt kommt mir wie der letzte vor, zu dem ich noch fähig bin. Meine Armbanduhr hat einen Sekundenzeiger. So kann ich genau sehen, wie lange jeder Schritt dauert: zwei Sekunden. Wie groß ist jeder Schritt? Nicht mehr als sechzig Zentimeter, glaube ich. Das macht also dreißig mal sechzig Zentimeter pro Minute. Das sind achtzehn Meter. Sechzig mal achtzehn ist … ist … null, sechs mal acht ist achtundvierzig, sechs plus vier ist zehn, ist eins, null, acht, null. Ist … *gut ein Kilometer in einer Stunde?*

Dann kommen wir nie an. Dann dauert es länger als vierundzwanzig Stunden, bis wir die fünfundzwanzig Kilometer zurückgelegt haben.

Qvigstad, Arne, Mikkelsen und der starke Mann gewinnen langsam einen Vorsprung. Ich mache schnellere und größere Schritte, ich atme nur noch durch den Mund, bekomme aber trotzdem nicht genug Luft und schlage deshalb das Moskitonetz hoch. Eine Mücke wird von meinem Atem angesaugt, ich spüre sie hinten im Hals, am Zäpfchen. Ich räuspere mich, huste, versuche möglichst viel Speichel zu produzieren, schlucke.

Ich habe sie runtergeschluckt.

19

Wie ein ausgehungerter Gefangener keine Sekunde lang vergißt, daß jede Kartoffel, sogar noch ein Stückchen Kartoffelschale Nährstoffe enthält, so wird die Wegstrecke für mich zu einem kostbaren Gut, das ich mit jedem Schritt Abschnitt für Abschnitt erringe.

Jeder Schritt verkürzt die fünfundzwanzig Kilometer, die ich zurücklegen muß, Schritt für Schritt. Mund und Hals sind papiertrocken, so keuche ich.

Auch wenn die Kopfschmerzen meinen Schädel zu sprengen drohen, auch wenn ich alle Muskeln anspannen muß, um trotz der Last auf meinem Rücken das Gleichgewicht zu halten, ich komme voran. Wir kommen voran. Die Grenze, an der wir aufgeben müßten, ist längst nicht erreicht.

Denk an die Menschen der Megalithkultur, die für ein Hünengrab fünftausend Kilo schwere Steine über die Heide gewälzt haben! Wie sie es geschafft haben, die Brokken ohne Pferde, Flaschenzüge, Räder zu transportieren, ist ein Rätsel. Vielleicht haben sie sich ja über mehrere Generationen abgerackert, um zwanzig oder dreißig dieser großen Steine an einem Ort zusammenzutragen. Was der Bau einer Kathedrale im Mittelalter war, das war das Verrücken eines großen Steins in der Urzeit. Mit Baumstämmen, jeden Tag einen halben Meter weiter. Macht 150 Meter im Jahr. Eineinhalb Kilometer in zehn Jahren. Wie viele solcher Steine, die groß genug für diesen Zweck waren, mögen damals pro Quadratkilometer in Drente gelegen haben? Wie groß war der Radius des Gebiets, in dem die Menschen diese großen Steine gesammelt haben? Zehn Kilometer?

Zwanzig Kilometer? Mehr wohl nicht. Es war zu schaffen, auch wenn es lange gedauert hat. Alles ist zu schaffen für den, der nicht auf die Zeit achtet, der an seine Enkel und an die Enkel seiner Enkel glaubt, für den, der glaubt, daß die Menschheit eine Aufgabe hat – die Errichtung eines Hünengrabes …

Kathedralen zu bauen dauerte noch viel länger und war auch zu nichts gut. Die Hünengräber waren ihre Kathedralen. Was ist meine Kathedrale? Ich arbeite an einer Kathedrale, die ich nicht kenne, und wenn sie vollendet ist, werde ich nicht mehr da sein, und niemand wird wissen, daß ich daran gearbeitet habe.

Weiter oben wird der Hang trockener. Er ist auch nicht mehr so steil und irgendwann überhaupt kein Hang mehr.

Wir legen die Rucksäcke auf große Steine. Zwanzig Minuten lang haben wir uns jetzt abgemüht. Qvigstad läuft umher, schwingt einen kolossalen Hammer, dessen Stiel einen halben Meter lang ist. Er geht zu einem zuckerweißen Felsen, schlägt ein Stück ab und ruft: Ich schlage Mutter Erde einen Zahn aus!

Arne öffnet seine abgestoßene Fototasche, und die alte Leica kommt zum Vorschein; man könnte meinen, es wäre eine Antiquität aus Porzellan, so vorsichtig geht er mit dem Apparat um. Auch der Kamera sieht man den jahrelangen Gebrauch an; gelbes Metall scheint durch den schwarzen Lack.

Arne hält sich die Leica vors Auge, drückt auf den Auslöser, schüttelt mitleidig den Kopf und sagt: Perhaps …

Von hier aus scheint es, als würden die Vaddasgaissa-Berge schon hinter dem nächsten Hügel beginnen, aber auf der Karte sind es noch mindestens fünfzehn Kilometer bis dahin.

Das Zelluloid meiner Kartentasche ist zu stumpf für so wenig Licht. Kartentaschen sind schon nach einer Tour so verkratzt, daß sie undurchsichtig werden. Ich ziehe die

Karte heraus und sehe mir die Route mit der Lupe genau an.

Ich versuche die Flüsse zu zählen, die wir noch überqueren müssen, und komme auf zehn. Große. Die kleinen sind nicht eingezeichnet. Auch Hügel und Hänge sind nur schematisch wiedergegeben: Höhenunterschiede von weniger als dreißig Metern sind nicht berücksichtigt. Wie wäre es anders möglich? Ein Kilometer in der Wirklichkeit entspricht einem Zentimeter auf der Karte.

Während ich das Papier wieder zusammenfalte, sehe ich, daß Mikkelsen Qvigstad eine Feldflasche reicht. Qvigstad trinkt und gibt die Flasche an Arne weiter, Arne trinkt und gibt sie mir. Als wären mein Mund und meine Kehle aus Bimsstein, gieße ich das Wasser hinein. Wir machen mit den Hacken Löcher in den Boden, um die Zigarettenkippen zu vergraben, und setzen die Rucksäcke wieder auf. Es geht nun abwärts.

Bergab zeigen die Kniegelenke eine unvermutete und immer wieder angezweifelte Verläßlichkeit. Was für eine Konstruktion muß das sein! Bei jedem Schritt senkt sich das Gewicht von Oberkörper, Rucksack und Oberschenkeln dröhnend auf die Spitze des Unterschenkels, jenen zähen Klumpen glitschigen Knorpels, Knie genannt. Aber nichts reißt ab, kein Gelenk wird ausgekugelt. Wenn man sich vorstellt, auch nur ein einziges Sandkörnchen könnte dazwischengeraten. Wer hat mir erzählt, daß sich bei manchen Krankheiten – Ischias, oder war es Rheuma – glasharte Kristalle aus Harnsäure in den Gelenken absetzen? Mein Gott, was für ein entsetzlicher Schmerz. Dieser Schmerz ist so groß, daß er sogar das Organ angreift, mit dem wir uns Schmerzen verbeißen!

Bergab wird der Körper bei jedem Schritt zusammengestaucht. Die Elastizität der Knorpelscheiben zwischen den Wirbeln. Die Zähigkeit der Sehnen, unvorstellbar, wenn man schon einmal gesehen hat, wie relativ leicht sogar Draht reißen kann. O Wunder Tier, o Wunder Mensch!

Doch welch eine Prüfung: erfahren zu müssen, wie weit das Wunderbare des eigenen Körpers reicht.

Stuhlbeine brechen leicht durch, wenn man ständig mit dem Stuhl wippt. Sogar einen Metallstuhl habe ich damit einmal kaputtgemacht.

Muß man angesichts der unbegreiflichen Stärke der menschlichen Konstruktion nicht jede Hoffnung fahrenlassen, daß die Qualen jemals ein Ende finden?

Bergab. Obwohl man will, muß man sich so fortbewegen, als ob man gar nicht gehen wollte.

Das Moos wird dichter, dann kommen die Zwergbirken mit ihren kleinen Blättern aus dunkelgrünem Leder, dann die Polarweiden mit den Eselsohren aus hellgrünem Filz. Ihre Zweige ziehen mir die Schnürsenkel auf.

Ich sinke in dicken Schwämmen aus Torfmoos ein. Auf Steinen geht es sich besser, doch alle Steine sind rund. Tümpel mit schwarzem Wasser, in denen nichts wächst. Die Tümpel werden größer, der Boden dazwischen ist schwarz.

Der Fluß. Seicht. Kaum Strömung. Mikkelsen, Qvigstad und Arne bleiben stehen und schöpfen mit Plastikbechern Wasser. Ich habe meinen Becher nicht bei der Hand. Den Rucksack abnehmen und ihn suchen? Schon jetzt kann ich den Mund vor Durst nicht mehr zumachen. Arne dreht sich nach mir um und reicht mir seinen Becher.

An manchen Stellen gehe ich auf Zehenspitzen durchs Wasser. Aber ehe ich auf der anderen Seite bin, sind beide Füße naß und kalt.

Die andere Seite ... Tümpel, Sumpf. Die prallen Geschwüre vertrockneter Pflanzen mit einem Kern aus Eis, die mit einem isländischen Wort als Thufur bezeichnet werden. Wieder die Polarweiden, dann die Zwergbirken, dann nur noch Moos und Steine. Der Hang wird steiler. Mükken und Fliegen regnen wie Hagelkörner auf meinen Hut. Die tiefstehende Sonne läßt die Insektenschwärme um die

Köpfe Arnes, Qvigstads, Mikkelsens und des starken Mannes aufleuchten.

Schon wieder eine Viertelstunde unterwegs. Wie lange geht es noch bergauf? Und wie steil wird es noch? So steil, daß ich den Kopf gar nicht weit genug in den Nacken werfen könnte, ohne den Körper aufzurichten – denn dann würde mich das Gewicht des Rucksacks nach hinten ziehen.

Trotte weiter, setze einen Fuß vor den andern. Schritt für Schritt. Ist das nicht ein Wunder? Ein Schritt. Ein einziger Schritt, und der Abstand zum Gipfel ist schon wieder kürzer geworden. Schritt um Schritt. Ist das nicht phantastisch? Einfach nur den Fuß heben und ein Stückchen weiter vorn wieder aufsetzen. Eine einfache Handlung. Kaum schwieriger als stehenbleiben, was den Rucksack auch nicht leichter machen würde. Ein Schritt. Zwischen Steine, Moos. Dazwischen kahle Stellen. Steine und Sand. Weiße Steine. Manchmal ein Knochen, ein Wirbel. Nirgends eine Spur, daß hier jemals ein Mensch war. Haben nicht auch wir unsere Spuren beseitigt?

Auf meiner Uhr ist es fünf nach halb zehn. Schon fast eine Stunde unterwegs, schon fast eine Stunde. Und ich halte ohne weiteres noch eine Stunde durch, zwei Stunden, drei Stunden, so viele Stunden, wie ich will. Es ist schlimm, aber noch schlimmer wird es nicht. Wo sind die Kopfschmerzen? Verschwunden, weil ich nicht mehr daran gedacht habe.

Oben.

Wir ruhen uns aus. Der starke Mann nimmt nicht mal den Rucksack ab. Er lehnt sich an einen Stein, der so hoch ist wie der Abstand seines Rucksacks zum Boden. In den verschränkten Armen hält er das zusammengelegte Stativ des Theodolits wie einen Speer.

Ich lege die Karte auf den Boden und hole den Kompaß heraus. Mit Hilfe des Kompasses versuche ich, die Karte in Nord-Süd-Richtung zu legen. Aber ich finde nirgends eine Unterlage, und wenn der Kompaß nicht geradeliegt, kann sich die Nadel nicht frei drehen. Weil mir die Hände zittern, kann ich das Instrument nicht genau in die Horizontale bringen, zumal ich auch noch die Karte festhalten muß. Ich knie auf dem Boden, die Steine drücken sich in meine Knie.

– Was suchst du? Norden?

Arne hockt sich neben mich. Er dreht die Karte so, daß der obere Rand nach Norden liegt, und sagt: So.

Jetzt sehe ich, was an der ausgefransten Schnur um seinen Hals befestigt ist. Ein Pfadfinderkompaß aus Plastik. Er hält ihn in der linken Hand. Weil es ein Schwimmkompaß ist, zeigt er ständig mehr oder weniger nach Norden, auch wenn er nicht waagerecht liegt.

– Jetzt sind wir hier, nicht wahr, und …, sage ich zu Arne und lege den Finger auf die Karte.

– Oh! Oh! sagt Arne, nein, nein. Wir sind erst hier.

Mit einem angeknabberten gelben Bleistift, nicht größer als ein kleiner Finger, zeigt er auf eine Stelle drei Zentimeter südlich von dem Punkt, den ich gemeint hatte. Drei Kilometer.

Ich schaue auf die Karte und dann in die Ferne, versuche die Darstellungen auf der Karte in der Landschaft zu erkennen. Ich hebe ein Bein an, doch dadurch wird das andere mehr belastet, und der Schmerz nimmt zu. Ich setze mich, muß mich dann aber zu weit vorbeugen, um auf die Karte blicken zu können. Verdammt, ich bin heute nicht in Form. Was sie wohl von mir denken? Ich will mich nicht lächerlich machen, ICH WILL ES NICHT.

Hinter meinem Rücken sollen sie mit Respekt von mir reden! Ich muß alles genausogut können wie sie; sogar noch besser, und das, obwohl ich weniger Routine habe.

20

Schwarzer Schatten ergießt sich vom Vaddasgaissa über die Ebene am Südhang. Wo der Schatten aufhört, ist der Boden hellgrün, grasgrün, dunkelgrün, british racing green, braun. Kleine Seen und sich dahinschlängelnde Wasserläufe widerspiegeln das Blau und Rosa des Himmels in den Farben anodisierten Aluminiums.

Alle Seen sind durch Wasserläufe miteinander verbunden. Wir kommen an keinem einzigen Loch vorbei, das ich aus irgendeinem Grund für einen Meteoritenkrater halten könnte. Allerdings habe ich noch nie einen Meteoritenkrater gesehen, außer auf Fotos in Büchern. Selbst wenn es hier einen gäbe, wäre wohl die Frage, ob ich ihn auch erkenne.

Aber wie ist jemand überhaupt auf die Idee gekommen, ein Loch in der Erdkruste könnte durch den Einschlag eines großen Meteoriten entstanden sein? Wer war dieser Mann? Wann und wo geschah das? Wie hieß der Entdekker?

Von Zeit zu Zeit überkommt mich ein schrecklicher Haß auf Lehrbücher. Werden die Dinge in Lehrbüchern nicht so beschrieben, als hätte jeder schon immer gewußt, daß es sich so und nicht anders verhält? In keinem Lehrbuch ist etwas von der Mühe, der Unsicherheit und der Verzweiflung zu finden, die einer bestimmten Schlußfolgerung vorausgingen. Neunundneunzig von hundert Entdeckungen scheinen schon immer bekannt gewesen zu sein, nie mußten sie erst gemacht werden, oder falls doch, dann von Ungenannten, die keine Menschen waren, denen alles mühelos von der Hand ging und die nie Vorgänger hatten, welche gänzlich oder zum Teil gescheitert waren. Ein Fach, mit dem man keine Ehre einlegen kann. Wenn ich bedenke, daß meine Mutter jede Woche Besprechungen von Romanen schreibt, deren Verfasser mit Vorname, Nachname und Foto in der Zeitung verewigt werden, ICH dagegen keinen einzigen Namen eines Wissenschaftlers kenne, der Meteoritenkrater erforscht hat ... Dabei müssen es mehrere hundert gewesen sein. Und nicht nur mir sind ihre Namen unbekannt, auch Sibbelee würde sie nicht kennen, niemand kennt diese Namen, außer dem einen Spezialisten, der sich in die Geschichte der Wissenschaft vertieft hat: eine Fachrichtung für sich. Doch was er schreibt, liest niemand, außer ein paar anderen vereinzelten Gelehrten, die sich wie er zufällig mit Wissenschaftsgeschichte beschäftigen und nicht mit tausend anderen Dingen, die ebenso wissenswert sind. Aber auch sie kennen dann nur noch Namen, vielleicht Jahreszahlen, und sonst nichts. Selten oder nie verbringen Wissenschaftler ihr Leben in der Nähe von Beobachtern, die ihre Biographie schreiben könnten.

Wie glücklich wäre ich, wenn ich nur einen einzigen kleinen Stein kosmischen Ursprungs finden würde. Einen Meteoriten. Ich schwöre, daß da, wo ich entlangwandere, nichts meinem Blick entgeht. Doch hier liegt nur Geröll von den umliegenden Bergen.

Schon wieder zurückgeblieben. Nicht viel. Allmählich wird es immer schwieriger, den Kopf zu heben. Noch tiefer vorgebeugt, versuche ich, schneller zu gehen.

Wenn sie nun Dido hieße. Wie komme ich auf den Namen? Dido, Königin von Karthago, verliebte sich in Äneas, den Helden, der bei der Flucht seinen Vater auf dem Rükken trug. Er wog noch schwerer als mein Rucksack.

Bestimmt heißt sie nicht Dido. Aber ich könnte sie so nennen. Ich habe ihre Adresse nicht, kenne nicht mal ihren

Nachnamen. Zu spät, um Eva danach zu fragen. Wochenlang werde ich niemandem schreiben können.

Ich bin hier, um etwas zu finden. Ich muß etwas finden, das alle Welt verblüfft. Alles andere ist Nebensache. Ansichtskarten schreiben kann auch der dümmste Tourist. Ich habe anderes zu tun. Trotzdem gibt es vieles, was jeder kann, nur ich nicht. Ich nicht ... dabei müßte ich es eigentlich können.

Wieder ein Fluß. Ein breiter. Er wird immer breiter, je näher ich komme. Nur der starke Mann ist schon auf der anderen Seite. Er gestikuliert und ruft. Arne, Qvigstad und Mikkelsen stehen lachend, jeder auf einem anderen Stein, im reißenden Wasser. Es sieht aus, als spielten sie Bäumchen-wechsle-dich, hätten aber Angst, berührt zu werden, während sie von einem Stein zum andern springen.

Der Fluß braust wie ein Wasserfall. Das Ufer ist so schlammig, daß ich fast bis zu den Knien einsinke. Ich bleibe stehen.

Der Stein, auf dem Arne steht, ist mir am nächsten. Wie hat Arne es geschafft, hinaufzukommen? Es ist ein spitzer Felsbrocken, eineinhalb Meter vom Ufer entfernt. Arne kann nicht einfach hinaufgestiegen sein. Er muß Anlauf genommen haben. Aber wie, in diesem Schlamm?

Ein Stück weiter sehe ich, wie Mikkelsen tief in die Knie geht. Er stößt einen Schrei aus, fliegt mit rudernden Armen durch die Luft und landet auf dem Stein, auf dem Qvigstad steht. Sie halten einander an den Oberarmen fest, schwanken, finden das Gleichgewicht wieder. Dann schreiten sie nacheinander wie mit Siebenmeilenstiefeln über die nächsten Felsbrocken und gelangen so ans andere Ufer. Der starke Mann ist schon weitergegangen, und sie folgen ihm.

Ich stehe noch immer am Ufer, suche den Fluß stromaufwärts, stromabwärts ab, entdecke jedoch keinen einzigen Stein, den ich erreichen könnte.

Arne streckt mir den Arm entgegen.

– Springen, sagt er, die Knie so weit wie möglich anziehen.

Springen! Schon jetzt sinken meine Füße immer mehr ein. Wenn ich versuche, mich mit Kraft abzustoßen, werde ich mich noch tiefer in den Grund bohren. Ich kann nicht mal Arnes Hand erreichen. Hier stehenbleiben kann ich auch nicht, ebensowenig kann ich Arne noch länger warten lassen. Danebenspringen, stürzen, mich durchnäßt aus dem Wasser ziehen lassen, Armbanduhr unbrauchbar, Fotoapparat voll Wasser, der Proviant im Rucksack – nicht nur mein eigener Proviant! – klitschnaß, die Daunenfüllung des Schlafsacks durchweicht. Ich kann nicht stehenbleiben, und ich kann auch nicht weglaufen. Die Mühe, die ich den anderen bereiten werde, wenn ich halb ertrunken das jenseitige Ufer erreiche. Ich brauche keine Angst zu haben, daß sie mich auslachen, denn dazu sind sie zu höflich.

Ich habe vor nichts Angst. Es hat keinen Sinn, sich zu fürchten, wenn man keine Wahl hat, wenn einem gar keine andere Möglichkeit bleibt, als das zu tun, was man nicht kann. Ich lasse mich nach vorn fallen, greife nach Arnes Hand, verfehle sie, schlage in voller Länge auf dem Stein auf, Gesicht zerschmettert, bis zum Bauch im Wasser, beide Knöchel gebrochen.

Ich springe. Es ist, als würde ich Arne nur flüchtig die Hand zur Begrüßung reichen. Mein rechter Fuß steht auf dem Fels, die Gummisohle rutscht keinen Millimeter, der linke Fuß kommt nach, ich strecke den Rücken, stehe neben Arne auf einem Sockel im tosenden Wasser. Er bückt sich, schöpft Wasser mit seinem Becher, gibt mir zu trinken.

– Ich nehme deinen Fotoapparat und die Kartentasche.

– Warum? Die Sachen sind nicht schwer.

– Gib sie mir, dann bleiben sie trocken, falls du ausrutschst.

Er nimmt mir die Riemen ab und steckt den Kopf hindurch. Dann macht er einen großen Schritt, steht auf dem nächsten Stein, mit dem anderen Fuß berührt er diesen Stein nicht einmal, bewegt ihn schon zum nächsten. Ehe mir bewußt wird, was ich mache, folge ich seinem Beispiel. Sieben große Schritte, unter mir spritzt weiße Gischt hoch.

Ich bin auf der anderen Seite. Ich stehe neben Arne. Er hält Fotoapparat und Kartentasche an den Riemen und hängt sie mir um, als wären es Orden.

21

Wenn ich gegen fünf nach Hause komme und nichts anderes zu tun habe, als darauf zu warten, daß Eva Tee einschenkt, nehme ich oft die große GEDENKSCHRIFT MALLINCKRODT, GEWIDMET VON SEINEN SCHÜLERN aus dem Schrank, in dem auch die anderen Bücher meines Vaters noch stehen.

Ganz von selbst klappt sie jedesmal an der Stelle auf, wo ein auffaltbares Foto, doppelt so breit wie das Buch, eingeklebt ist.

Das Foto zeigt die Teilnehmer des Botanischen Kongresses in Lausanne im Juli 1947.

Sie haben sich in fünf Reihen hintereinander aufgestellt. Die erste Reihe, meist Damen, sitzt auf Stühlen, die zweite Reihe steht, die Köpfe der anderen Reihen schweben wiederum darüber, aber wie das möglich ist, sieht man nicht. Natürlich stehen sie auf Stühlen.

Der Kopf meines Vaters ist in der letzten Reihe, etwa in der Mitte. Mein Vater ist einer der wenigen Teilnehmer, die nicht direkt in die Kamera schauen. Man sieht ihn »trois quarts«, als würde er gerade etwas zu dem hochbetagten Bartträger schräg vor ihm sagen, oder, eher noch, ihm zuhören. Was für ein Irrtum! Der Gelehrte mit dem Bart (von Karbinski, Krakau) spricht überhaupt nicht mit ihm.

Wie komme ich auf den Namen von Karbinski?

Ganz einfach.

Auf der Buchseite gegenüber dem Foto ist eine stark verkleinerte, schematische Zeichnung des Fotos abgedruckt. Man sieht praktisch nur das Muster, in dem die Köpfe angeordnet sind. Jeder Kopf ist im Umriß wiedergegeben. Innerhalb der Konturen stehen Nummern. Die Zahlen korrespondieren mit einer Namensliste. So kann man bequem nachschauen, wie die abgebildeten Teilnehmer heißen und von welcher Universität sie kamen. Deshalb weiß ich, daß der Mann schräg vor meinem Vater von Karbinski aus Krakau ist.

Es gibt jedoch zwei Köpfe, in denen keine Nummer steht, denen also auch keine Namen zugeordnet sind. Der eine gehört einem Mädchen, ganz links unten in der Damenreihe. Sicher eine Sekretärin, die zufällig da war, als das Foto gemacht wurde. Der andere Kopf aber ist der meines Vaters. Er war noch nicht berühmt genug, denke ich, als er den großen Professor Mallinckrodt zu diesem Kongreß nach Lausanne begleiten durfte.

In einem Jahrhundert, in dreihundert Jahren, wenn meine Mutter, meine Schwester und ich nicht mehr leben, wird jeder, der sich die Mühe macht, in der GEDENKSCHRIFT MALLINCKRODT nachschlagen können, wer im Juli 1947 an dem Kongreß in Lausanne teilgenommen hat. Von Karbinski aus Krakau, Stahl aus Göttingen, Pelletier (Lyon), James (Oxford); nur wenn ihr Blick den Kopf meines Vaters streift, erfahren sie nichts.

Meine Mutter, Eva und ich sind die einzigen Besitzer der Gedenkschrift, die ihn kennen: Er ist einer der jüngsten Männer auf dem Bild, hohe schwarze Tolle, keine Brille, kein Altherrenkragen mit umgeschlagenen Spitzen, nein, gekleidet nach einer Mode, die auch heute kaum altmodisch anmutet.

Alfred der Erste (mein Großvater hieß Paul, mein Urgroßvater Jurriaan, aber mein berühmtester Vorfahre ist Hendrik, lutherischer Pfarrer in Purmerend, Autor von *Des Parnaß' Kunstkabinett oder Sammlung poetischer Stoffe, welche nicht ihresgleichen haben,* erschienen 1735. Keiner liest es mehr. Wir besitzen nicht mal ein Exemplar).

Alfred der Erste, murmele ich und stelle das Buch wieder zurück. Meist schaue ich danach in den Spiegel. – *Kam in jugendlichem Alter ums Leben. Noch ehe er Gelegenheit hatte, seine Talente voll zu entfalten.*

Seltsam ist, daß ich das immer wieder mache, jede Woche mehrmals, bereits seit Jahren: Buch aufschlagen, während ich auf Tee warte, meinen Vater betrachten, mich vergewissern, daß im Umriß seines Kopfes keine Nummer steht, Alfred der Erste murmeln, usw.

Weniger seltsam ist, daß mir das gerade jetzt durch den Kopf geht. Möglicherweise werden Arne und Qvigstad später sehr berühmt (Mikkelsen scheint mir zu unbedeutend). Eines der Fotos, die wir in Skoganvarre gemacht haben, wird in ein Buch aufgenommen, mit Datum und Namen darunter. Aber auch mein Name muß unter dem Foto stehen. Unbedingt.

22

Wir sind schon ein ganzes Stück am Fluß entlanggegangen, über relativ ebenes Gelände. Unser Weg kreuzt jedoch ständig die Nebenflüsse, und die Plackerei bergauf geht wieder los.

So wechseln sich ebenes Gelände und Anhöhen ständig ab, nach Steinen kommt Moos, nach Kieseln Moor und umgekehrt. Schwierig wird einfacher, einfach wieder schwieriger. Mein Vorfahre, der evangelische Pastor, hätte es in der umgekehrten Reihenfolge ausgedrückt. Am schlimmsten finde ich die Flüsse – wie viele sind es jetzt noch? Acht? Neun? Aber auch die sind nicht alle gleich tief.

Schwierig wird schwieriger, jedoch nur bis zu einer gewissen Grenze. Wenn man bergan geht, kommt man höher, steil wird steiler, aber danach wird es doch wieder weniger steil.

Auf den kahlen Stellen liegen Steine, doch bei keinem lohnt sich das Aufheben. Zwischen den kahlen Stellen wachsen in Büscheln Pflanzen mit kleinen rosa Blüten. Mit der Flora kenne ich mich nicht aus, ich kann kaum Heidelbeeren von Glockenheide unterscheiden. Die gelb-weißen Blüten der *Dryas Octopetala* sind die einzigen, die ich erkenne, weil ein geologischer Zeitabschnitt nach dieser Pflanze benannt wurde.

Wenn ich mehr über Botanik wüßte, hätte ich, solange ich keine interessanten Steine finde, etwas zu tun. Doch ich habe mich noch nie dafür interessiert. Vielleicht hatte ich Angst davor, weil mein Vater sein Leben dafür gegeben hat. Ein Opfer der Wissenschaft – so bezeichnet ihn meine Mutter in feierlichen Augenblicken.

Wir sind nun von Bergen umschlossen. Ich komme mir vor wie auf dem Boden einer Schale, die einen Deckel aus schwarzen Wolken hat. Der Deckel ist ein wenig verrutscht, und durch den Spalt scheint gelb wie Messing die Sonne.

Arne geht nach wie vor neben mir her. Er fragt: Hast du keinen Hunger?

– Du denn?

– Und wie. Außerdem friere ich. Bei der nächsten Rast müssen wir etwas essen.

Als wir das nächstemal Rast machen, ißt jeder von uns eine Scheibe trockenes Knäckebrot und eine Handvoll Rosinen.

Hinuntergehen, Wasser schöpfen, vier Becher hintereinander trinken, der Schweiß gefriert fast am Körper, durch Morast waten, danach die Polarweiden, dann die Zwergbirken. Der Boden federt nicht mehr unter den Schritten. Ich brauche so viel Luft, daß ich nur mit Mühe dazu komme, den Mund einen Augenblick zu schließen, um Schmatzbewegungen zu machen, damit die Schleimhäute wieder einigermaßen befeuchtet werden.

Matt zwänge ich die rechte Hand unter das Moskitonetz und wische mir mit dem Handrücken den Schweiß von den Augenbrauen. Der Dunst des stark riechenden Mückenöls brennt in den Augen. Vielleicht habe ich mir das Zeug auch trotz der ausdrücklichen Warnung in die Schleimhäute gerieben.

Der Boden wird noch felsiger, keine Zwergbirken mehr; Steine. Gepeinigte Muskeln spannen sich wie eiserne Manschetten um meine Knöchel, und der Rucksack ist so schwer, als zöge ich einen Karren mit Mehlsäcken.

Der Hang scheint kein Ende zu nehmen. Ist dieser Hügel höher als der vorige?

Arne geht voraus, er ist als erster oben, bleibt stehen, lehnt sich mit dem Hintern an einen Felsen. Der starke Mann und Mikkelsen lehnen sich an denselben Felsen. Qvigstad geht vor mir und sucht sich einen anderen Felsen in passender Größe. Ich stelle mich neben ihn, lehne mich auch an. Er bietet mir eine Zigarette an. Um rauchen zu können, schlage ich das Moskitonetz hoch. Sofort ist mein Gesicht voller Mücken. Als die Zigarette brennt, ziehe ich das Netz wieder herunter; damit ich kein Loch hineinbrenne, muß ich es möglichst weit vom Gesicht halten. Der Rauch bleibt unter der Gaze hängen, und ich bekomme einen Hustenanfall. In meinen Ohren braust es, und noch nie habe ich mein Herz mit solcher Gewalt schlagen hören. Als wäre mein Brustkorb mit Eisenplatten ausgekleidet und enthielte einen frisierten Motor, der mich erbarmungslos im Leben vorwärtstreibt.

Qvigstad sagt etwas, was ich nicht verstehe.

– Wie bitte?

Er brüllt jetzt: Anna Bella Grey! Eine bildschöne Frau, mit zwei Köpfen und drei Brüsten!

Wie kommst du denn darauf? – doch diese Frage ist zu blöd, um sie auszusprechen. Ist auch nicht nötig.

– Ich hab ein Nacktfoto von ihr gesehen! schreit Qvigstad. Unglaublich! Unterhalb der Gürtellinie vollkommen normal. Ist dir klar, was das für Möglichkeiten bietet? Eine Titte im Mund und eine in jeder Hand. Und das ist längst nicht alles. Was sie wohl mit zwei Köpfen, also mit zwei Mündern ... man darf gar nicht dran denken.

Schweigen. Mit dumpfer Stimme fährt er fort: Übrigens bin ich nur bei Negerinnen potent.

– Und wieso?

– Seit ich in Amerika war. Einmal eine Negerin, immer eine Negerin. Das ist wie bei einem Tiger, wenn er einmal Menschenfleisch probiert hat.

– Ist das dasselbe?

– Ich glaube schon. Es liegt an meinem verinnerlichten Puritanismus. Die Psychologen behaupten, es läge daran, daß eine Negerin unmöglich meine Mutter gewesen sein kann.

Man redet sich ein, es wäre so, weil schwarze Haut eine

angenehmere Beschaffenheit hat, geschmeidiger und zarter ist, ohne Pickel und Pusteln, Mitesser, hektische rote Flekken und Haare an Stellen, wo keine hingehören. Also wirklich eine Haut für Leute ohne Kleider. Auch sieht man im Unterbewußtsein in jeder weißen Frau das Ebenbild seiner Mutter, und bei seiner Mutter ist man impotent, gerade weil man es ursprünglich nur mit ihr tun wollte.

Er bläst Rauch aus.

– Vielleicht ist die Erklärung der Psychologen zu weit hergeholt. Ich selbst glaube, es liegt daran, daß ich in Norwegen geboren bin, wo es keine Negerinnen gibt. Deshalb habe ich als kleiner Junge nie an eine Negerin gedacht, als mir andere kleine Jungs auf ziemlich schaurige Weise erklärt haben, was es mit dem Wort vögeln auf sich hat.

Er wirft seine Zigarette auf den Boden, zermalmt sie mit dem Absatz, bis keine Spur mehr davon zu finden ist, und geht weiter, ohne noch etwas zu sagen.

Ich lasse mich nach vorn kippen, und mein Gewicht hebt den Rucksack vom Stein. Meine ersten Schritte sind eher ein Schwanken. Nicht mal durch Schmatzen wird mein Mund jetzt noch feucht. Schweiß, von Salz gesättigt, rinnt mir über die Nasenflügel und brennt auf meinen aufgesprungenen Lippen. Äneas ging mit seinem Vater auf dem Rücken von Troja bis nach Rom.

Unten am Hang endet der Schatten der Vadasgaissa-Berge. Es ist halb vier, und während ich aus dem Schatten trete, spüre ich, daß die Sonne schon wieder wärmer scheint als zu der Zeit, da wir bei den Bergen ankamen. Ich hocke mich an einen Bach und schlürfe drei Becher Wasser. Wo sind wir?

Mikkelsen ist nicht mehr zu sehen. Er muß bereits hinter dem nächsten, kleineren Hügel sein. Arne verschwindet auch. Sogar Qvigstad entfernt sich immer weiter von mir. Aber irgendwann hole ich sie ein. So langsam bin ich nun auch nicht. Qvigstad ist jetzt ebenfalls über den Hügel hinweggegangen, aber noch nicht ganz dahinter verschwunden. Er beginnt schon wieder zu wachsen! Noch ein Schritt, noch zwei, und ich kann ihn von Kopf bis Fuß sehen. Arne sehe ich auch wieder, weit weg, er steigt den nächsten Hügel hinauf. Mikkelsen? Auch Mikkelsen. Ein großer Stein hatte ihn kurz meinem Blick entzogen. Nur den starken Mann sehe ich nicht, wo mag er sein?

23

Der starke Mann kniet vor einem Feuer und bläst hinein. Er hat eine Art Öfchen aus Steinen drum herum gebaut, darauf steht eine Bratpfanne. Das Feuer knistert. Sonst ist nichts zu hören, nirgends. Arne, Qvigstad und Mikkelsen sitzen am Feuer. In einem breiten Schwaden zieht der Rauch langsam in meine Richtung. Ich werde aus Nebeln vor ihnen auftauchen. Als ich so nah bin, daß der Klang ihrer Stimmen mich erreicht, höre ich, daß sie norwegisch sprechen.

Ich setze den Rucksack ab und lege mich neben Arne auf den Bauch.

– Ist das hier der Platz, wo wir bleiben?

– Nein, aber wir sind fast da.

Ich ziehe die Kartentasche unter meinem Körper hervor. Noch ehe ich suchen kann, zeigt Arne mir den Punkt, an dem wir uns befinden. Bis zum Lævnasjavrre-See sind es auf der Karte noch vier Zentimeter. Vier Kilometer.

Wir essen Brot mit Spiegeleiern und trinken reichlich Kaffee.

Es wird hauptsächlich Norwegisch gesprochen, weil der starke Mann dabeisitzt. Ich brauche nichts anderes zu tun, als mich auszuruhen. Der starke Mann löscht das Feuer, säubert die Pfanne, packt alles, was wir benutzt haben, wieder ein, holt Wasser für uns. Wenn er doch bleiben könnte! Nicht genug zu essen? Aber müssen Sherpas nicht auch essen? Oder leben sie von Moos und Steinen? Ich muß Brandel doch mal fragen, wie sie das bei solchen Expeditionen hinkriegen. Nein, nicht nötig, die Lösung ist verblüffend einfach. Bei ihnen kommen hundert Sherpas auf vier Sahibs; fünfundzwanzig Sherpas können leicht alles tragen, was sie selbst benötigen, dazu noch das Gepäck eines Sahibs. Aber ein einziger starker Mann, und mag er noch so stark sein, reicht für uns vier nicht aus.

Ich renne die Böschung zum nächsten Fluß hinab. Daß ich schon so viele Stunden mit einem Rucksack unterwegs bin, der schwerer ist als alles, was ich jemals geschleppt habe, ist der Beweis, daß ich nichts zu fürchten brauche. Mir fehlt nur ein wenig Erfahrung. Stark genug bin ich. Ich bin zwar müde, doch diese Müdigkeit ist wie Kopfweh; offenbar ist sie ein Leiden, das vorübergeht und nichts mit fehlender Energie zu tun hat.

Der Fluß, der nun vor mir liegt, hat zwar eine starke Strömung, ist aber nicht breit. Aus dem Wasser ragen unzählige Steine. Nicht am Ufer haltzumachen, ist das große Geheimnis. Nicht ängstlich sondieren, welcher Stein am nächsten liegt, sondern einfach weitergehen, steigen, springen, ohne nachzudenken – so, wie man eine Treppe hinunterrennt.

Der erste … der zweite … Nicht aufs Wasser schauen, nur auf den Stein, auf den ich den Fuß setzen werde, dann geht es von ganz allein …

Oje!

Verfluchter Mist!

Mit dem rechten Fuß stehe ich auf dem Stein, mit dem linken im Wasser! Meine Hose zerreißt fast im Schritt! Das kalte Wasser kriecht bis zum Bauch hoch. Arne schaut sich um, kommt zurück. Qvigstad, Mikkelsen und der starke Mann gehen weiter; zum Glück sind sie schon so weit weg, daß sie nicht mitbekommen, was passiert ist.

– It's nothing! It's nothing! rufe ich Arne zu. Ich verlagere mein ganzes Gewicht auf das rechte Bein, stoße mich mit dem anderen Fuß ab, mein rechter Fuß rutscht jedoch vom Stein, und ich falle nach vorn auf die Knie.

Jetzt kommt es auch nicht mehr drauf an. Heftiger planschend als nötig, wate ich zum anderen Ufer.

– Der Rucksack ist noch trocken. Es ist alles in Ordnung, wirklich!

– Nein, so kannst du nicht weitergehen. Du mußt trokkene Socken anziehen, sonst läufst du dir die Füße wund.

Arne nimmt seinen Rucksack ab und holt ein Paar Socken heraus, die zu einem grauen Ball eingerollt sind. Gehorsam setze ich mich und binde die Schuhe auf. Fingernägel brechen an den nassen Schnürsenkeln ab. Blut fließt mir über die Schienbeine. Ich kremple die Hosenbeine hoch, wische mir die Knie mit einem Taschentuch ab. Nur Hautabschürfungen, und trotzdem spüre ich den Schmerz bis ins Rückenmark.

Arne gibt mir auch ein Handtuch. Ich muß mir helfen lassen. Tue ich es nicht, halte ich alle noch mehr auf. Ich komme nicht gegen ihn an, ich habe keine Routine, anders als er gehöre ich nicht in dieses Land.

– Tut mir leid, murmele ich auf englisch, ich bin sehr ungeschickt, schon seit ich denken kann. Ich versuche mich tapfer zu halten, aber ich schaffe es nicht immer. Tut mir leid.

24

Berge mit abgeflachten Spitzen und zerschrundeten Steilhängen. Sie erinnern an Tonscherben, ins Gigantische vergrößert. Wie eine Ameise die Stücke einer zerbrochenen Fliese wahrnimmt, zwischen denen sie umherkrabbelt, so sehe ich die Berge. Aber ich hebe den Kopf jetzt nur noch für flüchtige Blicke, damit ich weiß, welche Richtung die anderen einschlagen. Meine Schultern werden nur noch durch die Schulterblätter daran gehindert, unter dem Gewicht des Rucksacks nach hinten zu klappen. Würden die Riemen an den Armen herunterrutschen ... frei ... Unsinnige Phantasie. Unter den Riemen große Schweißflecke, durch alle Kleidungsstücke hindurch. Das ist die Wahrheit. Als presse der Druck des Leders die Feuchtigkeit aus meinem Fleisch.

Bin ich müde? Es interessiert mich nicht. Wäre es mir lieber, wenn ich nicht weiterlaufen müßte? Gar kein Gedanke daran! Trotzdem geht mir durch den Kopf, daß zwischen den Strapazen, die ich auf mich nehmen muß, und der wissenschaftlichen Arbeit an sich ein gewaltiges Mißverhältnis besteht. Man könnte mich mit dem Erfinder des ersten Elektromotors vergleichen. Vor hundertfünfzig Jahren. In jener Zeit gab es keinen isolierten Kupferdraht, man konnte so etwas nicht wie heute in jedem Elektrohandel kaufen. Also mußte der Erfinder das seidene Brautkleid seiner Frau in Streifen reißen, um damit Kupferdrähte zu umwickeln. Er war zu arm, um sich Rohseide kaufen zu können. Monate verbrachte er mit der stupidesten Tätigkeit, die man sich denken kann: dünne Kupferdrähte mit Seidenstreifen umwickeln. Im Vergleich zu der Zeit, die ihn das kostete, beanspruchte das eigentliche Erfinden weniger Zeit als ein Blitz.

Ach! Während meines ganzen Studiums mußte ich noch nie so viel Unentbehrliches tun, von dem sich letztlich keine Spur wiederfindet. Wenn meine Dissertation fertig ist, werden wundgeriebene Schultern, aufgeschürfte Knie, hämmernde Kopfschmerzen, Stechmücken und fleischfressende Fliegen kein Thema mehr sein. Mir wird nicht im Traum einfallen, mit irgend jemandem darüber zu reden. Darüber und über alles, was noch kommen kann ... perhaps.

Tausende von Forschern haben nicht im entferntesten daran gedacht, diese Dinge gegenüber irgend jemandem zu erwähnen: Gläubiger, Hunger, Brandwunden, lange Expeditionen ohne Erfolg, Obstruktion, Betrug.

Ich überlasse mich einer unbezwingbaren Neigung, mir die schrecklichste aller Möglichkeiten auszumalen: daß alles umsonst sein würde. Wie viele riesige Steine liegen in der Drenter Heide, die ein Urmensch vielleicht jahrelang weitergerückt und -gewälzt hat, jeden Tag einen halben Meter ... Jahre war er damit beschäftigt, tagaus, tagein, nachts schlief er bei seinem Stein.

Pferde gab es nicht. Hoffentlich wußte er, wie man einen Baumstamm als Hebel benutzen kann. Er wurde alt, der Urmensch. Er wurde viel schneller alt als wir. Mit dreißig war er schon ein Greis, der Mensch der Megalithkultur. Dann wurde er krank und konnte sich nicht mehr abrakkern. Der Stein lag noch lange nicht nah genug bei den zwei oder drei anderen großen Steinen, als daß wir, seine Nachfahren, auf die Idee kämen zu sagen: Schau! Ein Hünengrab!

Nichts deutet darauf hin, daß ein Mensch sein Leben damit verbracht hat, diesen Stein, der in unseren Augen nichts als ein beliebiger Stein ist, mühsam über die Heide zu wälzen. Er sieht einfach wie ein Stein aus, der in der Heide liegt, wie nun mal in der Heide hier und da große

Steine liegen … Kein Prähistoriker interessiert sich dafür. Und im übrigen … ist es nicht zum Heulen? Auch von anderen Steinen, denen für die Hünengräber, ist nicht einmal bekannt, wie die Männer *hießen*, die sie an ihren Ort geschleppt haben. Niemand wird es jemals herausfinden. Im ganzen Weltall existiert niemand, der es weiß. Und selbst wenn in tausend Jahren etwas erfunden wird, das es ermöglicht, die Namen herauszubekommen, werde *ich* sie trotzdem nicht kennen. Ich werde sterben, ohne es zu wissen, so wie Christiaan Huygens gestorben ist, ohne zu wissen, daß es irgendwann möglich sein würde, in Den Haag zu sehen, wie sich Rebellen und Soldaten auf San Domingo gegenseitig erschießen, und so wie Julius Cäsar nie etwas von der Existenz Amerikas gewußt hat. Die Azteken brachten jeden Abend ein Menschenopfer dar, weil sie glaubten, sonst ginge am nächsten Morgen die Sonne nicht auf. Seit Menschengedenken hatten sie das so gemacht, wie wir abends den Wecker aufziehen. Niemand hätte es riskiert, probeweise mal einen Tag damit auszusetzen und zu schauen, ob die Sonne dann tatsächlich nicht mehr aufgehen würde.

Gab es jemals einen Azteken, der gesagt hat: Aber das ist doch Wahnsinn, was hier abläuft!

Wer wagt, darauf zu vertrauen, daß es in einer Welt, in der schon so viele sinnlose Opfer gebracht wurden, möglich ist, auch nur ein einziges Opfer zu bringen, das nicht umsonst ist?

Ich habe einen kleinen Stein entdeckt, der anders aussieht als die anderen Steine. Ich bücke mich. Der Rucksack knallt nach vorn auf den Boden. Ich muß den linken Arm ausstrecken, um das Gleichgewicht zu halten. Ich hebe den Stein auf.

Nicht schwerer als andere Steine. Ein Stück Gneis, wie sie zu Abertausenden hier herumliegen. Nur weil ich mir die Mühe gemacht habe, ihn aufzuheben, stecke ich ihn ein.

Auf dem Hang, den ich jetzt hinabgehe, liegt ein dünner Nebel, es ist, als würde der Boden kochen. In der Tiefe glänzt eine Wasserfläche. Ein See, größer als die anderen Seen: Lævnasjavrre!

Arne ist schon weit entfernt. Wo wird er haltmachen, wo den Rucksack absetzen?

Ich schaue auf die Uhr: Es ist vier.

Um halb sechs bleibt Arne auf der flachen Kuppe eines Hügels nahe am See stehen und nimmt den Rucksack ab. Der starke Mann gesellt sich zu ihm, auch er legt seinen Rucksack auf den Boden, daneben das Stativ des Theodolits. Qvigstad und Mikkelsen dagegen unterhalten sich in aller Ruhe, die Daumen in den Tragriemen. Sie haben keine Eile, müssen offenbar nicht erst zu Atem kommen.

Die beiden stehen immer noch einander gegenüber, als ich eine Viertelstunde später bei ihnen bin. Langsam schiebe ich einen Riemen von der Schulter, lasse den Rucksack vorsichtig zu Boden gleiten. Qvigstad holt eine Schachtel Zigaretten hervor. Er unterbricht sein auf norwegisch geführtes Gespräch mit Mikkelsen, gibt mir eine Zigarette und sagt: Den Würmern schmeckt die Leiche einer Hyäne genausogut wie die Leiche eines Paradiesvogels. Hast du darüber schon einmal nachgedacht? Mikkelsen nicht.

Dann geht er, um auch dem starken Mann eine Zigarette zu geben.

Arne sagt auf englisch: Fünfzig Kronen, das ist genug.

Wir zücken unsere Portemonnaies und legen zusammen. Mikkelsen hat den Rucksack des starken Mannes bereits ausgepackt. Eine Dose Sardinen und ein Päckchen Knäckebrot geben wir ihm für unterwegs mit; er schüttelt jedem von uns die Hand, und ohne sich auch nur eine Minute hingesetzt zu haben, geht er wieder los, denselben Weg zurück.

– He was very strong man indeed, sagt Mikkelsen.

Eine seltsame Lebendigkeit überkommt uns, als würde die Sonne, die nun erneut durchbricht und schon wieder höher steht, uns unerbittlich in ihrem Rhythmus mitreißen, ob wir müde sind oder nicht. Ich fühle mich übrigens so wach, als wäre ich gerade aufgestanden. Arne bittet mich, das Fischnetz aus dem Rucksack zu nehmen.

Mit dem Netz gehen wir alle zusammen zum Seeufer. Man muß es wie eine Gardine ins Wasser hängen; die Fische sollen mit den Kiemen in den Maschen hängenbleiben.

Ein leichter Wind ist aufgekommen. Als wir das Netz auseinanderfalten, drückt der Wind die Zweige der Sträucher am Ufer in die Maschen. Zum Glück sind wir zu viert. Einer allein würde es nicht schaffen, die hauchdünnen Nylonfäden von den zurückschnellenden Zweigen zu lösen.

Fast ebenso schwierig ist es, trockenes Holz für ein Feuer zu finden. Die Polarweiden sind zu naß, die Zwergbirken zu zäh. An manchen Stellen wächst eine harzige Strauchart, die noch am besten brennt, aber nach der man lange suchen muß. Obwohl wir uns abwechselnd auf den Bauch legen und ins Feuer blasen, geht es immer wieder aus.

– Die Lappen, sagt Arne, nehmen zum Feuermachen Birkenrinde. Die tragen sie unter dem Hemd bei sich.

Mit einem Schuß Petroleum macht Qvigstad der Plackerei und dem Naturleben ein Ende. Wir kochen Kaffee in dem kleinen Kessel und essen große Scheiben Brot mit Dosenfleisch. Diese Art Fleisch heißt Lørdagsrull. Marke Viking. Kaum zu fassen.

Langsam kauend lasse ich den Blick über die Landschaft gleiten. Jenseits des Sees ist ein einsamer Berg, fast so spitz wie ein Zuckerhut. Ein Berg, wie sich Leute, die noch nie Berge gesehen haben, einen Berg vorstellen. Ein Berg, wie Kinder in den Niederlanden einen Berg zeichnen. Sein Name ist Vuorje (sprich: Wüorje). Die tiefstehende Sonne färbt den Gipfel karminrot, an dem schwarzen Fuß liegt ein Schneefeld.

25

Qvigstad und Mikkelsen sind jetzt in ihrem hellgrünen Doppeldachzelt, einem Zelt, dessen Dach an der Bodenplane angenäht ist. Ein Gehäuse aus Zeltleinwand, an der Vorderseite durch ein dreieckiges Moskitonetz verschlossen. Kein Insekt kann hinein. Vor dem Schlafengehen haben sie alle Stechmücken mit ihrer Sprühdose getötet. Solange sie im Zelt bleiben, sind sie gegen die Plage geschützt. Eine Atempause in dem Tag und Nacht andauernden Kampf.

Ich liege neben dem schnarchenden Arne und mache kein Auge zu. Ich frage mich, ob ich jemals schlafen werde. Arnes Zelt hat die Form einer Pyramide. Die Spitze wird von einem Besenstiel hochgehalten, der schon einmal durchgebrochen ist, denn ungefähr in der Mitte ist er mit Kupferdraht umwickelt.

Eine Bodenplane hat dieses Zelt nicht. Ein loses Stück Plastik soll verhindern, daß Feuchtigkeit aus der Erde in unsere Schlafsäcke kriecht.

Die Zeltleinwand ist weiß und mit allerhand Stoffflicken ausgebessert, wie Arnes Kleidung. Nur an den Ecken ist das Zelt mit Heringen befestigt. Damit der Wind nicht allzu stark von unten hereinbläst, haben wir ringsum Steine aufgeschichtet; gegen die Mücken aber können wir überhaupt nichts tun. Sie versammeln sich in der Spitze der Pyramide, wohin ich schaue, wenn ich auf dem Rücken liege. In Scharen kommen sie herabgeflogen, um sich auf unseren Händen und Gesichtern zu sättigen.

Aber das geht doch nicht? Über kurz oder lang werde ich schlappmachen, wenn ich keine Nacht schlafe. Ich streife den Schlafsack ab und setze mich. Sorgfältig reibe ich mich noch einmal mit dem Mückenöl ein. Dann setze ich den Hut auf und knöpfe das Moskitonetz unterm Kinn zu. Schließlich krieche ich so tief wie möglich in den Schlafsack, ziehe alle Reißverschlüsse zu, stecke auch die Arme hinein und versuche, reglos dazuliegen. Meine geschlossenen Augenlider bilden rote Vorhänge. Die Sonne steht jetzt schon so hoch und scheint bereits mit solcher Kraft, daß ich selbst hier im Zelt nicht mehr in ihre Richtung schauen kann.

Arne schnarcht. Der Fjelljo ist wieder mit der Heckenschere unterwegs. Die anderen Vögel piepsen, kreischen, flattern über das Zelt hinweg. Auf meinen Beinen sammelt sich der Schweiß in Tropfen, die kitzelnd seitlich hinabrinnen. Mücken und Fliegen lassen die Tonhöhe ihres Summens nach dem Doppler-Effekt ansteigen und abfallen. Oh, man weiß genau, wann sie dicht am Ohr sind. Im Laufe des Tages habe ich mit großem Erfolg eine Technik entwickelt, sie seitlich am Kopf zu erschlagen, nur nach dem Gehör. Ich habe ihnen den sonargesteuerten Todesstoß versetzt. Jetzt aber kann ich nicht schlagen, und ich muß es ja auch nicht. Ist das Moskitonetz nicht ein ausreichender Schutz? Allerdings macht mich dieser Stich in die Nase mißtrauisch. Ich öffne die Augen. Über dem rechten Auge sitzt eine Mücke auf dem Netz. Das Netz liegt an meiner Nasenspitze an. Ich habe mir nicht eingebildet, daß ich gestochen wurde, es kann ohne weiteres durch das Netz hindurch geschehen sein. Ich puste das Netz ein Stückchen von der Nase weg; da die Gaze relativ steif ist, bleibt es auch so. Zumindest, wenn ich den Kopf nicht bewege.

Die Mücke, die mich gestochen hat, ist in die Zeltspitze zurückgekehrt, um mit ihrer Heldentat zu prahlen. Zwanzig, dreißig Geschwister kommen nachschauen, ob es stimmt, was sie behauptet. Sie lassen sich auf dem Netz nieder. Und sehen auf den ersten Blick, daß sie ganz kurz vorm Ziel nicht weiterkommen.

Auf den ersten Blick! Ich bekomme noch einen Krampf in den Augenmuskeln, weil ich versuche, die Mücken auf so geringe Entfernung deutlich zu sehen.

Ich schließe die Augen wieder und lausche, was die Mükken besprechen.

– Er hat gelogen, sagt eine, er hat ihn nicht gestochen, er hat nur an ihm gerochen.

– Genau, so wird's gewesen sein, sagt der Bruder, hier riecht's nämlich verdammt appetitlich.

– Was für dich schon appetitlich riecht!

– Jawohl! Hier riecht's appetitlich! Du bist noch zu klein, um den Geruch von Mensch mit Mückenöl zu mögen.

– Wie ein kleines Kind, das noch keinen Senf zum Fleisch mag!

Auch Mutter Mücke gibt ihren pädagogischen Senf dazu.

– Die Hersteller von Mückenmitteln sind längst auf andere Gedanken gekommen. Heutzutage produzieren sie Insektenöle, nach deren Gebrauch die Menschen noch appetitlicher riechen als vorher, statt unappetitlicher.

Was für Albernheiten kann ich mir noch ausdenken, damit ich meinen Sinn für Humor nicht verliere, der in mißlichen Situationen so kostbar ist?

Schließlich müssen einige Mücken entdeckt haben, daß ich mich nicht in einem hermetisch abgeschlossenen Raum befinde. Vorsichtig kriechend, ausgiebig aus den niedergeschriebenen Erfahrungen berühmter Höhlenforscher schöpfend, haben sie sich ins Dunkle vorgewagt und sind in den Schlafsack eingedrungen. Das halte ich nicht mehr aus.

Hastig ziehe ich die Reißverschlüsse auf und setze mich. Als ich die Oberseite zurückschlage, um meine Beine anzusehen, habe ich das Gefühl, daß eine heiße Dampfwolke aus dem Schlafsack entweicht. Hier und da Blutstropfen. Das waren keine Mücken. Bremsen. Die Mücken haben jedoch alles mitbekommen und feiern jetzt meine Kapitulation. Von den Füßen bis zu den Oberschenkeln muß ich hin und her wischen, um sie zu verjagen. Manche Mücken scheinen zu glauben, daß die Haare auf den Schienbeinen eine hervorragende, speziell für sie angelegte Tarnmöglichkeit sind. Ein Trugschluß, den der Donnerschlag meiner Hand aufs grausamste bestraft. Aber was kann meine Hand gegen hunderttausend Mücken ausrichten? Ebensoviel wie Gott mit dem echten Blitz gegen Sünder: Faschisten, Kommunisten, Kapitalisten, Christen, Muslime, Buddhisten, Animisten, den Ku-Klux-Klan, die Schwarzen, die Juden, die arabischen Flüchtlinge, die Chinesen, die Japaner, die Russen, die Deutschen, die Holländer auf Java, die Amerikaner in Vietnam, die Engländer in Irland, die Iren in England, die Flamen, die Wallonen, die Türken und die Griechen und ferner (habe ich jemanden ausgelassen?) jedermann, der auch sündigt.

Ich stecke mir eine Zigarette an, krieche aus dem Zelt. Autsch, meine zerschundenen Knie.

Draußen hängt meine triefnasse Hose zum Trocknen über einem Strauch. Ob naß oder nicht, ich zwänge mich mühsam in die Hosenbeine und ziehe auch die Socken wieder an.

So lege ich mich auf den Schlafsack. Die Hände kann ich nicht schützen. Dann eben nicht.

Jetzt geht es nur darum, schläfrig werden. Zuerst ein wenig, Augen zu, die Hände ruhig auf dem Bauch gefaltet. Entspannen. Dann noch ein bißchen mehr, ja, jetzt bin ich richtig schläfrig, ich mache den Mund auf, habe ich das Gefühl, daß ich gähne? Ja, denn mir tränen die Augen. Oh, wie herrlich, nun zu schlafen, das ist erst das richtige Gähnen, wenn der Mund länger offenbleibt als erwartet und zufällt, ohne daß man ihn zumacht. Es wird ja auch Zeit, daß ich schlafe. Nacht für Nacht nicht schlafen – wie soll ich dabei die geniale Forschungsarbeit vollbringen, mit der ich mich für den Tod meines Vaters revanchieren will … Ich muß schlafen, nur wie? Schlafen, wenn es draußen immer heller wird … ist wie … womit kann ich es vergleichen? Sich weniger warm anziehen, wenn der Winter hereinbricht. Oder wie … verdammt! Nicht genug, daß Arne schnarcht, als würde ein hölzernes Schiff langsam an einem Felsenriff auseinanderbrechen; nun beginnt auch mein Handrücken immer heftiger zu jucken. Mein Herz klopft spürbar grimmiger, und noch ehe es mir bewußt ist, habe ich die Augen geöffnet und schaue auf meine Hand. Zwischen fünf Quaddeln sitzen drei Mücken, den geringelten Hinterleib emporgebogen wie ein Skorpion. Ich schlage sie tot, schnippe die feuchten Überreste von der Haut, setze mich und kratze die Quaddeln langsam und sorgfältig.

Arne hört auf zu schnarchen. Ich drehe mich nach ihm um. Auch er hat die Augen geöffnet.

– Vielleicht erwartet uns dafür im Jenseits eine schwere Strafe, sagt er.

– Als wären wir hier noch nicht genug gestraft. Was für eine Schöpfung, die so eingerichtet ist, daß Milliarden Lebewesen nur existieren können, wenn sie das Blut anderer Lebewesen saugen. Ich habe Durst.

– Ich auch.

Er schält sich halb aus seinem Schlafsack, greift zu seiner Feldflasche und einer Schachtel Sunmaid-Rosinen.

Wir nehmen jeder eine Handvoll Rosinen und zerkauen sie langsam mit einem Schluck Wasser. Arne sagt: Manchmal denke ich, daß die Menschen möglicherweise völlig falsche Vorstellungen von ihrem Rang in der Schöpfung haben. Steht nicht geschrieben: Die Ersten werden die Letzten sein? Vielleicht empfängt uns im Jenseits eine Armee von Stechmücken, die dort als Minister amtieren. Und auf einem hohen Thron sitzt, ein Szepter in der Hand, das Virus der Maul-und-Klauen-Seuche, das der Herrscher über alles ist.

Er wartet kurz, lacht dann auf.

– Verdammt, ich rede schon wie Qvigstad. Wenn du dich näher damit beschäftigen willst, mußt du Qvigstad fragen. Der ist Metaphysiker. Der weiß alles über das Jenseits, über die Zukunft in tausend Jahren, über das Leben nach dem Atomkrieg, über Embryonen in Reagenzgläsern.

26

Qvigstad hält mit ausgestrecktem Arm einen dünnen Ast zwischen Daumen und Zeigefinger. Der Ast hängt wie ein Senkblei herab. Ein gekappter Zweig am unteren Ende steckt in den Kiemen eines großen, toten Fisches.

– Na, wer sagt's denn! Ein roter Bauch!

– Bleib mal stehen!

Ich nehme meinen Fotoapparat und schaue durch den Sucher.

– Halt ihn etwas höher!

Scharf, in der Mitte des Fotos, der Fisch, der Ast und die Hand, die den Ast festhält. Daran Qvigstads Arm, nach hinten verschwommener, bis zu seinem Kopf, der sich außerhalb der Scharfeinstellung befindet, aber noch erkennbar ist. Ich mache das Foto mit großer Blende. Auch der Vuorje im Hintergrund und die dunklen Wolken am blauen Himmel werden, wenn auch vage, zu sehen sein.

– Mit dem Bart und dem Hut siehst du wie ein Strauchdieb aus. Im Land ohne Sträucher.

Den Apparat in den Händen wie ein Pastor sein Brevier, gehe ich einen Schritt auf ihn zu.

– Das hier ist eine Seeforelle, sagt er und zeigt auf den Fisch. Ein roter Bauch, und viel größer als die andere Forelle.

Ich würde gern noch etwas zu ihm sagen, aber mir fällt nichts ein. Qvigstad gehört zu den Leuten, die man gern fragen würde: Was für eine Meinung hast du eigentlich von mir (aber wann stellt man schon so eine Frage?), und er würde antworten: Überhaupt keine (aber wer gibt schon so eine Antwort?).

Mikkelsen kommt, und wir gehen zu dritt zu den Zelten zurück. Mikkelsen nimmt Qvigstad den Ast mit dem Fisch ab und sagt: Kein Wunder, daß die Begründer großer Religionen meist Fischer waren.

– Und wieso? frage ich, um freundlich zu Mikkelsen zu sein.

– Von all dem, was auf der Welt geschieht, ist das Leben unter Wasser für den Menschen am wenigsten sichtbar. Die Wasserwelt gehört uns am wenigsten. Deshalb ist Wasserwelt mächtigstes Symbol des Jenseits. Himmel spiegelt sich im Wasser. Von allen Menschen ist Fischer derjenige, der mit der Welt des Wassers am vertrautesten ist. Er holen nie gesehene Wesen daraus nach oben, er gehen darin unter, wenn er Schiffbruch erleiden. Darum sind alle großen Propheten immer Fischer.

– Und ertrinken! sagt Qvigstad. Wäre eine sehr intelligente Bemerkung, wenn du Geschichte geschrieben hättest.

Wieder bei den Zelten, setzt er sich auf den Boden und säubert den Fisch mit einem Messer von der Größe, wie es die Lappen bei sich tragen.

Arne legt das Netz wie eine Ziehharmonika zusammen, Mikkelsen kocht für uns Porridge. Ich habe nichts zu tun. Wahrscheinlich ist es besser, seinen Kameraden gar keine Dienste zu leisten, als ihnen einen Bärendienst zu erweisen. Sie haben schon Dutzende solcher Touren unternommen. Sie wissen genau, wie alles gemacht wird, oder jedenfalls, wie sie es gern hätten. Wenn ich ihnen meine Hilfe anbieten würde, wären sie zu höflich, sie auszuschlagen, würden jedoch insgeheim denken: Es kostet nur Zeit, ihm zu erklären, was er machen soll, und weil er es zum erstenmal macht, wird es so lange dauern, daß ich es besser selbst erledige.

Ich bin schon froh, daß sie mein gestriges Fußbad mit keiner Silbe erwähnen. Dabei haben sie eigentlich kein Recht, sich zu beklagen. Ich habe sie nicht aufgehalten. Den Inhalt des Rucksacks habe ich nicht naß werden lassen, und über die Schmerzen in meinen Knien gebe ich keinen Mucks von mir. Um nicht ganz untätig zu sein, gehe ich zu Arnes Zelt und hole mein Notizbuch. Ich lese meine Aufzeichnungen von gestern und füge hier und da etwas hinzu. Irgendwelche Beobachtungen, die einen neuen Gesichtspunkt begründen könnten, habe ich noch nicht gemacht. Ebensowenig habe ich etwas entdeckt, das Sibbelees kühne Hypothese stützen könnte. Liegt es nur am Hunger, daß ich ein flaues Gefühl im Magen habe, am Geruch von brennendem Petroleum, angebranntem Porridge und gebratenem Fisch? Unterdessen denke ich: Wo ist die Grenze wissenschaftlicher Arbeit? Nach etwas suchen, das niemand zuvor gefunden hat, es selbst jedoch auch nicht finden – kann man das überhaupt noch als Wissenschaft bezeichnen, oder ist es nur mangelndes Glück? Oder mangelnde Begabung? Wer kann das schon sagen? Mich überkommt eine schreckliche Angst: mit leeren Händen zurückkehren zu müssen. Nur mit ein paar hübschen Farbfotos, ganz nett für den Familienkreis. Ansonsten kein Ergebnis. Nichts, was Sibbelee oder Nummedal beeindrucken könnte.

– Breakfast ready! ruft Mikkelsen.

Ich setze mich zu ihnen.

Mir wird zunehmend bewußt, daß Qvigstad Mikkelsen ständig aufzieht.

Ich habe Mikkelsen noch nie lachen sehen; er hat auch die Art Gesicht, die dazu völlig ungeeignet ist. Seine gräulich-weiße Haut, mit gelblichem Flaum bewachsen, hält die breiige Gestalt nur mit Mühe zusammen. Die Arme sind dick und schwabbelig wie die Arme einer Harfenistin. Nur wegen der Stiefel, des alten, randlosen Huts, den er nie abnimmt, und des schmutzigen Holzfällerhemds wundert man sich nicht darüber, was er dennoch alles fertigbringt. Er ist imstande, jedes Gewicht zu schleppen, den gefährlichsten Sprung bewältigt er mühelos.

In einem Straßencafé, adrett gekleidet (blauer Blazer, Flanellhose), könnte man ihn höchstens für Mutters Liebling halten, der sein Taschengeld größtenteils dafür ausgibt, Mama Blumen zu kaufen. Der Typ Mann, den nach zwei Tagen Militärdienst alle nur »Dicker« nennen … jedenfalls, solange er niemanden zusammenschlägt. Daß Mikkelsen dazu fähig wäre, ohne einen Ton von sich zu geben und ohne eine Miene zu verziehen, steht außer Zweifel.

Selbstverständlich äußert Qvigstad nie etwas, das Mikkelsen veranlassen würde, zu zeigen, was er kann. Aber Qvigstad ist prinzipiell anderer Meinung, wenn Mikkelsen etwas sagt, was freilich äußerst selten vorkommt.

– Und doch, sagt Mikkelsen, und doch kann niemand bestreiten, daß einen Gott es geben muß, der geschaffen hat alles.

– Die Menge der Thesen, die niemand bestreiten kann, ist unendlich, sagt Qvigstad; ebenso zahllos wie die Verfahren, mit denen das Atom nicht gespalten wird. Das nützt uns nicht viel.

Ich esse Fisch mit einer schmutzigen Gabel von einem schmutzigen Teller. Dieser Fisch schmeckt so phantastisch, daß ich vor lauter Entzücken am liebsten eine Rede halten würde! Zum erstenmal verstehe ich die Philosophen, die zurück zur Natur wollen! Ich bin glücklich. Ich esse einen Fisch von so exquisitem Geschmack und so frisch, wie man ihn in keiner einzigen Weltstadt bekommen kann, nicht für Geld und gute Worte. Dieser Fisch hat außer dem Netz, mit dem er gefangen wurde, außer der Pfanne und der Margarine und den Streichhölzern zum Anzünden des Feuers nichts der Zivilisation zu verdanken. Jetzt weiß ich, warum sich die Schwarzen und die Indianer nie abgerackert haben, den Handmixer und den Kühlschrank zu erfinden, jetzt kann ich nicht mehr über die Bußprediger lachen, die die moderne Zivilisation als kollektiven Wahnsinn bezeichnen. Ist kein Lappe in der Nähe? Ich bin bereit, ihn ans Herz zu drücken. Mir ist jetzt klar, wieviel reicher er ist als wir.

– Und trotzdem, stammelt Mikkelsen in gebrochenem Englisch, und trotzdem muß Gott Weltall erschaffen haben, denn alle Völker haben in diesem Sinn gedacht.

– Und was beweist das?

– Daß Mensch nicht ohne eine Erklärung auskommen kann.

– Ach, hör auf. Es beweist lediglich, daß er sich mit einer Erklärung zufriedengibt, die keine Erklärung ist.

Arne zupft mich am Ärmel und sagt: Achtung, der große Qvigstad kommt in Fahrt!

– Schau mal, sagt Qvigstad, die Schwierigkeit, über die sich all die sogenannten Götter immer hinwegsetzen, ist das Ausgangsmaterial. Lies die Edda oder was du willst. Snorre Sturlason behauptet, in der Urzeit seien Niflheim und Muspelheim erschaffen worden. Aus was? Steht nicht in der Edda, Snorre brauchst du auch nicht zu fragen. Zwischen Niflheim und Muspelheim klaffte die große Schlucht Ginnungagap, in der die kalten Ströme, die aus Niflheim kamen, zu Eis erstarrten. Aus Muspelheim fielen Funken auf das Eis, und aus der Paarung von Eis und Feuer entstand der zweigeschlechtliche Riese Ymir.

Ich kann mir das lebhaft vorstellen, darum geht es jetzt aber nicht. Wo das alles herkam, erfährt man nämlich nicht. Ymir legte sich schlafen, und Ymir schwitzte im Schlaf. Dadurch entstanden unter seiner linken Achsel ein Mann und eine Frau.

– Ab dann ist die Sache klar, sage ich, sobald es einen Mann und eine Frau gibt, kann man sich den Rest der Geschichte denken.

– Das glaubst auch nur du. Der eine Fuß Ymirs paarte sich mit dem anderen, und daraus entstand Bor. Bor, du weißt schon, der mit der Riesin Bestla drei Söhne zeugte: Odin, Vili und Ve.

– Und trotzdem, sagt Mikkelsen, hindern einen all diese absurden Geschichten nicht an der Annahme, daß es einen Gott gibt, der das Weltall geschaffen hat. Gott ist ein großer Mathematiker, Einstein hat es selbst gesagt.

– Einstein hat gesagt: ein Mathematiker, und Snorre Sturlason hat gesagt: Schweißfüße. Was lediglich beweist, daß jeder nur über das reden kann, wovon er Ahnung hat. An die Erklärung, woher das Ausgangsmaterial stammt, hat sich nicht einmal der abgehobenste Derwisch gewagt. Das einzige, was sie immer parat haben, ist der Bericht, was der eine oder andere Gott daraus gemacht hat.

Arne sagt: Manchmal sind diese Geschichten gar nicht so unrealistisch. Nimm für Niflheim Skandinavien vor achttausend Jahren und für Muspelheim das Gebiet ums Mittelmeer, den Vesuv, den Ätna, über die vielleicht Geschichten in den Norden durchgedrungen waren. Wenn man das bedenkt, unterscheidet sich die Mythologie gar nicht so sehr von der Geologie.

– Hast du das gehört, Mikkelsen, ein wichtiger Punkt! sagt Qvigstad. Wenn's sein muß, findet sich für die Phantastereien deiner Völker eine nüchterne Erklärung.

– Ich spreche nicht davon, was vor siebenhundert Jahren war, als Snorri Sturluson das alles aufgeschrieben hat, ich meine auch nicht die Zeit vor achttausend Jahren. Ich spreche vom Anfang. Nichts hindert mich anzunehmen, daß es einen Gott gab, der einmal angefangen hat.

– Warum ein Gott? Warum die Sache so kompliziert machen mit einem Wesen, das niemand je gesehen hat? Gott ist ein Wort, das nichts bedeutet.

– Es bedeutet: Er, der alles haben geschaffen.

– Tu mir einen Gefallen! Es ist doch viel einfacher anzunehmen, daß der Mensch alles geschaffen hat, und sei es nur, weil wir wissen, was das Wort Mensch bedeutet. Wir wissen dann zwar noch nicht, wer den Menschen erschaffen hat, aber das macht nichts, denn von wem Gott erschaffen wurde, wissen nicht mal die bedeutendsten Theologen.

Also ist es einfacher und ehrlicher, den ganzen Umweg über Gott zu meiden und zu sagen, der Mensch hat alles gemacht. Irgendwann wird man das auch beweisen können. Es gibt schon vielversprechende Zeichen, die in diese Richtung deuten. Jede Mythologie hat ja zwei Pole. Auf der einen Seite den Anfang, die Schöpfung. Und auf der anderen Seite den totalen Untergang: Ragnarök, Götterdämmerung, Apokalypse. Der totale Untergang, tja, der liegt schon in unserer Hand. Warum dann nicht die Schöpfung? Einstein mit seinem Gott als Mathematiklehrer! Stell dir das mal richtig vor: Gott! Der allwissende Mathematiker, Physiker, Chemiker, Biologe! Fast niemand hat die gräßlichen Konsequenzen dieser Idee durchschaut!

Überleg doch mal, was für ein Gott das sein müßte.

Eines Tages hat er sich ein paar schwierige Aufgaben ausgedacht, wie ein Schulmeister. Die Summe dieser Aufgaben war der Kosmos. In diesen Kosmos stellte er ein Wesen, Mensch genannt, das nichts von alledem wußte. Dann setzte sich Gott an sein Pult und beobachtete in aller Ruhe, was die Schüler so zustande brachten.

Tja! Es fällt ihnen nicht im Traum ein, ihre Hausaufgaben zu machen! Sie gehen miteinander ins Bett, ohne zu wissen, daß daraus Kinder entstehen, sie schlagen sich gegenseitig tot, essen einander auf. Es dauert Jahrtausende, bis sie sich eine Sprache ausdenken, weitere Jahrtausende, bis sie die Schrift erfinden. Gott wird es mulmig, und er veröffentlicht rasch ein Buch, in dem alle Lösungen falsch sind. Unbeirrt läßt er die eine Generation grauenvoll zu Tode kommen durch ansteckende Krankheiten, gegen welche die nächste Generation ein Heilmittel findet. Äther hatte es schon dreihundert Jahre gegeben, als jemand die Narkose entdeckte. Hatte Gott vergessen, in der Bibel zu offenbaren. Wurde einem Soldaten in einer Schlacht ein Bein abgeschossen, war es bis dahin außerdem üblich, den Stumpf in einen Kessel mit siedendem Öl zu tauchen. Gott atmete mitleidslos die Gerüche ein.

Lächelnd läßt er ein paar Millionen alter Frauen bei lebendigem Leibe als Hexen verbrennen. Ganze Städte hat er durch Cholera, Typhus und Pest ausrotten lassen, bevor er das Mikroskop erfinden läßt, das die Erreger dieser Krankheiten entlarvt. Kurzum, der Mensch ist, wie ein Deutscher es einmal ausgedrückt hat: der ewig Betrogene des Universums. Ich liebe diesen Spruch. Es vergeht kein Tag, an dem ich ihn nicht in Gedanken wiederhole.

In der Schule des Schöpfers fällt auch der gescheiteste Schüler immer wieder durch die Abschlußprüfung. Gott gibt bloß Sechsen. Was sollen wir von einem solchen Gottesbild halten? Wir können nur feststellen, daß wir es nicht brauchen. Gott hat vielleicht primitiven Völkern etwas bedeutet, die glaubten, ihre Kultur würde auf immer so bleiben, wie sie war. Aber wir, die wir die Welt ständig verändern, wir beweisen mit jeder Entdeckung, daß wir das Universum selbst hätten erschaffen können. Die Sonne ist eine große thermonukleare Reaktion, und das Gehirn ist ein kleiner Elektronenrechner, bis aufs äußerste miniaturisiert. Was wird eines Tages daraus hervorgehen? Die Schlußfolgerung, daß wir auch das Universum selbst geschaffen haben.

– Komisch, daß die Autobiographie dieser Schöpfer nicht erhalten geblieben ist, sagt Mikkelsen.

– Selbst, wenn es historisch gesehen nicht so wäre, könnten wir es irgendwann doch beweisen, und nur das zählt. Auch der Dinosaurier hat keine Autobiographie verfaßt, aber es ist die Aufgabe der Geologen, zu erzählen, wie er gelebt hat.

Vielleicht hat es frühere Menschengeschlechter gegeben, die auf dem Pfad der Technik noch weiter vorangekommen sind als wir – aber in ein paar Millionen Jahren werden unsere Kindeskinder ebensoweit sein. Verlaß dich drauf! Die Steine, die Organismen, die Sonne, alles wurde von Menschenhand gemacht, in gigantischen Laboratorien.

– Und woher kamen die Laboratorien?

– Ich weiß, daß es sich schwer beweisen läßt, aber noch schwerer läßt sich beweisen, daß es nicht so ist. Überleg doch mal:

Zeit im Überfluß. Es braucht nicht vor Milliarden Jahren geschehen zu sein, sondern es kann noch länger her sein, Milliarden Jahre in milliardster Potenz. Es kann so lange her sein, wie du willst. Es ist undenkbar, daß die Zeit jemals einen Anfang hatte. Alles, was darüber behauptet wird, muß Unsinn sein. Wenn es unendlich große Zahlen gibt, ist auch die Zeit unendlich. In dieser unendlichen Zeit kann alles passiert sein, und wenn ich sage *alles*, meine ich auch *alles*. Das, wovon ich hier rede, diese Menschen, diese Laboratorien, ist nur eine Bagatelle im Vergleich zu all dem, was ansonsten geschehen sein muß und von dem wir noch nichts wissen.

Mikkelsen sagt: Aber wenn du so denkst, muß es auch Menschen auf anderen Planeten, oder zumindest in anderen Galaxien, geben.

– Warum nicht?

– Wenn es diese Menschen gibt oder gegeben hat, müßten sie es auf dem Gebiet der Raumfahrt viel weiter gebracht haben als wir.

– Stimmt. Na und?

– Es ist nur seltsam, weißt du, daß noch nie, in keiner geologischen Schicht, die älter als das Tertiär ist, auch nur eine menschliche Spur gefunden wurde, keine Pfeilspitze, kein Beil, geschweige denn ein Raketenmotor oder das Antriebsaggregat einer Fliegenden Untertasse.

– Hörst du mir nicht zu? Ich habe gerade gesagt, daß *alles* von Menschenhand gemacht ist: die Radiolarien, die Brachiopoden, der Archäopteryx, die Baumfarne, *alles*.

– Aber die ähneln viel zu sehr all dem, was auch heute noch existiert und von dem wir genau wissen, daß wir es nicht selbst geschaffen haben.

Qvigstad zieht die Füße unter den Körper, streckt die Arme vor und steht, ohne sich abzustützen, auf.

– Das Baby eines siamesischen Zwillings, sagt er, hat zwei Nabel. Wußtest du das?

Arne und ich prusten los. Mikkelsen sieht aus, als würde er auch diese Mitteilung dort speichern, wo er alles Wissenswerte aufbewahrt, das er zu hören bekommen hat.

27

Weil ich neugierig bin, warum alles, was Arne besitzt, so ärmlich aussieht, habe ich ihn gefragt, ob er sich mit seinem Vater gut verstehe.

Die Frage versetzt ihn in Erstaunen.

– Du denn nicht?

– Mein Vater ist gestorben, als ich sieben war.

– Dann hast du ihn kaum gekannt.

– Nein, aber ich muß ihn sehr geliebt haben. Manchmal glaube ich, daß es mir immer noch wichtig ist, ihm eine Freude zu machen.

– Wer weiß.

– Ich glaube nicht an ein Leben nach dem Tod, aber manchmal habe ich das Gefühl, bestimmte Dinge zu tun, weil ich im Unterbewußtsein hoffe, daß mein Vater es sieht. Vielleicht, weil ich mir nicht eingestehen will, daß ich sie meiner Mutter zuliebe tue, die noch lebt.

– Du denkst ja gründlich über alles nach, findet er.

– Es ist doch ganz einfach. Wenn ich überhaupt nicht wüßte, wer mein Vater war, wenn ich ein Findelkind gewesen wäre, würde ich vielleicht alles ganz genauso machen wie jetzt, aber völlig andere Motive dahinter sehen. Du verstehst dich also gut mit deinem Vater?

– Vielleicht sogar zu gut. Weißt du, mein Vater ist ziemlich wohlhabend. Er war immer sehr erfolgreich. Ich bin der einzige Sohn. Das bringt auch Probleme mit sich. Gute Nacht.

Ein sonniger Morgen. Jeder von uns zieht alleine los. Meine Haut ist glatt, trocken und braun. Ob von der Sonne oder von Schmutz und Mückenöl, weiß ich nicht. Keiner von uns vieren hat das Bedürfnis, sich zu waschen. Und an Rasieren ist gar nicht zu denken. Dafür Wasser warm zu machen, wäre zu viel Aufwand, und mit kaltem Wasser wäre es zu schmerzhaft, von den Mückenstichen ganz zu schweigen. Die Bartstoppeln lassen zwar die Wangen jucken, sind jedoch ganz nützlich als Schutz gegen die Insekten.

Von Zeit zu Zeit versuche ich, das Moskitonetz vor meinem Gesicht eine Weile zu lüften, weil es darunter so stikkig ist. Mikkelsen und Qvigstad tragen überhaupt keine Moskitonetze. Qvigstads Bart ist sicher zu rauh, und Mikkelsen finden die Mücken wohl zu unappetitlich.

Ich laufe den ganzen Tag herum, entdecke jedoch nichts, das meine sensationelle Hypothese stützen könnte. Mit knapper Not kann ich eine halbe Seite meines Notizbuchs mit Beobachtungen füllen.

Um sechs, auf dem Rückweg zu den Zelten, sehe ich Arne wieder. Ziemlich umständlich ist er im Begriff, einen großen Felshöcker zu fotografieren. Er hat sich dazu auf einen anderen Felsen gestellt, einen zwei Mannslängen hohen Brocken.

Arne macht eine Art Gymnastik. Geht in die Knie, bewegt den Kopf mit der Kamera vor und zurück. Ich nehme Anlauf und stehe neben ihm. Er drückt auf den Auslöser seiner Leica und murmelt: Perhaps ...

– Warum sagst du eigentlich immer perhaps, wenn du ein Foto machst?

– Meine Fotos werden meistens nichts.

– Ach was! Heutzutage kann doch jeder fotografieren. Lies einfach mal ein Buch darüber.

– Das ist es nicht. Schau, das Objektiv sitzt lose in der Fassung. Das ist das Problem.

– Kauf dir doch einen neuen Apparat. Laß dir von deinem Vater einen schenken.

– Ach, der. Immer, wenn wir uns sehen, fragt er ganz sarkastisch, ob ich wieder Fotos gemacht hätte. Und wenn ich ihm den Schrott dann zeige, bietet er mir an, daß er mir eine neue Kamera kauft.

– Na also.

– Ich trau mich nicht, sie anzunehmen.

– Was hat das denn mit sich trauen zu tun, wenn du dir von deinem Vater einen neuen Fotoapparat schenken läßt?

– Es ist, weil ich mir nichts gönne.

– Eine gute Kamera brauchst du für deine Arbeit, nicht für dich.

– Das macht für mich keinen Unterschied. Ich fühle mich schlecht mit allem, was neu ist, mit allem, was Geld gekostet hat. Ich gönne mir nichts. Das war schon immer so. Manche Leute halten mich für geizig. Geizig wäre ich, wenn ich sparen würde, aber ich spare nicht. Weißt du noch, daß wir gestern nacht über deinen Vater gesprochen haben?

– Ja. Wieso?

– Bei mir hat es nichts mit meinem Vater zu tun, daß ich mir nichts gönne. Trotzdem ist es auch ein Beispiel dafür, daß man mit etwas rechnet, an das man gar nicht glaubt.

– Und an was glaubst du nicht?

Arne streicht sich mit der freien Hand über den Nacken, übers Haar, in der anderen Hand hält er noch immer die Leica.

– Du brauchst nicht zu antworten, murmele ich verlegen. Eigentlich geht es mich nichts an.

– Nein, nein, ich hab's auch schon mal jemandem in der Eisenbahn erzählt, den ich überhaupt nicht kannte. Ich glaube – also es ist so, als würde ich das glauben, denn eigentlich glaub ich's ja nicht –, daß ich dann, wenn ich auf mehr Dinge verzichte als andere Menschen, irgendwann einmal etwas Großes erreichen werde.

– Und was?

– Daß ich etwas Bedeutendes entdecke.

– Aber wie soll das gehen, wenn du Fotos mit einer unbrauchbaren Kamera machst?

Arne steckt die Kamera lachend in die abgewetzte Tasche. Alles, was ich ihm zu bedenken gebe, hat er bereits hundertmal gehört, auch selbst gedacht. Trotzdem setzt er die Diskussion fort. Will er herausfinden, ob er mich, wider besseres Wissen, mit seinen Argumenten überzeugen kann?

– Kolumbus, sagt er, hat Amerika mit einem Ruderboot entdeckt.

– Damals gab's nun mal keine besseren Boote.

– Aber er hat es trotzdem geschafft.

– Das war einmal, das ist jetzt vorbei. Amerika braucht nicht zweimal entdeckt zu werden. Dein Landsmann Thor Heyerdahl ist auf einem Floß nach Hawaii gefahren, aber das war längst entdeckt.

– Er wollte entdecken, daß man auch auf einem Floß dorthin gelangen konnte.

– Willst du etwa entdecken, daß man mit einer alten Leica …

– Ach was. Aber ich fände es schrecklich, wenn ich mit dem neuesten Zelt, den teuersten Instrumenten, der wertvollsten Kamera losziehen würde und hinterher kein einziges Ergebnis vorweisen könnte, das von Bedeutung ist.

Wollte ich vom Fels steigen, um das Gespräch zu beenden? Was ist los?

Die Welt saust an mir vorbei, ich stoße einen Schrei aus. Mit einem Ruck lande ich auf den Füßen. Der Kopf tut mir so weh, daß ich die Augen schließe. Ich lehne der Länge nach am Felsen. Ich spüre das Gestein an den Handflächen, sehe aber nichts mehr. Arne steht neben mir und packt mich unter den Achseln. Ich versuche zu gehen, kann jedoch das rechte Bein nicht bewegen. Über mein rechtes Auge strömt Blut. Mit der linken Hand versuche ich, Arne wegzuschieben, und ich rufe: I'm all right! I'm all right!

Aber er läßt mich nicht los. Die Welt erscheint wieder in

meinem Gehirn, wie durch den Boden eines Bierglases gesehen. Nachdem ich mir mit dem Handrücken übers Auge gewischt habe, ist nicht nur die Hand voller Blut, sondern auch das rechte Hosenbein. Wie ist das möglich?

Ich liege ziemlich nah bei einem großen Feuer, in der Unterhose. Mikkelsen brät sechs Forellen. Hin und wieder zieht ein Rauchschwaden über mich hinweg.

Der Wind ist unbeständig.

Meine linke Hand streicht über das linke Bein, von oben nach unten und zurück, um die Mücken zu verjagen. Das rechte Bein haben sie gewaschen und verbunden. Aufgerissen, vom Knöchel bis zum Knie. Auf meiner Stirn ist mit Leukoplast ein dicker Wattebausch befestigt, der meine Augen überschattet.

Ich rauche eine Zigarette, doch wie immer schmeckt sie mir in der Nähe brutzelnder Margarine nicht. Bei dem Sturz wurde auch von der äußeren Haut des ledernen Kompaßetuis ein Stück abgeschürft. Mein kostbarer Kompaß! Ich klappe ihn auf und betrachte meine Stirn. Sie sieht aus, als wäre ein großer, nicht schmelzender Schneeball daran haftengeblieben. Auch mein Bart verdient Beachtung. Er ist heller als das Haupthaar, das war mir bisher nie aufgefallen. Was für Entdeckungen man doch machen kann, auch wenn man sich schon Jahre kennt. Außerdem wird mir zum erstenmal bewußt, welche Tarnmöglichkeiten einem so ein Bart verschafft.

– Bist du mit deinem Bart zufrieden?

Qvigstad setzt sich neben mich. Ich klappe den Kompaß zu und stecke ihn wieder ins Etui.

– Rasieren, sinniert Qvigstad, eine unbegreifliche Erfindung. Warum ist der Mann schon seit Jahrtausenden dazu gezwungen, sommers und winters wie ein entlaubter Baum herumzulaufen? Keiner weiß es. Andererseits könnte man sagen, daß solche ehrwürdigen Bartträger wie Moses, Sokrates oder Marx bestimmt Gründe hatten, ihr Gesicht besser nicht mehr zu zeigen.

Er steckt sich eine Zigarette zwischen die Lippen und hält mir die Hand entgegen. Ich reiche ihm meine Streichhölzer.

– Merci. Kennst du den? Zwei Kolonialsoldaten müssen zum Arzt. Der Doktor sieht auf dem zusammengeschrumpelten Ding des einen eine blaue Tätowierung, Buchstaben, ein Wort, nur den ersten und den letzten Buchstaben kann er lesen, ein *s* und ein *e*. Was ist denn das? Ja, wissen Sie, Herr Doktor, in einsamen Nächten im Urwald ist das manchmal deutlich lesbar, dann steht da *Simone*.

Simone?

Na ja, Herr Doktor, das ist der Name meiner Frau, verstehen Sie, und wenn ich diesen Namen sehe, bin ich gegen jede Versuchung gefeit.

Gut. Der Arzt untersucht den anderen Kolonialsoldaten und sieht eine ähnliche Tätowierung: *s e. Noch* eine Simone? Nein, Herr Doktor. Was dann? Nun, hier steht *Souvenir d'une nuit chaude passée en Afrique Occidentale Française.*

Qvigstad breitet die Arme aus, als hinge er am Kreuz, und schreit: Soooo lang! Dirty bugger, ha!

Wir essen Knäckebrot, gebratenen Fisch und Käse. Arne kocht unterdessen Kaffee, und Mikkelsen zaubert eine Flasche Cognac hervor, den er zum Teil in den Kaffee schüttet.

Arne hat das Blut aus meinem Hosenbein ausgewaschen und sagt, als er mir die Hose zurückgibt: Du hättest tot sein können.

Ich hätte tot sein können. Aber ich bin nicht tot. Ich habe es überlebt. Ich bin nicht mal ernsthaft verletzt.

Während ich mir die Hosenbeine über die schmerzenden Knie ziehe und dabei etliche Mücken zerreibe, muß ich an meinen Vater denken.

Wie kam er bei seinem Sturz eigentlich zu Tode? Ist er mit dem Kopf aufgeschlagen? Oder ist ein Stein zur gleichen Zeit hinabgerollt und hat ihn getroffen? Warum hat er sich nicht nur das Knie verstaucht? Dann säße ich jetzt vielleicht nicht hier. Dann wäre ich womöglich Flötist geworden.

Ich bin nicht abergläubisch, aber was hat es sonst für einen Grund, daß mir das alles durch den Kopf geht? Warum kommt mir der Gedanke, daß ich vorläufig gerettet bin? Mein Sturz ist eine Replik des verhängnisvollen Sturzes meines Vaters. Derselbe böse Geist, der ihn in den Abgrund geworfen hat, hat mich zu ähnlichen Abenteuern getrieben, damit auch ich einen ähnlichen Tod erleide. Aber es ist ihm nicht gelungen. Ich habe meinen Zoll bezahlt. Ich habe überlebt. Ich bin nicht tot, meine Verletzungen sind unbedeutend. Ich habe dem Geist gezeigt, daß ich stärker bin als er. In Zukunft wird er mich in Ruhe lassen.

Wenn ich nicht abergläubisch bin, warum kommt mir so etwas überhaupt in den Sinn?

Ich ziehe den Gürtel durch die Schlaufen meiner Hose und befestige auch das Kompaßetui wieder daran. Es sieht noch immer fast unbenutzt aus – obwohl ich es schon so viele Jahre besitze. Es sieht aus wie neu, und die frische Beschädigung des Leders ist auch wiederum neu. Es macht überhaupt nichts, daß das Etui nicht mehr so neu aussieht wie vorher, im Gegenteil.

Wo ist die Grenze zwischen Beschädigung und Abnutzung?

– Alfred! Schau mal, dort!

Arne, Qvigstad und Mikkelsen blicken zur anderen Seite des Sees. Mikkelsen hat ein Prismenfernrohr in der Hand. Ich stehe auf, sehe nichts, sehe dann plötzlich, was sie meinen.

Die Hänge des Vuorje scheinen in Bewegung geraten zu sein, als hätten der Boden, die Pflanzen und die Schneeflecken Füße bekommen.

Ich reiße mich zusammen und humple zu Arne.

– Horch mal! Hör gut hin!

Ich lausche mit offenem Mund. Die Luft ist von einer Art Brummen erfüllt, ich weiß nicht, wie ich das Geräusch sonst beschreiben soll. Ein Knurren, ein Grummeln eines riesengroßen Wesens, das sich über den ganzen Berghang ausbreitet.

Wenn man durchs Fernglas schaut, kann man die Tiere förmlich knabbern hören. Sie sind beige oder braun, viele aber auch weiß mit ein paar Flecken. Reihum lassen wir das Blickfeld des Glases über die Talwand gleiten, auf der Suche nach dem Hirten der Tiere. Vielleicht ist er ja auch noch weit entfernt. Langsam ziehen sie zum Fluß hinab.

– Der Wind weht in unsere Richtung, sagt Mikkelsen, wenn wir wollen, können wir viel näher herangehen.

– Eigentlich sind sie so scheu wie Wildtiere, erzählt Arne. Sobald sie dich wittern, ergreifen sie die Flucht.

Rentiere. Fabelwesen von Adventskalendern und Ansichtskarten. Hirsche mit Geweihen aus Filz. Exotisch und durch ein Übermaß an Berühmtheit banal geworden. Aber daß Rentiere ständig brummen, wußte ich bisher nicht, noch nie habe ich etwas darüber gelesen, und ich hätte es auch nie vermutet.

Humpelnd folge ich den anderen, um so nah wie möglich an die Rentiere heranzukommen. Die tiefstehende Sonne wirft meinen Schatten voraus, zehnmal länger, als ich es bin. Jeder Schritt trifft auf anderen Grund: Moos, ein Strauch, ein Stein. Jedesmal hört es sich anders an. Daneben nur das Rauschen des Flusses. Erst wenn ich stehenbleibe, erreicht mich das Brummen der Rentiere, so wie man seinen Herzschlag nur dann wahrnimmt, wenn man ruhig im Bett liegt. Die ersten Tiere stehen bereits im Wasser; noch sind sie durch unsere Anwesenheit nicht beunruhigt. Wir hören jetzt auch das Bimmeln der Glocken, die einige Böcke tragen. Doch nicht einmal dieser Klang gibt uns der Zivilisation zurück.

Vom Fluß her, angestaut durch das Tal, nähern sich tiefhängende Wolken. Schichten weißer Nebelfetzen lassen uns gestreift aussehen. Wir gehen langsam wieder zu unseren Zelten.

Es ist halb zwei nachts. Die Wolken bewegen sich schneller als wir, fangen das Sonnenlicht ab. Innerhalb von Sekunden kühlt sich die Luft spürbar ab. Beim fast heruntergebrannten Feuer trinken wir den Rest des Kaffees, stehen dann auf, um schlafen zu gehen. Qvigstad dreht sich kurz vor seinem Zelt noch halb um und ruft: Ach! Eine junge, nackte Negerin, die kein Wort sagt, nur lächelt!

Arne und ich haben uns bis zum Kinn in die Schlafsäcke verkrochen. Jetzt, wo es kühler ist, ist das nicht mehr so eine Tortur. Die Mücken suchen offenbar Schutz vor dem bevorstehenden Regen, denn in der Pyramidenspitze tummeln sich so viele, daß man sie zu Hunderten vernichten könnte, würde man nur die Hand ausstrecken und zudrücken.

Wir essen Rosinen, trinken Wasser und rauchen noch eine Zigarette.

Arne philosophiert: Weißt du noch, worüber wir uns unterhalten haben, als du die kleine Schwerkraftmessung vorgenommen hast?

– Nein, worüber denn?

– Es ist seltsam, daß praktisch niemand etwas für sich selbst tut. Ich bin sparsam, um das Schicksal zu erweichen, und du glaubst, daß dich dein Vater sieht.

– Mein Vater existiert ebensowenig wie dein Schicksal, das auf die Dauer beifällig nicken und dich für deine Askese belohnen soll.

– Aber deine Mutter, fragt er, deine Mutter lebt doch noch?

– Ja.

– Es war bestimmt nicht leicht für sie, ihre kleinen Kinder allein aufzuziehen?

– Leicht war es nicht, aber auch nicht ganz so schwer, wie man meinen könnte.

Er hat ein Thema angeschnitten, von dem ich nicht so schnell loskomme.

– Meine Mutter, sage ich, ist die größte Literaturkritikerin der Niederlande. Das wurde sie schon recht bald nach dem Tod meines Vaters, und sie hat das all die Jahre durchgehalten.

Jeden Abend schrieb sie am Wohnzimmertisch auf einer großen Büroschreibmaschine. Das macht sie heute noch. Punkt acht fängt sie an. Um zehn kocht sie Kaffee, macht eine Pause bis Viertel nach zehn. Meine Schwester und ich bekommen dann auch eine Tasse. Das war sogar schon so, als wir noch klein waren. Danach mußten wir ins Bett, schliefen aber natürlich nicht gleich ein. Bis um zwölf hörten wir die Schreibmaschine klappern.

Meine Mutter schreibt jede Woche zwei Artikel für zwei Wochenzeitungen, dann eine halbe Seite für die Samstagsbeilage einer großen Tageszeitung und außerdem noch, einmal im Monat, einen Artikel für eine allgemeine Kulturzeitschrift. Alles über ausländische Literatur. Insgesamt dreizehn Artikel im Monat, in denen sie dreißig Bücher bespricht. Darüber hinaus reist sie durchs ganze Land und hält Vorträge. Sie ist eine Autorität. Jeder, der etwas über Hemingway, Faulkner, Graham Greene, Somerset Maugham, Sartre, Robbe-Grillet, Beckett, Ionesco, Françoise Sagan, Mickey Spillane oder Ian Fleming zu Papier bringen möchte, liest erst, was meine Mutter darüber geschrieben hat, und erzählt das dann ohne Quellenangabe nach. Sie hat den Orden der französischen Ehrenlegion und ist Doktor honoris causa der kleinsten Universität in Nordirland, der Name fällt mir im Moment nicht ein.

Selbstverständlich bekam sie jeden Monat viel mehr als dreißig Bücher zugeschickt, die sie rezensieren sollte. Manchmal um die fünfzig.

– Und hat sie die alle gelesen?

– Kein einziges. Sie hat sie nicht mal aufgeschlagen, damit die Rücken nicht geknickt wurden. Sie hat nur die Titel und die Namen der Autoren sehr sorgfältig auf Karteikarten geschrieben. Die meisten Kritiker machen nicht mal das. Von Zeit zu Zeit kam ein Trödler, der uns für die nagelneuen Bücher ein Viertel des Ladenpreises bezahlt hat.

– Aber wie kann deine Mutter dann Artikel darüber schreiben?

– Wir haben *Observer, The Times Literary Supplement* und *Figaro Littéraire* abonniert.

Meine Mutter bespricht ausschließlich Bücher, über die schon Artikel in diesen Blättern gebracht wurden. Und das ganz offen! Hin und wieder zitiert sie *Observer* oder *Figaro* in extenso, mit Quellenangabe, vor allem an Abenden, an denen sie nicht in der richtigen Stimmung ist, selbst noch etwas zu fabulieren. »Heute abend geht's mal husch-husch«, sagt sie dann. Schließlich gibt es Literaturkritiker, die es noch viel toller treiben. Aber meine Mutter ist äußerst gewissenhaft. Sie arbeitet den ganzen Tag, sogar am Sonntag. Sie legt Ordner an über alle Autoren, deren Bücher man ihr zur Besprechung schickt. Bei uns im Wohnzimmer steht ein großer Eichenschrank, der ist voll mit diesen Mappen. Alle Artikel in den ausländischen Zeitungen, die sie verwendet, schneidet meine Mutter aus und bewahrt sie sorgfältig auf. Manchmal kommt es natürlich vor, daß auf der Rückseite eines Artikels ein anderer Artikel steht, den sie ebenfalls braucht. Wenn sie so einen Artikel ausschneidet, muß sie den anderen zerschneiden. Aber das macht nichts, dann tippt sie den anderen vorher ab.

Arne lacht ein wenig bemüht.

– Ach, sage ich, vielleicht lernst du meine Mutter ja mal kennen. Eine zierliche, superschlanke Frau, schwarze Augen, schmale Lippen, schlanke Finger, Zeige- und Mittelfinger der rechten Hand gelb vom Nikotin. Sie raucht drei Schachteln Zigaretten am Tag. Geht nachts um zwei schlafen und steht morgens um sieben wieder auf, jetzt schon jahrelang. Meine Schwester und ich sind im Wohlstand aufgewachsen, weil sie so hart gearbeitet hat. Wäre mein Vater am Leben geblieben, hätten wir wahrscheinlich nicht so viel Geld ausgeben können. Meine Mutter kann nämlich absolut nicht mit Geld umgehen. Ständig neue Sachen zum Anziehen, verstehst du, nie wurde etwas ausgebessert, denn dazu hatte sie keine Zeit.

»In der Zeit, die ich brauche, um ein Paar Socken zu stopfen, kann ich einen Artikel schreiben, mit dem ich genug verdiene, um fünf Paar neue Socken zu kaufen«, sagte sie immer. Wir aßen jede Woche mehrmals im Restaurant, auch zum Kochen war ihr die Zeit zu schade.

Manchmal tut sie mir leid. Ich lese nie ein Buch, aus Angst, entdecken zu müssen, daß sie Unsinn darüber geschrieben hat. Übrigens schreibt sie über alle Bücher mehr oder weniger dasselbe. Wenn es sich um ein englisches Buch handelt: daß der Autor die Technik des Schreibens aus dem Effeff beherrscht, daß er einen bemerkenswerten Sinn für Humor hat, daß seine Personen so menschlich sind und die Handlung so gut konstruiert ist. Geht es um ein französisches Buch, ist der Autor intelligent, luzid, hochgebildet, manchmal leichtfüßig und bringt sich beim Schreiben in bemerkenswerter Weise oder auch überhaupt nicht persönlich ein. Ach, meine Mutter ist so ein Schatz! Ich würde mich nie trauen, sie zu fragen, ob sie ihre Kritiken überhaupt ernst nimmt.

– Aber auch wenn das nicht so wäre, könnte sie immer noch sagen: Ich hab es für meine Kinder getan.

– Das kann ein Einbrecher auch von sich sagen.

– Wer kann schon ganz ehrlich von sich behaupten, daß er seinen Lebensunterhalt jederzeit nur durch originäre Leistungen verdient hat? Denk mal an Sauerbruch, den berühmten Chirurgen. Auf seine alten Tage wußte er nicht mehr, was er tat, die Leute hätten sich noch besser von einem Quacksalber operieren lassen können als von Sauerbruch. Aber jeder wollte unbedingt zum berühmten Sauerbruch. Seine Mitarbeiter waren so gescheit, sich nicht zu verplappern. Ob groß oder klein, wir enden alle als Betrüger. Um mehr zu verdienen, machen die Bäcker das Brot nicht so schmackhaft, wie es sein könnte, die Autohersteller achten darauf, daß ein Auto nach fünf Jahren ausgedient hat, Werkstätten berechnen Reparaturen, die sie nie ausgeführt haben, Uhrmacher pusten einmal in eine Uhr und verlangen fünfzig Kronen fürs Reinigen. Jeder verdient sich seinen Unterhalt wie ein Einbrecher.

– Ich denke oft an die Autoren der Bücher, die meine Mutter bespricht. Zwei, drei Jahre haben sie sich abgerakkert; weil niemand sie so sehr liebte, daß sie es gewagt hätten, ihm alles anzuvertrauen, haben sie gedacht: Wartet nur, ich schreibe jetzt ein Buch, das wird in Tausenden von Exemplaren verbreitet, vielleicht findet es zwei oder drei Leser, die mich lieben werden. Und was geschieht? Sie müssen das konfektionierte Geschwätz meiner Mutter und Konsorten über sich ergehen lassen. Oder sogar Beleidigungen. Das kommt in dieser Branche auch vor. Es ist sogar normal.

– Aber wie viele Schriftsteller sind keine Diebe, die sich für dummes Zeug bezahlen lassen, das man sich vielleicht selbst hätte ausdenken können? Oder die tausend Seiten über etwas schreiben, was sie auch auf hundert Seiten hätten erzählen können?

– Trotzdem muß es ein großartiges Gefühl sein, wenn man sich sagen kann: Ich habe Erfolg, und den habe ich nicht gestohlen. Ich mußte niemanden zum Narren halten.

– In einer Welt, in der jeder jeden zum Narren hält? Einer Welt, in der es so gut wie keine Gewißheiten gibt? Ach, hör doch auf.

– Gerade deshalb. Nicht nur ehrlich sein, sondern auch der einzige.

– Wer kann das schon von sich sagen? Niemand weiß, wie viele Betrüger davon überzeugt sind, immer grundehrlich gewesen zu sein.

– In gewisser Hinsicht hasse ich meine Mutter und alles, was sie macht. Ich empfinde das so, als ob sie ein Vorbild für mich sein wollte, ein schlechtes zwar, aber auch ein unauslöschbares. Als ob sie ständig sagen würde: Schau mich an! Solange man zum Ehrendoktor ernannt wird, Orden verliehen und Geld aufs Konto überwiesen bekommt, braucht man sich nichts vorzuwerfen. In ihrer Gesellschaft fühle ich mich immer wie jemand, der sich alles nur unnötig schwermacht. Wie jemand, der unbedingt mit Goldmünzen bezahlen will in einem Land, in dem jeder mit Papiergeld bezahlt.

– Wir alle stehen unter dem enormen Druck unserer Umgebung, der Familie, der Freunde, der Verwandten und Bekannten. Das sind die einzigen, denen wir etwas bedeuten, wenn auch nicht immer. Oder man muß dafür sorgen, daß man weltberühmt wird, aber wem gelingt das schon?

– Wenn meine Mutter wirklich begabt wäre, wäre sie ein besseres Vorbild für mich, oder sie würde eine andere Art Druck auf mich ausüben.

– Glaubst du etwa, Kinder von Genies wären besser dran als du? Die Geschichte lehrt, daß sie dem Suff verfallen, im Gefängnis landen oder sich erhängen. Und warum? Weil das Kind eines Genies meist kein Genie ist, denn dafür werden zu wenig Genies geboren. Was soll es also tun? Ein Genie zu werden wie sein Vater, das einzige, das in seiner Welt zählt, ist ihm unmöglich. Und so machen die Kinder von Genies das letzte, das ihnen übrigbleibt: Sie werden ein Niemand.

– Ich weiß, daß es schwer ist. Um seine Eigenständigkeit und Integrität wahren zu können, muß man etwas entdekken, für das zu leiden sich lohnt.

– Aber dann könnte jemand, der nichts Neues entdeckt, unmöglich integer sein, es sei denn, er wäre ein Don Quijote.

– Wie ist Galilei zu beneiden, der in aller Ruhe zugeben konnte, im Unrecht zu sein, obwohl er im Recht war. Im

Vergleich zur beweisbaren Wahrheit ist Integrität eine Bagatelle.

– Das kann man wohl sagen. Deshalb sind die meisten Gelehrten auch so charakterlos. Obwohl kaum einer von ihnen etwas entdeckt hat, das dem Vergleich mit Galileis Wahrheit standhalten kann!

28

Mücken und Fliegen ticken an das Zelt, von innen, von außen. Arne schnarcht. Wenigstens scheint jetzt nicht die Sonne. Alle Seiten der Pyramide haben das gleiche fahle Weiß, und wenn ich die Augenlider schließe, sehe ich fast kein Licht. Jetzt schlafen. Im Schlafsack ist es inzwischen auszuhalten, die Beine tun mir kaum weh, wenn ich sie nicht bewege, den Boden spüre ich schon nicht mehr, in meiner Stirn pocht es, aber ich habe keine Kopfschmerzen. Der Wattebausch ist sehr warm. Morgen mache ich ihn ab. Dann können die Fliegen die Blutkrusten fressen. Es gibt die Theorie, daß Wunden bei Tieren rasch und von allein heilen, weil die Fliegen sie sauberhalten. Selbstverständlich müssen es saubere Fliegen sein, Fliegen, die keinen Schmutz übertragen. Hier ist weit und breit kein Schmutz, hier sind die Fliegen sauber.

Das Ticken wird lauter, schneller, regelmäßiger. Wie Regen. Ein kalter Tropfen fällt mir ins Gesicht. Habe ich doch geschlafen? Ich richte mich halb auf und schaue in alle Ecken. Das Zelt ist überall undicht. Arne schnarcht immer noch. Auf der hellgelben Seide meines Schlafsacks sind dunkle Wasserflecken.

Das Wasser bildet Pfützen in den Mulden der Plastikbahnen, auf denen wir liegen. Was tun? Eigentlich ist es nicht weiter tragisch: ein bißchen Wasser. Aber in der Gebrauchsanweisung meines Daunenschlafsacks steht, er dürfe unter keinen Umständen mit Wasser in Berührung kommen. »Kann die isolierende Wirkung für immer verderben.« – Das käme dann zu all dem hinzu, was ich bereits verdorben habe: Keine Luftbilder, die Verletzung.

Ich rüttle Arne am Arm. Er macht die Augen auf, murmelt etwas. Ich krieche aus dem Schlafsack. Arne gibt mir durch Gesten zu verstehen, daß ich von der Plastikunterlage heruntergehen soll. Ich rolle den Schlafsack zusammen und hocke mich in eine Ecke des Zelts. Kaltes Wasser rinnt mir über den Rücken. Arne nimmt das Stück Plastik, läßt das Wasser ablaufen und breitet es mit der anderen Seite nach oben wieder auf dem Boden aus. Sogar in den Stiefeln und Schuhen steht das Wasser. Ich drehe sie um. Schließlich stopfen wir alles, was nicht naß werden darf, in die Rucksäcke, ziehen uns an und legen uns im Regenmantel wieder hin. Das Geprassel des Regens deckt uns zu.

Arne bietet mir Rosinen aus der Schachtel an.

– Unsereins ist wirklich ganz arm dran, sagt er. Manche Denker rühmen die schöpferische Arbeit in den höchsten Tönen, meinen, sie sei so viel erhabener und interessanter als die monotone Arbeit von Busschaffnern, Putzfrauen, Fabrikarbeitern und Hilfskräften. Kein einziger Kulturphilosoph hat jemals ein Wort über all das verloren, was schöpferische Menschen vergebens tun.

– Über die meisten schöpferisch Tätigen wird fast nie geredet. Über Bluffgeneräle, Politiker und andere Betrüger, über die wird viel gesprochen, nicht über schöpferisch Tätige.

– Und dann die, die bei ihrer schöpferischen Arbeit gescheitert sind, sagt er. Was ist denn eigentlich der Unterschied zwischen Fabrikarbeitern und Intellektuellen? Mein Schreckensbild war es immer, Lehrer werden zu müssen. Fünfzig Jahre lang jedes Jahr dasselbe behaupten. Man würde so gern mal etwas Neues erzählen, aber es ist einem nicht vergönnt, es zu entdecken.

– Es gibt noch Schlimmeres, sage ich. Wie viele Fachgebiete gibt es doch, in denen nichts Neues mehr zu entdekken ist? Und noch viel schrecklicher ist es, wenn man nur Talent zu etwas hat, das eigentlich niemand braucht. So ein

Fach wie Griechisch. Unter den fünfhundert Schülern eines Gymnasiums ist höchstens einer, der Interesse daran hat, noch zwei andere sind später dankbar, daß sie die Sprache kennengelernt haben. Alle anderen können, wenn sie die Schule verlassen, nicht mal Homer flüssig lesen, und falls sie etwas gelernt haben, vergessen sie es möglichst schnell wieder. So ein Griechischlehrer liefert eine Schülergeneration nach der anderen mit mangelhaften Griechischkenntnissen ab, und er kann nichts dagegen tun. Für einen effektiven Unterricht fehlt die Zeit, und die Zeit fehlt, weil keiner die Sprache wirklich braucht. Wie soll so ein Mann seine Selbstachtung wahren?

– Indem er – so wie wir alle – seine Pflicht tut, seine unbegreifliche Pflicht, die ihm durch seine unbegreifliche Geburt in einer unbegreiflichen Welt auferlegt wurde.

– Das ist die Strafe für diejenigen, die nicht imstande sind, wirklich schöpferische Arbeit zu leisten.

– Du Optimist! Glaubst du, der Unterschied ist so groß? Alle intellektuellen Berufe bestehen aus kontinuierlich vollführten Handlungen, die, für sich genommen, ganz einfach sind, nach gigantischen Vorbereitungen. Ein Spiegelei braten auf dem Mont Everest, das ist es.

– Meinst du? Der Erfinder des Teleskops hielt zwei Vergrößerungsgläser hintereinander, das eine direkt vors Auge, das andere mit gestrecktem Arm. Was für eine gewaltige Erfindung!

– Aber wenn man in jener Zeit ein Vergrößerungsglas haben wollte, konnte man nicht einfach zu einem Optiker gehen und sich eins kaufen. Man mußte es sich selber schleifen. Und das macht die Sache so schwierig.

Er hat recht, das macht die Sache so schwierig. Ich nehme noch eine Handvoll Rosinen.

– Als Student, sagt Arne, fällst du einer schrecklichen Sinnestäuschung zum Opfer. Du hast ständig das Gefühl, weiterzukommen. Du liest ein Buch nach dem andern. Du machst Zwischenprüfungen. Du erwirbst Diplome. Geistiges Wachstum, denkst du. Die greifbaren Beweise darfst du mit nach Hause nehmen, allen Leuten zeigen. Wenn du ein Examen bestanden hast, wird gefeiert. Die halbe Welt redet dir ein, daß du Fortschritte machst, solange du Prüfungen ablegst. Ich kannte einen Studenten, der hat sich seine Diplome gerahmt und an die Wand gehängt. Aber danach? Wenn du das letzte Examen hinter dir hast?

Der Rest ist das eigenhändige Schleifen eines Brillenglases. Oder ein tagelanger Marsch mit vierzig Kilo Gepäck auf dem Rücken. Oder in nassen Klamotten auf nassem Boden liegen. Entschuldige bitte, es ist meine Schuld. Ich hätte längst ein neues Zelt kaufen sollen. Qvigstad und Mikkelsen liegen angenehm im Trockenen, die haben keine Probleme. Aber glaub mir, mit einem neuen Zelt loszuziehen und dann nicht mit einer bahnbrechenden Entdeckung zurückzukommen, nein, das könnte ich nicht ertragen.

Sei mir nicht böse. Du mußt jetzt darunter leiden. Ich weiß, daß meine Einstellung idiotisch ist. Aber trotzdem, wenn man viele Qualen umsonst ausgestanden hat und das Ganze vergebens war, kann man wenigstens sagen: Ich habe mich angestrengt, ich habe mein Möglichstes getan. Wenigstens weiß man dann, daß es nicht an Faulheit gelegen hat. Entschuldige bitte. I'm terribly sorry.

Terribly sorry, murmelt er, legt sich hin, den Arm unterm Kopf, schläft ein, schnarcht.

Er liegt da, als hätte er die ganze Zeit geschlafen. Ein Schlafwandler, nein, ein Schlafredner. Aber er schläft.

Ich möchte auch schlafen.

Statt dessen werde ich vor Angst hellwach. Vielleicht muß ich ja am Ende des Sommers in die Niederlande zurückkehren, ohne etwas erreicht zu haben! Nur mit dem Trost: Ich habe Qualen ausgestanden, ich habe mein Möglichstes getan.

Was hat Arnes Rede, im Halbschlaf unter dem peitschenden Regen, zu bedeuten? Hat er mir vielleicht die Zukunft vorausgesagt, als wollte er mich jetzt schon trösten, mir jetzt schon eine Entschuldigung verschaffen?

Ein schauerliches Vorzeichen? Gerade zu Arne habe ich das beste Verhältnis. Es hätte ja auch Qvigstad sein können.

Qvigstad beißt mit großen weißen Zähnen in die Welt. Er schwingt den Hammer wie ein Gott. Die schwersten Lasten auf dem Rücken, springt er über die Flüsse. Wenn er irgendwo stehenbleibt und umherschaut, könnte man meinen, alles, was er überblickt, sei sein Eigentum. Kaum wirft er die Angel aus, beißen die Fische. Bei Arne warte ich noch darauf, daß er mit seinem Aluminiumtöpfchen mit der darumgewickelten Nylonschnur den ersten genießbaren Fisch fängt.

Dabei ist er genauso stark wie Qvigstad. Vielleicht sogar stärker. Vielleicht würde Qvigstad es nicht aushalten, mit kaputten Stiefeln herumzulaufen, in einem undichten Zelt zu schlafen, Tag und Nacht Stechmücken zu ertragen. Womöglich würde Qvigstad kein Auge zumachen. Arne aber schnarcht; sein Augenlid zittert nur kurz und öffnet sich nicht, wenn ein Tropfen darüberkriecht.

Das Prasseln des Regens läßt nach, als der Wind lauter heult. Am Licht kann man nun gar nicht mehr erkennen, ob es bereits Tag wird.

29

Der Regen hat noch nicht aufgehört, hört vorläufig nicht auf.

Zu viert hocken wir in Qvigstads und Mikkelsens Zelt. In der Mitte steht der Primus-Kocher. Arne und ich halten mühsam unsere Schlafsäcke hoch, versuchen sie zu trocknen, ohne daß sie angesengt werden. Natürlich bringt es nicht viel. Ich muß daran denken, wie Arne in der ersten Nacht, als ich mir nasse Füße geholt hatte, darauf bestand, daß ich mir trockene Socken anzog. Jetzt sind alle unsere Sachen durchnäßt und werden nicht eher trocken, bis wieder sonnige Tage kommen. Meine Socken sind durchnäßt, meine Schuhe. Durchnäßt sind auch die Daunenschlafsäcke, die sich wie Klumpen aus Kitt anfühlen. Mikkelsen hat ein Thermometer. Draußen sind es drei Grad über Null, teilt er uns mit.

Um Arnes und meinen Platz bilden sich kleine Pfützen. Qvigstad und Mikkelsen schauen uns an, als wären wir zwei Katzen, die sie aus einem Brunnen gefischt hätten. Alle Sachen in ihrem Zelt sind systematisch geordnet. Die Stiefel liegen in Plastiktüten draußen unter dem Vordach. Die beiden tragen Lappenpantoffeln aus weichem Leder, damit sie die Bodenplane nicht beschädigen. Sogar die Mücken, die mitunter noch hereinfliegen und sofort mit der Sprühdose erledigt werden, fegen sie ordentlich zu einem Häufchen zusammen.

Reihum reißen wir sechs Blatt von der Rolle Toilettenpapier ab und gehen, in der anderen Hand die Pfadfinderschaufel, nach draußen. Auch das muß sein.

Den Regenmantel über den Kopf gezogen, die Mantelschöße weit auseinanderhaltend, um sie nicht zu beschmutzen, stehe ich im strömenden Regen und kacke. Das verletzte Bein ist zu steif zum Hinhocken. Die Oberfläche des Sees sieht aus wie gehämmertes Zinn. Die Rentiere von gestern abend sind nirgends mehr zu entdecken. Ich spitze die Ohren, nehme aber nichts wahr außer dem Wind und dem Regen. Wo sind die Rentiere hin? Sie können sich nirgends unterstellen. Sie sind genauso naß wie ich. Ich muß so geduldig werden wie sie. Die Mücken tun sich an meinem Hintern und an den Schenkeln gütlich. Ich reiße mir die Watte von der Stirn und vergrabe sie mit dem anderen Unrat unter tropfnassem Moos. Als ich mir die Hose hochziehe, merke ich, daß ich ohne weiteres einen Wasserschwall aus meinem Hemd wringen kann. Warmes Wasser, vom Körper erwärmt.

Natürlich kann der Kocher nicht endlos brennen. Nun weniger denn je, denn wenn es nicht aufhört zu regnen, werden wir die ganze Zeit mit Petroleum kochen müssen. Und woher sollen wir neues Petroleum bekommen, wenn das bißchen, das wir bei uns haben, aufgebraucht ist?

Und, falls das Wetter nicht bald besser wird, wie lange wird es wohl dauern, bis die Zwergbirken trocken genug sind, um zu brennen?

Vielleicht, denke ich, dauert der Regen eine Woche, zwei Wochen. Ich traue mich nicht, Qvigstad zu fragen, wieviel Petroleum wir noch haben, aber viel kann es nicht sein. Wenn wir kein Feuer mehr machen können, müssen wir uns von Brot, Knäckebrot und Konserven ernähren. Nicht mal Kaffee können wir dann kochen. Und wie lange reicht das Brot noch?

Bei diesen Gedanken gerate ich nicht in Panik, eher bin ich amüsiert. Nur eines würde mir angst machen: Nach Skoganvarre zurückzugehen, um dort auf besseres Wetter zu warten. Doch das kommt nicht einmal andeutungsweise zur Sprache. Qvigstad steht auf, und Mikkelsen dreht den Kocher ab. Sie ziehen ihre Regenkleidung an, hängen sich Kartentaschen um, knien sich hin, ziehen die Zeltreißverschlüsse auf, holen ihre Stiefel herein, nehmen sie aus den nassen Plastiktüten, die sie wieder nach draußen legen, usw. Eine Handlung so zweckmäßig wie die andere. Als sie das Zelt verlassen, kommen Mücken in großen Schwärmen herein. Arne schließt das Zelt wieder, ich warte ab, ob er zur Sprühdose greift, aber er kommt offenbar nicht mal auf den Gedanken.

– Ich hab keine Lust, den ganzen Tag hier herumzusitzen, sage ich, das nützt doch nichts.

– Nein.

Mücken sind mir ins Haar gekrochen und stechen mich in den Kopf.

– Dann komm, sage ich.

– Darf ich mal dein Bein sehen?

– Nein, nein, nicht nötig! Alles in bester Ordnung! Ich drehe mich auf den Bauch und rutsche auf einem Knie ins Freie. Das ist gar nicht so einfach.

Abends um sechs habe ich mindestens zehn Kilometer im Regen zurückgelegt. Irgendwann denkt man nicht mehr daran, wie ein Schwimmer, der sich ja auch nicht ständig sagt: Puh, ist das naß. Außerdem regnet es nicht gleichmäßig stark, so wie das Gelände auch nicht gleichmäßig steil ist, so wie hier nichts gleichmäßig ist. Manchmal ist es sogar für mindestens zwanzig Minuten fast trocken.

Ich habe mir acht kleine, runde Seen näher angeschaut. Bin um sie herumgelaufen, habe genau darauf geachtet, ob an den Rändern vielleicht eine Erhöhung zu sehen ist. Meteoritenkrater sind ja häufig von einem niedrigen Wall aus dem Material umgeben, das beim Einschlag des Meteoriten hochgedrückt wurde. Ich kann nichts Erwähnenswertes sehen. Immer langsamer bewege ich mich vorwärts, immer genauer beobachte ich, wie die Regentropfen in den Wasserspiegel stechen und das Wasser erschrocken aufspritzt – wie der Saft aus einer Tomate.

Ansonsten ist mir nichts aufgefallen.

Nur hin und wieder habe ich einen Stein aufgehoben.

Als ich wieder in die Nähe der Zelte komme, sehe ich Arne zeichnen. Bevor ich bei ihm bin, ich hoffe sogar, bevor er mich sieht, werfe ich die Steine weg. Aus Angst, daß er fragen könnte: Wofür hast du die denn gesammelt? Ich wüßte darauf keine Antwort.

Nichts deutet darauf hin, daß Arne mich bemerkt hat. Er zeichnet. Sein rechtes Knie ruht auf der Erde, auf den Steinen, das linke Bein hat er angezogen, wie die Hälfte eines Stuhls. Er benutzt es als Tisch für sein Notizbuch. Um das Papier vor dem Regen zu schützen, zeichnet er unter einem Stück durchsichtiger Plastikfolie.

Nie würde ich mich erkühnen, seine Aufmerksamkeit zu beanspruchen. Ah! Der einsame Naturforscher im unbewohnten Polargebiet! Wie beeindruckend er sich seiner Aufgabe widmet. Ich kann keine anderen als diese feierlichen Worte dafür finden, doch das soll nicht heißen, daß ich ihn lächerlich finde. Eher habe ich das Gefühl, daß ich mich ihm nur gesenkten Blickes zu nähern wage.

Arne schaut abwechselnd in die Landschaft und auf sein Papier. Er zeichnet mit einem gelben Bleistiftstummel, der jedoch tadellos gespitzt und auf dessen Ende die metallene Schutzkappe für die Spitze aufgesteckt ist. Billig, aber effizient.

Ich stehe nun schräg hinter ihm.

Er zeichnet mit raschen, ausdrucksvollen Strichen.

So eine Landschaftszeichnung brächte ich nicht zustande. Eigentlich zeichne ich auch nicht gern, obwohl ich das bedauere.

Auf der rechten Seite des Buchs ist die Zeichnung, auf der linken stehen Notizen. Ich kann sie nicht lesen, denn sie sind in Norwegisch geschrieben, aber ich erkenne trotzdem, daß es klare, präzise Aufzeichnungen sein müssen. Keine Durchstreichungen, kein Geschmiere; deutliche Numerierung; sachgemäß wirkende Einteilung in Abschnitte. Aufzeichnungen, die nicht gleich ihren Wert verlieren, wenn sie nicht von dem gelesen werden können, der sie angefertigt hat. Aufzeichnungen, die auch dann noch wertvoll sind, wenn Arne das Buch verlieren sollte und es fünfzig Jahre später wiedergefunden würde, oder wenn er plötzlich sterben sollte.

Aufzeichnungen, wie man sie von einem Forschungsreisenden erwartet, aus dem Gedanken heraus: Hier bin ich, jetzt. Ich muß alles erkunden, was hier zu erkunden ist, JETZT. Ich muß alles, was mir auffällt, unmißverständlich und für jedermann deutlich notieren. Ich muß mir dessen bewußt sein, daß alles, was meiner Aufmerksamkeit entgeht oder was ich aufzuschreiben vergesse, für immer verloren ist, denn zurückkommen und noch einmal nachschauen ist ein unzweckmäßiger Luxus.

– Guten Tag, sage ich, kannst du aber gut zeichnen, ich bin richtig neidisch.

– Wirklich?

Er arbeitet weiter. Seine Zeichnung sieht wie eine Abbildung in einem Lehrbuch aus.

– Wenn ich mir Notizen machen will, sage ich, bin ich vom Unglück verfolgt. Füller verliere ich, Kugelschreiber versagen den Dienst, sobald ich auf Reisen bin, und Bleistiftspitzen brechen dauernd ab.

– Dann mußt du dir eine Schutzkappe kaufen, sagt er und zeigt mir treuherzig die Hülse, die er auf den Stummel aufgesteckt hat. Ist ganz billig. Mit dem kleinen Ring da kannst du sie befestigen.

Er führt es vor, schiebt den Ring auf und ab.

– Kann man so was in den Niederlanden nicht kaufen?

– Nein, lüge ich. Noch nie gesehen.

– Kugelschreiber, sagt Arne, sind eine der Neuerungen, die nur erfunden wurden, damit die Leute mehr für etwas bezahlen, was kompliziert ist, obwohl sie preiswerter mit etwas wegkämen, was einfach ist und sich über Jahrhunderte bewährt hat.

Ich bin mit ihm einer Meinung. Aber auch wenn meine Taschen voll wären mit scharf gespitzten Bleistiften, könnte ich nicht so zeichnen wie er.

Ich setze mich auf einen großen Stein, in einiger Entfernung, um ihn nicht länger zu stören.

Wenn Qvigstad Gesteinsproben sortiert, schreibt er in ein spezielles Notizbuch eine Nummer, das Datum, an dem er den Stein gefunden hat, den Fundort, er betrachtet den Stein noch einmal mit der Lupe, notiert den vermutlichen Namen, reißt das Blatt ab und packt es zusammen mit dem Stein in eine Tüte aus wasserdichtem Papier. An manchen Tagen sammelt er gut und gern zehn solcher Proben. Jede wiegt mindestens zweihundert Gramm. Man kann sich ausrechnen, daß sein Gepäck auf diese Weise pro Tag zwei Kilo schwerer wird. Offenbar denkt er darüber gar nicht nach. Sein Rucksack ist vermutlich dehnbar und vergrößert sich täglich um das Volumen der gesammelten Steine. Bislang hatte ich nicht den Eindruck, daß er sich deswegen Sorgen macht.

Oder Mikkelsen. Mikkelsen sammelt Grus und Sand in kleinen Tüten, schreckt aber auch vor einem großen Stein nicht zurück. Den legt er oben auf seine Sachen in den Rucksack, als Souvenir.

Ich sehe, wie sie nacheinander über einen Hügel kommen, Angeln über der Schulter.

Qvigstad hat schon wieder einen Fisch, diesmal einen ganz großen. Wie er auf englisch heißt, weiß er nicht, aber natürlich kennt er den norwegischen Namen: Harr.

Harr. Ich halte den Namen in meinem Notizbuch fest. Sie passen auf, daß ich ihn auch richtig schreibe.

Wir gehen ins grüne Zelt, und Mikkelsen zündet den Kocher an.

Kurz darauf kommt Arne.

– Hunger, sagt er.

– Hunger, sagt Qvigstad. Vor kurzem habe ich mich mit *(unverständlich)* unterhalten, der in Indien war. Für ein Welfare-Programm der Vereinten Nationen, glaube ich. Hunger, hat er gesagt, der Reisende aus Europa stolpert dort über die Hungernden, aber er selbst speist im Hilton.

Ich sage zu ihm: Wenn du wirklich aus anderem Holz geschnitzt wärst als Hitler oder Himmler, hättest du das nicht tun können. Du hattest, sagen wir, achttausend Kronen Reisegeld dabei. Die hättest du unter viertausend Hungernden verteilen können. Viertausend Hungernde hätten sich davon einen Tag lang satt essen können. Das wäre zwar nur ein Tropfen auf den heißen Stein gewesen, aber für jemanden, der sein Leben lang mit leerem Magen herumgelaufen ist, muß es doch ein unvergeßliches Fest sein, einen Tag lang etwas zu essen zu haben. Du hättest dann natürlich zu Fuß zum nächsten Flughafen gehen oder dir das Fahrgeld vom Konsul leihen müssen. Eher unerfreulich, na gut; deine Reise gescheitert, zugegeben. Aber das ist nichts im Vergleich zum Hunger von viertausend Hungernden.

– Was hat *(unverständlich)* darauf geantwortet?

– Er hat geantwortet: Das hätte ich natürlich gern getan. Aber man hat mir das Geld nicht gegeben, damit ich es verschenke. Ich mußte einen Bericht für das Social Science Relief Program Committee schreiben!

– So muß jeder etwas tun.

– Die Aufseher von Auschwitz mußten ihre Familien ernähren, und ein Krokodil kann auch nicht von Luft leben. Mensch, wie stinkt es hier.

Das Zelt ist blau vom Rauch, aber der Fisch schmeckt

gut. Das Brot, das wir dazu essen, ist durchweicht. Wessen Schuld ist das? Jedenfalls nicht meine!

– Völlige Abrüstung unter internationaler Kontrolle, sagt Qvigstad, weißt du, was das ist? Das ist, als hättest du auf dem Handrücken eine Wunde und würdest dann versuchen, mit derselben Hand ein Pflaster draufzukleben.

Er schaut Mikkelsen an, der sich, wie ich glaube, oft mit dieser Art von Problemen beschäftigt, aber Mikkelsen schweigt.

– Ich würde gern etwas erfinden, sagt Qvigstad, den Cancan, den hätte ich gern erfunden, aber das ist schon geschehen. Sonst weiß ich keine Erfindung, die ich gern gemacht hätte.

Arne sagt etwas auf norwegisch zu ihm. Alle drei reden nun eine Weile norwegisch. Schließlich ziehen sie ihre Regenkleidung wieder an, und ich folge ihrem Beispiel. Bestimmt wollen Qvigstad und Mikkelsen noch angeln gehen, und wir beide müssen wohl zurück in unser Zelt, denn das von Qvigstad ist zu klein, um zu viert darin zu schlafen.

Als ich draußen stehe, merke ich, daß sie anfangen, ihre Sachen zusammenzupacken.

Ich stelle keine Fragen. Ich packe meinen Rucksack und helfe Arne, das klatschnasse Zelt abzubauen und zusammenzulegen.

– Es ist sehr schlecht für ein Zelt, wenn man es so naß zusammenlegt, meint er besorgt.

Ja, ja, sehr schlecht für sein wunderschönes Zelt.

Schlimmer finde ich, daß ein nasses Zelt auch schwerer ist. Wieviel Kilo wird es ausmachen? Drei? Vier?

Das Wasser im Daunenschlafsack kommt noch hinzu. Man kann ihn zwar auswringen (streng verboten, sagt die Gebrauchsanweisung), aber selbst dann enthält er noch viele Liter Wasser (verdirbt den besten Daunenschlafsack für immer, sagt die Gebrauchsanweisung).

Mir ist inzwischen alles egal, ich kann es ja doch nicht

ändern. Fortwährend rede ich mir ein, daß ich ein naßgeregnetes Rentier oder ein Schwimmer bin.

Arne und ich sind noch vor Qvigstad und Mikkelsen fertig. Der Regen läßt wieder etwas nach, geht in Nieselregen über, zerstäubt sogar zu Dampf.

Ich zurre den Rucksack auf meinem nassen Rücken fest. Wieviel schwerer als vorgestern? Ich kann es nicht einschätzen. Ich bin froh, daß das Holzstativ des Theodolits wieder meiner Obhut anvertraut ist. Damit fühle ich mich erheblich sicherer.

Hintereinander gehen wir zum Fluß Lævnasjokka, zu dem sich der See Lævnasjavrre verengt. An keiner Stelle ist der Fluß weniger als hundert Meter breit, und er scheint auch ziemlich tief zu sein. Große Steine ragen hier und da aus dem Wasser, doch ich sehe nirgends eine Reihe, die bis zur anderen Seite reicht. Wir gehen ein ganzes Stück am Ufer entlang. Nirgends eine Kette von Steinen, die nicht mehr als einen Schritt voneinander entfernt sind.

Arne, Qvigstad und Mikkelsen haben das längst erkannt. Qvigstad deutet auf eine Stelle, wo nicht einmal Steine liegen, Mikkelsen und Arne stellen sich zu ihm und nicken.

Sie setzen sich und ziehen ihre Stiefel aus. Also müssen wir waten.

– Behalt die Socken besser an, sagt Arne, dann sind die Steine nicht so glitschig.

Der Grund ist völlig mit Rollsteinen bedeckt.

Ich binde meine Schuhe mit den Schnürsenkeln zusammen und hänge sie mir um den Hals. Zuerst stelle ich das Stativ vor mir in den Fluß, klammere mich mit beiden Händen daran und trete möglichst auf die Steine, nicht dazwischen. Die Kälte des Wassers treibt Zahnarztbohrer in meine Füße.

Das Stativ nützt mir jedoch wenig. Weil ich es bei jedem Schritt versetzen muß, bin ich gezwungen, viel zu lange auf denselben Steinen stehenzubleiben. Unerträglicher Schmerz an den Fußsohlen, Muskelkrämpfe um die Fußgelenke, aus Angst auszurutschen. Kurz entschlossen nehme ich das Stativ unter den Arm und arbeite mich, so schnell ich kann, vor. Mit weit aufgerissenen Augen versuche ich, unter den Wellen und dem Schaum Stellen zu finden, wo ich die Füße am besten aufsetzen kann.

Daneben! Mit dem rechten Fuß gleite ich aus, verliere das Gleichgewicht, stütze mich beim Fallen auf die rechte Hand. So bilde ich ein paar Sekunden lang ein Dreibein – mein rechter Arm ist bis über den Ellbogen im Wasser verschwunden, das kalt gegen meinen Unterleib schwappt. Den linken Arm recke ich empor, damit wenigstens die Armbanduhr trocken bleibt. Die Kartentasche füllt sich mit Wasser, das Stativ treibt weg, bleibt aber zum Glück irgendwo stecken. Mich überkommt ein Gefühl träger, doch eiserner Ruhe. Langsam ziehe ich das rechte Bein an und kann mich dann aufrichten.

Qvigstad und Mikkelsen beobachten mich von weitem, vom anderen Ufer. Arne hat kehrtgemacht und kommt auf mich zu. So schnell ich kann, stolpere ich zum Stativ und ergreife es, ehe Arne da ist. Dann ziehe ich ganz gelassen einen Plastikbecher aus der Hosentasche, fülle ihn und trinke ihn aus.

Qvigstad und Mikkelsen drehen sich um und gehen weiter, wie Leute an einem Kai weitergehen, nachdem es einem Schiffer gelungen ist, sein jüngstes Kind, das über Bord gefallen war, mit einem Haken wieder aus dem Wasser zu fischen.

30

Wir durchqueren nun relativ ebenes Gelände; der Boden ist so felsig, daß fast nichts darauf wächst und er trotz des Dauerregens nicht aufgeweicht ist. Die oberste Schicht besteht aus gelben Stücken eines schiefrigen, vermutlich präkambrischen Sedimentgesteins. Der Laie, der nicht weiß, was das ist, kann es ja nachschlagen oder muß es einfach zur Kenntnis nehmen. Eine der Ursachen dafür, daß die meisten Bücher immer von den gleichen Dingen handeln, ist das fürsorgliche Bemühen der Autoren, so zu schreiben, daß jeder es verstehen kann. Fachausdrücke sind verpönt. Ganze Kategorien von Tätigkeiten und Berufen wurden noch nie in einem Roman beschrieben, weil es ohne Fachausdrücke unmöglich wäre, sich der Wirklichkeit anzunähern. Von anderen Berufen: Polizist, Arzt, Cowboy, Seemann, Spion existieren nur Karikaturen, die den Wahnvorstellungen der Laien entsprechen, für die diese Lektüre bestimmt ist.

In diesem relativ ebenen Gebiet kommen wir öfter an runden, wassergefüllten Löchern vorbei. Das Wasser ist so klar, daß es fast schwarz wirkt. Kleine Löcher, größere. Runde, ja, die meisten sind rund, einige oval. Toteislöcher? Keine Spur von einem Wall ringsum, den ein einschlagender Meteorit aufgeworfen haben könnte. Ich lese Steine auf und werfe sie enttäuscht wieder weg. Wer wird jemals erfahren, welche Strapazen es bereitet, wenn ich mich ständig in meinen triefend nassen Sachen bücke, vierzig Kilo auf dem Rücken, Fotoapparat und Kartentasche, die mir vor der Brust baumeln, in einer Hand das schwere Holzstativ?

Selbst wenn ich einen Meteoriten finden würde – der Fund, der große Fund –, könnte ich in meiner Dissertation nichts davon erwähnen als den Ort, wo ich ihn aufgesammelt hätte, eine kleine Karte beifügen, auf der die Stelle angekreuzt wäre, und das war's. Niemand würde erfahren, wie sich das Ganze abgespielt hätte. Falls sich jemand bei meiner Mitteilung überhaupt irgendwelche persönlichen Umstände vorstellen würde, höchstens in diesem Sinne: Er ist dort umhergewandert, toll, im Sommer im hohen Norden, romantisch. Ein sonderbar geformter Stein fiel ihm ins Auge, er las ihn auf. Er machte eine großartige Entdeckung.

Er las Steine auf und mußte sie alle wieder wegwerfen.

Da sich die Wolken plötzlich verziehen, können wir den Berg Vuorje bei dem See, von dem wir kommen, deutlich sehen. Der einzige hohe Berg im ganzen Umkreis.

Unser neues Lager liegt zwischen zwei kleinen, von grünlichem Morast gesäumten Seen.

Wasserstreifen ziehen sich durch das Grün, bilden zuweilen rechte Winkel, als hätten Torfstecher Gräben ausgehoben. Der Himmel ist schwarz, tiefblau und dunkelrot; die drei Farben laufen ineinander, ohne sich zu vermischen. Von Zeit zu Zeit bricht die Sonne durch und wärmt sogar ein wenig.

Mein Blick schweift über die Landschaft, baumlos und doch so geheimnisvoll. Sie ist öde, wirkt aber nicht so durch die zahlreichen Farbschattierungen der Flechten und Moose, der großen Steine und der kahlen Stellen. Kein Mensch im weiten Umkreis, und es wird auch niemand erscheinen; trotzdem kann man nicht von einer einsamen Landschaft reden. Warum nicht? Ich weiß es nicht. Mich überkommt eine seltsame Vorstellung: Für immer hierbleiben, nicht mehr weggehen, bis ich in einigen Monaten einschneie und schmerzlos erfriere.

Apropos Schmerz. Mein aufgerissenes rechtes Bein ist

jetzt vom Knöchel bis zum Knie geschwollen, und die Haut ist so straff gespannt, daß ich bei der geringsten Berührung das Gefühl habe, eine Stecknadel würde bis zum Nadelkopf hineingestochen.

Meine Augen aber sind offener denn je, meine Ohren glühen, im Kopf summt es; ich bin so müde, daß ich mir schon jetzt nicht mehr vorstellen kann, irgendwann noch einmal so müde zu sein. Trotzdem bin ich alles andere als schläfrig. Man weiß nie, wozu man imstande ist, ehe man nicht alles ausprobiert hat.

Wir bauen die Zelte auf und ziehen, soweit es geht, unsere nassen Sachen aus, um sie zum Trocknen auf den Boden zu legen. Mikkelsen hat unterwegs ein Rentiergeweih gefunden und ist so kindisch, es wie ein Tourist mitzuschleppen. Er hatte es oben auf seinen Rucksack gebunden, so daß es aussah, als trüge er es auf dem Kopf. Nun steckt er es vor dem Zelt in den Boden und hängt seine Socken zum Trocknen darüber. Im nächsten Winter wird es in seiner Studentenbude überm Bett hängen, das weiß ich genau.

Qvigstad und Arne gehen mit dem Fischnetz zum Wasser.

Ich versuche, die Daunen in meinem nassen Schlafsack durch den Bezug hindurch so gut es geht auseinanderzuzupfen. Vielleicht ist der Schaden ja noch zu beheben.

Währenddessen fällt mein Blick auf Mikkelsen. Er liegt vor ihrem Zelt auf dem Bauch und blickt ... Er blickt durch ein Stereoskop. Er hat ein Stück Plastik auf den Boden gelegt, und darauf liegen Fotos, die er paarweise durch das Stereoskop betrachtet. Was sind das für Fotos? Auf den schwarzen Rändern scheinen weiße Reißzwecken abgedruckt zu sein, doch das sind die mitfotografierte Uhr und der Höhenmesser. Luftaufnahmen!

Ich lasse den Schlafsack fallen und gehe zu ihm.

Das Herz pocht mir bis zum Hals, als wollte es herausspringen.

– Wie, du hast Luftaufnahmen?

Zugegeben, eine dumme Frage.

– Ja, sagt Mikkelsen und läßt sich nicht weiter stören. Ich stehe vor ihm und schaue direkt auf seinen Schädel, auf dem, wie es scheint, nicht Haare, sondern eher Staubfusseln wachsen.

– Hast du Fotos vom ganzen Gebiet? frage ich erneut.

Er hebt nun den Kopf und dreht sich auf die Seite. Auf einen Ellbogen gestützt, schaut er zu mir hoch.

– Ja. Ich habe Luftaufnahmen von allen Orten, zu denen ich gehen muß.

Er zeigt auf eine Karte, die neben ihm liegt. Die gleiche Karte, die auch ich habe, der Maßstab ist eigentlich viel zu klein, so daß sie keine Details enthält, aber bessere Karten gibt es nicht.

Ich hocke mich neben Mikkelsen.

– Ohne Luftbilder kann man hier nichts machen, sagt Mikkelsen, I'm very glad I have those airpictures.

– Airphotographs, verbessere ich. Das ist natürlich schulmeisterhaft, aber ich muß mich doch revanchieren.

– Woher hast du die Aufnahmen?

– Von Nummedal.

– Hat Nummedal noch mehr? Ich meine dieselben, Duplikate.

– Keine Ahnung. Die hier stammen aus dem Institut von Hvalbiff. Nummedal hat sie sich von Hvalbiff ausgeliehen.

– Wann?

– Keine Ahnung.

– Versuch dich zu erinnern.

Er gibt keine Antwort, dreht sich wieder auf den Bauch, legt zwei andere Fotos unter das Stereoskop, doch bevor er sie anschaut, schiebt er die übrigen Fotos zu einem Stapel zusammen und dreht diesen Stapel mit der Rückseite nach oben.

In diesem Augenblick hasse ich Mikkelsen so sehr, daß

mir fast die Luft wegbleibt. Mir kommt der Gedanke, daß ich das Opfer einer abscheulichen Verschwörung bin.

Könnte es nicht so gewesen sein:

Sibbelee schreibt Nummedal einen Brief und berichtet ihm von meinen geplanten Forschungen. Nummedal denkt: Aha, endlich eine Gelegenheit, mich an Sibbelee zu rächen. Sibbelee hat ihm ja vor etlichen Jahren auf einem wichtigen Kongreß widersprochen.

Jetzt braucht Sibbelee etwas von Nummedal. Selbstverständlich ist es unter Professoren nicht üblich, solche Bittgesuche rundheraus abzuschlagen. Außerdem ist Nummedal viel zu raffiniert. Er geht anders vor. Er zitiert seinen Studenten Mikkelsen zu sich und schlägt ihm ein interessantes Forschungsthema vor – *mein Forschungsthema.*

Mikkelsen sagt dazu Ja und Amen. Warum sollte er es auch ablehnen? Nummedal bittet Hvalbiff um alle Aufnahmen, die *ich* möglicherweise brauchen könnte. Dann schreibt Nummedal einen Brief an Sibbelee. Das ist der Brief, den ich noch immer in meiner Brieftasche habe. *Ich wünsche Ihrem Studenten eine gute Reise nach Oslo. Unterzeichnet: Ørnulf Nummedal.*

Bewußter Student hat eine gute Reise nach Oslo und spricht zum verabredeten Zeitpunkt vor. Nummedal hat unterdessen seine Anweisungen erteilt. Es sind nicht viele. Nein. Eigentlich überhaupt keine Anweisungen. Er unterläßt es, seinem Portier mitzuteilen, daß er jemanden erwartet. Einfacher geht's nicht. Trotz des uninformierten Portiers gelingt es mir, ins Gebäude einzudringen. Nummedal hört mich die Treppe heraufkommen. Er setzt sich an seinem Schreibtisch in Positur. Spielt den Unwissenden. Luftaufnahmen? Selbstverständlich haben wir hier Aufnahmen! Dabei weiß er ganz genau, welche Aufnahmen ich brauche, und auch, wo sie sich befinden. Den ganzen Nachmittag, während er seine interessanten, für mich jedoch wertlosen Betrachtungen zum besten gibt und den

Großen Lehrmeister herauskehrt, weiß er, daß ich meine Zeit vergeude.

Dieses verschimmelte Fleisch hier zu meinen Füßen hat meine Luftaufnahmen. Es kann kein Englisch, ich kann ihm nicht erklären, was in mir vorgeht. Dieses Schwein. Und so verrückt es ist, aber wenn ich etwas zu ihm sage, wird auch mein Englisch viel schlechter. Am liebsten würde ich ihm ... ich schaue mich um, ob Arne und Qvigstad in der Nähe sind. Gleichzeitig weiß ich genau, daß ich Mikkelsen doch nicht den Schädel eintreten werde. Schnaubend umkreise ich ihn. Und mir ist bewußt, daß das eine Ersatzhandlung für den Tritt ins Gesicht ist, den ich ihm leicht und unversehens verpassen könnte.

Gibt es etwas Schlimmeres auf der Welt, als von einem Plan besessen zu sein, den man nie ausführen wird, einem Plan, der nur in der Traumwelt, in der man allmächtig ist, zu etwas führen würde? Mikkelsen mit einem Fußtritt töten, ihn nicht mal mit den Händen berühren, nicht mal mit dem linken Fuß. Ihm nur den rechten Fuß ins Gesicht knallen. Er wehrt sich nicht, zuckt nur, stößt bei jedem neuen Tritt einen dumpfen Schrei aus, schluckst, bewegt sich schließlich nicht mehr aus eigener Kraft, sondern nur noch durch meinen Fuß.

Ich lasse ihn liegen, stecke die Fotos in meine Kartentasche, ziehe los, unermüdlich, schreite beflügelt über Flüsse hinweg, weiß genau, wo ich suchen muß. Sechs, sieben Meteoritenkrater habe ich auf den Luftaufnahmen mit einem Blick entdeckt. Sieben kleine und ein großer in der Mitte. Was ist das? Ein paar mit glänzender Glasur überzogene Kartoffeln fallen mir auf. Als ich sie aufhebe, merke ich es schon: siebenmal so schwer wie eine normale Kartoffel, dreimal so schwer wie ein normaler Stein von dieser Größe.

Es sind Meteoriten.

31

– Trainierst du Dreisprung?

Als würde ich aufwachen, nehme ich plötzlich wahr, daß Qvigstad und Arne bei mir stehen. Arne lacht.

– Wie meinst du das? frage ich und merke beschämt, daß eine Art Drohung in meiner Stimme liegt.

– Du bist ja noch ganz gut zu Fuß.

Ich komme um vor Schmerz. In der linken Wade macht sich ein Krampf bemerkbar, ich kann mich kaum aufrecht halten und fühle mich, als stieße man mir Stricknadeln ins Knochenmark.

– Er hat Luftaufnahmen, sage ich.

– Ich hab dich nicht verstanden, was hast du gesagt?

– Er hat meine Luftbilder, wiederhole ich, spreche jedoch kaum lauter.

– Deine Luftbilder? Wie meinst du das?

– Ich bin extra einen Tag in Oslo geblieben, erzähle ich, den Blick auf Qvigstad gerichtet, weil ich mir bei Nummedal die versprochenen Luftaufnahmen abholen wollte. Aber als ich bei ihm war, sagte Nummedal: Ich weiß von nichts. Er meinte, ich solle es in Trondheim bei Direktør Hvalbiff versuchen. Also fuhr ich nach Trondheim. Aber in Trondheim hatte ich auch kein Glück, denn sie hatten die Luftaufnahmen schon vor längerer Zeit an Nummedal geschickt. Nummedal hat sich nur dumm gestellt. Er wußte ganz genau, daß Mikkelsen die Fotos hatte.

Noch nie hat Qvigstad mich mit so großem Interesse angeschaut. Arne steht schräg hinter ihm.

– Arne, sage ich, du weißt, was ich dir erzählt habe, als du mich gefragt hast, ob ich keine Luftaufnahmen hätte.

– Habe ich dich das gefragt?

– Ja, das hast du mich gefragt. Diese Luftaufnahmen, die unauffindbar waren. Das ganze Institut in Trondheim durchsucht, zusammen mit Direktør Oftedahl.

– Oftedahl? Daran kann ich mich nicht erinnern. Der Direktor hieß Hvalbiff, sagtest du? So einen Namen gibt es im Norwegischen gar nicht. Das ist unmöglich.

– Ja, Hvalbiff. Aber Hvalbiff war nicht da.

– Schade, sagt Qvigstad, ein Mann zum Anbeißen.

– Ach so, sage ich tonlos. Herr Qvigstad ist ein humorvoller Kannibale. Der Name klang aber so.

– Hvalbiff bedeutet Walfischfleisch, sagt Arne.

– Schmeckt wie Ochsenfleisch, ist nur viel zarter, doziert Qvigstad, und was das Seltsame ist bei so einem Vieh, einem Walfisch, es enthält kein Gramm Fett.

– Hvalbiff, oder wie immer der Name ausgesprochen wird, war nicht da, sage ich. Ein Geophysiker namens Oftedahl hat mich empfangen, und der wußte von nichts. Aber ihm war klar, wen ich mit Hvalbiff meinte.

– Na komm, sagt Qvigstad, setzen wir uns erst mal.

Seine Stimme klingt besorgt. Was ist nur mit mir los? Sie behandeln mich wie ein kleines Kind, das weint; dabei brennen mir die Augen vor Trockenheit.

– Gut, setzen wir uns.

Arne setzt sich, ich auch, Qvigstad geht zu seinem Zelt und kommt mit der Cognacflasche zurück.

Wir sitzen nebeneinander.

– Die Sache ist die, sage ich, daß Mikkelsen die Fotos hat, und zwar genau die Aufnahmen, die ich mir in Oslo abholen sollte. Nummedal muß gewußt haben, daß Mikkelsen sie hatte. Er ist früh genug darum gebeten worden. Nummedal hätte antworten können: Nein, es geht nicht.

Oder er hätte für einen zweiten Satz Abzüge sorgen können. Aber nein. Er hat mich umsonst nach Oslo kommen lassen und dann auch noch aus purem Mutwillen nach Trondheim geschickt.

– Ach was, sagt Arne, das siehst du nur so. Jetzt erinnere ich mich wieder, daß du es mir erzählt hast. Es ist doch sehr gut denkbar, daß Nummedal geglaubt hat, die Leute in Trondheim könnten dir tatsächlich weiterhelfen.

– Natürlich, sagt Qvigstad, oder Nummedal hatte es einfach vergessen. Er ist ein alter Mann, und er ist fast blind. Im übrigen war er schon immer ein bißchen gaga. Hat er noch diesen taubstummen Portier?

– Einen taubstummen Portier? Du meinst wohl einen blinden Portier.

– Der blinde Gelehrte mit dem blinden Portier! Wenn das kein guter Witz ist!

Qvigstad legt mir die Hand auf die Schulter und gießt einen großen Schuß Cognac in meinen Plastikbecher.

Ich trinke und sage langsam: Es war ein blinder Portier.

– Woran hast du denn gesehen, daß er blind ist?

– Er ist ein Invalide und er trug eine Sonnenbrille.

– In dieser Eingangshalle, wo nie die Sonne scheint!

– Und er hat an den Zeigern seiner Armbanduhr die Zeit mit den Fingern ertastet.

– Eine Blindenuhr, sagt Arne.

– Blindenuhren, sagt Qvigstad, damit werden nach jedem Krieg große Geschäfte gemacht. Keine Frage, die Leute sind unbelehrbar. Blind! Und dann nicht mal wissen, wie spät es ist!

Er steht auf und geht zu Mikkelsen, der noch immer auf dem Boden liegt und seine Luftaufnahmen studiert.

Kurz darauf kommt er mit Mikkelsen zurück; in der einen Hand hat Mikkelsen den Stapel Fotos, in der anderen das Stereoskop.

– Of course, sagt Mikkelsen, you may look at se pictures if you like. Iet ies my pleasure.

Er legt die Fotos und das Stereoskop neben mir auf den Boden und geht.

Ich lege mich auf den Bauch, wie Mikkelsen noch vor wenigen Minuten, stelle das Stereoskop vor mir auf und nehme die Fotos. Hat Mikkelsen sie absichtlich durcheinandergebracht? Sie gehören ja paarweise zusammen und überlappen sich immer etwas.

Obwohl ich ihn nicht darum gebeten habe, hilft Arne mir beim Sortieren. Eigentlich macht er es fast allein: Er kennt das Gebiet viel besser als ich und kann die Aufnahmen mit einem Blick den entsprechenden Abschnitten auf der Karte zuordnen.

Ich betrachte die Bilder.

Die Orte, wo diese Fotos aufgenommen wurden, interessieren mich kaum. Sehe ich Löcher? Seen, die Meteoritenkrater sein könnten?

Meine Augen huschen hin und her, als würden sie die Fotos Bahn um Bahn mit einem Pinsel abwischen. Und dieser Pinsel soll auf runde, zum Teil von einem niedrigen Wall umgebene Löcher stoßen, die wie Abdrücke von Pferdehufen auf einem Sandweg aussehen. Ein einfaches Experiment: Man wirft einen Ball oder einen Stein schräg in trockenen Sand. Das Wurfgeschoß wird eine Mulde hinterlassen und den Sand aus dieser Mulde teilweise zu einem kleinen Ringwall aufwerfen.

Wenn große Meteoriten niedergehen, passiert etwas Ähnliches. Die Materie, aus der sie bestehen, zerspringt in Stücke, die tief ins Erdreich eindringen – jedoch nicht immer. Manchmal prallen sie ab, fliegen hoch und landen mit kaum mehr Wucht, als hätte ein Mensch sie geworfen, in der Umgebung. Das sind die Meteoritensteine, die von Sammlern aufgelesen werden. Zuweilen verdampft der Meteorit auch aufgrund der hohen Temperatur beim Einschlag in einer enormen Explosion. Alles, was dann noch davon zeugt, daß unser Planet mit einem Fragment von einem anderen Himmelskörper bereichert wurde, ist ein Loch mit einem Ringwall.

Auf den Fotos ist die Landschaft zehntausendmal kleiner als in Wirklichkeit. Durch das Stereoskop sieht man sie dreidimensional. Die Berge wirken sogar höher als in der Realität, und man kann ohne weiteres feststellen, wo der Boden bewachsen ist und wo nicht. Wasser in Bächen, Flüssen und Seen verrät sich durch eine gleichmäßig schwarze Färbung. Wasser ist so am einfachsten zu erkennen, und in allen Löchern steht Wasser. Ich betrachte jedes Loch, jeden See, beurteile Umriß und Flächenumfang und versuche einzuschätzen, wie steil die Ufer sind. So auf dem Bauch liegend, fühle ich mich, als läge ich auf dem Boden eines Flugzeugs und schaute durch ein Fernglas auf eine schwarze und graue Welt.

Arnes Stimme spricht Namen aus, aber ich höre kaum hin. Dann und wann hebe ich den Kopf vom Stereoskop und heuchle Interesse für das, was er mir auf der Karte zeigen will.

Ich bin mit den Gedanken nicht bei der Sache, wenn jemand versucht, mir etwas zu erklären. Als könnte ich mir alles, was ich wirklich wissen möchte, selbst erklären. Ich bin auf niemanden angewiesen. Auch nicht auf Arnes Hilfe.

Tut mir leid, tut mir leid. Er glaubt nicht an Sibbelees Hypothese. Sie interessiert ihn nicht, denn er studiert bei Nummedal. Er kann mir auch nicht helfen, das einzige zu finden, was ich wirklich brauche: einen Meteoritenkrater.

Ich habe mir alle Fotos angeschaut. Löcher und Seen zur Genüge, aber kein einziger der schwarzen Flecken unterscheidet sich von den andern. Die Fotos enthalten nichts, das auf eine außergewöhnliche Entdeckung hoffen ließe. Eigentlich kann ich jetzt schon aufgeben.

Arne, gutmütig und hilfsbereit, versucht herauszufinden, inwiefern sich die Fotos von der Kartendarstellung unterscheiden, usw. usw. Nur mit größter Mühe kann ich mich beherrschen, um nicht aufzustehen und ihn anzuschreien: Laß nur! Es ist nicht mehr nötig! Ich weiß jetzt Bescheid! Hier werde ich nichts finden, womit ich Ehre einlegen, womit ich den Unfall meines Vaters wiedergutmachen könnte! Ich kehre um! Ich vergeude meine Zeit! Ich bin nicht dazu geschaffen, Fleißarbeit zu verrichten, ich bin nicht eine Art Buchhalter des Geländes, ich will nicht beschreiben, sondern entdecken! Alles, was man hier finden kann, wurde auch an anderen Orten der Welt schon beschrieben. Ich will nicht Inventur machen, ich bin kein Archivar wie neunundneunzig von hundert Forschern! Ich will etwas Aufsehenerregendes finden! Aber hier ist nichts zu finden, das nicht früher bereits gefunden wurde.

Ich sage kein Wort. Ich spiele Theater, verhalte mich ruhig wie ein Schuljunge, der Angst vor Prügel hat. Was bleibt mir anderes übrig?

Wenn ich keinen Meteoritenkrater finde, kann ich trotzdem nicht behaupten, daß ich überhaupt nichts finde, auch wenn das, was ich finde, mit Geologie nichts zu tun hat, auch wenn es sich überhaupt nicht in die Wissenschaften der Erde oder des Kosmos einordnen läßt. In keine einzige Wissenschaft vorläufig. Hier handelt es sich um einen Fall, wie Wittgenstein ihn beschreibt; das Verfahren, mit dem man zu einer Erkenntnis gelangt ist, geht in der Erkenntnis selbst auf. Als ob man sagen würde: Das habe ich erkannt, nachdem ich starken Kaffee getrunken hatte. Doch mit dem, was man erkannt hat, hat der Kaffee nichts zu tun.

Ich begreife nämlich langsam, wie die Welt funktioniert, jedenfalls meine Welt: die Welt, in der ich eine gewaltige Aufgabe vollbringen, die Welt, in der ich erfolgreich sein muß.

Mir kommt der Gedanke – und daß ich das jetzt erst entdecke, zeugt von unvorstellbarer Naivität –, daß ich diese Luftbilder natürlich schon lange vor meiner Reise gebraucht hätte. Viel früher. Schon in Amsterdam hätte ich sie haben müssen. Ich hätte zu Sibbelee sagen müssen: Solange ich keine Luftaufnahmen von dem Gebiet gesehen habe, ist das ganze Unterfangen sinnlos.

Aber das ist noch nicht meine wichtigste Entdeckung.

Wichtiger ist, daß ich plötzlich großes Mißtrauen gegenüber Sibbelee verspüre. Sibbelee hat schließlich viel mehr Erfahrung als ich.

Ich, dreißig Jahre jünger und eigentlich nur ein Student, ich unternehme eine Forschungsreise, weil mein Professor mir dazu rät. Das ist vielleicht dumm, aber verzeihlich. Über die Frage, ob ich fähig bin oder nicht, ob ich Karriere machen oder scheitern werde, entscheidet Sibbelees Urteil. Es wäre ein Ding der Unmöglichkeit gewesen, ihm gleich am Anfang zu widersprechen.

Nicht unverzeihlich, eher unbegreiflich ist es, daß Sibbelee mich ohne die Luftaufnahmen losgeschickt hat. Er hätte sagen müssen: Ich habe Nummedal um die Bilder gebeten, aber er schickt sie nicht. Such dir besser ein anderes Thema. Wenn man sich zur Orientierung auf so überlegene und moderne Hilfsmittel wie Luftaufnahmen stützen kann, wäre es unsinnig, ohne solche Luftbilder auf gut Glück in die Wildnis zu ziehen. Ebenso absurd wäre es, wenn ein modernes Schiff ohne Kompaß, Funk und Radar den Ozean überqueren würde.

Sibbelee ist nicht verrückt. Ich kann mir nicht vorstellen, daß ihm dieser Gedanke nicht gekommen ist. *Aber er hat den Mund gehalten.*

Er hat mich gehen lassen. Warum?

Warum? Mit den Aufnahmen und dem Stereoskop humple ich zu Mikkelsen und sage: Vielen Dank, daß ich mir die Fotos anschauen durfte.

– Already ready? fragt er.
– Yes. Ready.
– Please, put sem before my tent, will you?

Ich entspreche der Bitte, lege Stereoskop und Fotos auf das Stück Plastik vor dem Zelt.

Warum hat Sibbelee mich trotzdem losgeschickt? Es muß etwas mit Nummedals Feindschaft gegenüber Sibbelee zu tun haben. Was bezweckt er damit? Falls er etwas damit bezweckt, kann es nur eines sein: daß ich eine Entdekkung mache, durch die Nummedal ins Unrecht gesetzt wird.

Wieder so ein Punkt in dem ganzen Schlamassel. Erst in Oslo habe ich entdeckt, daß Nummedal nicht gerade Sibbelees bester Freund ist. Das hätte ich nie gedacht. Nie hätte ich aus Sibbelees Erzählungen folgern können, daß der weltberühmte Nummedal keine allzu hohe Meinung von Sibbelee hat. Wie sollte ich auch! Sibbelee wird sich hüten, seinen Studenten mitzuteilen: Der große Nummedal hat keine allzu hohe Meinung von mir.

Gedankenverloren entferne ich mich von den Zelten und humple den Hang hinab. Erst am Seeufer achte ich wieder auf die Umgebung. Die Wolken vor der Sonne verziehen sich, und die Kräuselungen des Wassers verwandeln sich in dünnflüssiges Kupfer. Außer den Mücken, die um meinen Kopf schwirren, ist nichts zu hören und zu sehen.

– Dies ist, sage ich laut und feierlich, ein sehr wichtiger Augenblick im Leben eines unerfahrenen jungen Mannes.

Ich bin nun in einer Situation, in der ich nur noch das tun kann, was ich eigentlich für das Falsche halte. Ich habe die falsche Richtung eingeschlagen, doch zum Umkehren ist es zu spät. Aufs falsche Pferd gesetzt, doch das Rennen ist schon halb gelaufen. Does Alfred go to the races today? No, he doesn't. Denn die Schlußfolgerung aus all dem, was ich inzwischen konstatiert und mir überlegt habe, kann nur die sein, daß ich so schnell wie möglich in die Niederlande zurückkehren sollte, daß ich zu Sibbelee sagen müßte: Tut mir leid, Herr Professor. Dieses Forschungsprojekt wird weder für Sie noch für mich das erwartete Ergebnis bringen. Vielen Dank noch mal.

Und dann? Ich weiß nur, daß ich etwas Großes vollbringen muß, aber was es ist, weiß ich nicht. Wie komme ich dahinter?

Meine Mutter wird mich nicht verstehen, wenn ich zurückkomme und ihr sage, ich hätte die Flinte ins Korn geworfen, weil mir die Sinnlosigkeit meines Unterfangens klargeworden ist. Sie wird denken, ich sei krank. Sibbelee wird mich nicht verstehen. Keiner wird mich verstehen.

Was soll ich tun?

Ich lasse den Blick über den spiegelglatten See schweifen, über die Berghänge, auf denen sich nichts bewegt. Hier waren so gut wie nie Menschen. Irgend etwas muß doch zu finden sein. Etwas, das noch keiner zuvor gefunden hat. Es gibt so wenig Orte auf der Welt, wo noch nie ein Mensch war.

– Alfred. Where are you?

Man ruft mich zum Essen. Eigentlich ist es so, als wäre ich bei den andern zu Besuch. Sie organisieren alles. Sie betrachten mich als ihren Gast. Qvigstad hat Mikkelsen zweifellos aus Gastfreundschaft gefragt, ob ich die Luftaufnahmen sehen dürfe.

Auf dem Weg zu den dreien, die um den Primus-Kocher sitzen, kommt mir der Gedanke, daß Arne sich vielleicht sagt: Wenn es hier Meteoritenkrater gäbe, würden wir Norweger sie bestimmt selber finden. Dafür braucht nicht extra jemand aus den Niederlanden anzureisen.

Selbst Arne, der ja mein Freund ist und den ich von den dreien am besten kenne, selbst Arne traue ich zu, daß er so denkt. Ich kann mir kaum vorstellen, daß Arne die ganze Zeit nichts von Mikkelsens Luftaufnahmen gewußt hat.

Bedrückt, ja sogar argwöhnisch, ängstlich, daß sie mich hinter meinem Rücken ausgelacht haben, setze ich mich zu ihnen. Der Porridge ist fertig. Mikkelsen will den Löffel aus dem Topf nehmen, macht eine ungeschickte Bewegung, der Topf fällt um, und der Inhalt ergießt sich über den Kocher, der zischend und qualmend ausgeht.

Wir springen auf, fluchen in verschiedenen Sprachen, lachen.

Arne verteilt den Rest auf drei Teller und begnügt sich damit, den Topf auszukratzen. Neuen Porridge zu kochen kommt nicht in Frage. Das Petroleum geht ohnehin zur Neige.

Außerdem ißt jeder zwei Scheiben Knäckebrot. Eine mit Käse, der jeden Tag schimmliger wird in seinem fettdurchtränkten Papier, eine mit Honig aus der Tube.

– Vielleicht, sagt Qvigstad, ist es bald soweit, daß man Elektronenrechner bauen kann, die intelligenter sind als das menschliche Gehirn, sogar das der größten Gelehrten. Solchen Elektronengehirnen kann man dann den Auftrag geben, neue Rechner zu entwerfen, die noch intelligenter sind. Sobald wir einen Rechner erfunden haben, der Aufgaben entwickeln kann, die so schwierig sind, daß ein Mensch sie niemals hätte ersinnen können – und wenn wir dann noch andere Rechner haben, die in der Lage sind, solche Aufgaben zu lösen –, ist das Ende der Wissenschaft angebrochen. Dann wird die Wissenschaft zum Sport. So wie Bogenschießen auf einem Volksfest oder wie Rudern oder Gehen.

– Oder wie Schachspielen, sagt Arne.

– O nein, wie Schachspielen nicht, es wird dann längst Automaten geben, die niemand schlagen kann. Oder man kann alle Kombinationsmöglichkeiten in einer Art Logarithmentafel nachschauen, die elektronisch berechnet wurde. Sämtliche Züge sind zu dieser Zeit durchgerechnet. Gut Schach zu spielen wäre dann eine Frage des Gedächtnisses. Nein, Schach spielen fällt raus. Allerdings ist die Frage, wie sich die Leute dann noch amüsieren sollen.

Arne: Nicht anders als heute. Würfeln, Plaudern, Angeln, Fußballspielen, jeden Tag dasselbe in der Zeitung lesen und jeden Tag dasselbe in der Glotze sehen.

Qvigstad: Na schön. Aber was ist mit den außergewöhnlichen Menschen? Viele Talente werden ungenutzt bleiben. Was für eine Vorstellung! Zu denken: Ich habe eine Begabung, aber alles, was ich damit tun könnte, ist bereits getan. Es gibt längst eine Maschine, die mehr Talent hat als ich.

– Unsereins ist ganz arm dran, sagt Arne. Die Wissenschaft wird ständig anonymer werden. Ruhm und Ehre wird man dabei nicht mehr gewinnen können. Die gelehrten Individuen werden hinter ihren eigenen Entdeckungen verschwinden. Irgendwann ist die gesamte Natur enträtselt, und für diejenigen, die sie enträtselt haben, wird sich niemand mehr interessieren.

– Anonym, sagt Qvigstad, wie die Erfinder des Feuers, des Rades und des Kreisels. Trotzdem wird es noch lange dauern, bis die Universitäten damit aufhören, Talare, Titel und Doktorwürden zu vergeben.

– Aber wenn es einmal soweit ist, sagt Mikkelsen, werden das Frage von Zufall. So wie heutzutage manche Leute berühmt werden, obwohl sie nichts Besonderes leisten. So wie heutzutage: Hunderttausend Mädchen, von denen keiner je gehört haben, haben gute Figur, und nur eine werden Miss Universe und kommen in die Zeitung.

– Ein knackiger Busen, sagt Qvigstad, das ist doch noch was anderes. Es gibt eine Menge kleiner Mädchen, die eine Menge Spaß damit erleben. Ohne in die Zeitung zu kommen oder so, aber dafür ganz privat. Glaubst du nicht?

– Eine außerordentliche Begabung für Mathematik oder der Spürsinn eines Entdeckungsreisenden, was du sollen damit anfangen ganz privat, wenn die Maschinen es besser machen und alles ist entdeckt?

– Wer ein berühmter Gelehrter werden will, sagt Qvigstad, ist ohnehin nicht ganz bei Trost.

Ja, das sagt er. Woran denkt er? Will er mich trösten?

– So, wie die Iguanodone an ihrer Größe zugrunde gegangen sind, behauptet er, wird die Menschheit irgendwann an der Erkenntnis ihrer Überflüssigkeit aussterben.

32

Den Schlafsack anfassen: noch zu naß. Dann eben versuchen, ohne Schlafsack zu schlafen, in den Kleidern.

Um vier – jede halbe Stunde schaue ich auf die Armbanduhr, Arne schnarcht – wird es so windig, daß die lappigen Zeltwände flattern. Ich freue mich über den Wind, der die Stechmücken vertreibt. Aber unbemerkt sind die blutsaugenden Fliegen hereingekommen, kriechen unter mein Hemd und in die Ärmel. Es tut nicht weh, doch sie hinterlassen dicke Blutstropfen. Sie ergreifen nicht die Flucht, um ihrer gerechten Strafe zu entgehen. Ich zerdrücke sie mit dem Zeigefinger. Kleine schwarze Fliegen, kleiner als die Fliegen, die sich in unserem Land auf Marmeladengläsern niederlassen.

Auf den Ellbogen gestützt, betrachte ich Arne. Er liegt mit dem Gesicht zu mir, die Hände unterm Kopf und den Mund so weit geöffnet, daß ich die gelblichen, schlechten Zähne bis ganz hinten sehen kann. Es sind die Zähne eines alten Mannes. Sein ganzes Gesicht sieht verlebt aus. Als hätte er den Zeitraum längst überschritten, für den sein Körper berechnet war. Die Augen sind nicht geschlossen, sondern unter die Lider gesunken. Der dichte Stoppelbart erweckt den Eindruck von Alter, Verfall und Verwahrlosung. Arne sieht aus wie ein knorriger Riese, ein schwachsinniger Troll, und das Geschnarche, das er ausstößt, scheint die einzige Sprache zu sein, die er beherrscht. Ich kann dabei nicht einschlafen, jede Nacht ist das so. Trotzdem bin ich mir sicher, daß ich hin und wieder schlafe, denn ich werde von der Stille wach, wenn das Schnarchen aufgehört hat. Jedesmal ist Arne dann nicht mehr im Zelt.

Ich blicke direkt in die Spitze der Pyramide, wo sich die Mücken versammeln, setze mich auf, habe einen fauligen Geschmack im Mund. Aus der Feldflasche trinke ich mit großen Zügen Wasser und stecke mir eine Zigarette an. Während ich die Mücken mit der Hand vertreibe und mit dem Rauch wegblase, komme ich ins Sinnieren. Ist die Zigarette aufgeraucht, strecke ich die Hand unter dem Zeltstoff nach draußen und drücke die Kippe mit dem Finger in die Erde.

Das rechte Bein kann ich nicht mehr anziehen. Es ist geschwollen und seltsam verfärbt. Aber ich muß damit noch laufen können. Laufen wird einfacher sein, als den Fuß mit einer nassen Socke zu umhüllen. Zu diesem Zweck muß ich Bewegungen vollführen, die allzu schmerzhaft an gymnastische Übungen erinnern, die ich öfter hätte machen sollen, als es noch nicht weh tat. Mit dem Oberkörper schaukelnd, das Bein gestreckt, schaffe ich es schließlich, die Öffnung der Socke über die hochstehenden Zehen zu stülpen. Die andere Socke ist kein Problem. Ich stehe auf, ziehe meine Schuhe an und krieche aus dem Zelt. Es ist halb elf.

Die Sonne brennt.

An einem schräg in die Erde gesteckten Ast hängt über einem Holzfeuer der Wasserkessel. Sonst ist nichts zu sehen. Das grüne Zelt von Mikkelsen und Qvigstad ist verschwunden. Was hat das zu bedeuten? Auch Arne sehe ich nicht. Erst nachdem ich den Hang hinaufgestiegen bin, entdecke ich ihn am Seeufer, wo er gerade das blaue Netz zusammenlegt.

Ich schaue abwechselnd auf Arne und auf den Kessel und überlege, wie ich mich am besten nützlich machen kann: indem ich Arne helfe oder indem ich auf das Feuer achte – auch wenn es dann länger dauert, bis ich erfahre, wo Qvigstad und Mikkelsen geblieben sind. Der dünne Ast, an dem der Kessel hängt, beginnt zu brennen, während die Flammen darunter ausgehen.

So schnell ich kann, humple ich zum Feuer. Der Kessel sollte besser auf Steinen stehen, aber Steine in der richtigen Größe sehe ich hier nirgends. Auch keinen dickeren Ast. Gar nicht so einfach, ohne Petroleumkocher Wasser zum Kochen zu bringen.

Vor der Feuerstelle kniend, puste ich in die Glut und schiebe vorsichtig trockenes Moos und verdorrte Zwergbirken dazu.

Als Arne mit dem Netz zurückkommt, kocht das Wasser endlich mit kleinen Bläschen. Arne hat nur das Netz, keine Fische.

– Wo sind Qvigstad und Mikkelsen geblieben?

– Die sind schon vor zwei Stunden aufgebrochen.

– Ach so, das dachte ich mir schon. Na ja, wenn wir heute abend aufkreuzen, erwarten sie uns mit gebratenen Forellen.

– Ich fürchte nicht.

– Und warum nicht?

– Wir gehen woandershin. Ich hol mal die Karte.

Arne holt die Karte, während ich Kaffeepulver in das kochende Wasser schütte. Wir werden Knäckebrot mit Tubenhonig essen müssen, denn Qvigstad und Mikkelsen haben das Milchpulver und die Haferflocken mitgenommen.

Arne setzt sich, in der Hand die Karte. Obwohl es mich einige Überwindung kostet, erkundige ich mich: Gab es einen bestimmten Grund, daß sie so schnell aufgebrochen sind?

– Einen bestimmten Grund? Wie meinst du das?

– Ich hätte mich gern von ihnen verabschiedet.

– Ach so. Aber du hast noch geschlafen.

Er faltet die Karte auseinander und greift zu seiner Lupe.

– Ist geplant, frage ich, daß wir uns alle irgendwann wieder treffen?

– Nein, ich glaube, das wird nicht möglich sein.

Ich setze mich neben Arne. Meine Schnurrbarthaare sind schon so lang, daß ich sie mit der Unterlippe in den Mund ziehen und auf ihnen herumkauen kann, im Rhythmus vager und trüber Gedanken, die von einem Gegenstand zum andern springen.

Arne erklärt, daß die beiden im Zusammenhang mit Qvigstads Projekt in Richtung Norden unterwegs sind, dann in die Gegend des Vuorje zurückkehren und von da aus wieder nach Skoganvarre gelangen werden.

Für uns ist es dagegen am besten, wenn wir in Richtung Süden gehen.

– Bis hier ... Er deutet auf eine punktierte Linie, die auf den meisten anderen Karten eine Straße darstellen würde.

– Diese Route hier, erläutert er, ist im Gelände höchstens als ein zehn Zentimeter breiter Pfad erkennbar, der durch Steine markiert ist. Das heißt, auf die großen Steine, an denen der Pfad zufällig entlangführt, haben die Leute, die ihn benutzten, ein kleines Steinchen gelegt. In Norwegen ist es üblich, einen Pfad so zu markieren.

In früheren Zeiten haben Kuriere auch manchmal Post über solche Pfade befördert. Ist man bei einem großen Stein angelangt, auf dem ein kleiner Stein liegt, erkennt man meist schon von weitem den nächsten großen Stein, auf dem ein kleiner Stein liegt. So weiß man, in welche Richtung man gehen muß. Es ist üblich, daß jeder, der vorbeikommt, einen neuen kleinen Stein auf große Steine legt, die ihre kleinen Steine durch irgendwelche Ursachen, wie Wind oder schmelzenden Schnee, verloren haben. Der Pfad ist also nicht nur auf der Karte, sondern auch in Wirklichkeit eine punktierte Linie. Manchmal über Hunderte von Metern fortgewischt, weggespült, zugewachsen.

Er legt die Lupe hin, um Kaffee einzuschenken und Knäckebrot zu schmieren. Ich schaue noch einmal auf die Karte und frage mich, ob der Weg, den Arne ausgeklügelt hat, für mich tatsächlich so vorteilhaft ist. Wenn wir den Pfad, den er meint, gefunden haben, werden wir ihm in Richtung Osten folgen und schließlich zu einem Ort kommen, der auf der Karte Ravnastua heißt. Eigentlich ist es nicht mal ein Ort oder ein Dorf. Arne hat mir erzählt, was man dort antrifft: ein Haus, in dem ein Lappe wohnt, und ein paar Blockhütten, in denen Besucher übernachten können. Allerdings gibt es kaum Besucher, nicht mal im Sommer. Das Ganze wird vom Staat instand gehalten, als Zufluchtsort in der unwirtlichen Einöde. Das nächstgelegene Dorf ist Karasjok, doch sogar von da aus ist Ravnastua so weit und so schwer zu erreichen, daß sich kein Tourist dorthin verirrt. Höchstens mal ein exzentrischer Angler. Von Zeit zu Zeit ein paar Biologen oder Geologen. Oder Lappen, die in Schwierigkeiten geraten sind. Arne war zweimal dort und jedesmal der einzige Gast. Lebensmittel und andere Artikel des täglichen Bedarfs werden mit Kettenfahrzeugen antransportiert.

Wir haben noch mindestens hundertfünfzig Kilometer Weg vor uns, wenn wir die Tour so machen, wie Arne sie auf der Karte zeigt, mit allen Umwegen und dann über den alten Kurierpfad. Danach werde ich auf jeden Fall den größten Teil meines Forschungsgebietes gesehen haben. Es ist ganz logisch, daß Arne diesen Weg gewählt hat.

Trotzdem beschäftigt mich die Frage, warum Qvigstad und Mikkelsen in Richtung Norden gegangen sind.

Die Sonne scheint wärmer und ist größer denn je. Der Tag droht drückend heiß zu werden. Allerdings sind Wolken am Himmel, von so riesenhaften Ausmaßen, als seien zwanzig Atombomben zugleich explodiert. Sie sehen aus, als bestünden sie aus heißen Gasen und nicht aus Wasser.

Ich stehe auf, trete die glühenden Zweige aus, schiebe sie auseinander, leere den Kessel, humple zum See und spüle ihn aus.

Norweger, das ist mir schon des öfteren aufgefallen, gehen sehr behutsam miteinander um. Die vier Millionen Norweger leben in einem Land mit einer zehnmal so großen Fläche wie die Niederlande, doch die Niederlande haben dreieinhalbmal so viele Einwohner. In Norwegen leben elf Menschen auf einem Quadratkilometer, nicht dreihundertsechzig wie bei uns. In so einem Land ist es noch etwas Besonderes, wenn man einem anderen Menschen begegnet. Man bleibt auf drei Schritt Abstand stehen, macht eine kleine Verbeugung, lächelt freundlich und denkt dabei: Der andere kann auch ein Straßenräuber sein; dann gibt man einander die Hand und erkundigt sich taktvoll nach Gesundheit und Wohlergehen. Ob sie wohl beim Abschied weniger förmlich sind?

Das kann ich mir nicht vorstellen. Warum sind Qvigstad und Mikkelsen dann gegangen, ohne sich von mir zu verabschieden? Wie früh sind sie wohl aufgestanden, um das hinzukriegen? Sie haben ja noch gefrühstückt, das Zelt abgebaut, gepackt. Und mit Arne gesprochen. Ich muß sehr fest geschlafen haben. Warum hatten sie es nur so eilig?

Sie spazieren hier umher wie andere Leute in einem Park, denke ich, während ich mit dem sauber abgespülten Kessel langsam zurückgehe. Sie kommen Jahr für Jahr hierher, sie sind in ihrem eigenen Land.

Wenn ich mich über sie wundere, wundere ich mich über sie in der Art, wie sich Ausländer über die Niederländer wundern. Darüber, daß wir auf Fahrrädern über Straßen voller Autos und Trambahnen balancieren, entlang tiefer Kanäle, von Abgründen des Todes umgeben.

Was habe ich auch hier zu suchen, so fern von zu Hause? Die größtmögliche Anstrengung führt nicht zwangsläufig zu bestmöglichen Resultaten; die erzielt derjenige, der die größtmögliche Anstrengung in einem Gebiet leistet, in dem er ohnehin schon den größtmöglichen Vorteil hatte. Nicht der beste Scharfschütze trifft am genauesten, sondern der beste Scharfschütze, der das beste Schußfeld und das beste Gewehr hat.

Nie ist ein Wort in diesem Sinne gefallen, und dennoch sage ich es fast laut zu mir selbst: Sieht es nicht ein wenig so aus, als wollte ich den Norwegern in ihrem eigenen Land Konkurrenz machen? Und hat Nummedal es nicht von Anfang an so aufgefaßt? Laß ihn nur kommen, hat er gedacht, soll er sich doch den Schädel an einem Berg einrennen.

Vielleicht wäre es leichter für mich, wenn mir die Norweger, die ich sonst noch kennengelernt habe, nicht so sympathisch gewesen wären. Ja, auch Mikkelsen, alles in allem.

Zum Beispiel Arne.

Er hat das Zelt schon abgebaut, als ich zurückkomme. Er hat seinen Rucksack schon gepackt. Was sehe ich? Für meinen Rucksack ist fast nichts übriggeblieben.

Bisher hatte ich unter anderem die Zeltbahn getragen und er die beiden Teile der Stange.

– Wo ist das Zelt?

– In meinem Rucksack.

– In deinem Rucksack? Warum?

– Bei deinem geschwollenen Knie ist es besser, wenn du nicht so viel trägst.

– Ich spüre fast nichts mehr.

– Darum geht es nicht, aber es könnte sich verschlimmern. Und was wäre dann, wenn du gar nicht mehr weiterkönntest?

– Das sehen wir schon, wenn es soweit ist. Komm, gib mir das Zelt.

– Nein, nein, kommt nicht in Frage. Vielleicht morgen wieder.

Er geht bereits los. Er hat sich auch des Theodolitstativs bemächtigt.

– Arne, gib mir das Stativ!

Ohne stehenzubleiben, dreht er sich um: Schon gut, beim nächsten Mal.

Er geht weiter.

Ich knie mich hin und packe meinen Rucksack. Ich brauche fast nur noch meine persönlichen Besitztümer zu tragen: Schlafsack, Zahnbürste, Seife, etwas Unterwäsche usw.,

Sachen, die ich größtenteils noch gar nicht ausgepackt hatte. Ansonsten sind für mich übriggeblieben: zwei Päckchen Knäckebrot, sieben Tuben Honig, ein Päckchen Salz, der Wasserkessel und das große Fischnetz, doch das besteht aus Löchern.

Hinkend, so schnell ich kann, hole ich Arne ein, der inzwischen langsamer geht, nachdem er gesehen hat, daß ich mich seinen Anweisungen füge.

– Hör mal, Arne, jetzt mach nicht so viel Trara.

Ich beteure, daß ich das ohne einen Hauch von Scheinheiligkeit sage. Das kann ich sogar beweisen. Ich bin eher beunruhigt als froh, daß er fast alles trägt und ich so gut wie nichts. Wird er es nicht, wenn das noch lange so geht, satt haben, das heißt, mich satt haben?

Unterdessen setzt Arne mir auseinander, daß seine Last gar nicht schwer sei: Du hast wohl vergessen, daß ich in den vergangenen Jahren mutterseelenallein hier war. Meinst du, ich hätte da nicht das komplette Zelt tragen müssen? Den Stoff, die Stangen, und das Fischnetz noch dazu?

Ich gebe mir alle Mühe, ihm zu glauben. Die Überlegung, daß er, als er allein unterwegs war, auch keinen Proviant für zwei Personen mitnehmen mußte, beruhigt mich nicht ganz, denn unsere Vorräte sind bereits kräftig geschrumpft.

33

Um drei Uhr nachmittags sitzen wir am Rand der tiefsten Schlucht, die ich je gesehen habe – als hätte ein Beil von kosmischen Ausmaßen die Erdkruste gespalten. Die Wände der Schlucht sind fast senkrecht und mit riesigen, scharfkantigen Felsbrocken besetzt.

Hier hinabzusteigen scheint mir eher etwas für richtige Alpinisten, mit Seilen, Steigeisen und hundert Sherpas, die für ihre Sahibs alles tun. So ein Sherpa trägt seinen Sahib notfalls auf dem Rücken. Oder vier Sherpas tragen ihn auf einem Feldbett. Vier Sherpas ... zwanzig Sherpas ... notfalls zweihundert. Sie reichen ihren Sahib einander weiter, wie Leute beim Löschen eines brennenden Heuschobers einen Eimer Wasser weiterreichen. Der Sahib schmaucht unterdessen sein Pfeifchen, schreibt Tagebuch, schält sich eine Ananas. Der Sahib erscheint mit Foto in der Zeitung, wird in Reden geehrt, erhält Medaillen; die Sherpas bekommen ein Trinkgeld.

Bisher habe ich es so empfunden, daß auf dieser Tour nichts fortwährend schlimmer wurde, als es bereits war. Nach Kletterpartien ging es wieder bergab, Regen hörte irgendwann auch wieder auf, nach sumpfigem Boden kam trockenes Gelände, und sogar die Steine, auf denen ich des öfteren umgeknickt bin, fehlten manchmal über lange Strecken. Kurzum: wie sonst auch im Leben, eine Art Mittelwert von allerlei Widrigkeiten. Doch ein Hindernis vom Kaliber dieser Schlucht ist etwas ganz Neues.

Ich schaue Arne an, hoffe, daß er zuerst davon anfängt, aber er sagt nur: Wir sollten am besten hier erst was essen.

Am besten hier? Wohl kaum. Wir ziehen beide los, um

trockene Zweige zu suchen. Es dauert mindestens eine Viertelstunde, bis wir ein paar Hände voll Reisig gesammelt haben.

Sorgfältig baue ich aus drei fast gleich großen Steinen eine Art Herd. Arne stellt die Bratpfanne darauf, ich lege mich auf den Bauch und zünde das erste Streichholz an. Das Reisig brennt kurz, dann erlischt die Flamme. Rotglühende, verschrumpelnde Zweige bleiben übrig. Das zweite Streichholz. Ich puste mit ganzer Kraft. Arne hat eine Fleischkonserve aufgemacht und gibt den Inhalt in die Pfanne. Ich zünde ein drittes Streichholz an.

– Mit dem Kocher ging es besser.

– Das Petroleum war alle. Qvigstad und Mikkelsen müssen genau wie wir Feuer machen.

Das vierte Streichholz. Sogar jetzt, wo ich flach auf dem Bauch liege, kann ich in den Abgrund schauen, so weit klafft die Schlucht. Während ich vom Pusten verschnaufe, kommt mein Mund nicht zur Ruhe. Nicht aus Hunger macht meine Kehle Schluckbewegungen, gleiten meine Zähne, als wollten sie sich schärfen, ständig über die Innenseiten der Lippen, bewegt sich meine Zunge verzweifelt in der Höhle, in der sie immerhin schon fünfundzwanzig Jahre eingeschlossen ist, hin und her.

Gott im Himmel, ich habe Angst. Selbst wenn ich von dieser Felswand zu Tode stürzen sollte, würde ich mich nach meinem Tod noch totschämen. Die Niete aller Nieten, der Versager aus den sumpfigen Niederlanden. Qvigstad und Mikkelsen haben keine Geduld mehr mit ihm. Er hält sie zu sehr auf. Arne ist zu höflich, um es sich anmerken zu lassen, doch er denkt bei sich: Wäre ich bloß allein. Ich würde schneller vorankommen. Ich könnte mich besser auf meine Arbeit konzentrieren. Ich müßte nicht für zwei schleppen. Teufel in der Hölle! (Das ist das norwegische Äquivalent für Verdammt noch mal.)

Im Moment ist es für mich unvorstellbar, daß sich niemand nach dem Tod noch für irgend etwas schämen kann. Trotzdem wollte ich nie so vehement *nicht sterben* wie jetzt. Und wie eine Ohrfeige trifft mich der Gedanke: War mein Vater vielleicht auch kein besonders geschickter Kletterer? War auch er vielleicht schon mehrmals hingefallen, ehe er in den Tod stürzte? Hatten seine Mitstreiter vielleicht insgeheim gedacht: Der ist der Versager der Expedition, der macht uns nur Ärger und hält uns auf? Der Leichnam hat ihre ganzen Pläne durcheinandergebracht.

Ich sitze aufrecht, mit der linken Hand umfasse ich meine linke Wade, in der rechten halte ich zwischen Daumen und Mittelfinger ein Stück Brot, auf dem ich mit dem Zeigefinger ein Stück lauwarmes Fleisch festhalte. Ich vergesse für einen Moment, abzubeißen, und mein Blick fällt auf mein rechtes Handgelenk, wo deutlich sichtbar die Schlagader pulsiert. Ein abstoßender Anblick, auf noch grauenhaftere Weise kann man sich als Mensch wohl kaum seiner Kreatürlichkeit bewußt werden. Ein Tier. Ist es nicht, als hielte sich dort unter meiner Haut ein Wurm verborgen, der den Rücken krampfhaft beugt und streckt, um auszubrechen? – Nur ruhig, armes kleines Tier, deine Befreiung kommt vielleicht schneller, als du denkst, und wird für dich eine große Enttäuschung. Du kannst nämlich ebensowenig außerhalb meiner existieren, wie eine Muschel ohne ihre Schale am Leben bleiben kann.

Ich stecke das Brot in den Mund und kichere.

Plötzlich höre ich, wie Eva, die an Gott glaubt, meine Mutter trösten wird: Nicht weinen, Mama. Alfred ist jetzt bei Vater!

Sie zeigt mit dem Finger nach oben. Der Fingernagel ist sorgfältig lackiert. Dann nimmt sie ihre Puderdose aus der Tasche, um die Spur einer Träne auf der Wange zu beseitigen. Auch ihre Freundinnen pflegen ihre Fingernägel mit großer Sorgfalt. Dumme Mädchen, die wie Eva an Gott glauben. Wenn Eva als einzige übrigbleibt, ist unsere Familie für immer außerstande, für den Tod meines Vaters Revanche zu nehmen. Wir können froh sein, wenn Eva nächstes Jahr den Abschluß des Lyzeums schafft. Es besteht nicht die leiseste Hoffnung, daß sie irgendwann jede Woche in sieben niederländischen Zeitungen nacherzählen wird, was *Observer* und *Figaro Littéraire* über zwanzig ausländische Bücher schreiben. Aber über Gott daherplappern, das kann sie gut. Ich habe es längst aufgegeben, sie zu bekehren, und wenn ich zu ihr sage: Zu begreifen, daß das Wort Gott nichts bedeuten kann, ist nur eine der Sachen, für die du zu dumm bist, erwidert sie: Warten wir's mal ab, was aus dir noch wird, mit deiner ganzen Intelligenz.

Vor Lachen bekomme ich kaum das Essen hinunter. Mein Ehrgeiz, jeglicher Ehrgeiz wird zur Farce, sobald man das Gefühl hat, es gehe nur darum, einem dummen, gottgläubigen Mädchen zu beweisen, daß man recht hat. Ich werde ihr zeigen, wie weit ich es mit meiner ganzen Intelligenz noch bringe! Denn wenn ich verunglücke, wird sie mit einem manikürten Nagel zum Himmel deuten und sagen: Er ist jetzt bei Vater.

Und meine Mutter wird womöglich auch noch daran glauben! In Anbetracht ihres Alters und des gehäuften Leides wäre das jedoch verzeihlich.

Ich stehe auf, und die Schlucht wird noch tiefer. Der gegenüberliegende Hang ist mattschwarz und sieht nie einen Sonnenstrahl. Ein kleiner Gletscher ist mit ihm verwachsen. Wasser strömt in tiefen Rinnen über das Eis, doch trotzdem wird er kaum kleiner werden und den Sommer überleben.

Ich schultere meinen Rucksack und warte ab, was Arne macht. Wo wird er hinabsteigen? Oder werden wir zuerst an der Schlucht entlanggehen, bis wir zu einer Stelle kommen, die weniger steil ist? Ich sage kein Wort, ich frage nichts. Arne schiebt die Steine mit dem Fuß auseinander und tritt die letzte Glut aus den Zweigen, die ohnehin kaum noch brennen. Ein Fjelljo fliegt über uns hinweg, läßt sich nieder, unsichtbar wegen seiner Tarnfarben, pfeift Morsezeichen, drei kurze hintereinander, der Buchstabe S, der erste Buchstabe von SOS.

Schneller, als die Aufzählung dauern würde, wird mir all das bewußt, was meine Situation so mißlich und ausweglos macht: Ich habe Angst vor dem, was Eva sagen wird, wenn ich zu Tode stürzen sollte. Komme ich jedoch lebend unten an, wird meine Angst zu lächerlich gewesen sein, als daß ich irgend jemandem erzählen könnte, was ich bis zu diesem Augenblick durchgestanden habe. Arne zu bitten, einen anderen Weg zu wählen, ist ebenfalls unmöglich – nachdem Qvigstad und Mikkelsen sich von uns getrennt haben und vermutlich ihre Gründe dafür hatten.

Noch nie war ich mir derart sicher, etwas zu erleben, das so vollkommen sinnlos ist und das man hinterher niemandem erzählen kann, wie jetzt, wo ich Arne folge und die Tiefe des Abgrunds mich wie eine unsichtbare, nach innen gestülpte Flutwelle bedroht: Was ich auch mache, was mir auch geschehen wird, ich habe es mir nicht gewünscht.

Eine geheime Ahnung wird zur Gewißheit.

In diesem Augenblick lüftet sich ein Zipfel des Schleiers, der über dem ganzen Dasein liegt: Ich erkenne, daß ich immer und in allem schutzlos, machtlos und austauschbar bin wie ein Atom und daß Bewußtsein, Wille, Hoffnung und Furcht nichts anderes als Manifestationen des Mechanismus sind, der die menschlichen Moleküle dazu bringt, sich im unermeßlichen Dunst der kosmischen Materie zu bewegen.

Arne geht fast geradeaus hinab, rutscht ein Stück, tritt auf einen Stein, tritt auf den nächsten Stein. Er geht immer schneller, nein, es ist Fallen, immer wieder von den Füßen gebremst. Er gelangt zu einem Abschnitt, der so steil ist, daß man meinen könnte, nur noch ein unsichtbarer Fallschirm hielte ihn zurück. Ich sehe, daß er seinen Körper, so weit es geht im Zickzack, über eine imaginäre horizontale Fläche steuert. Seine Schulter streift den Hang.

In der Tiefe schlängeln sich schmale Bäche über den hellgrünen Boden der Schlucht, ziellos, wie zufällig hingeklekkert, jedoch glitzernd wie flüssiger Stahl.

Ich konzentriere mich auf meine Füße, setze einen Fuß vor den andern, merke nicht mehr, daß ich atme, das Herz pocht mir bis zum Hals. Ich halte mich an kleinen Pflanzen fest, die in den Felsspalten wachsen, als könnten sie mich retten, falls ich ausrutsche. Lächerlich! Meist lösen sich ihre Wurzeln, wenn ich sie nur berühre. Was wird geschehen, wenn ich ausrutsche ... Werde ich mit dem Kopf gegen einen Stein schlagen, oder lande ich zwischen zwei Felsblöcken, eingeklemmt wie ein Keil, mit eingedrücktem Brustkorb und Knochenbrüchen? Mir ist übel vor Angst, als ich sehe, wie Arne den oberen Rand einer breiten Zunge aus Geröll erreicht; ein Fächer aus kleinen Steinen führt wie ein Steg bis weit ins Tal hinab. Eine Steinlawine, die hier zur Ruhe gekommen ist. Arne sinkt bis über die Knöchel ein, hat aber nichts mehr zu befürchten. Dorthin! Dort ist das Ende meiner Qualen!

Furchtlos springe ich nun von Stein zu Stein, halte mich nicht mehr fest; obwohl das verletzte Knie höllisch weh tut, merke ich, daß ich den Abstieg ebenso elegant und flott schaffe, wie ich es bei Arne gesehen habe. Als würde ich, ohne dabei nachzudenken, eine Treppe hinabgehen. Ich achte kaum noch darauf, wohin ich die Füße setze, schaue abwechselnd auf den grünen Boden des Tals und die weiße Fläche des Gletschers an der gegenüberliegenden Wand. Durch den Grus des Geröllfächers werde ich abrupt gestoppt. Ich kippe halb vornüber, richte mich wieder auf, renne dann, durch nichts mehr bedroht, weiter hinab.

Meine Ohren füllen sich mit dem Murmeln des Wassers. Die Mücken sind mir treu geblieben und umschwirren meinen Kopf wie Elektronen einen Atomkern. Kalte Luft strömt mir von der Eisschicht auf der anderen Seite entgegen. Ich muß den Kopf weit in den Nacken werfen, um den Himmel noch zu sehen: ein blauer, an den Rändern gezackter Streifen. Schmatzend bewegen sich meine Schuhe durch das Grün: Torfmoos und Polarweiden. Ich gelange ans Wasser, bücke mich und trinke gleich zwei Becher. Es ist so seicht, daß wir beim Durchqueren die Schuhe anbehalten können. Rastlos suchen meine Augen die gegenüberliegende Seite nach einer Stelle ab, die sich am besten zum Hochklettern eignet. Arne, der vorgeht, wird hoffentlich eine finden. Über den Gletscher? Doch der endet an einem senkrechten Amphitheater aus Stein.

Auf der anderen Seite des Wassers merke ich, daß ich tiefer im Moos einsinke. Das Moos verschwindet, vor mir liegt schwarzer Morast. Ich bin von Polarweiden umgeben, die mir bis zur Taille reichen. Arne klettert bereits hinauf. Wie hat er es bis zum Hang geschafft? Meine Schuhe füllen sich mit Wasser. Ich muß die Füße immer höher heben, um voranzukommen. Das Wasser steht mir schon bis zu den Knien. Ich spüre, wie die Sitzfläche meiner Hose naß wird. Was soll ich nur tun? Fotoapparat und Kartentasche, die vor meiner Brust hängen, versuche ich noch trockenzuhalten, indem ich sie hochhebe, muß sie dann aber loslassen, weil ich beide Hände brauche, um nicht zu fallen. Immer schneller muß ich mich fortbewegen, die Füße noch höher heben. In jeder Sekunde, die ich länger an einer Stelle stehe, sinke ich einen Dezimeter tiefer im Moor ein. Auch mein Oberkörper wird naß, allerdings vom Schweiß. Die Mücken setzen sich auf mein Gesicht, in die Augen. Mein keuchender Mund saugt sie ein, ich spüre sie auf der Zunge, am Zäpfchen. Ich schreie nicht, denn niemand kann mir helfen. Verzweifelt lasse ich mich nach vorn fallen, auf eine Ansammlung von Weiden. Sie werden plattgedrückt und bilden ein Netz, das mich hält. Langsam ziehe ich den linken Fuß aus dem Sumpf, kann ihn auf drei flachliegende Weiden setzen, ziehe dann den rechten Fuß heraus, richte mich auf.

Wasser rinnt aus dem Rucksack, der Windjacke und der Hose, als ich endlich wieder auf dem Trockenen stehe. Hat Arne etwas bemerkt? Ich glaube nicht. Durch Zufall, oder weil er erfahrener ist, hat er einen Weg genommen, wo die Morastschicht nicht so dick oder das Grundeis nicht so tief war. Er hat keine Ahnung, welche Schwierigkeiten ich überwinden mußte. In einer langgestreckten Zickzacklinie klettere ich hinauf, die Füße quer zum Hang.

Vom Gletscher kommt ein Geräusch, als würden in einem großen Saal hundert Badewannen ständig überlaufen. Das Eis wirkt schmuddelig wie ein monatelang nicht gewaschenes Laken. Stellenweise ist es so dick mit Staub und Grus bedeckt, daß man das Weiß nicht mehr sieht. Unter meinen Füßen knirschen die Stücke des Schiefergesteins wie Glasscherben.

Nach jedem Abstieg bedeutet Klettern Erleichterung. Hinaufklettern ist, anders als Hinabsteigen, kein langsames Fallen. Manchmal bleibt man mitten auf einem Hang stehen, schaut tief atmend einen Augenblick hinab und wird von Angst gepackt.

Man würde gern umkehren, denkt aber sofort daran, daß Umkehren genauso gefährlich ist wie Weitergehen, und geht weiter.

34

Ich kann es noch nicht fassen, daß ich es geschafft habe, ohne Sturz und fast ohne auszurutschen. Arne hat mir eine seiner Zigaretten gegeben. Meine sind durchweicht. Wie auf einer Bank sitzen wir auf einem Felsvorsprung, direkt über dem Gletscher. Über meinen nassen Zustand hat Arne kein Wort verloren, offenbar hat er gemerkt, wie sehr ich mir die kleinen Mißgeschicke zu Herzen nehme.

Ich ziehe die Schuhe aus, drehe sie um und lasse das Wasser herauslaufen.

Ich sage: Es ist schon verrückt, daß von all den Milliarden Dingen, die auf der Erde geschehen sind und geschehen, auf die Dauer keine Spur mehr zu finden ist.

Er: Aber es wäre genauso verrückt, wenn es irgendwo ein Archiv dafür gäbe.

Ich: In so einem Archiv müßte alles festgehalten werden, was von Sekunde zu Sekunde auf der Welt geschieht: eine Welle, die sich an einer Mole bricht, Regentropfen, die fallen, alles, was die drei Milliarden Menschen tun und denken, jede Blume, die aufblüht und verwelkt, mit Maßangaben, geographischer Länge und Breite, mit Farbe und Gewicht.

– Warum nur von unserer Welt? Auch die genaue Geschichte des Weltalls müßte aufgezeichnet werden. Ein solches Archiv würde ein Kosmos für sich werden, ein Duplikat unseres Universums.

Ich: Zwei Weltalle, aber das würde noch nicht reichen. Auch die Geschichte der Archivierung müßte archiviert werden: ein drittes Weltall. Und so weiter. Unendlich viele Weltalle, und nichts wäre damit gewonnen, kein Rätsel gelöst.

– Ja. Wittgenstein hat gesagt: Die Tatsachen gehören alle nur zur Aufgabe, nicht zur Lösung. Nicht ›wie‹ die Welt ist, ist das Mystische, sondern ›daß‹ sie ist.

– Ach! Du hast auch Wittgenstein gelesen?

– Den wird man immer mehr lesen. Weißt du, daß er jahrelang in Norwegen gelebt hat?

Er legt das Tagebuch auf sein Knie und beginnt zu zeichnen. Ich schaue ihm über die Schulter. Er zeichnet, wie andere Leute schreiben. Ohne Worte notiert er das, was er sieht. Wie ich ihn beneide!

Ich könnte auf die Dauer zwar lernen, eine Felswand zu erklimmen oder einen Fluß zu durchqueren, jedoch nicht, zu zeichnen. Seit meiner Kindheit habe ich mich damit abgemüht, aber ohne Erfolg. Für die Theorien mancher Psychologen über den naiven Schöpfungsdrang des Kleinkindes, das angeblich ein Auto mit viereckigen Rädern zeichnet, weil es *in einer eigenen Welt* lebt, kann ich nur Verachtung empfinden!

Ich habe immer in der Welt gelebt, die schon vorhanden war, bevor ich existierte, und ich erinnere mich nicht, daß Autos in meiner Vorstellung jemals viereckige Räder hatten, auch wenn ich sie mit fünf so gezeichnet habe.

Mit fünf wußte ich, daß meine Zeichnungen nicht mit den Fotos in der Zeitung konkurrieren konnten; wenn ich wieder mal stundenlang herumgestümpert hatte, zerriß ich das Papier und schluchzte jämmerlich.

Nein, recht besehen bin ich nicht gerade mit Eigenschaften gesegnet, die mir in der Geologie nützen könnten. Ich bin vergeßlich. Ich bringe es fertig, mich sogar dort zu verlaufen, wo ich mich auskenne. Ich bin unsportlich und untrainiert. Meine Handschrift ist unleserlich, meine Zeichnungen sind ungelenk.

Es ist zum Verzweifeln! Ich mache diese Dinge nur, weil ich es gern möchte, und nicht etwa, weil sie mir leicht von der Hand gingen. Ich verfüge lediglich über Ausdauer. Zudem besitze ich die Gabe, den Inhalt eines Buches rasch zu erfassen, so daß ich sämtliche Prüfungen schnell und mit sehr guten Noten ablegen konnte.

Arne hat bessere Voraussetzungen als ich, erfolgreich zu sein, und selbst er gönnt sich nichts, aus Angst, daß es ihm nicht gelingen könnte, eine große wissenschaftliche Leistung zu vollbringen. Ich muß aufpassen, daß mich sein Defätismus nicht ansteckt. Ich habe einen besseren Kompaß als er, und ich werde beweisen, daß ich damit umgehen kann.

Um auch etwas zu tun, knote ich die Schnüre meines Rucksacks auf. Noch immer tropft Wasser aus dem Segeltuch, soweit es nicht vom Schlafsack aufgenommen wurde, dessen gelbe Farbe inzwischen in ein schwärzliches Braun übergeht.

Mein Notizbuch ist durchweicht. In der Hoffnung, daß sie dann rascher trocknen, lasse ich die Blätter des aufgeschlagenen Buchs vorsichtig flattern und tippe mir dabei mit dem Bleistift, den ich in der rechten Hand halte, an die Zähne.

Schreiben ist unmöglich. Der Bleistift hinterläßt auf dem nassen Papier keine Spur. Wenn ich fester aufdrücke, würde ich nur das Papier zerreißen.

Diese Schlucht ist mit Abstand das Beeindruckendste, was ich bisher gesehen habe, nur kann ich meine Beobachtungen nicht schriftlich festhalten. Was tun? Ein paar Fotos zu machen ist das einzige, was mir übrigbleibt.

Ich öffne die Tasche meines Fotoapparats, halte die Kamera ans Auge, drücke ab. Eine Aufnahme genügt natürlich nicht. Ich drehe am Knopf für den Filmtransport. Er sitzt bombenfest! In den Apparat muß Wasser eingedrungen sein, die Gelatine des Films ist klebrig geworden und hängt fest. Nichts zu machen. Wenn ich die Kamera öffne, verderbe ich den ganzen Film. Ein dunkler Ort ist hier vierundzwanzig Stunden am Tag nirgendwo zu finden; öffne ich die Kamera nicht, wird sie nie wieder trocken.

Arne ist mit seiner Zeichnung fertig, klappt das Heft zu, macht ebenfalls ein Foto, schüttelt den Kopf.

– Perhaps …

Mit einem Gefühl, als müßte ich es so unauffällig wie möglich tun, packe ich den Fotoapparat wieder ein. Dann nehme ich meine Karten aus der Kartentasche, auch sie sind durchweicht. Ich breite sie auf dem warmen Boden aus und studiere die Route, der wir folgen müssen.

Das Gebiet, in dem wir uns nun befinden, ist auf seltsame Weise hügelig, bucklig wäre eigentlich das bessere Wort. Eine Dünenlandschaft, nachgeschaffen aus karg bewachsenen Haufen Sand, Lehm und Steinen. Zehn Kilometer südwestlich liegt der See, an dem wir unser Lager aufschlagen wollen. Auf der Karte sieht es so aus, als könne man, ohne auf nennenswerte Hindernisse zu stoßen, fast in gerader Linie darauf zugehen.

Ich nehme meinen Kompaß und bestimme schon mal die Richtung.

Arne schaut auf seine eigene Karte und steht auf.

– Dort entlang!

Er zeigt in eine Richtung, die im rechten Winkel von der abweicht, die ich soeben bestimmt habe.

– Ach was! Dort geht's lang!

Den Kompaß waagerecht in der linken Hand haltend, deute ich in die Richtung, die ich meine. Kein Zweifel, ich habe recht.

Arne macht ein Gesicht, als könnte er sich das Lachen nicht verbeißen, und zieht den Pfadfinderkompaß aus Plastik an der ausgefransten Schnur aus seiner Brusttasche. Er hält ihn mir hin, als würde er mir ein Stück Schokolade anbieten, aber ich schaue nicht darauf. Ich bücke mich, setze den Rucksack auf und gehe los, den Kompaß noch immer aufgeklappt in der linken Hand. Ein Irrtum ist ausgeschlossen! Arne wird mir schon folgen, wenn er merkt, daß er auf dem Holzweg ist.

Der Boden ist trocken, eben und fast ohne Vegetation.

Die Hänge sind nicht steil, ich kann große Schritte machen. In ein paar Stunden werden wenigstens die Sachen, die ich am Körper trage, getrocknet sein. Wenn die Sonne weiterhin scheint, wird es mir auch noch gelingen, die Karten wieder zu trocknen. Das Tagebuch werde ich bei der ersten Rast aufrecht hinstellen, aufgeschlagen, die einzelnen Blätter vorsichtig voneinander getrennt, damit Luft dazwischenkann. Dann wird es bestimmt wieder trocken.

Ohne auf die Umgebung zu achten, konzentriere ich meine aufs Praktische gerichteten Gedanken auf Möglichkeiten, auch den Fotoapparat wieder trockenzubekommen. Wenn es hier doch einmal Nacht würde! Dann könnte ich mit dem Kopf voran in den Schlafsack kriechen, dort die Kamera öffnen, ohne daß Licht hineinfiele, und sie von innen mit einem sauberen Taschentuch abtrocknen. Habe ich überhaupt noch eins?

Aber es wird hier nicht Nacht. Gezwungen, ohne Dunkelheit zu leben! Ich könnte vielleicht versuchen, ob es nicht doch dunkel genug im Schlafsack wird, wenn Arne *seinen* noch obendrüber legt. Wo bleibt Arne nur?

Ich schaue mich um, sehe ihn jedoch nirgends. Ob er immer noch nicht weiß, in welche Richtung er gehen muß?

Daß es ausgesprochen kindisch ist, weiß ich selbst, aber daß Arne diesmal auf dem Holzweg ist, gibt mir mehr Mut, als ich seit langem hatte.

– Arne! Hierher! rufe ich. *Auf niederländisch!*

Zum erstenmal seit Wochen ist mir ein niederländisches Wort über die Lippen gekommen.

Ich steige auf einen Hügel, kann Arne jedoch nirgends entdecken. An der anderen Seite gehe ich wieder hinab.

Wenn man über einen Hügel läuft, verliert man leicht die Orientierung. Da ich von Hügeln umgeben bin, ändern sich beim Weitergehen ständig die Konturen des Horizonts. Es gibt keine festen Punkte, nach denen ich mich richten könnte. Nur große Steine. Jedoch zu viele, um den

Überblick zu behalten. Ich bleibe stehen und schaue erneut auf den Kompaß.

Nun geschieht etwas Merkwürdiges. Der Winkel, den die Kompaßnadel mit der Richtung bildet, die ich auf der Karte ermittelt habe, weicht auf einmal um genau neunzig Grad von meiner Route ab. Mit anderen Worten: Wenn der Winkel, den ich jetzt auf dem Kompaß ablese, der richtige ist, hatte Arne doch recht, und ich bin derjenige, der die verkehrte Richtung eingeschlagen hat.

Das kann natürlich nicht sein. Wahrscheinlich ist Wasser in den Kompaß geraten, so daß sich die Nadel nicht mehr richtig drehen kann. Ich bewege den kleinen Hebel, mit dem man die Nadel am Auflagestift anheben kann, mehrmals rasch auf und ab. Ich halte den Kompaß in die Sonne, kann unter dem Glas jedoch keine Spur von Feuchtigkeit entdecken. Zur Sicherheit schüttle ich ihn, bevor ich ihn wieder auf die flache linke Hand lege und darauf warte, daß sich die Libelle einspielt. Die Kompaßnadel weigert sich, etwas anderes anzuzeigen als einen Winkel, der um neunzig Grad von meiner Richtung abweicht. Was bin ich doch für ein Trottel. Ich muß mich geirrt und den Kompaß falsch abgelesen haben, als ich so besserwisserisch zu Arne sagte, welche Richtung wir nehmen müßten! Jesus Christus! Ich starre auf das Glas, und vor Bestürzung gleiten meine Augen zu dem Spiegel. Mein Gesicht entspricht vollkommen dem, was ich empfinde: der Mund ist halb geöffnet, ein Spalt, der aufkommende Angst ausatmet. Eingefallene Wangen unter dem schütteren Bart des soeben angerufenen Gottessohnes, die Augen weit aufgerissen, das linke Lid von Mückenstichen angeschwollen, die Stirn an der rechten Seite mit einer bröckligen Blutkruste bedeckt.

Inmitten einer kreisförmigen Niederung stehe ich zwischen den Hügeln. Ich sollte wenigstens auf einen Hügel steigen. Welcher ist der höchste? Im Laufschritt eile ich hinauf.

Oben sehe ich weit und breit nichts als andere Hügel. Ich weiß nicht mal mehr, aus welcher Richtung ich gekommen bin.

– Arne! rufe ich.

Ich rufe »Arne« in alle Himmelsrichtungen, aber nicht einmal das Echo antwortet mir.

Von hier aus in die Gegend zu schreien führt zu nichts. Arne kann jeden Augenblick hinter einem der Hügel auftauchen und wird mich dann sehen. Zur Sicherheit werde ich mich noch einmal gründlich orientieren.

Ich hole die nasse Karte wieder hervor. Zum Glück liegen hier drei Steine, groß wie Klavier-Transportkisten. Kantige Brocken, weiß wie Zucker, stellenweise von schwarzen Flechten wie von Aussatz befallen. Offenbar waren die drei Steine einmal ein einziger Block, der irgendwann zersprungen ist. Sie sind so groß, daß sie mir bis zur Schulter reichen. Die Oberseite ist ziemlich flach.

Ich kann nicht sagen, daß ich die Karte drauflege, eher ist es so, als klebte ich sie darauf. Mal sehen, ob der Kompaß funktioniert. Ich nehme ihn wieder aus dem Etui, lege ihn neben die Karte, bücke mich, suche zwei kleine Steine, lege sie unter den Kompaß, bis sich die Libelle einspielt.

Der Stein ist so hoch, daß ich den Kompaß im aufgestellten Spiegel ablesen muß.

Derselbe Winkel wie soeben: neunzig Grad Abweichung von der Richtung, in die ich hätte gehen müssen. Mein Kompaß funktioniert einwandfrei, aber ich bin ein Vollidiot. Ich kann es noch nicht glauben. Ehe ich einen Entschluß fasse, werde ich die Karte exakt in Nord-Süd-Richtung legen. Vorsichtig ziehe ich das Papier an einer Ecke ab – durch den häufigen Gebrauch ist es ohnehin ziemlich abgegriffen, und weil es so naß ist, kann es jeden Augenblick einreißen. Die Karte löst sich problemlos. Ich lege sie wieder hin, doch eine Ecke knickt um. Ich schlage sie zurück, streife dabei aber mit dem Ärmel den Kompaß.

Der Kompaß ist weg.

Den linken Daumennagel zwischen den Zähnen, erwache ich aus einer Betäubung, als hätte man mir einen Schlag auf den Kopf versetzt. Ich umkreise die Steine und versuche herauszufinden, wo der Zwischenraum am größten ist. Bei jedem Spalt bücke ich mich, kann den Kompaß jedoch nirgends entdecken.

Verzweifelt versuche ich, auf die Steine zu klettern – mein Knie! mein Knie! Ich kann mich nirgendwo festhalten. Soll ich einen anderen, kleineren Stein heranschleppen, der mir als Tritt dienen könnte? Doch jeder Stein, der groß genug ist, ist zugleich zu groß, um ihn vom Fleck zu bekommen. Ich nehme Anlauf, werfe mich mit vorgestreckten Armen gegen den niedrigsten der drei Steine. Kann mit den Fingern die hintere Kante erreichen, versuche mich hochzuziehen. Meinetwegen kann der Stein auch umkippen, wenn ich mich daranhänge. Ach! Soll er mich doch zerschmettern! Natürlich eine lächerliche Hoffnung, er wiegt mindestens drei Tonnen. Immer wieder ziehe ich das linke Bein hoch, mit der Schuhspitze taste ich nach einem Halt, rutsche aber jedesmal ab. Schreiend und strampelnd halte ich mich fest, schwenke das Bein. Durch einen unbegreiflichen Zufall gerät es auf den Stein. Jetzt kann ich mich leicht hochziehen. Ich stelle mich hin und halte Ausschau nach Arne. Ich rufe ihn zwei-, dreimal. Dann setze ich mich und spähe in die Spalten zwischen den Gesteinsbrocken. Doch es ist dort zu dunkel. Dann eben ein Streichholz hineinwerfen. Meine Streichhölzer sind naß. Arne hat die Reservestreichhölzer in seinem Rucksack, ich habe nur diese eine Schachtel bei mir.

In der Hoffnung, den Kompaß vielleicht ertasten zu können, stecke ich den Arm zwischen die Steine. Die Spalten sind so eng, daß ich den Arm entblößen muß; zudem ist es sehr schmerzhaft. Jede der drei Spalten taste ich eingehend ab, ich hoffe, nein, ich *will* mit aller Macht, daß der Kompaß nicht zu Boden gefallen, sondern irgendwo steckengeblieben ist.

Ich finde ihn nicht.

Wenn ich einen langen Stock oder einen Ast hätte, könnte ich noch versuchen ... Ach, Mücken, laßt mich doch wenigstens einmal in Ruhe!

Meilenweit ist kein Ast zu finden, der länger als fünfzig Zentimeter ist. Blitzschnell überlege ich mir, daß ich eine kleine Expedition in ein geschützt liegendes Tal unternehmen könnte, wo richtige Birken oder Tannen wachsen, um dort einen Ast zu suchen. Doch erstens weiß ich nicht, wo ich das nächstgelegene Tal dieser Art finden kann, und zweitens kann ich meinen momentanen Standort auf der Karte nicht markieren, weil ich überhaupt nicht weiß, wo ich bin.

Den verlorenen Kompaß kann ich ohne Kompaß nicht wiederfinden.

Aber was soll ich dann tun?

Ich lasse mich von den Felsblöcken hinabgleiten, schaue in den Rucksack, obwohl ich weiß, daß er nichts enthält, was mir jetzt nützen könnte. Trotzdem nehme ich das Fischnetz heraus. An beiden Enden sind lange Schnüre. Ich binde einen faustgroßen Stein an eine der Schnüre und lasse ihn in die Spalten hinab.

So fische ich alle drei Spalten ab, befördere aber nur ein wenig schwarzen Humus ans Tageslicht.

Einen Ast müßte ich haben, aber ich habe keinen. Wie spät ist es? Zwanzig vor sieben. Wenn sich Arne so sicher war, in welche Richtung wir hätten gehen müssen, weiß er doch auch, daß ich auf dem falschen Weg bin. Ihm müßte klar sein, daß ich in gutem Glauben gehandelt habe. Warum sucht er mich nicht?

– Arne! rufe ich. Noch dreimal hintereinander rufe ich ihn.

Warum hat er mich nicht längst gefunden?

Ich versuche, mit der Lupe eine Zigarette anzuzünden, doch es ist inzwischen zu diesig, die Sonne hat nicht mehr genügend Kraft. Außerdem sind die Zigaretten feucht.

Als ich die Zigaretten in die linke Brusttasche stecke, fällt mir ein, daß in der anderen Brusttasche das Maßband sein muß.

Ich rolle es ab. Es ist zwei Meter lang. Ein schönes Metall-Maßband. Wenn man es losläßt, schnellt es von allein in sein Gehäuse zurück. Wie geölt. Ich versuche, damit in den Spalten herumzustochern. Immer wieder stößt es irgendwo an, und ich merke, daß es einknickt. Ich versuche es zu strecken, indem ich es wie eine Peitsche schwinge, es in eine wellenförmige Bewegung versetze, aber es ist so schlaff, daß es beim geringsten Widerstand erneut abknickt. Der Stein ist natürlich nicht in glatte Stücke gespalten. Ich kann noch so vorsichtig sein, ständig bleibt das Maßband irgendwo stecken und knickt ein. Zunehmend verspüre ich im Magen so ein flaues Gefühl, als ob ich mich übergeben müßte. Verdammter Mist! Mit der Faust schlage ich auf die Steine, die Nase dicht am Boden. Jede der drei Spalten suche ich auf diese Weise ab: aufstehen, zum nächsten Spalt gehen, auf dem linken Bein knien, das rechte gestreckt, autsch, auf den Bauch legen, die Nase dicht am Spalt, aus dem es nach faulenden Pilzen stinkt. Maßband reinstecken. Ich probiere sogar aus, ob es etwas nützt, wenn ich das Metallband über die ganze Länge von zwei Metern mit Gewalt hineinstoße, einerlei, wie es sich windet. Vielleicht stößt es zufällig an den Kompaß, der sich so verschiebt, daß ich ihn sehen kann …

Nichts hilft.

Ich setze mich, mit dem Rücken an einen der Steine gelehnt. Immer wieder ziehe ich das Maßband aus dem Gehäuse und lasse es mit einem pfeifenden Geräusch zurückschnellen. Wie spät ist es jetzt? Ich schaue auf die Uhr.

Zwanzig vor sieben. Wie beim letzten Mal, als ich auf die Uhr geschaut habe. Also stehengeblieben. Wasser eingedrungen. Warum nicht? Wäre sonst ja auch ein Wunder. Meine Mutter hat mir die Uhr vor sieben Jahren zum Studienanfang geschenkt. Für jemanden wie mich, habe ich damals gesagt, ist eine wasserdichte Uhr viel praktischer.

– Also, hör mal, Alfred! Wie kannst du so undankbar sein! Dabei habe ich mir solche Mühe gegeben! Mir gefällt sie jedenfalls gut. Wasserdichte Uhren sind so klobig. Findest du diese nicht viel eleganter? Es ist die flachste Herrenarmbanduhr, die auf der ganzen Welt hergestellt wird: zwei Millimeter. Ist es nicht ein Wunder?

Die Uhr ist ein Wunder, nur geht sie nicht mehr.

Ich öffne sie mit dem Taschenmesser. Nichts zu sehen, kein Wasser. Ich puste hinein, was vermutlich nicht gut ist, aber was soll ich sonst tun? Schließlich ziehe ich sie so weit wie möglich auf, schüttle sie und halte sie ans Ohr. Sie tickt. Aufs Geratewohl stelle ich sie auf sieben Uhr.

Als sie Viertel nach sieben anzeigt, tickt sie schon nicht mehr.

Viertel nach sieben. Falls es tatsächlich Viertel nach sieben ist. In Wirklichkeit kann es viel später sein. Jedenfalls bin ich hier seit mindestens eineinhalb Stunden, und Arne hat mich immer noch nicht gefunden.

Die Karte ist schon recht trocken, als ich mich schließlich entscheide, lieber doch nicht darauf zu warten, daß Arne mich hier findet. Ich falte die Karte zusammen und schiebe sie in die Kartentasche. Dann gehe ich um die Steine herum und prüfe sorgfältig, ob ich auch nichts vergessen oder übersehen habe, ob tatsächlich nirgends eine Spur des Kompasses zu sehen ist.

Nichts. Adieu. Das Lederetui an meinem Gürtel, das

Etui, das immer noch zu neu aussieht, steht offen. Meine linke Hand schließt und öffnet es pausenlos.

Recht besehen ist es am wahrscheinlichsten, daß Arne, als er mich nicht finden konnte, zur Schlucht zurückgegangen ist und dort auf mich wartet.

Aber wie komme ich wieder dorthin? Ich gehe noch einmal um die drei Steine herum und versuche, mich daran zu erinnern, aus welcher Richtung ich gekommen bin. Oder konzentriere ich mich vielmehr auf die Spalten, hoffe ich, plötzlich doch noch den Kompaß zu entdecken?

Abwechselnd schaue ich auf die Steine und zum Horizont. Ringsum Hügel, weder Baum noch Strauch, also auch kein Baum oder Strauch, den ich wiedererkennen könnte. Nur ganz in der Ferne überragt die Pyramide des Vuorje die Landschaft. Dort waren wir auf jeden Fall, auch wenn es lange her ist. Von dort sind wir gekommen. Wenn ich in die Richtung gehe, gelange ich vielleicht von selbst wieder zur Schlucht. Jedenfalls kann ich den Berg *sehen*, zu diesem Berg finde ich auch ohne Kompaß. Ich würde nicht mal eine Karte brauchen.

35

Die Armbanduhr zeigt halb neun und steht. Keine Ahnung, wieviel sie nachgeht. Eine Stunde? Stunden? Eigentlich brauche ich es nicht zu wissen. Wenn ich zu müde werde, lege ich mich einfach hin.

Von der Schlucht noch immer keine Spur. Wenn ich sie endlich finden würde, könnte ich wenigstens auf der Karte feststellen, wo ich ungefähr bin.

Die Sonne steht bereits sehr tief, und es ist kalt. Steht sie am tiefsten Punkt? Dann ist es die Mitternachtssonne. Dann ist es Mitternacht. Dann muß dort, wo die Sonne steht, Norden sein.

Ich setze mich, falte die Karte auseinander und lege sie so, daß der obere Rand in Richtung Sonne zeigt. Vielleicht Norden. Nach allen Seiten Ausschau haltend, versuche ich das Kartenbild in der Landschaft wiederzuerkennen. Auf die Karte schauend, versuche ich die Hügel wiederzufinden. Selbstverständlich gelingt es mir nicht. Wie sollte das auch bei einem Maßstab von 1:100 000 möglich sein. Überdies steht die Sonne vielleicht noch nicht genau im Norden. Wenn meine Uhr nicht stehengeblieben wäre, wenn sie richtig gehen würde, könnte ich auf den Kompaß verzichten, jedenfalls solange die Sonne scheint, jedenfalls, wenn ich wüßte, wieviel die Sommerzeit ... Wenn ...

Was soll's. Solange ich den Vuorje nicht aus den Augen verliere, habe ich mich noch nicht vollends verirrt. Lieber als den Vuorje würde ich die Schlucht wiederfinden, wo Arne auf mich wartet. Ich werde ihn tausendmal um Entschuldigung bitten, weil ich ihn durch meine Rechthaberei aufgehalten habe. Es tut mir wirklich leid, Arne. Da kannst du dir sicher sein.

Kann er das tatsächlich?

Um ehrlich zu sein, fühle ich mich jetzt, wo ich allein bin, viel unternehmungslustiger. Als hätte ich mich vorher ständig kontrolliert gefühlt. Als hätte ich die ganze Zeit mißbilligende Blicke gespürt, Blicke von Gehirnen, die meine ehrgeizigen Pläne erraten hatten und dagegen waren. Nicht daran glaubten. Als hätte ihre Anwesenheit mich daran gehindert, mich ganz auf mein Ziel zu konzentrieren: Meteoritenkrater zu finden, Meteoriten aufzusammeln.

Jetzt, wo ich allein bin, kann ich mir ohne Scham aufs neue einreden, daß eine verblüffende Entdeckung die ganze Schinderei rechtfertigen wird. Alle anderen Beobachtungen auf dieser Expedition sind nur Routinearbeit, die jeder x-beliebige auch hätte erledigen können. Alles, was auf der Welt existiert, wird irgendwann erforscht werden, es ist nur eine Frage der Zeit. Wenn *ich* mich darauf einlasse, dann nur, weil ich etwas Spektakuläres finden will.

Etwas Spektakuläres?

Mir geht ein Licht auf. Habe ich Mikkelsens Luftbilder auch gründlich genug studiert?

Vielleicht war etwas darauf zu sehen, das ihm aufgefallen ist, aber mir nicht. Das erklärt, warum sich die beiden plötzlich abgesondert haben! Deshalb sind sie, ohne sich von mir zu verabschieden, in eine andere Richtung gegangen als Arne und ich! Es wäre sogar denkbar, daß Mikkelsen mir nicht alle Bilder gezeigt und die wichtigsten unterschlagen hat.

Wohin sind sie gegangen? Zurück, in die Richtung des Vuorje!

Ist es nicht ein glücklicher Zufall, daß ich jetzt auch wieder in diese Richtung gehe?

Meine hellseherischen Fähigkeiten reichen noch weiter. Niemand wird behaupten können, ich hätte mich beim Ablesen des Kompasses absichtlich geirrt, um Arne abzuschütteln, doch inzwischen empfinde ich mein Malheur eigentlich als Glücksfall. Es kommt mir sehr gelegen! Ich will nämlich unbedingt zum Vuorje gehen. Ich will zum Vuorje und herausfinden, was Mikkelsen dort treibt. Ich wollte Mikkelsen schon die ganze Zeit folgen. Wäre es nicht das Schrecklichste, was mir passieren könnte, wenn Mikkelsen das findet, was ich suche?

Am Fuß des Hügels, den ich jetzt hinabgehe, erstreckt sich eine grüne, morastige Ebene; träge zieht sich ein in drei Arme geteilter Fluß hindurch. Ich bin mir sicher, daß ich hier noch nicht war. Es ist mir ein Rätsel, warum ich bisher nicht auf die Schlucht gestoßen bin. Trotzdem stimmt die Richtung: Der Vuorje liegt direkt vor mir.

Nummedals Arbeitszimmer. Anwesend: Nummedal und Student Mikkelsen.

Nummedal: Denk dran, du hast einen Topfgucker dabei. Hier sind die Luftaufnahmen. Er braucht gar nicht zu wissen, daß du sie hast. Falls er doch dahinterkommt, sorg dafür, daß du ihn abschüttelst. Führ ihn auf jeden Fall hinters Licht. Hier, beim Vuorje (Nummedal beugt sich mit seinem kolossalen Vergrößerungsglas tief über das Luftbild und deutet mit einem Bleistift auf etwas), hier ist ein eigenartiges Loch. An dieser Stelle könnte irgendwann etwas äußerst Ungewöhnliches geschehen sein. Eine wissenschaftliche Sensation, Mikkelsen! Hör auf meinen Rat, Mikkelsen!

– Natürlich, Herr Professor.

– Treib dich nicht zu lange in der Nähe des Vuorje herum, sonst schöpft er Verdacht. Bleib noch ein oder zwei Tage mit Arne und diesem Niederländer zusammen, dann setzt du dich ab und kehrst um.

Der gute Mikkelsen! Abgehauen, nachdem ich entdeckt habe, daß er die Luftaufnahmen besitzt, für die ich von Pontius zu Pilatus gelaufen bin.

Na, der wird sich noch wundern!

Ich setze mich ans Wasser und schaue auf die Karte. Auch wenn ich nicht genau weiß, wo ich bin, kann der Berg nicht mehr als vier Kilometer entfernt sein. Vier Kilometer Luftlinie. Das kann in diesem Gelände leicht auf fünf Stunden Fußmarsch, Ruhepausen eingerechnet, hinauslaufen.

Die Sonne scheint noch immer, wärmt aber so gut wie gar nicht mehr. Mir klappern die Zähne, und ich habe eine Gänsehaut, als würde sich mein Körper bis zum Äußersten anstrengen, mir die durchnäßten Kleider vom Leib zu halten.

An niedrigen Sträuchern wachsen dicke, weiche Früchte, die wie Himbeeren aussehen, jedoch etwas größer und dottergelb sind. Ich pflücke eine und stecke sie in den Mund. Lauter Kerne, fader Geschmack, säuerlich wie Buttermilch. Sind sie noch nicht reif, oder schmecken sie immer so?

Viel Eßbares ist hier jedenfalls nicht zu finden. War ich eigentlich jemals allein und ohne Proviant in einem niederländischen Wald? Nein. Wie sollte ich mich dort ernähren? Eicheln sind ungenießbar, Bucheckern wohl auch. Heidelbeeren, Brombeeren, Pilze, sonst wüßte ich nichts.

Ich nehme eines der beiden durchweichten Knäckebrotpäckchen aus dem Rucksack. Das Papier ist aufgeplatzt. Die gesundheitsfördernden Cracker, so duftend und knusprig, von den Herren Doktoren empfohlen, auch bei Blutarmut, haben sich in einen braunen Brei verwandelt, der aus dem Riß quillt.

Essen wird auf die Dauer zum größten Problem, denke ich, während ich mir den Knäckebrotbrei mit den Fingern in den Mund stopfe wie ein Koch, der einen Topf ausleckt. Die Hälfte des Matsches fülle ich in einen Plastikbeutel und packe das Zeug wieder ein. Hätte ich es nur früher in einen Plastikbeutel gesteckt! Ich hätte alles in Plastikbeutel packen sollen, um für jede Katastrophe gewappnet zu sein, aber ich habe es unterlassen, weil Arne, Qvigstad und Mikkelsen es auch nicht taten.

Ich nehme eine Tube Honig und drücke sie im Mund aus. So essen auch Raumfahrer: Sie müssen sich den Inhalt einer Tube in den Mund spritzen, weil er von allein nicht fallen will. Raumfahrer! Was für ein Beruf! Ich habe Raum! Ich! Nicht sie!

Ich kann tun und lassen, was ich will. Pinkeln, wo ich will. Kacken, wo ich will. Schreien, so laut ich will. Kein Mensch wird es jemals erfahren, wenn ich es niemandem erzähle.

Eine Pfuhlschnepfe läßt sich zwei Meter von mir entfernt nieder und stolziert durch das Wollgras; der lange, dünne Schnabel ist leicht nach oben gebogen.

Eine wogende rosa Wolldecke wird von unsichtbaren Händen über den Himmel gezogen. Mich deckt sie nicht zu, mir wird eher noch kälter, deshalb stehe ich wieder auf.

Mühelos durchquere ich die drei Wasserläufe, steige erneut auf einen Hügel, suche, als ich fast oben bin, eine einigermaßen ebene Stelle und setze mich hin.

Um mich herum breite ich meinen gesamten Besitz aus: den Schlafsack, aus dem ich das Wasser literweise wringen könnte, was ich jedoch aus Angst, daß die Daunen dann völlig verklumpen, unterlasse. Das durchweichte Knäckebrot; sechs Tuben Honig; Zigaretten, naß. Streichhölzer, auch naß. Notizbuch, naß. Päckchen Salz, naß; steinhart. Das Fischnetz.

Wie in einen Mülleimer stopfe ich alles wieder in den Rucksack. Dann wickle ich mich in meinen Plastikregenmantel und lege mich hin, den nassen Rucksack unterm Kopf, den Rücken zur Sonne. Jetzt bin ich wirklich sehr müde, und mir wird immer kälter. Woher soll mein Körper die Wärme nehmen, um all das Wasser verdunsten zu lassen? Aus der halben Packung Knäckebrot und der Tube Honig?

Ich muß versuchen, mit dem Netz einen Fisch zu fangen. Vielleicht auch zwei. Wie viele könnte ich, falls ich Glück habe, mit dem Netz auf einmal fangen? Hundert? Ich bin so müde, daß ich nun vielleicht tatsächlich einschlafe. Die Mücken haben von meinem Gesicht jedoch längst nicht genug. Jetzt, wo Arne nicht mehr da ist, der mich mit seinem Geschnarche um den Schlaf gebracht hat, kann ich trotzdem nicht schlafen? Ich richte mich noch einmal auf, reibe Gesicht und Hände mit Mückenöl ein, lege mich wieder hin. Falle.

War ich in Schlaf gefallen? Die Sonne steht jetzt ganz woanders, scheint mir schräg auf die Stirn. Meine Beine sind so steif, daß ich mich nur mit größter Mühe aus dem Regenmantel wickeln kann. Ich breite alles, was naß ist, in der Sonne aus. Lege die Streichhölzer ordentlich nebeneinander auf einen flachen Stein, der bereits warm ist. Auch die Schachtel, die auseinandergefallen ist, weil sich der Klebstoff gelöst hat, lege ich sorgfältig zum Trocknen hin, denn die Reibflächen sind unentbehrlich.

Jetzt warten. Am liebsten wieder schlafen. Doch ich bin so hungrig, daß ich nun auch die andere Hälfte des Knäckebrots esse. Nachdem ich den Brei mit Wasser hinuntergespült habe, lege ich mich wieder hin. Schließe die Augen. Schlendere in einem hellen Sommeranzug über eine schmale Seebrücke, zu beiden Seiten Wasser. Offenbar bin ich irgendwo, wo der Zutritt eigentlich verboten ist. Zu beiden Seiten der Seebrücke liegen große Schiffe, vollkommen verrostet, weil sie noch nie einen Anstrich erhalten haben. Eine Gasse mit Schiffen statt Häusern. Am Ende der Brücke führt eine Treppe nach unten. Ich gehe zwischen den verrosteten Schiffen hindurch und steige die Treppe hinab; dort unten ist sicherlich ein Pissoir. Ich drücke zwei Pendeltüren auf. Kein Pissoir. Ein Konzertsaal. Das Orchester schickt sich an, zu spielen. Der Saal ist bis zum Bersten mit applaudierenden Menschen gefüllt. Nirgends ist ein Platz frei. Doch, einer: meiner, mitten in der Reihe, mitten im Saal. Über Füße stolpernd und Entschuldigungen murmelnd, gehe ich durch die Stuhlreihen. Mir fällt auf, daß das Publikum nur aus älteren Leuten besteht, um die fünfzig, sechzig Jahre. Die Männer tragen Smoking, die Frauen Abendkleider, sind also praktisch nackt. Weißes Fleisch, füllige Arme mit blauen Adern. Alle Frauen tragen die gleichen Kleider, rückenfrei und vorn bis zum Nabel ausgeschnitten; auch seitlich befinden sich große, seltsam geformte Öffnungen, durch die man nichts sieht außer weißer Haut. Die gleichen Kleider? Nicht nur das. Die gleichen Frauen. Sie ähneln keiner, die ich kenne.

Ich setze mich, und das Licht im Saal erlischt. Der Dirigent hebt den Taktstock, und das Orchester, das nur aus Bläsern besteht, spielt mit ohrenbetäubender Lautstärke los. Zwischen all den Musikern sitzt eine junge Frau. Ich sehe sie so deutlich, als hätte ich ein Gruppenfoto des Orchesters vor mir und würde sie mit einer Lupe betrachten. Sie spielt die Becken, obwohl sie neben dem Flötisten sitzt. An jeder Hand ein kolossales kupfernes Becken, wartet sie auf ihren Einsatz. Lange, blonde Haare, in der Mitte gescheitelt, hängen an den Wangen herab. Jedesmal, wenn sie die Becken gegeneinanderschlägt, weht die Luft, die zwischen den Kupferscheiben weggepreßt wird, die Haare zu beiden Seiten des Kopfes hoch. Dann sieht es aus, als sei ihr Kopf geflügelt.

Ihr Blick ist starr auf mich gerichtet. Plötzlich halten die Bläser inne. Nur der Flötist spielt weiter. Ich weiß, daß die junge Frau Eigentum des Flötisten ist. Sie bekräftigt es mit einem ohrenbetäubenden Beckenschlag, der mich aufweckt.

Die Augen kann ich mühelos öffnen, doch sie sind das einzige an mir, das noch nicht steif ist. Nur mit größter Anstrengung kann ich mich setzen. Die Armbanduhr tickt nicht, auch nicht, wenn ich sie schüttle. Hinüber. Im Geiste sehe ich, wie Rost das Räderwerk zerfrißt und das Metall zu braunem Staub zerbröselt.

Ein Blitz erscheint wie ein Haarriß im steingrauen Himmel. Vier Sekunden später höre ich den Donner. In der Gegend des Vuorje muß es bereits regnen, über dem Berg wölbt sich ein Regenbogen, als ereigne sich auf dem Gipfel etwas sehr Heiliges. Noch nie habe ich einen Regenbogen in so grellen Farben gesehen. Als befände ich mich nicht mehr auf der Erde, sondern innerhalb einer Seifenblase. Mein Ziel ist von einem Strahlenkranz umgeben. Unter Aufbietung aller Kräfte stehe ich auf, öffne die Hose und richte meinen Urinstrahl genau auf die Mitte des Regenbogens. Ein neuer Donnerschlag erschallt.

Zu meinen Füßen liegen meine Besitztümer. Im Umkreis von Kilometern kein menschliches Auge, das sie erblicken könnte: Die siebzehn Streichhölzer, die ich auf den flachen Stein gelegt habe, sind inzwischen trocken. Die zerfallene Hülse der Streichholzschachtel, vier Rechtecke: blau, schwarz, gelb mit rot, schwarz. Trocken. Siebzehn Zigaretten. Braune Brühe ist in ihre weißen Ärztekittel gezogen, aber sie sind trocken. Karten (trocken). Notizbuch, trocken. Schlafsack? ...

Ich schüttle ihn aus, ich schüttle ihn auf, ich versuche die verklumpten Daunen auseinanderzuzupfen. Noch zu naß. Dann prüfe ich, ob der Film vielleicht durch ein Wunder nicht mehr im Fotoapparat festklebt: Nein.

Ich drücke eine halbe Tube Honig im Mund aus, trinke Wasser und rauche eine Zigarette. Ein böiger Wind kommt auf, und die Mücken summen lauter, aber es regnet noch nicht, auch wenn sich der Himmel mit schwarzen Wolken bezieht und nur über meinem Kopf ein Fleck Blau übrigbleibt. Könnte ich nur auf der Karte bestimmen, wo ich jetzt bin, dann könnte ich mit Hilfe dieses Ortes und des Berges die Karte ausrichten, und dann könnte ich anhand des Sonnenstandes feststellen, wie spät es ist. Was nützt mir letztlich meine ganze Intelligenz? Aber warum will ich auch wissen, wie spät es ist?

Konzentriert und mit Sorgfalt suche ich meine Habseligkeiten zusammen und bringe sie an möglichst sicheren Plätzen unter (die in ein Stückchen Plastik eingewickelten Streichhölzer in der Brusttasche; so werden sie erst zuletzt naß, falls ich mal wieder im Morast einsinken sollte).

Nachdem ich den Rucksack gepackt und geschultert habe, sehe ich mich noch einmal gewissenhaft um. Nein, ich habe keine Spuren hinterlassen. Niemand wird sehen können, daß ich jemals hiergewesen bin. Aber ist das wirklich klug? Ich reiße ein Blatt aus dem Notizbuch und schreibe darauf:

I am on my way to Vuorje. Alfred.

Das Blatt falte ich zweimal und lege es auf einen großen Stein. Und auf das Papier lege ich einen kleineren Stein.

36

Der Vuorje hat drei Hänge: einen in Richtung Süden, einen in Richtung Nordwest und einen in Richtung Nordost.

Ich nähere mich dem Berg aus südlicher Richtung, werde ihn aber nicht über den Südhang besteigen können, denn der ist am steilsten.

Aus der Karte schließe ich, daß ich die wenigsten Schwierigkeiten bekomme, wenn ich den Berg von Nordwesten aus angehe.

Das Gelände steigt bereits kontinuierlich an. Der Regen hat mich erreicht, oder ich bin dem Regen entgegengegangen. Große Tropfen, eigentlich Hagelkörner, die im letzten Augenblick noch geschmolzen sind, vereinen sich auf dem glatten Plastik des Regenmantels zu Bächen, die mir an den Hosenbeinen entlang in die Schuhe rinnen. Nun wird sich der Zettel, den ich auf dem großen Stein zurückgelassen habe, im Regen auflösen, er wird im Nichts verschwinden.

Meine Gedanken werden so eintönig wie der Regen und der Schmerz, den ich am ganzen Körper verspüre. Die Angst, daß Mikkelsen auf der richtigen Spur sein und kurz vor einer bedeutenden Entdeckung stehen könnte, quält mich pausenlos wie ein Geschwür.

Und doch gibt es trotz dieser Angst Momente, in denen ich erschrocken feststelle: Du Esel! Jetzt hast du, wer weiß für wie viele Minuten, nicht daran gedacht, dir die Steinchen vor deinen Füßen genau anzuschauen. Vielleicht war darunter ja ein Meteorit!

Runde Löcher, in denen nur Wasser steht, gibt es in dieser Höhe nicht mehr, auch keine Seen.

Ich kann nun den ganzen Südhang überblicken. Er ist senkrecht, blauschwarz und hier und da von langgestreckten Streifen ewigen Schnees angefressen. Ströme aus hellem Grus langen vom Steilhang hinab wie Tentakel, die sich zu riesigen Saugnäpfen verbreitern. Ich bleibe außerhalb ihrer Reichweite. Langsam, aber stetig komme ich voran. Sogar die Wolken lassen sich von meinem Eifer beeindrucken und verziehen sich. Die Sonne färbt die Landschaft rostrot.

Ich folge, rede ich mir ein, der 720-m-Höhenlinie. Auf jeden Fall gehe ich links um den Berg herum. Der Horizont ändert sich ständig und rasch. Endlich sehe ich den Lævnasjavrre-See! Und die Windungen des Åbbardasjokka, der in den See mündet! Noch zwei Kilometer, dann werde ich den gesamten See überblicken können. Hier irgendwo müssen Qvigstad und Mikkelsen sein. Wo steht ihr grünes Zelt? Bei jedem Schritt – und wie klein sind meine Schritte – wird das Stück, das ich vom See erblicke, größer. Er liegt dreihundert Meter unter mir.

Endlich muß ich mein müdes Haupt nicht mehr extra erheben, um mich umzuschauen.

Das grüne Doppeldachzelt kann ich jedoch nirgendwo entdecken.

Ich setze mich auf den Boden, blicke auf den Berg, blicke auf die Karte. Vielleicht kann ich Zeit sparen, wenn ich nicht ganz bis zum Fuß des Nordwesthanges gehe. Ich muß ja so schnell wie möglich zum Gipfel gelangen. Von dort aus habe ich Ausblick in alle Richtungen, von dort aus werde ich Qvigstad und Mikkelsen sehen, falls sie sich noch in der Nähe aufhalten.

Ich gehe nun in schräger Linie in Richtung Gipfel und gelange so bereits in einen höheren Bereich.

Es ist tatsächlich nicht schwer, den Nordwesthang zu bewältigen. Kein nackter Fels. Eine mäßig ansteigende Decke aus Steinen und Sand, die einst als Schlamm hinabgeströmt sein muß, doch durch Bewuchs verdichtet wurde und gerunzelt ist wie die Haut auf abgekochter Milch.

Rätselhafte Einschnitte gliedern den Hang in Terrassen. Einst hat das Eis bis in diese Höhe gereicht und sie in den Berg gekerbt. So ist ein Amphitheater für Riesen mit fünfzig Meter langen Unterschenkeln entstanden. Doch als ich die höchste Galerie erreiche, bin ich noch ein ganzes Ende vom Gipfel entfernt. Berge werden immer höher, sobald man sie besteigt.

Die Vegetation wird spärlich, verschwindet ganz. Ich befinde mich jetzt auf einem endlosen Feld aus abgerundeten Steinen, die so groß wie Kanonenkugeln sind. Damit ich nicht abrutsche, muß ich immer mitten auf so einen Stein treten. Jeder Schritt erfordert Berechnung, bei jeder Bewegung denke ich: Gleich gerät dein Fuß zwischen zwei, drei Steine, wird eingeklemmt, du stürzt. Der Knochen bricht durch wie ein Besenstiel.

Alle zwanzig Schritte bleibe ich stehen und schaue mich, mühsam das Gleichgewicht haltend, nach allen Seiten um. Hinsetzen ist unmöglich, ich habe Angst, beim Aufstehen auszurutschen und dann, als würde mich der Berg ausspeien, in schwindelerregendem Tempo hinabzustürzen, zu einem formlosen Klumpen aus Fleisch und Knochensplittern zerschmettert zu werden.

Hin und wieder rollt doch ein Stein weg, den ich unabsichtlich angestoßen habe, prallt ab, schlägt polternd auf, prallt wieder ab, springt immer höher, gelangt immer weiter nach unten, stößt wieder andere Steine an. Atmen kann ich nur noch durch den Mund. Mein Körper ist von Nebel umhüllt, trieft vor Schweiß. Noch nie habe ich eine genaue Schilderung gelesen, wie ein solcher Berg bestiegen wird. Wie es ist, wenn man nur zehn oder zwanzig Meter des Geländes vor sich sieht, das schräg ansteigt und in einer scharfen Kante endet, hinter der der Himmel anfängt. Wie bei jedem Schritt das Stück, das man noch erklimmen muß, wieder einen Schritt länger wird. Als liefe man in einer Tretmühle, einem gigantischen Zylinder, der sich unter den Füßen in die andere Richtung dreht. Nimmt das denn gar kein Ende? Glaube ich immer wieder zu früh, daß ich schon oben bin? Vielleicht hatten diejenigen, die vor mir einen Berg wie diesen erklommen haben, dabei solche Angst, daß sie hinterher den Eindruck erwecken wollten, es sei gar nicht so schwierig gewesen. Möglicherweise haben sie die Strapazen sogar vergessen. Keiner merkt sich genau, was er empfindet, wenn der Zahnarzt bohrt. Der Schmerz ist so grauenhaft, das Gefühl der Hilflosigkeit so groß, daß man, sobald es vorbei ist, alles vergißt. Und beschreiben kann man diese Schmerzen schon gar nicht!

Wieder stehenbleiben. Keuchen. Eine Wolke steuert auf mich zu. Das ist ihr gutes Recht. Ich bin ins Reich der Wolken aufgestiegen, ich bin ein Eindringling in ihrem Gebiet. Die Wolke schiebt sich auf den Berg zu, wie vor langer Zeit, als es noch Luftschiffe gab, Zeppeline an hohen Türmen anlegten. Die Wolke hüllt mich ein. Sie ist viel weniger kompakt, als es den Anschein hatte. Keine Wolke, eher eine Ansammlung loser weißer Fetzen. Ich hole tief Luft und bewege mich weiter. Die Steine sind jetzt mit einem dünnen, weißen Belag überzogen. Rauhreif. Doch der Hang ist endlich weniger steil, ist auf einmal gar kein Hang mehr. Ich bin oben.

Auf dem Boden vor mir bewegt sich etwas. Bewegt sich, bewegt sich dann nicht mehr. Ein Tier. Es ist ein Polarfuchs. Sein Fell ist weiß, auf dem Rücken hat er einen braunen Fleck. Breitbeinig steht er vor mir, den Kopf wie ein Boxer zwischen die Schultern gezogen, die flauschigen, spitzen Ohren aufgestellt. Was will er? Hat er noch nie einen Menschen gesehen? Könnte ich ihn nur wie einen Hund locken! Plötzlich dreht er sich um und läuft weg. Sein Trab ist nicht besonders schnell, als ob er keine Lust hätte, zu zeigen, daß er Angst hat. Der Schwanz hängt ziemlich tief. Der Fuchs verschwindet im Nebel.

Ich bin oben.

Was sehe ich? Nichts. Ringsum weiße Schwaden. Ich kann nur das flache Stück Boden sehen, auf dem ich stehe.

Verzweifelt gehe ich hin und her: Um mich herum Abgründe, die im Dunst enden. Wo sind Mikkelsen und Qvigstad? Vielleicht ganz in der Nähe, aber sehen kann ich sie nicht. Die Wolke zieht dahin, als säße ich in einem Flugzeug, ist mal dichter, mal weniger dicht, muß jedoch von unendlichem Umfang sein; die Behinderung meiner Aussicht will kein Ende nehmen.

Vor Enttäuschung kneife ich die Augen zu, und es ist, als wäre mein Geist schon nicht mehr auf dem Berg. Wo denn sonst? Irgendwo in jenem großen Raum, wo die Sterne sind – hier und dort. Größtenteils gibt es im Weltraum nicht einmal Sterne, größtenteils ist dort überhaupt nichts. Irgendwo in diesem Nichts bin ich und schaue auf die Erde, die nicht größer als ein Fußball erscheint. Ich sehe den weißen Schimmel des Eises an den Polen und auf den Berggipfeln.

Wie verschwindend dünn die Schicht der Erdatmosphäre ist, in der menschliches Leben existieren kann, war mir noch nie so stark bewußt wie jetzt. Überall, wohin der Erdbewohner kommt, hat er es schon schwer, und er braucht nur zum äußersten Norden, zum äußersten Süden zu gehen, er braucht nur auf einen Berg zu steigen, um an die Grenze seiner Möglichkeiten zu gelangen. Durch List, Gewalt, Verschwörung, Teamarbeit, jahrhundertelange Forschung und gigantischen Einsatz von Millionen Arbeitskräften kann der Astronaut noch ein kleines bißchen weiter kommen. Ich weiß, daß ich nichts anderes bin als ein bestimmter chemischer Gleichgewichtszustand, strikt begrenzt auf genau definierte, unumstößliche Limits. Im Geiste sehe ich die Welt als Globus vor mir. Die Kugel ist von einer dünnen Hülle umgeben, innerhalb derer ich existieren kann, sonst nirgends. Diese Hülle wird zu den Polen hin immer dünner …

Jesus hatte leicht reden. Er glaubte, die ganze Welt sei mit Feigenbäumen bewachsen.

Auf anderen Planeten, etwas weiter von der Sonne entfernt, oder etwas näher ... was bleibt übrig? Höchstens ein Staubsturm auf der Venus. Oder eine Kruste aus gefrorenem Ammoniak auf dem Jupiter. Was sollte sich schon ändern, wenn auf den anderen Planeten auch Menschen leben würden? Ich habe nie gehört, daß sich die Europäer weniger einsam gefühlt hätten, als Kolumbus Amerika entdeckt und festgestellt hatte, daß es dort auch Menschen gab.

Eine Kugel, die aus der Entfernung so aussieht, als müßte sie eigentlich ganz mit Eis bedeckt sein. Warme Winde haben das Eis hier und da weggeblasen, doch an den Polen und auf hohen Erhebungen hält es stand. Es ist nicht für immer besiegt. Es setzt sich unterirdisch fort. Und vielleicht wird es in einer nächsten Eiszeit bis in die Tropen vordringen. Weltende. Ragnarök. Es braucht nur irgend etwas zwischen die Sonne und uns zu kommen, das die Wärme nicht durchläßt. Eine Wolke kosmischen Staubs, ein dichter Meteoritenschwarm.

Den linken Fuß nach vorn gestellt, stehe ich auf zwei Steinen, meine linke Hand umfaßt das linke Knie, der linke Arm ist gestreckt und stützt den nach vorn gebeugten Oberkörper, den Kopf halte ich gesenkt. Nur mit größter Mühe gleitet mein Blick noch einmal über alles, das nicht viel ist: Steine, Nebel. Ich bin nicht traurig. Ich empfinde nur großes Mitleid mit den anderen Menschen, die so weit von mir entfernt sind, und selbst wenn ich über einen Radiosender verfügen würde, hätte es keinen Sinn, ihnen zu sagen, was ich denke. Ich kann sie nicht verstehen, ebensowenig wie sie mich verstehen können. Die unsinnigsten Märchen lassen sich in ihren Gehirnen nicht auslöschen, törichter Größenwahn in allen Varianten, ausgebrütet, als ihre Vorfahren noch in Höhlen wohnten und die Höhle deren ganzer Kosmos war. Und wenn sie nicht daran glauben, hoffen sie dennoch, spirituelle Offenbarungen aus materiellem Nonsens schöpfen zu können. Denn, so sagen sie, wir können so allein gelassen nicht weiterleben, wir haben das Bedürfnis nach Trost. (Lebe ich etwa nicht weiter? Wer tröstet *mich*?)

Dafür lassen sie die Päpste in Palästen wohnen und den Aga Khan Diamanten essen. An die Millionen Menschen, die im Namen ihrer trostspendenden Lügen mißhandelt werden, an die absurden Gesetze, die selbst in den zivilisiertesten Ländern auf diesen Lügen basieren, denken sie nie, denn sie wollen mit Märchen eingelullt werden, und je mehr Blut dafür vergossen wird, desto besser können sie daran glauben. Blut ist nämlich das einzige, über das sie verfügen, und die einzige unumstößliche existentielle Tatsache ist ihre unersättliche Blutgier.

Ich sterbe lieber als Opfer der Elemente und nicht der Menschen. Sollte mich hier der Blitz erschlagen oder mir ein Meteorit auf den Kopf fallen, oder sollte ich vor Übermüdung abstürzen, wäre es eigentlich ein Glück, daß es Wochen dauern würde, bis es jemand merkt, und vielleicht würde man mich auch nie finden. Das wäre eine große Genugtuung für mich, nur müßte ich noch eine Weile als Geist existieren, um mitzubekommen, daß man mich nicht finden kann. Als wäre mein Verschwinden so noch vollkommener, als wäre dann wenigstens *mein Tod* im Einklang mit dem, was ich weiß. *Weil mein Leben es nie sein kann.*

Nie ... Ich kann hier nicht bleiben. Ich setze mich in Bewegung, ich steige im Nebel hinab.

Eva würde erzählen, ich sei gen Himmel gefahren.

Doch ich stürze nicht. Bald bin ich unterhalb der Wolke und kurz darauf auch unterhalb des steinbedeckten Gipfels. Ich laufe über Moos, über niedriges Heidekraut. Der üppig bewachsene Hang prangt in vielen Farben: schwarze, blaue, hellgrüne Moose, sogar orangerote. Ein Schwarm Wildgänse zieht in geringer Höhe über mich hinweg.

Ich schaue zur anderen Seite des Sees und erkenne die Stelle wieder, an der wir gezeltet haben. Doch von Mikkelsen und Qvigstad keine Spur.

Wo ich jetzt bin, hat brummend die Rentierherde gegrast. Hier in der Gegend muß auch der Hirte gewesen sein. Jetzt sind weder Tiere noch Hirte zu sehen.

Es gibt nur eine Möglichkeit: In meinem Zustand ist es am vernünftigsten, in bewohntes Gebiet zurückzugehen. Was kann ich von meiner Expedition noch erwarten? Auf Luftbilder konnte ich mich nie stützen. Die hatte Mikkelsen. Er sieht, was ich nicht sehe. Würde ich ihm begegnen, ich schlüge ihn tot. Aber ich sehe ihn nirgends.

Kompaß verloren, Kamera unbrauchbar, überall Blut und Prellungen, fiebrig wegen des Schlafmangels, nichts zu essen. Ich weiß nichts mehr, nicht mal, wie spät es ist.

Am besten wäre es, ich würde nach Skoganvarre zurückkehren, ein Fußmarsch von fünfundzwanzig Kilometern. Aber das geht wegen Arne nicht. Vermutlich würde er noch wochenlang nach mir suchen. Ich bin mir fast sicher, daß er an der Schlucht auf mich wartet.

Während ich Möglichkeiten durchspiele, wie ich Arne benachrichtigen könnte, daß ich nach Skoganvarre zurückgehe (Walkie-talkie, eine Brieftaube, ein Lappe, dem ich vielleicht begegnen und den ich bitten könnte, Arne die Nachricht zu überbringen, ein Wasserflugzeug oder ein Hubschrauber, die ich zum Landen bewegen könnte, allerdings ist bisher keins von beiden vorbeigeflogen), gehe ich zum Ufer des Lævnasjavrre-Sees. Ich setze mich und studiere die Karte mit dem Vergrößerungsglas. Jetzt weiß ich wenigstens genau, wo ich bin. Ganz in der Nähe geht aus dem See der Lævnasjokka hervor, der Fluß, den wir auf Socken überquert haben. Wenn ich seinem Lauf am rechten Ufer entlang folge, ist der vierte Nebenfluß der Ravujokka. Wenn ich dann dem Lauf des Ravujokka folge, muß ich irgendwann in der Schlucht ankommen. Das bedeutet zwar einen großen Umweg, ist aber die beste Lösung, wenn ich nicht riskieren will, mich noch einmal zu verlaufen. Wie weit? Schätzungsweise zwölf Kilometer. Bis morgen abend kann ich es gut schaffen.

Inzwischen habe ich auch das letzte Päckchen Knäckebrot gegessen. Ich rauche eine Zigarette und mache eine Weile nichts anderes, als auf die leise plätschernden Wellen zu schauen. Dann packe ich das Fischnetz aus, entwirre es und gehe damit zum Ufer. Vielleicht habe ich Glück. Ich muß das Netz entrollen und damit am Ufer entlanggehen, so weit, daß ich eine Bucht absperren kann. Das Netz bleibt in den Sträuchern hängen, immer wieder muß ich zurück und Blätter und Zweige aus den Maschen zupfen. So wird es nie gelingen. Dann eben ins Wasser. Ich ziehe Schuhe und Hose aus. Doch nun kann ich der Versuchung nicht widerstehen, mich ganz auszuziehen, obwohl sich die Mücken sofort auf jeder entblößten Hautstelle niederlassen. Meine Sachen stinken fürchterlich, als ich sie über den Kopf ziehe. Schwarze Streifen von getrocknetem Schweiß ziehen sich über den Oberkörper, und die Stellen, an denen mich die Fliegen gebissen haben, sind von verkrustetem Blut bedeckt. Das rechte Bein ist geschwollen und bis übers Knie blauviolett angelaufen. Es ist mir unerträglich, daß ich so heruntergekommen bin, und aus den Tiefen meines Rucksacks befördere ich einen völlig unerwarteten Gegenstand ans mitternächtliche Sonnenlicht. Ach, ich weiß, daß alles, was ich bin und habe, in dieser Landschaft scheinbar fehl am Platz ist. Und doch verdankt das Stück Seife in meiner Hand seine Einzigartigkeit gerade der Tatsache, daß es den Steinen hier so ähnlich sieht. Ein runder grüner Stein, ein Bezoarstein, ein Amulett. Als wollte ich das Wasser damit verzaubern, stolpere ich unter tausend Qualen, die meine geschundenen Fußsohlen erleiden müssen, zum Ufer. Ich bücke mich, seife mich gründlich ein, gehe bis zu den Knien ins Wasser, lasse mich nach vorn fallen und schwimme. Schmutz und Schaum verschwinden, ohne eine Spur zu hinterlassen. Millionenfach verdünnt in Wasser, das noch nie zuvor verunreinigt wurde.

Von schmeichelndem Wasser umhüllt zu sein, nirgendwo mehr Schmerz zu spüren oder auf Widerstand zu stoßen, ist noch herrlicher als schlafen. Ich fühle mich so, als würde ich das zum erstenmal erleben, nachdem ich wochenlang von der Erdoberfläche nur abwechselnd auf rohe Art angezogen und mit steinernen Fäusten zurückgestoßen wurde: von den Felsen, auf denen ich gelegen, von den Abgründen, an deren Rand ich schwankend gestanden habe, und von den Steinen, über die ich gestolpert bin. Im sanft gekräuselten Kupfer schwimme ich der Sonne entgegen unter einem Himmel, in dem Vögel umherflattern, als wären sie meine Verwandten. Ich höre kein Geräusch außer dem der Luft, die sie mit ihren Schwingen wegpeitschen, und dem des Wassers, das um meine Arme strudelt.

37

Die Mücken haben interessiert zur Kenntnis genommen, daß ich mich gewaschen habe, und finden mich nun noch appetitlicher. In dichten Schwärmen hängen sie vor dem bis unters Kinn zugeknöpften Netz. Ich habe mich hingelegt.

Inzwischen sind mehrere Stunden vergangen, denn die Sonne steht im Süden. Ich muß tatsächlich geschlafen haben. Ich würde auch weiterschlafen, wenn ich nicht hungrig wäre. Meine Hand kriecht unters Hemd und zerreibt Fliegen auf der bloßen Haut. Danach klebt frisches Blut an den Fingerspitzen.

Ich stehe auf, nehme die Lupe und versuche, damit eine Zigarette anzuzünden. Grauer Rauch erblüht aus dem Tabak, dann sehe ich auch Feuer. Die Sonne scheint heller als je zuvor, und ich habe das Gefühl, daß mir heute alles gelingen wird. Ich werde Arne an der Schlucht finden, und vielleicht finde ich vorher auch noch einen Meteoritenkrater. Zurückgehen? Was sollte ich in Skoganvarre anfangen? In Amsterdam? Was sollte ich Sibbelee sagen? Und was mir selbst, wenn ich mich fragen würde: Was nun? Wenn ich zurückkehre, wäre alles, was ich bisher durchgemacht habe, vergeblich gewesen.

Ich binde mir die Schnürsenkel und gehe zum See. Eine Ente mit fünf braunen Jungen schwimmt nun auf dem Wasser. Ob ein Fisch im Netz ist? Ich gehe zu dem Strauch, an dem ich eine der Schnüre festgebunden habe, und folge mit meinem Blick der auf dem Wasser treibenden Korkreihe. Es scheint so, als wäre ein neuer Korken hinzugekommen, doch als ich an der Schnur ziehe, höre ich ein

Flattern. Eine junge Ente hat sich mit den Füßen im Netz verfangen. Ich mache die Schnur los und gehe am Ufer entlang zu der Stelle, wo ich die andere Schnur befestigt habe. Vorsichtig hole ich das Netz ein. Eine Ente gefangen! Ganz langsam ziehe ich das Netz zu mir heran, lege die Teile, die aus dem Wasser kommen, in Ziehharmonikaform zusammen. Das Tier bricht sich noch die Füße mit seinem irrsinnigen Geflatter. Und der ausgehungerte Alfred, Amateur-Schlächter, wird ihm den Hals umdrehen. Zum erstenmal im Leben tötet er ein so hochstehendes Tier wie eine Ente. Zwei-, dreimal dreht er den Kopf wie den Schlüssel eines Uhrwerks. Rupft die Federn von dem kleinen Körper, schneidet ihn auf. Schmutziggelbe, leberbraune und rote Eingeweide quellen heraus. Fast nichts in der Natur ist rot, außer Blut und Eingeweiden.

Doch ehe die Ente in Reichweite ist, ziehe ich etwas heftig Zappelndes aus dem Wasser. Eine Forelle! Ich löse ihre Kiemen von der Nylonschnur, zertrete mit dem Absatz ihren Kopf und hole das Netz weiter ein, bis ich die Ente greifen kann. So, kleiner Kerl, geschafft! Ich hocke mich hin, um die Füße aus den Maschen zu lösen. Etwa einen Meter vom Wasser entfernt setze ich das Tier auf ein Moospolster, wo es reglos hocken bleibt.

Als ich das Netz fast ganz aufs Trockene gezogen habe, entsteht im Wasser erneut ein wilder Aufruhr: noch eine Forelle.

Die Ente bleibt ruhig auf ihrem Moospolster sitzen, die Flügel nicht ganz an den Körper gedrückt, nach Luft schnappend. Doch soweit ich sehen kann, fehlt ihr nichts.

Nicht weit von ihr entfernt schichte ich Zweige auf.

Ich säubere die Forellen, schneide sie in Stücke, zwänge die Stücke durch die Öffnung des Wasserkessels, fülle ihn mit Wasser, kratze von dem inzwischen zu einem Klumpen verhärteten Salz mit dem Taschenmesser etwas ab, zünde die Zweige an.

Die Ente sieht alles, was ich mache, nur weil sie zufällig

mit einem Auge zu mir sitzt. Nein, ich kann nicht behaupten, daß sie mir Gesellschaft leistet, auch wenn ich hin und wieder ein paar freundliche Worte zu ihr sage. Schade, daß ich kein Stück Brot für dich habe, aber ich muß schon froh sein, daß ich Fische gefangen habe. Ihr Schnabel ist an den Seiten noch lächerlicher nach außen gebogen als der Schnabel erwachsener Enten. Sie hat Augen, mit denen sie nur schauen, nicht beobachten kann. Ihre Gesellschaft muntert mich auf, aber dafür kann sie überhaupt nichts.

Ach! Ein hervorragendes Essen! Ständig Gräten von den Lippen zupfend, fülle ich mir den Magen mit den zartesten, edelsten Fischen, die je gefangen wurden! Sogar das Kochwasser, auf dem nahrhafte, aromatische Fettaugen schwimmen, trinke ich aus.

Die kleine Ente hat nun den Schnabel geschlossen. Sie schüttelt den Kopf, pickt sich in den Rücken, glättet ihr Gefieder und watschelt zum Wasser. Ohne sichtbare Bewegung, als würde sie vorangepustet wie ein Papierschiffchen, schwimmt sie schnurstracks zur Mutter und den Geschwistern zurück.

38

Wenn sich der Untergrund wie hier ständig ändert, ist es gar nicht so einfach, eine Schrittlänge in Zentimetern zu bestimmen. Mulden, Buckel, einigermaßen ebene Abschnitte, bergan, bergab. Wahrscheinlich sind keine zwei Schritte gleich lang.

Ich habe das Maßband abgerollt und die Enden mit Steinen beschwert. Ohne bemüht große Schritte zu machen, prüfe ich, wie viele Schritte zwei Metern entsprechen. Dreieinhalb. Ich hebe das Maßband auf, lasse es in sein Gehäuse schnellen und stecke es in die Hosentasche. Mit der Karte in den Händen stehe ich dort, wo das Wasser des Sees in den Lævnasjokka strömt. Von hier aus sind es ungefähr fünf Kilometer bis zum Ravujokka, nach der Karte der vierte Nebenfluß auf der rechten Seite. Fünf Kilometer, das sind zweitausendfünfhundertmal zwei Meter, das sind … das sind achttausendsiebenhundertfünfzig Schritte. So ungefähr. Es können auch bis zu tausend mehr oder weniger sein.

Die Schätzung mag ungenau sein, aber wenn ich meine Schritte zähle, kann ich doch eher feststellen, ob ich beim Ravujokka bin oder nicht. Mir ist nicht bekannt, nach welchen Kriterien die Karte erstellt wurde; mit großer Wahrscheinlichkeit ist der eine oder andere kleine Nebenfluß gar nicht eingezeichnet. Es könnte durchaus sein, daß der vierte Nebenfluß, auf den ich stoßen werde, nicht der Ravujokka ist. Und ich würde dann dem falschen Flußtal folgen! Allein bei dem Gedanken könnte ich schreien vor Angst. Wie sollte ich Arne dann jemals wiederfinden? Buchstäblich jede Sekunde meiner Zeit würde ich, statt zu forschen, mit der verzweifelten Suche verbringen, bis ich schließlich, vom Hunger genötigt, froh sein müßte, wieder von Menschen besiedeltes Gebiet zu erreichen. Und ich hätte nur das nackte Leben gerettet, aber nichts Bedeutsames geleistet.

Ich reiße eine Seite aus dem Notizbuch, falte sie zweimal, halte sie in der linken Hand, nehme einen Bleistift in die andere und marschiere los.

Laut zählend gehe ich durch das Tal des Lævnasjokka. Es ist dieses Ufer, über das die Rentierherde langsam hinab zum Wasser zog. Hier und da finde ich noch ihre Kötel. Sie sehen fast wie manche Meteoriten aus.

Meteoriten! So nah am Wasser, wo der Boden morastig und dicht bewachsen ist, werde ich nie einen finden.

Um bloß ja keine Gelegenheit auszulassen, bleibe ich nicht unten im Flußtal, sondern gehe in schräger Linie ein Stück bergauf. Hier oben ist der Boden trockener und kahler. Hier liegen Steine, allerdings nur Geröll, das von weiter oben abgerutscht ist.

Siebzig. Siebenundachtzig, achtundachtzig. Wenn ich über einen Thufa stolpere, wenn ich zwei oder drei unregelmäßige Panikschritte mache, wie muß ich die dann zählen?

Ich versuche eben mein Glück, um überhaupt etwas zu tun.

Bei hundert mache ich einen Strich auf den Zettel in meiner linken Hand. Und fange wieder bei eins an. Mein Mund wird vom Sprechen trocken – kann man lautes Zählen als Sprechen bezeichnen? Das Papier in meiner Hand wird vom Schweiß aufgeweicht. Beim Zählen betrachte ich jeden Stein und hoffe zugleich noch immer, auf Qvigstad und Mikkelsen zu stoßen. Wider besseres Wissen gebe ich die Hoffnung nicht auf. Von Arne weiß ich ja, daß sie zum Vuorje zurückkehren und von dort aus nach Skoganvarre gehen wollten, und ich bewege mich in Richtung Südost, also fast genau entgegengesetzt!

Eintausendsiebenhundertfünfzig. Den ersten Nebenfluß habe ich gerade überquert. Es kommt ganz gut hin – eintausendsiebenhundertfünfzig Schritte, das muß ein Kilometer sein. Nach der Karte ist die Mündung dieses kleinen Nebenflusses etwa einen Kilometer vom Lævnasjavrre-See entfernt. Na also! Haut ja prima hin! Ob ich es auf die Dauer doch noch lerne? Werde ich mich in diesem Land vielleicht sogar ohne Kompaß zurechtfinden? Um den Erfolg zu feiern, lasse ich mich nieder und nehme mir eine Zigarette. Jetzt habe ich noch acht. Es ist wieder neblig geworden, und die Sonne ist so bleich wie der Mond. Ich zünde die Zigarette mit einem der fünf Streichhölzer an, die ich noch besitze. Bald hat auch diese Sorge ein Ende. Arne hat noch einen großen Vorrat. Noch neun, na ja, sagen wir, zehn Kilometer. Vier bis zum Ravujokka und fünf oder sechs bis zur Schlucht. Auf der Karte ist die Schlucht nur sehr schematisch eingezeichnet. Wo sie genau anfängt, kann man nicht sehen. Aber ich weiß ja auch nicht genau, wo sich Arne aufhält. Zehn Kilometer, die läuft man in den Niederlanden in eindreiviertel Stunden. Und hier? Fünf Stunden? Na ja, vielleicht nur vier, zum Glück muß ich keine Berge überwinden. Arne wird nicht überrascht sein. Seit zwei Tagen macht er nichts anderes, als Ausschau nach mir zu halten. Er wird mir nicht böse sein und auch keine spitzen Bemerkungen von sich geben, dafür ist er nicht der Typ. Er wird mich auch nicht beschämen. Beschämt bin ich schon zur Genüge.

Mir geht durch den Kopf, daß Nansen ungefähr in meinem Alter war, als er quer durch Grönland zog, von der Ost- zur Westküste, dreitausend Kilometer übers Eis, bei 50 Grad minus. Allein. Ohne Sherpas, die für ihren Sahib alles tun!

Ich frage mich, wie ich mein Leben hätte gestalten müssen, um irgendwann zu einer vergleichbaren Leistung fähig zu sein. Vor allem hätte mein Vater nicht verunglücken dürfen, als ich sieben war. Aber wenn das nicht geschehen wäre, hätte ich dieses Fach vielleicht gar nicht studiert, hätte ich möglicherweise überhaupt nicht studiert und wäre Flötist geworden. Ein großer Flötist? Das ist die Frage. Bedaure ich es? Nein. Ich bedaure es seit langem nicht mehr. Als Flötist würde ich mich für den Tod meines Vaters niemals revanchieren, könnte ich niemals das richtig machen, was er falsch gemacht hat.

Ich stehe auf, ich muß mich beeilen. Noch immer kann ich laufen, noch immer bin ich auf den Beinen. Wenn ich mich auch verirre, mich lächerlich mache, nur herumstümpere bei allem, was ich tue – ich tue es, und das ist das wichtigste.

Das ist das wichtigste. Bis jetzt bin ich letztlich vor nichts zurückgeschreckt. Darum wird mir alles gelingen, darum werde ich schließlich auch einen Meteoritenkrater entdekken und vielleicht sogar mit Meteoriten zurückkehren. Ich zeige sie Sibbelee. – Tja, sagt Sibbelee mit seinem geringschätzigsten Lächeln, ein Mann wie Nummedal hat sich in seiner Zeit zweifellos Verdienste erworben. Aber auf die Dauer wird so jemand alt und ist für keinen neuen Gedanken mehr empfänglich. Er hätte vor vierzig Jahren den Hut nehmen sollen, auf dem Höhepunkt seines Ruhms. Wir prusten los. Einen nach dem anderen lege ich ihm die kostbaren Meteoriten auf den Schreibtisch. Kurze Zeit später stehe ich vor einem grünen Tisch, hinter dem fünf Professoren in Talaren sitzen. Ich trage meinen Frack und senke den Kopf, nicht aus Bescheidenheit, sondern um die Promotionsurkunde zu lesen, die – von mir aus gesehen umgekehrt – auf dem Tisch liegt. Ein prächtig kalligraphiertes Stück Papier, bestimmt einen Meter lang, mit einem roten Lacksiegel von der Größe eines Spiegeleis. *Cum laude.*

Auf dem Zettel in meiner linken Hand stehen drei Reihen von fünf mal fünf Strichen, darunter noch eine Reihe mit vier Fünfergruppen. Fünfundneunzig Striche! Neuntausendfünfhundert Schritte. Mit zwei multipliziert und durch dreieinhalb dividiert, erhalte ich die Anzahl der zurückgelegten Meter: etwa fünftausend. Es kommt hin! Ab jetzt kann ich mir das Schrittezählen sparen. Ich habe drei Nebenflüsse überquert und gelange nun zum vierten. Dieses tiefe Tal kann nur das Flußtal des Ravujokka sein. Warum noch länger direkt am Wasser entlanggehen? Verirren kann ich mich nicht mehr, lieber versuche ich den Weg abzukürzen.

Sechzig Meter oberhalb des Niveaus der Flußläufe stehe ich am Talhang und kann beide Ströme überblicken: den Lævnasjokka und den Ravujokka. Schäumendes Wasser, immer wieder Stromschnellen.

Einstweilen versuche ich mir vorzustellen, wie das Tal des Ravujokka ein Stück weiter aussehen wird. Eigentlich muß es sich bald zu der Schlucht verengen, an der ich Arne wiederfinden werde. Wie finde ich ihn wieder? Ich muß eine Grundsatzentscheidung treffen: Gehe ich unten am Wasser entlang oder oben, am linken Rand des Flußtals? Was ist am besten? Wenn ich den oberen Weg nehme, besteht die Gefahr, daß ich Arne nicht sehe, falls er unten im Tal oder am anderen Ufer ist. Gehe ich dagegen durchs Tal, kann ich zwar die ganze Zeit die Hänge absuchen, nur könnte es sein, daß er sein Zelt an einer Stelle aufgeschlagen hat, die von unten nicht zu sehen ist. Aber so dumm wird er nicht sein. Selbstverständlich wird auch er alles tun, damit ich ihn so leicht wie möglich finden kann. Soviel darf ich ihm wohl zutrauen. Und da es für mich viel einfacher ist, am Fluß entlangzugehen, und Arne sich das bestimmt denken kann, entscheide ich mich für diesen Weg.

Das Tal wird tiefer und enger, die Wände werden steiler, so steil, daß Pflanzen keinen Halt mehr finden. Manche Gesteinsschichten ragen wie Bücherborde vor; auf ihnen liegt Schnee, der den ganzen Sommer nicht schmelzen wird. Schnee. Mit schwarzem Staub bedeckter Schnee. Aber auch roter Schnee. Ich nehme etwas davon in die Hand und betrachte es mit der Lupe, doch es schmilzt, ehe ich die Mikroorganismen, die die rote Farbe verursachen, gesehen habe. Gut möglich, daß man sie mit einer Lupe überhaupt nicht sehen kann. Nur keine Zeit damit verschwenden. Wenn ich so weitergehe, treffe ich vielleicht schon in zwei Stunden auf Arne. Zwei Stunden, ein unsinniges Zeitmaß, wenn man keine Uhr hat. Vor Einbruch der Dunkelheit; eine ebenso unsinnige Zeitangabe in einem Land ohne Nacht. – Jedenfalls so schnell wie möglich.

Was werde ich sagen, wenn ich vor ihm stehe? Natürlich: Doctor Livingstone, I presume?

Doctor Livingstone, I presume! Mit leerem Magen lacht man viel eher als sonst. Und es gibt wirklich nichts zu lachen, denn es war ein Witz von Qvigstad, und Qvigstad konnte ich nicht wiederfinden.

Beim Gehen drücke ich eine Tube Honig, die ich mir in die Hosentasche gesteckt hatte, im Mund aus. Der letzte Zweifel, ob ich tatsächlich im richtigen Flußtal bin, schwindet, obwohl von Wiedererkennen nicht die Rede sein kann, denn von hier unten aus gesehen stimmt nichts mit meiner Erinnerung überein. Nur an den Boden, der grün und morastig ist, kann ich mich erinnern, und endlich erblicke ich auch den Gletscher am linken Ufer! Derselbe Gletscher. Das Murmeln des Flusses wird lauter, weil das vom Gletscher strömende Wasser sein Geräusch hinzufügt. Jetzt dürfte es wirklich nicht mehr lange dauern, bis ich auf Arne treffe. Doctor Livingstone, I presume.

– Mein Kompaß hat eine andere Richtung als deiner angezeigt. Tut mir leid. Du hattest recht.

– Wo ist er?

– Verloren.

– Den schönen Kompaß? Wie schade!

– Sei froh, daß er weg ist!

– Du mußt dich beim Ablesen geirrt haben!

– Sei unbesorgt. Jetzt kann ich mich nur noch nach deinem Kompaß richten. Meinen hatte mir meine Schwester geschenkt, die an Gott glaubt. Typisch für sie, so ein Geschenk! Ich frage mich, wo sie den Irrsinn her hat. Mein Vater war nicht gläubig, meine Mutter ist nicht gläubig, ich bin es nicht. Aber sie wird der Welt schon den richtigen Weg zeigen!

– Den Weg wohin?

– Was weiß ich! Zum Nordpol, wie ein Kompaß. Zum Ausgleich ist sie verrückt nach Negro-Spirituals.

– Ha, ha, ha.

Beim Weitergehen passe ich gut auf, wo ich hintrete. Um nicht in den Morast zu geraten, halte ich mich so dicht wie möglich an der Wand des Flußtals. Drei Negerinnen von monströsem Umfang, jede mindestens zweihundert Kilo schwer, klatschen in die Hände, springen, stampfen mit hohen Absätzen auf den Boden, schreien: Halleluja!. Mich überkommt Mitleid mit den Schwarzen, die selbst dann, wenn es gut gemeint ist, vorzugsweise in idiotischen, lächerlichen oder trivialen Situationen ertappt werden: schreiend, kreischend, untergehakt tanzend und springend, mit den Augen rollend, brandstiftend, schweißüberströmt Trompete blasend, einander im Boxring zu Klump schlagend, Gleichberechtigung fordernd unter Anleitung eines Pfarrers, der Repräsentant jener Religion ist, die an ihrer Unterdrückung teilhat. Nie sieht man im Fernsehen oder in der Zeitung einen schwarzen Chemiker im Labor, einen schwarzen Astronauten oder einen Farbigen, der in aller Ruhe Gedichte vorliest – aber gibt es die nicht auch?

Sehe ich Arnes Zelt immer noch nicht? Nein, der von Menschenhand gemachte Gegenstand dort ist nicht sein Zelt. Es ist etwas anderes. Froh und ernüchtert zugleich bleibe ich stehen.

Dort steht das Stativ des Theodolits, und der Theodolit ist daraufgeschraubt. Arne muß in der Nähe sein, das steht außer Zweifel. Selbstverständlich ist er hier. Tagelang habe ich mir unnötige Sorgen gemacht. Ich schirme die Augen mit den Händen ab und halte in der Umgebung um den Theodoliten nach Arne Ausschau. Nein, keine Spur von ihm. Auch das Zelt sehe ich nicht. Aber warum bin ich so unruhig? Selbstverständlich führt er gerade Messungen durch und wird gleich zum Vorschein kommen.

Auf das Stativ zuzugehen ist nun so etwas, wie auf ein schlafendes Tier zu schießen.

Verdammt, ich bin müde, aber es war doch nicht umsonst. Alles in allem habe ich mich tapfer geschlagen. Arne ohne Kompaß wiedergefunden. Ganz einfach. Genauso einfach wird es sein, wenn ich morgen oder übermorgen vor einem Meteoritenkrater stehe.

Auf die Wurzelstöcke von Polarweiden tretend, wage ich mich ins Moor und gehe auf die Wasserläufe zu. Der Theodolit steht am Fuß des gegenüberliegenden Hanges. Jetzt nicht im letzten Augenblick der Länge nach ins Wasser fallen oder bis zu den Hüften im Morast versinken. *Doctor Livingstone, I presume* – und große Wasserlachen bildeten sich um seine Füße.

Mir tut vor Lachen der Bauch weh.

Ich überquere die Wasserläufe ohne die geringste Mühe; ich brauche mir nicht mal die Schuhe auszuziehen. Beim Theodolit angelangt, schaue ich mich um, sehe jedoch niemanden. Unwillkürlich halte ich das rechte Auge ans Fernrohr des Meßinstruments. Genau im Fadenkreuz sitzt ein Schneehuhn auf dem Hang, auf den das Fernrohr gerichtet ist, schlägt mit den Flügeln, ohne wegzufliegen, pickt etwas auf, verschwindet aus dem Gesichtsfeld.

Zögernd gehe ich zu dem Abschnitt des Hanges, auf den das Fernrohr gerichtet ist.

– He! Arne!

Er liegt auf dem Boden, ganz in meiner Nähe.

– He, du, stammle ich.

Er liegt auf dem Rücken, ein Bein angewinkelt, das andere gestreckt. Deutlich sehe ich die glattgewetzte Sohle seines Stiefels, der zudem aufgerissen ist. Arnes Hinterkopf liegt an einem Stein. An dem Stein klebt etwas, das wie gelber Pudding aussieht. Es ist mit Fliegen von einer Sorte übersät, die ich hier bislang noch nicht gesehen habe, groß sind sie und blau. Stahlblau wie die Zeiger einer Pendeluhr.

Arnes Mund ist auf seltsame Art geschlossen, die schlechten Zähne des Oberkiefers ruhen auf der Unterlippe, als hätte er im allerletzten Moment noch Schmerz verbeißen müssen. Sonst ist sein Gesicht genauso, wie ich es gesehen habe, als er schlief: unbegreiflich alt und müde, zerfurcht wie Eichenrinde. Aber das hier ist kein Schlafen.

Es ist: Nie mehr schlafen.

Die Hand vor meinem Mund scheint mich am Weiteratmen hindern zu wollen.

Fliegen krabbeln auch über seinen Bart, über die Stirn, über die halb geschlossenen Augen. Jedoch keine einzige Stechmücke.

39

Wie oft bin ich den Hang, an dem Arne abgestürzt ist, hinauf und hinunter gelaufen?

Zuerst hinauf, weil ich oben sein Zelt gesichtet habe. Von dort sehe ich, daß Arnes Notizbuch nah bei ihm liegt. Er muß es in der Hand gehalten haben, als er ausglitt. Hinunter, um das Notizbuch aufzuheben und einzustecken. Wieder hinauf zum Zelt. Ich ziehe die Heringe und die Zeltstange aus dem Boden. Hinunter mit dem Zeltstoff, den ich über Arne breite. Wieder hinauf in der Absicht, auch mit seinen anderen Besitztümern irgend etwas zu machen. Nur weiß ich nicht, was, und wickle schließlich seinen Rucksack und seinen Schlafsack in die Plastikplane. Ich finde die Schutztasche des Theodolits. Daß das Instrument dort in Wind und Wetter auf seinem Stativ steht, ist mir unerträglich. Also wieder hinunter, Theodolit abgeschraubt und in den Behälter gesteckt, Stativ zusammengeklappt. Die Gegenstände neben Arne gelegt. Erneut hinauf. Wozu, weiß ich nicht. Wenn ich den Pfad nach Ravnastua finden will, gehe ich besser durchs Tal weiter. Also wieder nach unten. Ich springe von Stein zu Stein, meine Schulter streift hin und wieder die steile Felswand, doch es ist so, als beschützte mich ein unsichtbarer Fallschirm vor einem Sturz. An einen Sturz denke ich nicht einmal mehr.

Ab und zu schaue ich mich um. Den Platz, wo Arne liegt, kann ich bereits nicht mehr sehen. Ich gehe weiter. Bleibe wieder stehen, lasse die Hose herunter, hocke mich hin. Entsetzliche Bauchschmerzen. Durchfall. Das kommt von der Ernährung mit Fisch und Honig.

Bin ich ein Idiot, weil ich Arnes Proviant nicht mitgenommen habe? Eigentlich ist es mir egal. Ich habe keinen Hunger. Es beginnt zu regnen. Ich setze meinen Weg fort. Die Schlucht verengt sich noch mehr, ist dann wie eine Sackgasse zu Ende. Ich klettere nach oben, gehe geradeaus weiter. Der Regen wird heftiger, und ich hänge mir den Regenmantel um. Gehe weiter, während es wie aus Eimern schüttet, steige ins nächste Tal hinab. Vom Regen halbblind rutsche ich aus, kann mich noch fangen, trete aber auf einen Schoß des Regenmantels. Das Plastik reißt ein, mindestens einen Meter. Ich reiße das Stück ganz ab und werfe es weg.

40

Der Pfad nach Ravnastua ist so schmal, daß nicht mal ein Schuh darauf paßt, und auf ihm liegen fast so viele Steine wie daneben.

Ich weiß nicht, wie lange ich schon bis auf die Haut durchnäßt bin. Seit mindestens zwei Tagen regnet es ununterbrochen. Mir tränen die Augen, der Hals ist so geschwollen, daß ich fast nicht atmen kann, bei jedem Schritt muß ich husten, und mir dröhnt der Kopf. Trotzdem lege ich dann und wann einen kleinen Stein auf einen der großen, an denen der Pfad entlangführt. Sollte jemand nach mir irgendwann hier vorbeikommen, kann er den Pfad leichter erkennen.

Arne nicht. Wenn ich Rast mache, blättere ich in Momenten, in denen der Regen ein wenig nachläßt, in seinem Notizbuch. All die schönen Zeichnungen hat er umsonst gemacht. All die deutlich geschriebenen Notizen, die ich nicht lesen kann, weil ich die norwegische Sprache nicht beherrsche. Ab und zu buchstabiere ich ein Wort laut. Auf der letzten Seite, die er beschrieben hat, begegne ich zweimal meinem Namen. Was hat Arne dort über mich gesagt?

An einem kleinen runden See werfe ich den Rucksack von mir. Ich nehme das Netz heraus und hänge es in das von hohen Sträuchern umstandene Wasser. In Ufernähe lege ich mich auf die Seite und kneife die Augen zu. Ich will schlafen.

Während ich die Tür zum Wohnzimmer aufmache, höre ich einen aufgeregt klingenden Filmdialog in einer mir unbekannten Sprache. Offenbar haben sie vergessen, den

Fernseher auszuschalten, denn es ist niemand im Zimmer, und es brennt kein Licht. Auch ich mache das große Licht nicht an, ich will fernsehen. Doch nicht nur, daß es im Zimmer dunkel ist, jemand muß auch das Bild des Fernsehers abgedreht haben. Dem Geräusch folgend, gehe ich zu der Ecke, wo der Fernsehapparat steht, hocke mich hin und drehe an den Knöpfen, die das Bild wieder hervorbringen können. Aber es erscheint kein Bild. Jemand, der mir gefolgt ist, greift mich von hinten an und legt mir die Hand auf den Mund. Vater! rufe ich und wache vor Angst auf.

Es ist ein scheußliches Gefühl, bei Tageslicht aus einem Traum zu erwachen. Wie kann es sein, daß ich nach meinem Vater gerufen habe, ich, der ich bereits achtzehn Jahre keinen Vater mehr habe, nach meinem Vater, der schon so lange tot ist, daß ich mich nicht einmal daran *erinnern* kann, jemals nach ihm gerufen zu haben?

Die Hand auf meinem Mund war meine eigene.

Der Regen hat aufgehört, aber es ist windig, und der Himmel ist bewölkt. Ich bleibe noch lange auf dem Rücken liegen und blicke nach oben. Nachdem ich noch einmal über alles nachgedacht habe, stehe ich auf, gehe zum Wasser, mache das Netz los und beginne, es an Land zu ziehen. Eine Forelle. Noch eine Forelle. Als ich das Netz etwa zur Hälfte eingeholt habe, wird es furchtbar schwer. Der starke Wind hebt das Stück, das ich aufs Trockene gezogen habe, auf und weht es ins Gebüsch. Die andere Hälfte kann ich kaum hochziehen, und im Wasser entsteht ein so heftiges Gebrodel, als würde es da, wo das Netz ist, kochen. Noch ein Fisch. Ich trete ein paar Schritte zurück und ziehe mit ganzer Kraft. Das Netz ist voller Fische, in jeder Masche hängt ein Fisch, das Netz ist ein Teppich aus glitzernden, zappelnden Fischen, Hunderte sind es. Was soll ich tun? Es ist unmöglich, sie alle aus den Maschen zu befreien. Dafür bin ich viel zu müde. Erst essen.

Wie viele Streichhölzer besitze ich noch? Vier. Alle

Sträucher sind vom langen Regen tropfnaß. Vorsichtig schichte ich einen kleinen Scheiterhaufen auf, überlege bei jedem Zweig, ob er wohl trocken genug ist. Ich zünde das erste Streichholz an. Der Wind weht es aus. Das zweite und dritte ebenfalls. Mit dem vierten gelingt es mir, einen dünnen Zweig in Brand zu stecken, doch die Flamme erlischt fast sofort wieder. Der Zweig glüht noch. Pusten. Nützt nichts. Auch das Glühen hört auf. Verzeifelt schaue ich zu, beiße mir auf den eingeknickten rechten Daumen, schneide dann eine Forelle in Stücke, rolle die Stücke durchs Salz und esse sie so. Schmeckt fast wie grüner Hering.

Als ich satt bin, gehe ich wieder zum See und versuche vorsichtig, das Netz aus dem Gebüsch zu lösen. Doch jedesmal, wenn ich mit viel Mühe ein paar Zweige aus den Maschen gezupft habe, drückt der Wind andere hinein. Die Fische bewegen sich kaum, nur bisweilen zappelt einer unerwartet. Wütend versuche ich, das Netz mit Gewalt loszuzerren. Es reißt an einigen Stellen, hängt aber fest. Dann lasse ich das Netz eben hier zurück. Es sieht so aus, als hätte eine Flutwelle die Sträucher mit zappelndem Silber übergossen. Oder wie das Netz einer Riesenspinne.

41

Ich bleibe jetzt auf jedem Hügel stehen und schaue auf die Karte. Es regnet wieder, und ich sehe fast nichts mehr. Trotzdem weiß ich, daß Ravnastua nicht mehr weit sein kann. Es ist Nachmittag oder Abend, jedenfalls noch nicht Nacht.

Alle hundert Schritte muß ich mich ausruhen, und meine Schritte werden immer kleiner. Ich bin zu müde, um sie noch nachzumessen. Sechzig Zentimeter sind es bestimmt nicht mehr. Am linken Schuh hat sich die Sohle gelöst, ich habe schon versucht, barfuß zu gehen, aber das ist viel zu schmerzhaft; nun habe ich um den linken Schuh einen Plastikfetzen vom Regenmantel gewickelt, der jedoch immer wieder reißt. Je mehr ich in Zeitdruck gerate – dabei tue ich wirklich mein Bestes, so bald wie möglich nach Ravnastua zu kommen –, desto weniger spielt die Zeit eine Rolle. Niemand weiß, daß ich hier bin. Wo sind die Lappen? Die letzten Wilden Europas? Keinem einzigen bin ich begegnet. Ich könnte genauso umkommen wie Arne. Ach! Daß ihm das zustoßen mußte, wovor ich mich die ganze Zeit gefürchtet hatte. Fast fühle ich mich benachteiligt.

Vorgestern habe ich zum letzten Mal einen Eintrag in mein Notizbuch gemacht. Da war ich fünf Tage unterwegs, seit ich Arne gefunden hatte. Auch da hatte ich es bereits nicht mehr so eilig, als wäre ich der Ansicht gewesen, eigentlich solle er liegenbleiben, wo er liegt. Einen Monat lang nicht mehr in der Zivilisation, und schon werden die Maßstäbe dieser Zivilisation durch die der Einsamkeit ersetzt. So wie sich die Rentiere, die hier verunglücken, unter freiem Himmel in ein Skelett verwandeln, bis man nur noch ein Geweih, eine Rippe oder einen Rückenwirbel findet, so ist es auch für Arne im Grunde belanglos. Um Begräbnisse, Kränze und Trauerreden sorgen sich Menschen, die an gepflasterten Straßen wohnen, zu zehnt in einem Zimmer hocken, zehn Stockwerke übereinander, eine strikt an Zeit, Ort und Gemeinschaft gebundene Komödie.

Weder der Gedanke, daß ich bald etwas zu essen bekommen werde, kann mich befeuern, noch der Gedanke an ein richtiges Bett. Was ich fortwährend zu vermeiden suchte, geradezu mit hysterischer Angst, als wollte ich das Schicksal beschwören: zu verunglücken wie mein Vater – jetzt ist es mir im Grunde einerlei.

Womit kehre ich denn auch zurück? Nicht mit einer Entdeckung. Nur mit der Nachricht, daß jemand bei einem Sturz ums Leben gekommen ist.

Als wäre ich noch nicht müde genug, kreisen meine Gedanken zwanghaft um das Gewicht der erschütternden Nachricht. Gott im Himmel! Allein die Angst davor könnte einen abhalten, jemals wieder in die Zivilisation zurückzukehren, zu den Menschen, denen ich diese Nachricht überbringen muß.

Aber es muß sein, denn da, wo ich bin, kann ich auch nicht bleiben. Ich ziehe die Beine an, stütze die rechte Hand auf und stemme mich hoch. Schwankend stehe ich da, auf zwei Beinen, wie es sich für die Krone der Schöpfung geziemt. Langsam erklimme ich den nächsten Hügel.

Schon vor einer Weile ist mir aufgefallen, daß es viel leichter geworden ist, den schmalen Pfad wiederzufinden. Mühelos ist er von der Umgebung zu unterscheiden. Fast scheint es, als würde er regelmäßig benutzt und freigehalten. Das wird wohl ein Zeichen sein; Ravnastua ist nicht mehr weit.

Bis zum höchsten Punkt des Hügels ist es auch nicht mehr weit. Und was sehe ich, noch ehe ich diesen Punkt überschritten habe? Das größte Tier, dem ich seit Tagen begegnet bin. Ein Pferd.

Es ist ein Falbe mit dunkler Mähne, die absteht wie die

Nackenhaare einer Hyäne. Als es mich hört, hebt das grasende Tier den Kopf. Mit seinen Lippen macht es Brrr und bewegt ein Vorderbein. Es ist mit einem langen Seil angepflockt. Was findet es hier zu fressen? Es knabbert an einem dürren Strauch. Nirgends wächst Gras. Ein Tier, das ohne menschliche Hilfe hier nicht leben kann. Das bedeutet, daß Menschen in der Nähe sind.

Ich gehe über den nächsten Hügel und erblicke ein Haus, nein, drei rostbraun angestrichene Blockhäuser. Auf dem Dach des größten steht eine kolossale UKW-Antenne. Ich sehe auch zum erstenmal wieder richtige Bäume, Birken, allerdings nicht besonders große.

Ganz langsam nähere ich mich. Immer wieder muß ich mich ausruhen. Ich achte schon lange nicht mehr darauf, wo ich mich hinsetze. Auf einen Torfhügel, wenn es sich so ergibt, aber manchmal bin ich zu müde, mir einen trockenen Fleck zu suchen. Ach, warum sollte ich mich auch beeilen? Jetzt bin ich so nah bei dem größten Haus, daß ich die kleine Treppe vor der Tür wahrnehme. Ich werde die Treppe schon bewältigen, aber es kostet mich viel Kopfzerbrechen, als ob ich betrunken wäre. Ich schaffe es nicht mehr, die Hand direkt auf den Türgriff zu legen, ich muß danach tasten wie ein Blinder.

Die Tür öffnet sich. Dahinter ist niemand. Ich bin in einer Art hölzerner Diele; an der Wand ein großer schwarzer Metallschrank und ein Telefon. Daneben eine andere Tür.

Im Zimmer. Einem Zimmer aus Holz. Eine alte Frau, zwei kurze schwarze Zöpfe, gelbes, runzliges Gesicht, sitzt hochschwanger am Fenster. Ich stoße ein paar Worte auf englisch aus. Sie lacht, steht auf und verläßt das Zimmer. Wie kann sie in dem Alter noch schwanger sein? Unter der Decke hängen in großer Zahl klebrige Papierstreifen, auf die sich Fliegen setzen, um nie mehr loszukommen.

Die Wände sind kahl, bis auf drei große Kalender. Drei. Auf dem Fußboden sind an der Wand entlang allerlei Besitztümer aufgereiht: Töpfe aus Edelstahl, kleine Kästen, eine Nähmaschine, Kleiderstapel. Eine Schar nackter, brauner Kinder kommt herein. Sie sind mäuschenstill, daumenlutschend versteckt sich eins hinter dem andern. Die Tür zu einem anderen Zimmer steht halb offen. Dahinter sehe ich Betten. Die Kinder stellen sich in der Türöffnung auf, bereit, die Tür vor mir zuzuschlagen, falls ich etwas tun sollte, das ihnen angst macht. Ich schwanke, rühre mich ansonsten nicht. Eins, zwei, drei, viele nackte Kinder.

Die Frau kommt mit einem blonden Mann zurück, der klar verständliches Englisch spricht. Ich dagegen bringe fast kein Wort heraus. Stammelnd zeige ich ihm auf der Karte die Stelle, wo Arne liegt. Er nimmt mir die Karte aus der Hand und gibt mir durch eine Geste zu verstehen, daß ich mitkommen soll. Er verläßt den Raum und geht zu dem schwarzen Metallschrank, der mir aufgefallen ist, als ich hereinkam. Es ist ein kleiner Sender. Er setzt ihn in Betrieb und telefoniert.

Als er fertig ist, gibt er mir die Karte zurück.

– Sie werden ihn mit einem Hubschrauber suchen, sagt er.

Die Frau und der Mann bringen mich gemeinsam zu einem der anderen Blockhäuser, an dem ein Schild mit der Aufschrift STATENS FJELLSTUE hängt.

Ich sitze auf einem Hocker an einem weißen Holztisch. An den Wänden stehen zwei Doppelstockbetten aus Holz.

Vor mir auf dem Tisch habe ich einen Teller, ein Messer, eine Edelstahlpfanne mit Hackfleisch vom Rentier in Sauce, einen Stahltopf mit Pellkartoffeln, ein meterlanges Brot und eine Kanne Milch.

Hackfleisch vom Rentier schmeckt fast wie Rehkeule.

Meine Hand bewegt sich langsam auf und ab, vom Teller zum langsam kauenden Mund.

Wie viele Dinge es doch plötzlich gibt, die ich lange nicht gesehen oder gehört habe. Zum Beispiel das Geräusch eines Flugzeugmotors. Es wird immer lauter, wie ist es möglich, daß das Lauterwerden so lange dauert. Es muß ein langsames Flugzeug sein. Als der Lärm am lautesten ist, schaue ich aus dem Fenster und sehe einen Hubschrauber, der in geringer Höhe über uns hinwegfliegt.

Mir fallen die Augen zu. Ich kann gerade noch zu einem der Betten humpeln.

Als ich die Augen wieder öffne, ist es genauso Abend wie zuvor, als ich sie zugemacht habe. Ich liege auf Rentierfellen und bin auch mit einem Rentierfell zugedeckt.

Doch es ist vierundzwanzig Stunden später.

Ich krabbele aus dem Bett und wasche mich in einem Eimer kalten Wassers. Mit Seife!

42

Seinen Namen habe ich natürlich nicht verstanden und nehme mir die ganze Zeit vor, ihn noch einmal danach zu fragen, unterlasse es dann aber. Er ist Biologe, Pilzexperte, und arbeitet im Naturhistorischen Museum von Tromsø. Zu Arne stellt er mir keine Fragen mehr.

Während ich bei der Frau für das Essen und die Übernachtung bezahle, sagt er: Sie ist erst neununddreißig und erwartet ihr fünfzehntes Kind. Die Lappen sind ganz verrückt darauf, viele Kinder zu haben. Und sehen Sie, wie das Haus eingerichtet ist? Als lebten sie noch in einem Zelt: Alles steht auf dem Boden.

Er drückt mir ein Röhrchen Aspirin in die Hand und leiht mir ein Paar Gummistiefel. Hätte ich die nur von Anfang an besessen!

Per Telefon hat er organisiert, daß mich ein Lappe in einem Motorkanu über den Karasjokka nach Karasjok bringen wird.

Bis zum Fluß sind es zwölf Kilometer. Der Weg ist nicht schwer zu finden. Ich verabschiede mich von der Frau und von ihm und marschiere los.

Ich bin noch nicht weit gekommen, da rennt er hinter mir her und ruft: Sind Sie sicher, daß Sie es bis zum Fluß schaffen?

– Ja, ja, kein Problem.

– Passen die Stiefel?

– Ja, ausgezeichnet.

– Hoffentlich. Wissen Sie, Sie können natürlich auch hierbleiben, ich erkundige mich dann, ob man Sie nicht aus Karasjok mit einem Weasel abholen kann.

– Nein, danke. Es ist alles in Ordnung, wirklich. Vielen Dank!

Ich habe tatsächlich kein Problem, den Weg zum Fluß zu finden. Ein richtiger Weg, zwar schwarz vom Schlamm und mit knietiefen Pfützen, jedoch so breit, daß ein Weasel auf Raupenketten passieren kann. Hier und da sieht man Spuren davon.

Auf einmal ist nun alles viel normaler: der Weg, die Umgebung, in der Bäume wachsen, denn ich befinde mich jetzt hundert Meter tiefer, unterhalb der Baumgrenze. Höher hinauf muß ich nicht mehr gehen, der Weg zum Flußtal des Karasjokka führt stetig bergab. Dort, wo das Kanu auf mich warten wird, liegt der Fluß nur hundertsechsunddreißig Meter über dem Meeresspiegel.

Dies ist keine Expedition mehr. Es ist eine Wanderung durch den Wald.

Plötzlich sehe ich am Himmel links von mir einen gelb lodernden Widerschein, und ich höre einen Knall wie von einem Düsenjäger, der die Schallmauer durchbricht. Der Lichtschein verschwindet, der Himmel ist wieder grau wie zuvor, doch der Knall geht in ein lang anhaltendes Dröhnen über, als führe ganz in der Nähe ein Güterzug über einen Viadukt.

Ich bin stehengeblieben, gehe auch nicht weiter, als nichts mehr zu hören und zu sehen ist außer großen Vogelschwärmen, die kreischend auffliegen.

Als sich die Vögel wieder niedergelassen haben, meinem Blick entzogen, erklimme ich eine Anhöhe. Doch auch dort versperren mir die Bäume die Aussicht, und ich kann nirgends Feuer oder Rauch entdecken.

Am Fluß steht ein kleines Haus. Sonst gibt es hier nichts, nur grüne Sumpfpflanzen. Beim Haus liegt ein Motorkanu, der Vordersteven auf dem Trockenen. Als mich der Lappe erblickt, kommt er auf mich zu. Er spricht ein paar Worte

Deutsch und will meinen Rucksack zum Boot tragen. Ich frage ihn, ob er den lauten Knall auch gehört hat.

Er hat ihn gehört und auch den Lichtschein gesehen.

Was war es seiner Ansicht nach? Vielleicht ist irgendwo ein Flugzeug abgestürzt. Hat er denn das Dröhnen von Motoren gehört, ehe es passiert ist? Ich nicht.

Nein, er auch nicht.

Wie breit der Karasjokka ist. Ist das ein Fluß? Eher eine Wasserlache von unendlichen Ausmaßen, kaum tief genug für ein Boot. Wiederholt verzweigt sich das Wasser an Kieselbänken, die zu flach sind, als daß man sie Inseln nennen könnte.

Ich sitze vorn, mit dem Rücken zur Fahrtrichtung. Nirgends mehr Häuser, kein einziges anderes Boot.

Der Fluß schlängelt sich durch die Landschaft, und wir müssen uns durch seine Windungen schlängeln. Das Kanu schrammt mit einem hohl knarrenden Geräusch über den Boden. Manchmal schafft der Motor es auch nicht mehr, uns weiterzuschieben. Dann macht mir der Lappe ein Zeichen, daß ich kurz aufstehen, mich anders hinsetzen oder schaukeln soll, damit das Boot wieder flott wird.

Karasjok. Holzhäuser an beiden Flußufern. Bei einer stählernen Bogenbrücke läßt der Lappe das Kanu aufs Trockene gleiten. Wir gehen an Land.

In chaotischem Durcheinander zockelt eine Herde brauner Kühe über die Brücke. Unweit der Brücke steht ein rostfarbig angestrichenes Holzhaus, für diese Gegend ziemlich hoch, drei Stockwerke, ein Spitzdach. Daneben ein Mast mit der norwegischen Fahne. Dieses Haus ist das staatlich geführte Hotel.

Der Lappe begleitet mich zu einem kleinen Laden, wo ich mir ein neues Hemd und Gummistiefel kaufe. Die Stiefel des Biologen ziehe ich aus und gebe sie dem Lappen, der sie später zurückbringen wird, die neuen ziehe ich an.

Im Hotel nehme ich ein Bad, rasiere mich und lege mich in ein Bett mit sauberen Laken.

Am nächsten Morgen kommt ein Polizist und fragt mich, wie lange ich Arne nicht gesehen hätte, als ich ihn fand. Ich berichte genau, was passiert ist, und zeige ihm Arnes Notizbuch. Er liest aufmerksam die Seite, auf der mein Name vorkommt, nickt, gibt mir das Buch zurück und fragt, ob ich Arne noch einmal sehen möchte.

Zusammen gehen wir zu der Klinik, in die man Arne gebracht hat.

Ein Arzt nimmt mich in Empfang, und der Polizist geht.

– Sind Sie mit ihm verwandt? fragt der Arzt.

– Nein, ich bin ein Freund.

– Kennen Sie seine Angehörigen?

– Nein, ich habe sie nie kennengelernt.

– Möchten Sie ihn noch sehen?

– Ich weiß nicht.

– Ich würde es Ihnen nicht raten, wirklich nicht.

– Dann gehe ich lieber.

– Nein, warten Sie mal. Warum laufen Sie so merkwürdig?

Der Arzt sieht sich meine Beine an, klingelt nach einem Krankenpfleger, der die Wunden wäscht, das Knie fachgerecht verbindet und auf die anderen Blessuren Pflaster klebt.

Eine halbe Stunde später sitze ich im Bus, der zuerst nordwärts fährt bis Russenes und dann in Richtung Westen abbiegt, über die Küstenstraße nach Alta und noch weiter südlich.

In Russenes hält der Bus etwa eine halbe Stunde, weil hier die Schiffe zum Nordkap anlegen.

An der Haltestelle steht ein Mädchen. Sie trägt eine lange Hose, hat ein Kopftuch umgebunden und neben sich einen kleinen Pappkoffer. Ich humple um sie herum. Ihr rechtes Hosenbein ist am Knie gestopft, die Augenbrauen sind ungeschickt gezupft. Sie schaut mich ebenfalls an, vielleicht auch nur, weil ich so bedauernswert hinke.

Als die Fahrt weitergeht, achte ich darauf, daß ich direkt hinter ihr einsteige und mich neben sie setzen kann.

– Fährst du auch nach Alta? frage ich.
– Nein, ich muß weiter.
– Warst du am Nordkap?
– Nein.
– Und wieso hat es dich hierher verschlagen?
– Ich wohne in Honningsvåg.
– Wo liegt Honningsvåg?
– Auf derselben Insel wie das Nordkap.
– Das ist weit im Norden.
– Ja.
– Dann bist du im Winter lange im Dunkeln.
– Den ganzen Winter.
– Was machst du dann? Auf Partys gehen?
– Nein, ich büffle.

Das glaube ich gern, denn sie spricht ausgezeichnet Englisch. Trotzdem frage ich: Gehst du denn noch zur Schule?

– Natürlich.
– Wie alt bist du denn?
– Fünfzehn.
– Fünfzehn? Das soll wohl ein Witz sein. Neunzehn.
– Nein, fünfzehn, und sie schaut mich nicht mehr an.

Hätte ich sie nur nicht nach ihrem Alter gefragt! Nun befürchtet sie sicher, daß ich sie für ein kleines Kind halte. Ohnehin ist sie nicht gerade gesprächig. Es dauert lange, bis ich wieder wage, etwas zu sagen.

Schließlich: Ich komme aus Holland.

– Ach so.
– Ich war eine ganze Zeit in der Finnmark.
– Was hast du dort gemacht? Geangelt?
– Nein. Ich habe die Bodenverhältnisse studiert.

– Bist du Student?
– Ja.
– Hast du etwas Interessantes erforscht?
– Na ja, es geht.

Sie streckt die Hand nach meinem Gürtel aus und zeigt auf das Etui, in dem der Kompaß war.

– Was hast du da? Einen Revolver?
– Nein, nichts.

Ich öffne das Etui, zeige ihr, daß es leer ist, und sage: Da war ein Kompaß drin, aber er ist mir in einen Felsspalt gefallen. Dumm, was?

– Schade. So schönes Leder. Es sieht aus wie neu.
– Möchtest du es haben?
– Wo denkst du hin!
– Ich kann es nicht mehr gebrauchen.
– Du kannst dir einen neuen Kompaß kaufen.
– Ich schenke es dir als Andenken.
– Was soll ich damit anfangen?

Ehrlich gesagt weiß ich auch nicht, was sie damit anfangen soll. Ein Andenken! An jemanden, dessen Namen sie nicht mal kennt.

Jetzt weiß ich wirklich nicht mehr, worüber ich mit ihr reden soll, und ich verdöse ein paar Stunden, schweigend, als hätten wir uns gar nicht kennengelernt.

Skaidi. Ruhepause auf der Hochebene, bei der Bretterbude. Ich steige aus und hinke ein wenig auf und ab. Das Mädchen ist auch ausgestiegen und bleibt zu meiner Verwunderung die ganze Zeit neben mir, an der Seite des verletzten Beins. Offenbar ist sie der Ansicht, daß sie zu mir gehört. Ich habe den Eindruck, daß sie sich zwingen muß, mich nicht zu stützen.

Der Touristen-Lappe kommt aus seinem Zelt, eine Pfeife mit Kupferdeckel im Mund, Rentiergeweihe in den Händen. So kam er auch damals zum Vorschein, als ich fröstelnd hier mit Arne stand, unter einem Himmel, der so grau war wie im Winter. Damals mußte alles noch mißlingen, *damals war Arne noch nicht tot.*

Ich bleibe stocksteif stehen und nehme den Arm des Mädchens. Sie lacht.

– Warum lachst du?

– Warum lachst du nicht?

An der Bude kaufe ich ihr mit väterlichen Gefühlen eine Tafel Schokolade.

Als der Bus wieder fährt, zermartere ich mir das Hirn, um ein Gesprächsthema zu finden. Nach geraumer Zeit fällt mir nichts anderes ein als: Du hast mir noch gar nicht gesagt, wie du heißt.

– Inger-Marie.

Darauf kann ich antworten, wie ich heiße: ein Wort. Dann ist auch das Thema erschöpft.

Darum hole ich Arnes Notizbuch hervor, suche die Seite, auf der mein Name vorkommt, und gebe ihr das Buch.

– Hier, sage ich und zeige auf meinen Namen. Kannst du das entziffern? Würdest du es mir übersetzen?

Murmelnd studiert sie den Text, Wort für Wort fährt sie mit dem Zeigefinger, dessen Nagel abgekaut ist, über das Blatt. Am Schluß der Seite geht ihr Finger wieder zu meinem Namen zurück, und sie liest vor: Alfred hat die falsche Richtung eingeschlagen. Zuerst dachte ich, es sollte ein Scherz sein. Nach einer Viertelstunde war er noch nicht zurück. Ich habe ihn den ganzen Nachmittag gesucht. Bin schließlich zur Schlucht zurückgegangen. Werde hier auf ihn warten.

Bestimmte Gabbro-Arten zerbrechen schnell zu lockerem Geröll. 33.P.234.

Inger-Marie beginnt zu stottern.

– Ach, laß das ruhig aus.

Ein paar Zeilen weiter übersetzt sie wieder: Alfred immer

noch nicht zurück. Werde doch hierbleiben, wenn's sein muß, eine ganze Woche. Habe gemerkt, daß ihm das ungewohnte Gelände Schwierigkeiten macht. Bewundere seine Ausdauer. Klagt nie, obwohl er mehrmals ganz übel gestürzt ist. Und dann hindere ich ihn nachts noch am Schlafen, weil ich so schrecklich schnarche. Ein anderer hätte längst gesagt, daß es ihm reicht.

Berghang ...

Ich nicke, nehme das Buch wieder entgegen, klappe es zu, bringe kein Wort heraus.

Der Bus fährt durch Staubwolken.

– Alfred, sagt sie, bist du das?

– Ja.

– Schmerzt das Bein sehr?

– Schon lange nicht mehr, lüge ich.

– Ich hoffe, daß ich es gut übersetzt habe. Ich möchte später auch studieren, aber mein Vater hält mich für verrückt. Sag mal, weißt du vielleicht auch davon, gestern haben die Leute in der Nähe von Karasjok einen ganz lauten Knall gehört. Heute morgen kam es im Radio. Es hieß, vielleicht sei ein Flugzeug abgestürzt, aber man hat nichts gefunden. Was kann das denn sonst für ein Knall gewesen sein?

– Ich habe keine Ahnung.

– An fliegende Untertassen glaube ich nicht. Du etwa?

– Nein, ich auch nicht.

– Vielleicht ein Kugelblitz. Hast du schon mal einen Kugelblitz gesehen?

– Nein, noch nie.

– Ich aber. Einmal. Es regnete, und ich hatte mich in der Nähe eines Hauses mit einem schrägen Dach untergestellt. Es sah aus, als würde eine Feuerkugel vom Dach rollen. Aber es hat nur gezischt.

Als der Bus in Alta hält und ich aufstehe, will ich ihr die Hand geben, aber sie übersieht meine Hand, umarmt mich und gibt mir einen langen Kuß. Ich lege die Hand auf ihren Rücken und spüre die mageren Schulterblätter. Ich küsse sie zum Schluß noch zweimal auf jede Wange und steige ziemlich verwirrt aus.

Der Fahrer ist auch ausgestiegen und auf das Dach des Busses geklettert, um meinen Rucksack herunterzuholen.

Inger-Marie steht an einem Fenster und schaut mich an, ohne zu lächeln oder mit ihrer Miene etwas Bestimmtes auszudrücken. Ich winke ihr ohne Gefühlsüberschwang, ohne etwas zu hoffen oder zu wollen. Der Fahrer steigt wieder ein.

Als der Bus anfährt, läuft sie zum Fenster in der hinteren Tür und schaut mich immer noch an, so wie sie mich schon die ganze Zeit angeschaut hat. Erst als die Entfernung zwischen uns fast zu groß ist, um einander noch zu sehen, macht sie eine Bewegung. Winken? Eine Kußhand? Es könnte auch sein, daß sie mich auf der Fensterscheibe wie auf einer Schultafel gezeichnet sah und mein Bild sozusagen weggewischt hat. Das wäre auch bei weitem das beste für sie.

43

Arnes Freunde sind noch verreist. Ich bitte die Nachbarn um den Schlüssel und finde das Haus so vor, wie wir es verlassen haben. Meinen Koffer unter dem Sofa im Wohnzimmer und so weiter. Ich ziehe wieder meine gewohnten Sachen an: Hemd, Krawatte, Jackett. Dann rufe ich den Geologischen Dienst in Trondheim an. Direktør Oftedahl ist nicht da, Direktør Hvalbiff oder wie immer er heißen mag, auch nicht. Aber seine Sekretärin ist im Bild. Sie erzählt mir, die Luftaufnahmen seien an die Universität Oslo ausgeliehen. Duplikate hätten sie nicht, dafür aber die Negative. Möchten Sie, daß neue Abzüge gemacht werden? Das ist möglich, aber morgen vorbeikommen, nein, das hat keinen Sinn. Ich müßte mich darauf einstellen, daß es sehr lange dauert, bis die neuen Abzüge fertig sind. Mindestens zwei, drei Monate, außerdem ist es eine ziemlich teure Angelegenheit. Soll sie meine Anschrift notieren?

Ich rufe in der Universität Oslo an und frage nach Professor Nummedal. Oh. Professor Nummedal? Der ist nicht in Oslo, der ist momentan in Hop, einem Vorort von Bergen. Wann er zurückkommt? Das wissen wir nicht, noch nicht. Sie reisen in die Niederlande zurück? Dann versuchen Sie es in Bergen. Soll ich Ihnen die Adresse geben? Hop. Troldhaugensgate 5, Telefon 3295.

Zum Schluß bestelle ich ein Taxi und lege zwei Zehnkronenscheine neben das Telefon.

Meine geschwollenen und mit Pflastern beklebten Füße paßten nicht mehr in die Schuhe, deshalb habe ich einfach die Gummistiefel anbehalten.

Mit Koffer und Rucksack lasse ich mich vom Taxi zum

Anlegeplatz des Wasserflugzeugs bringen. In dem kleinen Büro, wo ich den Platz buche, gebe ich ein Telegramm an meine Mutter auf und teile ihr mit, daß ich in drei Tagen nach Hause komme.

44

Blauer Himmel, freundliche Sonne. Hier bin ich nicht von Geräuschen, sondern von Düften umgeben und werde weder von Stechmücken noch von blutrünstigen Fliegen geplagt. In den Gärten bricht an vielen Stellen kantiger Fels durch das Gras, auch zwischen den blühenden Rhododendronsträuchern ist er nicht zu übersehen.

Troldhaugensgate 5 liegt an einer schmalen, asphaltierten Straße, die so stark ansteigt, daß ein Auto nur im ersten Gang hinaufkriechen kann. Zu dem Haus führt ein Pfad, der noch steiler ist und stellenweise aus grob in den Fels gehauenen Stufen besteht.

Wieder einmal muß ich hinaufsteigen, um Nummedal zu sprechen, und ich sehe darin eine tiefere Bedeutung. Nur will mir nicht einfallen, was es bedeuten könnte. Schritt für Schritt humple ich zur Haustür und läute.

– Professor Nummedal, sage ich rasch zum Dienstmädchen, erwartet mich, ich habe heute morgen mit ihm telefoniert.

Sie lächelt, vermutlich spricht sie nur Norwegisch, und bringt mich gleich zu einem Wintergarten, wo Nummedal in der Sonne sitzt. Er trägt nicht mehr die interessante Brille, die eigentlich aus zwei Brillen bestand, von denen eine hochgeklappt werden konnte. Nein, er trägt eine normale Sonnenbrille.

Nummedal ist sitzen geblieben, murmelt jedoch etwas auf norwegisch. Das Dienstmädchen bildet eine lange Wortkette, in der ich nur das Wort Professor verstehe, und geht.

Ich humple zu dem Professor.

– Herr Professor Nummedal …

– Bitte, bitte. Nehmen Sie Platz. Warum ist Ihr Gang so ungleichmäßig?

– Ich bin gestürzt.

– Sie sind auch gestürzt? Sind Sie beide gleichzeitig gestürzt?

– Nein, ich war nicht dabei, als es passierte. Ich hatte mich verirrt und habe Arne erst später gefunden.

Der Stuhl, der Nummedal am nächsten steht, ist noch ziemlich weit von ihm entfernt, steht ihm jedoch direkt gegenüber, in der anderen Ecke des Wintergartens. Ich setze mich. Rechts neben mir steht eine Zimmerpalme, deren Blätter sich an die Decke drücken.

Während ich überlege, was ich sagen soll, schaue ich auf meine Füße. Ein lächerlicher Anblick, Gummistiefel zur hellgrauen Flanellhose.

Nummedal schweigt. Die senkrechten Falten in seinem Gesicht sind nun so tief, als hätte man ihn in Scheiben geschnitten, und seine Haut hat den fahlen Farbton einer alten Zeitung.

Schließlich sage ich: Ich habe Arnes Aufzeichnungen mitgebracht.

– Das sagten Sie bereits am Telefon. Was haben Sie sonst noch gemacht in der Finnmark?

– Ich fürchte, es hat nicht viel gebracht.

– Wieso nicht? Ob ein Forschungsprojekt etwas gebracht hat oder nicht, zeigt sich erst nach der Auswertung der Ergebnisse.

– Ich glaube, daß bereits mein Ansatz falsch war. Außerdem denke ich, daß meine Vorkenntnisse nicht ausreichen, um dieses Thema zu erforschen. Ich habe versucht, eine Anregung von Professor Sibbelee aufzugreifen, aber ich bin zu der Schlußfolgerung gelangt, daß mich das kaum weiterbringt. Ich würde gern Arnes Arbeit fortsetzen. Ich möchte Norwegisch lernen. Ich würde auch ein paar Semester wiederholen, falls das verlangt wird. Ich würde gern bei

Ihnen in Oslo studieren, vielleicht zwei, drei Jahre, und dann noch einmal in die Finnmark gehen. Für einen Ausländer wie mich, der nie zuvor in einer solchen Landschaft war, ist es sonst ein nicht sehr sinnvolles Unterfangen.

– Finden Sie? Dann sehen Sie aber alles viel zu düster. Ich kann verstehen, daß Sie niedergeschlagen sind. Aber Professor Sibbelee hat mir, bevor Sie nach Norwegen kamen, einen Brief geschrieben, in dem er Ihre Fähigkeiten in den höchsten Tönen gelobt hat. Wollen Sie mir weismachen, daß Professor Sibbelee in seinen Lehrveranstaltungen keine ausreichenden Kenntnisse vermittelt?

– Vielleicht hat Professor Sibbelee zu große Hoffnung in mich gesetzt.

– Also das ist doch das Unglaublichste, was ich seit langem gehört habe. Professor Sibbelee soll Sie mir anempfohlen haben, obwohl Sie nicht ausreichend auf Ihre Aufgabe vorbereitet waren? Ich verstehe nicht, wovon Sie reden!

– Vor meiner Abreise hat mir Professor Sibbelee bestimmte Ideen anvertraut. Vermutungen, die ich verifizieren sollte.

– Das dürften interessante Vermutungen gewesen sein!

Stammelnd erwidere ich: Ich habe kein Indiz dafür finden können, daß an den Vermutungen etwas dran wäre.

– Aber mein Bester! Das Allernormalste auf der Welt! Wo sollte das hinführen, wenn das Gegenteil der Fall wäre? Ich glaube, Sie haben nicht die leiseste Ahnung, was die Menschen so alles vermuten.

Aus Höflichkeit versuche ich zu lachen, verziehe zwar das Gesicht, kann aber die dazugehörigen Laute nicht hervorbringen.

Auch Nummedal lacht nicht.

– Ich werde, sagt er, nach den Semesterferien nicht mehr an die Universität von Oslo zurückkehren. Wer mein Nachfolger wird, steht noch nicht fest.

Mit Arnes Notizbuch in der Hand gehe ich auf ihn zu und sage: Hier ist das Notizbuch. Vielleicht möchten Sie gern wissen, was Arne gemacht hat. Möglicherweise haben Sie einen anderen Studenten, der Arnes Projekt fortsetzen kann. Ich hätte das Buch gern behalten, sei es auch nur als Andenken, aber ich kann ja kein Norwegisch. Es sollte besser jemand bekommen, der mehr damit anfangen kann.

Nummedal streckt die Hand aus, greift jedoch neben das Buch. Er ist gänzlich blind! Ich muß seine Hand festhalten und ihm das Buch hineinlegen.

Dann sage ich: Es tut mir außerordentlich leid, daß Sie die Universität verlassen müssen.

– Haben Sie denn die Luftaufnahmen noch von Herrn Direktør Hvalbiff bekommen?

Ja, so klingt der Name, ich habe es genau gehört.

– Ich habe sie nicht bekommen, und ich habe dann gesehen, daß Ihr Student Mikkelsen sie hatte. Auch das war für mich ein Handikap, aber ich nehme keinem etwas übel. Ich verstehe, daß ich ein Außenseiter war und das auch bleiben mußte. Deshalb würde ich ja auch gern in Oslo studieren. Ich möchte ein neues Leben beginnen.

– Ein neues Leben beginnen, sagen Sie?

Schwerfällig erhebt er sich von seinem Stuhl. Nicht einmal dem Gehör nach scheint er feststellen zu können, wo ich bin. Mehr an die Palme als an mich gewandt, fährt er fort: In meinem Institut gab es keine Luftaufnahmen … Hvalbiff hat sie, Geologischer Dienst, Trondheim, wie ich Ihnen gesagt habe. Der Geologische Dienst ist für Luftbilder zuständig. Direktør Hvalbiff. Aber dieser Mann hat mich seit seinem Amtsantritt sabotiert! Sie können froh sein, daß Sie nicht in diesem Land leben! Ein so großes Land, und nur knapp vier Millionen Einwohner. Und trotzdem suchen sie immer Streit!

Ein neues Leben beginnen! Ausgerechnet hier in Norwegen! Jedes neue Leben, das ein Mensch beginnt, ist eine Fortsetzung des alten Lebens! Ich fordere die gesamte Heilsarmee heraus, mir das Gegenteil zu beweisen! Denken Sie mal darüber nach, bevor Sie sich hier niederlassen!

Mit Arnes Notizbuch in der Hand gestikuliert er in Richtung Zimmerpalme. Als ob ich dort stünde. Als ob ich mich dort unter der Decke krümmen würde!

Warum habe ich Arne überhaupt beneidet? Er konnte so gut zeichnen, er notierte alle Beobachtungen gewissenhaft, er konnte mühelos die steilsten Hänge erklimmen und Flüsse überqueren, ohne sich nasse Füße zu holen. Nun befindet sich sein Werk, unvollendet, im Besitz eines Blinden.

Hvalbiff, hat Nummedal gesagt. Ein Irrtum ist ausgeschlossen.

Nummedal haßt diesen Mann. Mit blindem Haß, hoppla.

Verdammt! Vielleicht ist es nur ein *Spitzname*, den Nummedal dem Direktor des Geologischen Dienstes gegeben hat. Wie werden die anderen hinter meinem Rücken über mich gelacht haben ... Hvalbiff. Das bedeutet Walfischfleisch, hat Arne gesagt. Und seltsam, was hat Qvigstad gesagt, kein Gramm Fett; genau wie Ochsenfleisch.

Und wie ein Donnerschlag trifft mich die Erinnerung an das weiche, fleischfarbene Gesicht des Mannes in Trondheim, der sich auf meine Frage nach Direktør Hvalbiff als der Geophysiker Direktør Oftedahl vorgestellt hatte.

War *Hvalbiff* vielleicht niemand anderer als Oftedahl persönlich?

Ich versuche lieber nicht, es herauszufinden.

45

Das Dienstmädchen schließt hinter mir die Tür, und ich gehe den steilen Pfad zum Gartentor hinab. Die üppig bewachsene Umgebung, das milde Wetter, die vereinzelten Villen – all das bewirkt, daß ich mir grundlose Selbstvorwürfe mache, weil ich die Finnmark verlassen habe. Dabei habe ich mich nicht danach gesehnt, in die begrünte und bewohnte Welt zurückzukehren, eigentlich fühle ich mich mehr zu Hause beim Eis, der Fülle an niederen Pflanzen, bei Vögeln und Fischen. Daß ich die schroffen Berge verlassen habe, empfinde ich als Demütigung.

Mein Blick fällt auf einen Wegweiser, der auf der anderen Straßenseite an einen Baum genagelt ist:

TROLLHAUGEN

Was war das noch für ein Name? Er kommt mir bekannt vor, gleich hab ich's, es ist, als müßte ich nur noch eine Seite in dem Buch umblättern, in dem er steht.

Auf der einsamen Straße kommt ein großes Kabriolett angefahren. Am Steuer sitzt eine Frau ohne Kopfbedekkung. Die schimmernden, mahagonifarbenen Haare umschließen den Kopf wie eine Mütze, die Augen sind hinter einem Pony versteckt. Ihr tadellos zurechtgemachtes Gesicht scheint die pergamentene Imitation eines Gesichts zu sein, das ich schon einmal gesehen habe. Aber wer könnte sie sein? Sie schaut mich an und hält vor dem Gartentor.

– Hey, sagt sie auf amerikanisch, wußte ich's doch, daß wir uns noch einmal über den Weg laufen würden. Wie geht's?

Es ist die Frau, der ich in Tromsø begegnet bin, im Licht der Mitternachtssonne.

– Hast du was Bestimmtes vor? fragt sie. Ich bin auf dem Weg nach Troldhaugen. Du weißt schon, das Haus des berühmten Komponisten Grieg. Komm doch mit!

Grieg!

Ich humple um den Wagen herum und setze mich neben sie.

Sie trägt ein tief ausgeschnittenes Kleid und ein Perlencollier mit etlichen Strängen, das ihren Hals eng umschließt.

– Es ist eine Menge passiert, seit wir uns zum letztenmal gesehen haben. Ich hab mir das Gesicht liften lassen, weißt du. Vorige Woche bin ich aus der Klinik gekommen. Das Resultat ist nicht übel, finde ich.

Sie kuppelt, und wir fahren los.

– Jack hat schon seit drei Tagen den Kanal voll. Und da dachte ich mir eben, gräm dich nicht, raff dich lieber auf. Du kannst die Zeit ebensogut damit verbringen, dir Sehenswürdigkeiten anzuschauen. Und wo bist du gewesen?

– Im hohen Norden.

– Was hast du dort gemacht?

– Meteoriten gesucht, aber ich habe keinen einzigen gefunden.

– Und seitdem humpelst du?

– Ich bin gestürzt und hab mir das Knie verletzt.

– Und dann die komischen Gummistiefel. Als ob du ein Klempner wärst, der gerade von der Arbeit kommt.

– Meine geschwollenen Füße passen nicht mehr in normale Schuhe.

– Du siehst furchtbar aus! Woher kommen die vielen kleinen Wunden in deinem Gesicht?

Sie verstellt mit ihrer schmalen Hand den Rückspiegel, um mich anschauen zu können.

– Die kommen von den Mücken und Fliegen im Norden, erkläre ich.

– Ach Gott, du Ärmster.

Sie hält am Eingang von Troldhaugen, das auf dem Schild mit ll geschrieben war. Durch die Bäume schimmert ein weißes Haus.

– Bleib du ruhig hier sitzen. Nicht, daß du dich überanstrengst. Ich laß dich nicht lange warten, ich bin zurück in no time.

Sie dreht sich zum Rücksitz um. Hat sie auch den Körper liften lassen? Sie hat eine schlanke und attraktive Figur.

– Und jetzt mach ich einfach das, sagt sie, für das wir Amerikaner immer und überall ausgelacht werden, damit du hier nicht rumsitzen mußt, bis ich mir alles angeschaut habe.

Sie nimmt eine Filmkamera vom Rücksitz, hält sie ans Auge und schwenkt den Apparat, als würde sie alles in der Umgebung mit einem Maschinengewehr niedermähen.

Tatsächlich, sie ist zurück in no time!

– Das Haus ist ein banales weißes Haus, in einem Zimmer steht ein großer Flügel, und auf dem stehen eine Menge Fotos. Man kann sich gar nicht vorstellen, daß Grieg auch nur eine Note dort geschrieben hat. Zum Glück findet man im Garten, wenn man die Böschung runtergeht, ein Gartenhäuschen an einem wunderschönen See. Darin steht auch ein Klavier. In diesem Gartenhaus hat er alles komponiert. Wollen wir noch ein bißchen herumfahren?

Wir fahren herum.

– Grieg, sagt sie, Grieg muß wirklich ein großer Mann gewesen sein, daß er diese Musik schreiben konnte, obwohl er wie jedermann in einem Haus leben mußte. Vielleicht ist das eine besondere Eigenschaft großer Männer.

Die Menschen, die zuerst auf die Idee gekommen sind, anders zu leben als die anderen Kreaturen, konnten nicht ahnen, auf welches schreckliche Abenteuer sie sich mit ihren scheußlichen Häusern eingelassen haben, noch dazu völlig umsonst. Hätten sie das nicht getan, wäre der Mensch ein seltenes Tier geblieben, wie das Okapi oder der Paradiesvogel.

Auf einem Parkplatz neben einer weit ausladenden Kurve hält sie an, damit wir die Aussicht über den Fjord genießen können.

– Schon eigenartig, sagt sie, daß wir jetzt hier zusammen sind, unbegreiflich. Manchmal denke ich, zwischen Leben und Träumen besteht eigentlich kein großer Unterschied. Der Unterschied ist nur ein scheinbarer, weil wir im Wachzustand alles viel zu voreingenommen sehen, um zu erkennen, daß das Leben auch ein Traum ist.

Entspannt zurückgelehnt, die Arme verschränkt, lasse ich sie reden. Sie erzählt, daß sie Musikkritikerin sei und für wichtige Wochenzeitschriften schreibe.

– Das Scheitern der menschlichen Zivilisation empfindet niemand so intensiv wie ein Amerikaner in Europa. Landschaften wie diese gibt es in Amerika zur Genüge, nur daß sie dort völlig verschandelt sind. Man fragt sich, woran das liegt. Hier stehen doch auch Häuser. Bei uns wachsen doch fast die gleichen Bäume wie hier, und sie werden zu den gleichen Brettern zersägt. Aber anscheinend rechnen die Leute bei uns sämtliche Proportionen genau zwei Zoll falsch aus. Du kannst dir nicht vorstellen, wie wütend es mich macht, daß die Vereinigten Staaten eine große Nation sind, die auf der ganzen Welt auf die lächerlichste Art und Weise imitiert wird. All die Zigarettenmarken mit amerikanischen Namen in Ländern, in denen gar kein Englisch gesprochen wird. Warum? South State Cigarettes. Ich bitte dich. Was bedeutet das denn? Was Banaleres kann man sich wirklich nicht ausdenken. Aber wenn der Name in Europa auf einer Schachtel Zigaretten steht, schmecken die Dinger offenbar gleich besser. Und dann all die bedauernswerten jungen Leute, die sich in Jazzbands mit den idiotischsten englischen Namen zusammenfinden und mit irrwitzigem Akzent amerikanische Songs singen. Hippies, Beatniks, real gone guys. Ich finde es so unsagbar traurig, wenn ich sehe, wie die Jugendlichen sich ins Zeug legen, nur um etwas zu imitieren. Ebenso traurig wie einen Ölmillionär in Texas, der sich eine Picasso-Imitation ins Wohnzimmer hängt, nein, noch trauriger, denn der ist Millionär, der verdient es nicht besser. Diese jungen Leute aber vergeuden ihre Begeisterungsfähigkeit an eine Art geistige Sklaverei. Sie möchten Miles Davis oder John Coltrane werden, aber so wie sie das anfangen, wird es ihnen nie gelingen.

Offenbar werden auch immer mehr Gedichte und sogar Romane in schauderhaftem Englisch geschrieben. Ich habe größtes Verständnis dafür, wenn ein Europäer, der Englisch spricht, einen typischen Akzent hat. Ich habe den größten Respekt vor jemandem, der eine andere Sprache kann. Aber sobald die Leute merken, daß ich Amerikanerin bin, sprechen sie ihr Englisch mit den tollsten Zungenverrenkungen, weil sie glauben, das wäre ein amerikanischer Akzent. Und das ist in allen europäischen Ländern so. Letztens im Restaurant saßen an einem Nebentisch zwei Deutsche. Deutsch verstehe ich so gut wie gar nicht, aber dafür habe ich gehört, wie der eine zwischendurch ständig einflocht: *So what?*

Das fand er wohl besonders schick! So what!

Wir sind nicht gerade auf dem kürzesten Weg in die Stadt zurückgefahren. Ich habe Wilma anvertraut, daß ich als kleiner Junge zuerst ein großer Gelehrter werden wollte wie mein Vater und mit sechs Jahren schon um einen Meteoriten gebettelt habe. Daß ich nach dem Tod meines Vaters jedoch kein Gelehrter mehr werden wollte, sondern Flötist. Bis ich mit vierzehn entdecken mußte, daß ich das Flötenspiel auf der falschen Flöte erlernt hatte.

Sie hat mich getröstet. Flötist könne ich auch jetzt noch werden, meint sie, wenn ich es nur wolle. Sie nennt große

Musiker – Amerikaner, von denen ich noch nie gehört habe –, die sich auch erst im fortgeschrittenen Alter ganz der Musik gewidmet hätten.

– Es ist ein schlechter Anfang, daß ich nicht mal ausgestiegen bin und mir das Haus von Grieg angeschaut habe, sage ich, doch sie erwidert, wir könnten ja noch einmal hinfahren, sobald ich besser laufen könne.

Worauf spekuliert sie? Und steht das nicht im Widerspruch zu ihrer Theorie über Leben und Traum? Ich jedenfalls kann mir nicht vorstellen, daß sich zufällige Begegnungen in einem *Traum* dreimal wiederholen.

In ihrem Hotel bewohnt sie eine hübsche Suite mit einem breiten Balkon auf der obersten Etage. Ein Kellner kommt herein und bringt eine silberne Platte, über der eine Serviette liegt, und einen Weinkühler, aus dem eine Champagnerflasche ragt.

Wir stehen auf dem Balkon und blicken über die Stadt. Hier in Bergen wird es tatsächlich schon ein wenig abendlich. Kein schwarzer Abend. Ein blauer Abend. Unmöglich, diese Farbe zu beschreiben: ein Blau, von dem ein Licht ausgeht, als würde es lumineszieren.

Vor einer dunklen Bergwand schweben die beleuchteten Kabinen einer Seilbahn.

Unten, vor dem Hoteleingang, haben sich drei Heilsarmisten postiert und beginnen, auf Tamburin, Gitarre und Banjo zu spielen.

– Mir ist warm, sagt Wilma, warte mal kurz.

Sie geht ins Zimmer. Ich frage mich, was die Heilsarmisten hier zu suchen haben. Bilden sie sich vielleicht ein, daß ich jetzt vorhabe, ein neues Leben zu beginnen? Hat Nummedal sie mir nachgeschickt?

Ich gehe auch hinein, mache eine Wandlampe an und lege mich auf den Diwan. Autos brummen, die Heilsarmisten singen, ganz in der Nähe läuft eine Dusche.

Wilma kommt aus dem Badezimmer. Sie trägt eine Art Pyjama aus Satin in der Farbe gelber Teerosen. Ein kurzes Oberteil und eine hautenge, tief auf den Hüften sitzende Hose. Die Hose hat vorn einen auffälligen Reißverschluß.

Wilma lächelt mich an, geht zur Tür, dreht den Schlüssel um und geht dann zum Tisch. Sie entkorkt die Champagnerflasche und füllt zwei Gläser.

In jeder Hand ein Glas, sagt sie: So ein Reißverschluß ist eine nette Idee, nicht wahr? Die meisten Männer finden das sehr sexy.

Sie reicht mir ein Glas und fragt: Weißt du auch, warum?

– Weil er nicht ..., murmele ich.

Sie setzt sich auf das Fußende des Diwans.

– Skål, sagt sie und trinkt.

Ich finde sie hübsch, wie man eine exotische Puppe hübsch finden würde.

Sie sagt: Ich weiß genau, was du sagen wolltest. Weil ein Reißverschluß an der Hose einer Frau eine unnütze Verzierung ist, denn er kann nicht zu dem Zweck gedacht sein, den er bei Männern erfüllt.

Ich muß lachen und stelle fest, daß sie mich tatsächlich amüsiert und, ohne es zu wissen, tröstet.

Wilma sagt: Nein, es gibt eine andere Erklärung. Ich bin mir ganz sicher, daß der Designer dieser Art Hosen einen Tiefenpsychologen zu Rate gezogen hat. Weißt du, warum?

– Ich habe keine Ahnung von Tiefenpsychologie.

Meine Augen ergötzen sich an ihren Schenkeln, um die sich die Hosenbeine spannen, oben glatt wie eine zweite Haut und an den Seiten mit fast unsichtbaren Fältchen, die von der Naht ausgehen. Diese Fältchen finde ich in viel größerem Maße sexy als den Hosenschlitz, aber wie läßt sich das tiefenpsychologisch erklären?

Sie danach zu fragen, ist viel zu diffizil.

Wilma sagt: Ein allzu simpel denkender Mensch hat mir einmal gesagt: Es liegt daran, daß ein Reißverschluß an der

Hose einer Frau als Abbildung dessen gesehen wird, was sich darunter verbirgt.

Ziemlich plump, findest du nicht auch? Und eine tiefenpsychologische Erklärung ist es natürlich auch nicht. Trotzdem ist es der Reißverschluß, worauf es ankommt. Wir müssen von den verdrängten homosexuellen Komponenten in der Psyche des normalen, heterosexuellen Mannes ausgehen.

– Tatsächlich?

– Ich erklär's dir. Den heterosexuellen Mann überkommt allein schon bei der Vorstellung, den Hosenschlitz eines anderen Mannes zu öffnen, panische Angst. Gerade deshalb ist er heterosexuell. Wegen dieser Angst. Wenn er also den Reißverschluß sieht, ruft das, allerdings unbewußt, sofort Angst hervor. Sein Bewußtsein aber beruhigt ihn gleich wieder, denn es ist ja nur eine Frau, die die Hose anhat.

In einer Hose wie dieser wird eine Frau also die Psyche eines heterosexuellen Mannes mehr ansprechen, als wenn sie einen Rock tragen würde, sogar mehr, als wenn sie völlig nackt wäre. Es wird ja nicht nur eine Attacke auf die heterosexuelle Komponente seiner Psyche verübt, sondern auch auf seine verdrängte Homosexualität. Der Reiz ist also viel umfassender.

– Ziemlich kompliziert, diese Erklärung.

– Überhaupt nicht. Wie denkt der normale Mann? Der Hosenschlitz eines anderen Mannes ist tabu. Tabus laden zu Verstößen ein. Was widerfährt dem Mann, der gegen das Tabu verstößt, wenn es eine Frau ist, die die Hose anhat? Er findet nicht die gefürchtete verbotene Frucht, wohl aber das Paradies. So einfach ist das.

Sie nimmt meine Hand und streichelt mit den Fingerspitzen die Innenseite des Gelenks. Sie rutscht ganz auf den Diwan und lehnt sich mit dem Rücken an. Ein Bein zieht sie unter den Körper, das andere streckt sie aus. Mein Blick fällt auf ihre lackierten Zehennägel.

– Siehst du. Was auf den ersten Blick wie eine unnütze

Verzierung an einer Frau aussieht, hat eine Funktion, die sich rational erklären läßt.

Ich würde sie gern berühren, aber etwas hält mich davon ab. Ich finde sie schön wie eine wertvolle Mumie.

– Ich muß gerade wieder an Grieg denken, sagt sie. Das habe ich dir noch nicht erzählt: Er ist in seinem eigenen Garten begraben. In einer Felswand, hoch über dem Pfad, der daran vorbeiführt. Dort ist er eingemauert, hinter einem ganz einfachen, flachen Stein mit seinem Namen.

Sie springt auf, geht zum Tisch und nimmt die silberne Platte.

– Kennst du das hier?

Sie schlägt die Serviette zurück und hält mir die Platte hin.

– Sieht aus wie Räucherlachs.

– Ja, aber es sieht nur so aus. Es ist Gravlaks.

Gravlaks! Die Delikatesse, von der Nummedal damals in Oslo gesprochen hatte und die nirgends zu bekommen war!

– Weißt du, was Gravlaks ist? Eine ganz besondere Spezialität. Roher Lachs, der eine Zeitlang, ich weiß nicht genau, wie lange, irgendwo eingegraben und dann wieder ausgegraben wird. Er hat einen sehr raffinierten Geschmack. Möchtest du mal kosten?

In diesem Augenblick wird entsetzlich gegen die Tür geschlagen, und eine tiefe, heisere Stimme schreit: Wilma! Wilma! Open this door!

Jemand tritt und hämmert an die Tür, läßt sich dann wieder dagegenfallen.

Fred Flintstone!

Es geht auch genau wie im Zeichentrickfilm zu: Die Tür biegt sich in der Mitte, so daß sich links und rechts ein großer Spalt zeigt, und springt mit einem Knall in den Türpfosten zurück.

– Yes Jack, I am coming!

Ihre Stimme klingt nicht erschrocken, sondern matt, als

wäre sie gerade aufgewacht. Der Mann hämmert weiter gegen die Tür.

Sie hat die Platte auf den Tisch zurückgestellt. Sie nimmt die Serviette und stellt die Champagnerflasche neben den Kühler. Den Inhalt des Kühlers kippt sie in die Serviette. Das Eis bleibt auf der Serviette liegen, das Wasser tropft hindurch auf den Boden. Mit den Eiswürfeln in der zusammengefalteten Serviette geht sie zur Tür und dreht den Schlüssel um.

Ich bin aufgestanden.

Flintstone schwankt ächzend herein. Seine Mundwinkel hängen so tief, als wäre er stundenlang mit einem Dinosaurierknochen im Mund herumgelaufen. In seinem Blick liegt etwas Hilfloses, zugleich aber auch Boshaftes. Er röchelt und prustet. Seinem Mund entströmt gasförmiger Aquavit.

Auf meinen weichen Gummistiefeln husche ich unhörbar an ihm vorbei zur Tür hinaus, die er offengelassen hat. Im Flur drehe ich mich um.

Das letzte, was ich von ihr sehe:

Flintstone sitzt stöhnend auf der Couch. Das Licht einer Flurlampe fällt auf Wilma. Sie drückt ihm die Serviette mit dem Eis auf den Kopf, als müßte sie einen in Brand geratenen Papierkorb löschen. Die andere Hand hebt sie zu mir, öffnet und schließt sie, lächelt entschuldigend und ruft: Bye! Bye!

46

Die Stewardeß kommt mit dem Korb vorbei, in dem die zollfreien Flaschen Gin und Whisky liegen. Ich kaufe eine Halbflasche Whisky. Die Zeitung, in der ich gerade eine Kurzmeldung gelesen habe, rutscht mir von den Knien. Es ging um einen Lichtschein und einen Knall, wahrgenommen in der Gegend von Karasjok. Ein Flugzeug des Geophysischen Dienstes, das mit Geräten zur Messung des erdmagnetischen Feldes ausgestattet war, hat danach die Umgebung Karasjoks erkundet. An einer bestimmten Stelle hat man tatsächlich eine starke Abweichung vom Normalwert festgestellt. Experten halten es nicht für ausgeschlossen, daß dort ein Meteorit eingeschlagen ist. Eine Gruppe von Geologen ist zu dem betreffenden Ort unterwegs.

Ich habe die Whiskyflasche sofort aufgemacht und ein paar große Schlucke getrunken.

Meteoriten, Stücke von zerplatzten Himmelskörpern. So wird auch die Erde einst zerplatzen, und mir ist es schnuppe. Mir scheint, daß es schon fast soweit ist, wenn ich hinausblicke und ein paar Inseln sehe, in einem gekräuselten Meer, so weit entfernt, daß ich die Bewegung der Wellen nicht mehr erkennen kann. So sieht Gott die Erde, so sieht auch mein Vater die Erde, wenn Eva recht hat. Deshalb wird es ihnen vermutlich auch schnuppe sein. Gott schaut vom Himmel herab und sieht die Welt wie eine Luftaufnahme. Nummedal, der Herrgott der Luftaufnahmen – nur war er blind.

Ich habe keine Luftaufnahmen, ich bin schließlich nicht Gott, mir gelingt es nicht mal, ein kleines Stück der Welt zu überschauen, wenn ich unter großen Strapazen einen hohen Berg erklimme.

Als das Flugzeug vor Schiphol zum Landeanflug ansetzt, ist die Flasche leer.

Der Kosmos ist ein gigantisches Gehirn, überlege ich noch, und die Erde nichts als ein Gehirntumor in dieser Masse. Schade, daß ich das nicht zu Qvigstad sagen kann. No smoking, fasten seatbelts.

Die leere Flasche lasse ich im Flugzeug zurück.

Meine Mutter und Eva erwarten mich am Ausgang des Flughafens. Ich sehe sie schon von weitem, während ich noch mit dem Zoll beschäftigt bin.

Eva winkt mir, aber meine Mutter drückt sich ihr Taschentuch auf den Mund, während ich zu ihnen humple, in einer Hand den Koffer, mit der anderen den Rucksack über den Boden schleifend. Es lohnt sich nicht, ihn noch aufzusetzen, das kleine Stück bis zum Ausgang: zweiunddreißig Schritte, schätze ich.

Weil ich meine Schritte zähle, weil ich wie Buys-Ballot schon seit den Kinderjahren meine Schritte gezählt habe, ist es mir gelungen, ohne Kompaß wieder zurückzufinden. Ist das kein Erfolg? Ist das nicht *der* Erfolg, auf den mich mein ganzes Leben vorbereitet hat? Die Spitzenleistung! Die Leiche meines Freundes und der Weg zurück. Das war's. Doch damit brauche ich meiner Mutter nicht zu kommen. Alles, was mit meinem Studium zu tun hat, ist für sie ein Buch mit sieben Siegeln. Sie weint vor Rührung über die Rückkehr ihres gescheiten Sohnes. Ich kann und darf sie nicht enttäuschen.

Als meine Mutter mich umarmt, schwanke ich.

Im Taxi sitze ich neben ihr. Eva sitzt auf dem Klappsitz gegenüber.

Meine Mutter beginnt hemmungslos zu schluchzen.

– Ach, Alfred, sei mir nicht böse, aber ich hab mich so furchtbar erschrocken.

– Worüber denn?

– Als ich dich so humpeln sah.

– Das ist in ein paar Wochen wieder in Ordnung. Ich hab mir das Knie verletzt, sonst nichts.

– Darum geht es nicht, sagt meine Mutter.

– Du mußt wissen, Alfred, sagt Eva, sie hat drei Nächte nicht geschlafen, nachdem sie das von Brandel gelesen hatte.

– Brandel?

– Ja, Brandel. Weißt du das denn nicht? Er hat mit einer Expedition den Nilgiri bestiegen, aber er hat sich dabei die Füße erfroren. Ist das nicht furchtbar? Letzte Woche war sein Foto in der Zeitung. Er saß im Rollstuhl, neben dem Flugzeug.

Und deshalb hat Mama gedacht …

47

Meine Mutter und Eva haben mich liebevoll in den größten Lehnstuhl gepackt, den wir besitzen, und mir einen Hocker unter das verletzte Bein gestellt.

– Sag mal, Alfred, hat Eva gefragt, wo ist mein Kompaß geblieben? Und ich habe geantwortet: Den hab ich weggeworfen, er hat ja doch nur die falsche Richtung angezeigt.

Die Lampe über dem runden Tisch, auf dem die Schreibmaschine meiner Mutter steht, brennt. Aber meine Mutter arbeitet jetzt nicht. Sie hat mich nach allen Einzelheiten über Arnes Tod ausgefragt, seufzt tief und faßt ihr Fazit mit wenigen Worten zusammen: Ein furchtbares Unglück, aber wie dem auch sei, du bist jedenfalls noch mal glimpflich davongekommen. Ich bin stolz auf dich.

Draußen ist es dunkel, richtig dunkel. Zum erstenmal seit Wochen kann ich mich wieder darauf verlassen, daß der Tag von der Nacht abgelöst wird, der wirklich dunklen Nacht, in der man schlafen kann, wenn einen nicht gerade die Vorstellung verfolgt, daß man nachholen muß, was man tagsüber versäumt, wiedergutmachen, was man verpfuscht hat.

Ich frage mich, ob Arne jetzt schon begraben ist, und sage mir, daß ich bei seiner Beerdigung nichts zu suchen gehabt hätte, weil ich seine Angehörigen überhaupt nicht kenne. Sein Vater drückt sich ein Taschentuch an die Augen und sagt schluchzend zu einer Tante oder einem Onkel: Er wollte ja nie etwas von mir annehmen! Er hat sich nichts gegönnt! Das ganze Geld, das ich ihm überwiesen habe, hat er auf dem Konto gelassen, nichts davon angerührt. Ich habe ihm hundertmal gesagt, er solle sich neue Stiefel kaufen. Und die Tante oder der Onkel denken: Damals war es schon zu spät. Damals hätte er mindestens Siebenmeilenstiefel haben müssen, wenn er wie du zum Erfolg gelangen wollte.

Ich frage mich, ob Qvigstad und Mikkelsen noch in der Finnmark umherwandern, ohne zu wissen, daß Arne tot ist und ich in aller Stille abgereist bin. Es ist ein seltsames Gefühl, daß ich sie wohl ebensowenig wiedersehen werde wie Arne.

Ich denke auch an Brandel. Vor zwei Jahren haben wir zusammen an einer Exkursion nach Schwedisch-Lappland teilgenommen, zum Rissajaure-See. Die schwedischen Geologen, die die Exkursion leiteten, hatten uns erzählt, das Wasser des vierzig Meter tiefen Sees sei so klar, daß man beim Schwimmen bis auf den Grund schauen könne.

Als wir zum Rissajaure-See kamen, waren Brandel und ich die einzigen aus der ganzen Gruppe, die hineinsprangen. Das Wasser, geschmolzener Schnee von den umliegenden Bergen, hatte nur wenige Grade über Null. Deshalb blieben die anderen lieber am Ufer stehen.

Ich schwamm damals über den ganzen See und wieder zurück, Brandel auch. Später, als wir uns längst wieder angezogen hatten, fragte Brandel mich: Na? Konntest du bis auf den Grund schauen?

Ich hatte vergessen, hinabzublicken.

Wie in einem Alptraum habe ich mir damals gesagt: Ich glaube, eigentlich bist du für dieses Fach nicht begabt. Du gibst dir zwar alle Mühe, du bestehst deine Prüfungen mit Bravour, du bringst es sogar über dich, ins kalte Wasser zu springen. Nur das Wichtigste vergißt du.

Vielleicht wäre es besser gewesen, wenn ich schon im ersten Studienjahr gescheitert wäre. Jetzt hat es fast den Anschein, als sei ich das Opfer meiner eigenen Brillanz.

Aber was wäre dann geworden? Was hätte ich sonst machen sollen? Doch Flötist werden? Wie kann ich das jemals herausfinden? Niemand kann zweimal am selben Punkt anfangen. Jedes Experiment, das sich nicht wiederholen läßt, ist überhaupt kein Experiment. Niemand kann mit seinem Leben experimentieren. Niemand braucht sich vorzuwerfen, daß er, was sein Leben angeht, im dunkeln tappt.

Auf ihre vielen Fragen (Wie die Reise sonst war, ob ich interessante Funde gemacht hätte usw.) antworte ich: Ja, jaja, oder: Na ja, es geht.

– Ach, Mama, sagt Eva schließlich, gib es ihm doch jetzt, er sieht so traurig aus.

Meine Mutter steht auf, geht zu dem Eichenschrank, in dem sie ihre Zeitungsartikel aufbewahrt, und kommt mit einem kleinen Päckchen zurück.

Meine Mutter ist ein Schatz! Bestimmt hat sie mir schon eine neue Armbanduhr gekauft.

– Hast du dir bereits gedacht, daß Wasser in meine Uhr kommen würde? frage ich.

– Nein, sagt sie, während ich das Päckchen auswickle, es ist keine Uhr.

Eine kleine, mit blauem Samt überzogene Schmuckschachtel kommt zum Vorschein.

In der Schachtel liegen zwei Manschettenknöpfe. Die Stiele sind aus Gold, aber die Knöpfe selbst sehen wie einfache Steine aus.

– Weißt du, was das ist?

Ich sehe mir die Knöpfe genauer an. Solche Schmucksteine habe ich noch nie gesehen. Sie sind auffallend schwer. Wenn ich mich nicht täusche, müssen die beiden Knöpfe einmal ein Ganzes gewesen sein, das durchgesägt wurde.

– Ein Experte wie du muß es doch auf einen Blick erkennen! sagt Eva.

– Es scheint ein Stück Erz zu sein, murmele ich, ärgerlich, daß ich auch das wieder nicht genau weiß. Ein Stückchen Erz, denke ich, entzweigesägt. Schau, sie passen aneinander.

Die Schnittflächen sind auf Hochglanz geschliffen, sie

schimmern wie Stahl. Ich zeige den beiden, daß die Knöpfe aneinanderpassen.

– Weißt du, Alfred, holt meine Mutter aus, weißt du noch, als du klein warst? Damals wolltest du so gern einen Meteoriten haben, einen Stein, der vom Himmel gefallen ist. Ich hab es dir nie gesagt, aber dein Vater hatte einen für dich gekauft. Er wollte ihn dir zum siebten Geburtstag schenken. Ich habe den Stein die ganze Zeit aufbewahrt, ohne es dir zu verraten. Ich habe ihn versteckt. Ich wollte ihn dir nicht geben, weil es nicht mein Geschenk war, sondern das deines Vaters. Und dann kam mir die Idee, ein Paar Manschettenknöpfe daraus machen zu lassen, zu deiner Promotion. Ich glaube, dein Vater wäre damit einverstanden gewesen. Ich glaube aber auch, er hätte nichts dagegen gehabt, daß du sie jetzt schon bekommst.

– Sie sind ein Geschenk des Himmels, Alfred, sagt Eva, im wahrsten Sinne des Wortes.

Ich schaue Eva hilflos an. Sie kann nichts dafür. Sie ist dumm. Himmel. Was meint sie mit Himmel? Wenn ich sie fragen würde, was sie sich darunter vorstellt, geriete sie ins Stottern.

Ich schaue auch meine Mutter an. Ich werde ihr nie erklären können, was mich so bedrückt. Sie ist stolz auf mich. Und im übrigen gibt es keine einzige Instanz in meiner Umgebung, die etwas anderes von mir will als das, was auch ich immer gewollt habe. Hier sitze ich, in jeder Hand einen Manschettenknopf, an jedem Manschettenknopf einen halben Meteoriten. Zusammen ein ganzer. Nur ohne jeden Beweis für die Hypothese, die ich beweisen sollte.

Groningen, September 1962 bis September 1965

ZITIERTE LITERATUR

»Im Himalaja-Gebiet Nepals. Die niederländische Expedition wird von Sherpa-Berühmtheiten unterstützt.« *Algemeen Handelsblad*, 3. Oktober 1962.

Anmerkung

S. 58 *Jane Mansfeld:* Der Glasmaler wird Jayne Mansfield gemeint haben, eine amerikanische Filmschauspielerin mit sehr großem und seinerzeit sehr berühmtem Busen.

ZUR FÜNFZEHNTEN AUFLAGE

Es wird, so glaube ich, zunehmend gebräuchlich, einen Roman viele Jahre nach der Ersterscheinung umzuschreiben oder tiefgreifend zu überarbeiten. Ich halte das für ausgezeichnet.

Manche Kritiker erheben Bedenken dagegen. Sie befürchten natürlich, daß ihre Kritik bei dem geänderten Buch vielleicht nicht mehr zutrifft.

Um so besser, oder nicht?

Jedes Ding hat zwei Seiten, und Romane haben immer mehr als zwei. Nicht von ungefähr wird die Geschichte von Jesus in der Bibel in vier verschiedenen Versionen erzählt.

Das Verfassen eines Romans läßt sich in mancher Hinsicht mit Schachspielen vergleichen. Es unterscheidet sich jedoch von diesem Sport, weil es kein Wettkampf ist. Der schlechte Zug des einen Spielers ist für den anderen ein Glücksfall. Eine schwache Passage in einem Roman erfreut hingegen niemanden.

Wenn einem Schachspieler dreizehn Jahre nach einer Partie ein besserer Zug einfällt, ist es zu spät.

Für einen Romanautor ist es nie zu spät, nachträglich einen Punkt durch ein Fragezeichen zu ersetzen, ein Komma durch einen Doppelpunkt, das eine Wort durch das andere und einen Absatz, der sich als zu knapp erwiesen hat, um richtig verstanden zu werden, zu erweitern, bis dieser die Absicht des Schriftstellers besser ausdrückt.

Diese neue Ausgabe von *Nie mehr schlafen* enthält ungefähr zweihundertfünfzig Änderungen. Die meisten werden als nebensächlich erscheinen. Das Buch ist freilich geblieben, was es war, das heißt: was es, als die erste Auflage erschien, schon hätte sein sollen.

Paris, den 30. Juli 1978